沈从文小说全集



卷十二

# 楼居·芸庐纪事·雪晴

沈从文◎著

长江出版传媒
长江文艺出版社

图书在版编目（C I P）数据

楼居·芸庐纪事·雪晴 / 沈从文著. -- 武汉 ：长江文艺出版社, 2014.9（2021.10 重印）
（沈从文小说全集·卷十二）
ISBN 978-7-5354-7435-3

Ⅰ. ①楼… Ⅱ. ①沈… Ⅲ. ①小说集－中国－现代 Ⅳ. ①I246

中国版本图书馆 CIP 数据核字(2014)第 147613 号

策　　划：尹志勇
责任编辑：毛　娟　刘程程　刘兰青　　　　责任校对：毛　娟
封面设计：力志设计·王志强　　　　责任印制：邱　莉　王光兴

出版：长江出版传媒 | 长江文艺出版社
地址：武汉市雄楚大街 268 号　　　　邮编：430070
发行：长江文艺出版社
电话：027—87679360
http://www.cjlap.com
印刷：三河市百盛印装有限公司

开本：640 毫米×970 毫米　1/16　　　　印张：20
版次：2014 年 9 月第 1 版　　　　2021 年 10 月第 3 次印刷
字数：258 千字

定价：58.00 元

# 目录

# 楼居

新编集。集名为编者所拟。

编入 1929～1932 年发表的小说 6 篇：《落伍》、《楼居》、《知己朋友》、《燥》、《懦夫》、《佻之先生传》。

# 落　伍

## 一

去年的秋天，因为得到朋友一个信，说是既然在外乡奔波流浪，不甚遂意，倘若高兴回乡玩玩，或者也可以把心目略抒，至于要钱，若是决定动身了，可以来一电报，便当致电驻汉师部办事处，拨两百块钱作路费。朋友是十年前老同事，当年我在作上士时他就作了排长，且同为在一个街上长大的人，如今朋友已成为团长，有兵马一千五百，驻扎ＸＸ，成为伟人了。我当时正卧病在上海，情形仍如此时一样，不过当时只我一人，住上海法界善钟路一小铺子的楼上，也正是因为病，不能把文章写成，就无法维持生活，得到朋友这信，当然欢喜之至了。

我心想，既然是这样欢迎回去，那就回去看看也未尝不可，且据许多人说某某作了一任知事近来在家作封翁了，某某又娶第三个小妻了，某某又升大官了，所说的一些人，就莫不是当年一同在辰州总爷巷大操坪成队作跑步的人，想不到几年来人事变迁就到了这样子。人人全成家立业，我这各处飘荡的浪子，满面灰尘的归去也只多增他人一种笑话，但我想到看这一般有运气的年青人在家是如何一种生活，回去的心思也稍稍活动了。而且，我的脾气又是这样，小孩子气是有些地方无论如何皆保存的，我还想到就为成全这些老同事一点自信，觉得他们的方法是得了超拔，而我的生活真形成了落伍的悲惨，也决定将转去一行了。

我自然就写信去说，就是这样办，团长大人。我不能照他所说打一个电报，却只写了一封挂号信去，是因为穷到无发电报的钱。信一发去我就等候着，但我知道这至少是四十天才能有消息，到了二十天后，因为病转沉一阵，到过平民医院的四等室住过六天，吃尽了无钱人住下等病室医生看护所给的痛苦，病倒似乎因为刺激反而得到转机，我不管如何出了院，一出院病却好了。病好了我还得重理我的旧业，就是成天照到那些大编辑趣味写一点小说，亲自送到各处去，把挑选的权利给那编辑，一面留着一些请求帮忙的好听的话，过数日，没有消息了，又客客气气的写一封信去，作着仿佛是就便的意思询问到那文章的结果，或者文章退回，或者又稍过一些时候钱就来了。我是靠这个钱维持日子的，钱不能得到，自然还得拿一点可以值钱的东西去押当，一面用好话同房东那成衣人太太缓和，日子就是这样到了冬天。

忽然一天，有一个人找到我住处来了。我还不曾起床，完全料不到有这样人找到我住的地方来，房东因为来人的体面衣服惊眩，见来人说是我的朋友，从汉口来，不先喊我起床，就把客人引上楼到我床边了。

一些肮脏的情景，我明白真如何给了来客一惊！我先是还不醒，主人把我摇醒了，坐起身时望到面前站着的人几几乎以为做梦。

“是沈先生吗?”

“是沈ＸＸ，你?”

“我是成西顺，从汉口来。”

“成西顺?”

“是！你不认识我了。”

我点点头，忽然觉得是一个早已上了三十岁，满脸髭须憔悴异常的人了。我如今不但不认识他，他也不认识我了。到街上同这个人见面，走路时我还得让路，坐电车我也不敢同他并排，他是这样体面的一个人了。至于十年前的成西顺呢，是我们队里一个号兵，除了吹号就会流眼泪。因为人太小，大家顽皮一点的在方便中总把西顺作马骑，尽这马作人声骂娘骂祖全不管，到后大了一点仍同在一个队伍里当兵，眼泪的方便仍比别人为多。时间一过想不到这号兵也变成社会上的体面人了。

当我听到这人说出姓名时，有一点惊讶了，我望他，用眼睛搜索这个人脸上的各部分，虽然这时额角放光脸色红润，那一时却瘦小若猴子，但这人脸上有些凸凹终于被我认识清楚证明不误了，我就觉得心中有莫名其妙的惨痛。处到这穿几件好衣服就可以称为上等人的上海，这朋友从汉口来，见到我这情形，出于意料以外的可怜，也曾疑我不是那个据说在上海卖文的我，也当在此时极力搜索我的脸上了！然而他的结果是如我一样，纵对面的人颜色已经完全不同，我们的神气我们的言语调子，仍然还有一分残余，不消说我即刻也被他认识明白，在他心中起了大的惊讶了。

他站到我床前，把我认识清楚以后，用着还是惊讶的口吻说道：

“我真不认识你了，若是到路上，我还以为是……”

“你以为我是会扒你东西的人，是不是？”

“不，你生活真不是我们想到的生活。”

“这时可明白了。”

“……”

就是这样谈着笑着，他坐到窗前去，我却起身离床了。一面洗脸一面同这个人说着许多老话，说到各人的生活，说到各人的转向，并且把这个人的容易流出的眼泪也说到了，我们以后就下了楼，走到静安寺，搭一路公共汽车到南京路。他一定要为我制一套西装，我说我实在没有每天折叠每天打领结的功夫：他还是不依。这人是做了几年副官，在沿河护送船只发了一些财，对老朋友的情形看不过意，决心要作绨袍之赠了。他见我固执，还以为是书生气不脱，就说：

“二哥，你是当真做了文学家看不起老弟了！”

“副官，你这样说真要我对你行礼了。”

“你陪我到这缝衣公司走走！”

“我不会穿洋服怎么办？”

“为什么这样说？”

这朋友，好像有点生了气，因为他也正想来上海缝一套洋服，且在汉口就打听知道是南京路有中国内衣公司，如今见我持意不去，对我不领受他的好处以为见外了。我见他不说话，我就说：

“西顺副官，我陪你进去，可以，我实在怕穿这东西，因为不方便，与生活不相宜。”

他见我意思十分诚实，无话可说了，我们就进了那公司，上到二楼，这容易流眼泪的人如今用钱的大方同当年眼泪一样，把材料样子一翻，一买下来是两百多块，我呢，无论如何被派定一条裤子，正好我所穿的还是一条秋季穿的黄裤，再推辞也不行了。

这朋友的来上海是接洽一种烟土的买卖，得到了那团长信，告他我在上海的住处，托他为我带钱来，所以一到上海就把我住处找到了。我们就痛痛快快的玩了一天，到四川馆子去吃饭吃了许多酒，又到了一个地方去看电影戏，吃饭看戏地方全由我指定，他却出钱，我只得就这样招待尽了一天地主之谊。他住的地方是江南旅舍，第二天我清早坐了车到那里去找他，房中已经有了一个年青客人，衣服极其入时，我走进房去，副官朋友跳起来笑，一面为我介绍给那年青客人一面让坐。

“这是同乡老同事，沈，——这是向经理，第八十师的。”

年青人悻悻的立起，随便的点头，手上一支卷烟还未吸到一半，就用力掷到身旁痰盂里去，发出嗞的一声。见到这情形我觉得有一点受压迫，但是想到这人是长沙人，也就无话可说了。

我是好像略感拘束的坐下了。

那朋友说：“你那么早！”

我笑，轻轻的说：“不早。”

那军需大人，正同朋友说到一个故事，还不说完我来了，见我同朋友谈话，以为朋友是在应酬我，就把我不算数，又同朋友说道：

“哈，我就听，是的！伢俐角母凶！我可不怕。我还是听，等会看这妖精怎么样来。吓，老成，蛮凶咧。适风了，风在左边右边（说时用手拍胸介），革命同志，从枪里炮里出来，怕鬼吗？我不怕。生死有命，富贵在天，我不怕。訇！哗、噼拍！（作仿佛枪声介）来了！我心里有点紧了。角母会事呀？妖怪难道真有吗？吓，……”

说到后来是大笑，从那笑中我悟出这是军需大人昨夜晚到闸北一个友人家中住宿把人家畜养的猢狲当妖怪耽误一夜睡眠的故事，这年青体面人把话说来津津有味，我为这十全十美的长沙人气势也随便笑了。

那年青体面人见我也笑，似乎有点不服气了，就问副官朋友：

“老成，你不信鬼吗？”

“我看到过鬼打架，在常德提台衙门，一共有十个鬼，我们三个人就走去把鬼吓跑了。”

“牛皮。我不信。”

“不信吗，问我这沈二哥，他是同过我在一堆过的，看我往年同人打些什么赌。我们放哨就专选有鬼地方去放哨，男子汉怕鬼？”

说是要他问我，这年青军需大人自然不愿。本来我的样子也太寒碜了，坐到这五块钱一天的房间大椅上，就总觉得不相称。我的新刮过的脸与我一身衣服，只增加别人对我敬意的消失，我的不能同长沙内行坐在一起的颜色又毫不能隐瞒，听到副官朋友说到鬼，使我想起许多旧事，若无人在身边真要哭了。

我静静的观察这年青体面人的身材，望到这少年事业得意的脸孔，就安慰自己，认为别人是很有理由对自己加以忽视，且自己也还有理由对别人加以原谅了，我就不再顾及这个人，同副官朋友谈起往年的事来了。

“成，遂宜近来做什么？”

“他发了财，不做事，只在家中做父亲。”

“方吉生？”

“还是营长，驻ＸＸ。”

“魏三？”

“做ＸＸ局长，这样一个三麻子，命真好，得了那么一个好太太。”

“太太什么地方人。”

“陈……”

“他那女儿也长大了吗？”

“早养儿子了！这是怪物，大约养十个儿子还是脸嫩嫩的如十八岁女人。”

“……”我默然了，因为想起这小女孩往年住到我家里，被我同我姐姐捉定，用朱红涂了脸，穿起我外祖母的大袖衣，要她唱苗歌玩的情形，还如昨天的事，想不到这小女孩就做了夫人且出名的美丽。

朋友见我不做声，知道我是想到往日过去的事了，他笑。他说：

“姑妈来了，打她的左脸，打她的右脸，呆一会儿这被打处都得了治疗，用嘴安慰……亏你记得到这些事。”

他说的是我在一篇回忆的文章里所写到关于那女子故事的话，料不到这朋友，居然还这样有耐心，把我写的文章也记到，真使我觉得感谢红脸了。

朋友又说：

“还是回去看看吧，许多人你都不会认识了，老朋友是等待你回去的，年青人也想见你这……”他意思是在下面加“文学家”三个字，但经我眼睛一鼓，他知道这将引起军需大人的笑话，他把话中止了。

那军需大人很无聊，就从洋服外氅口袋里取出一叠小报来，有些用红纸印就的，有些是大报，一一打开来看，大约从这些中间他也能够如上海一般大学生一样，可以得到一些名人轶事花国消息的知识。望到那神气跃如的脸儿，我不由不在心上羡慕这种人的天真了。

不知为什么，那军需看到了一段报纸，只是咕咕的笑。

“向，你笑什么？”

“喔，角母多！”

“多什么？”

“老成，这里牛皮哩。这里说上海一个地方有十万野鸡，这是牛皮哩。十万，啊嘀，角母多！”

我是到想笑笑也不能的情形下了。因为昨晚上副官朋友已把那团长朋友托带的两百块钱送了我，有了钱，我可以请这朋友玩玩了，就想找他出去，离开这年青体面人。

我说：“成，我们出去好不好？”

“等一会也好，恐怕曾处长要来，他很想见见你，还托我介绍!”

“这些伟人我真怕，到底是乡下人出身，出不得客。”

“这只能怪你，太随便了点，不知道的自然就……”

朋友的话是指那军需大人对我的礼貌。我除了承认几年来朋友皆饱经世故，能追上时代，而自己反如孩子处处使气任性，到处吃亏，没有可玩味的事了。因为朋友也看出了我的拘束，我就更觉得自己可怜。我的世界分明是与这些人两样的世界，其中应无得失也就很自然了，然而我又好像总还有一种虚荣在心，以为是总应当还有人相信做一个上等人并不单是靠两件衣服就行，所以听到他姓曾的一个同事说很想要见见我，只得仍然等待下来了。

不知为什么，客人忽然想起我的姓名了，他还不知道我就是他所说的那人，他问副官朋友：

“老成，沈 X X 也是你们地方人!”

我对朋友做了一个眼色，要他不说话。

那军需大人于是一面燃了一支烟，一面又说道：

“这是一个名人！你地方是真不错的，有武装同志也有……”

副官朋友匿笑不已，稍稍生了一点气的神气，问那军需大人：

“你认识他吗?”

大约是这个年青体面人要顾全他的体面，不知为什么，他忽然会说出很可笑的话来，他说曾到一个地方吃酒见过我。我很觉得这是奇怪，就过细看看这个人，看了一阵也仍然想不起是到什么地方会过。我就说：

“想不到你先生还认识他，我们许多同乡还不知道这人的名字哩。”

这人毫不忸怩的吸着烟，放了一口烟气。他大约也是到过省一中学之类读过新书之人了，他继着就说他还认得不少的名人，把名字一一列举出来，大有背诵如流之概。他又说他也做过编辑为新文学鼓吹过，同谁在副刊上作过战。到后见我笑得很久，似乎对于他所说的话很有趣味，他就渐渐把我的落魄加以原谅，问起我到什么地方读书的话了。

我说：“我不是读书的人，是成的老同事。”

“你们那个同乡他也就当过兵！”

“真有这样的事吗？”

“我也不相信。不过，这是他说过的。"

“他同你说的吗？”

“不，他同别人说，我听到过。”

“这倒是很好的事。他倒恐怕想不到还有许多不相识的知己的事。”

“真是咧，一个作家，他是料不到……”

姓曾的人来了，又是一个年纪青青标致人物，胁下挟了一个皮包，一进房就走过来同副官朋友捏手，且很聪明的对原来的客人加以注意的样子。那副官朋友先把他给军需大人介绍：

“这是曾同志，四十三师驻汉办事处，这是向同志，八十师经理处。”

于是交换的捏了一下手，副官朋友又把那姓曾的引到我这方面来。

“这是曾，——这是我那老大哥沈 X X 。”

“哈，X X 先生吗？（我的手被两只软绵绵的手捏紧了，我只点头笑，不做声。）真好极了，我还同成同志说来看你，今天在此遇到真好极了。……”

我们即刻就到那长椅上并排坐下了，这年青人心上的诚实欢喜流露到颜色上使我感到温软，一方面我想起适间那军需大人的谈话，所给我的不愉快，就又觉得在这时真是一个可笑的局面。我去望那军需大人，他正在同副官朋友说话。

那军需大人用着还不十分相信的神气低低问副官朋友：

“这是沈 X X 吗？”

副官朋友笑，点头，他说：“我以为你认识他！”

这时我望到他们两人，两人也正望到我，副官朋友站起身，我第二次被他介绍给那年青军需了。那年青人红着脸把我的手握定，很狼狈的做出笑容，结结巴巴的想说什么又说不出口。

我也仿佛极为难。本来对这说谎话的长沙人我感到的只是无聊。但如今见到那神气，且手是被握着，欲挣不能，也显出受窘的气概了。

“好像是会过，一时真想不起了。”这人这样说着还不放手。他大约还想从谎话中挽救自己。

我说：“好像是，或者是北京。”

“我不到过北京，恐怕是同先生在长沙见过。”

“可是我还不到过长沙。”

到底是长沙人，随机应变的天才是并不缺少，虽说明白不会有那过去晤面机缘了，他把我的手一放，却怪起副官朋友来了。他说副官朋友刚才为介绍时只说这是姓陈的朋友，不说姓沈的朋友，所以才发生了这样一个笑话。他接着就想用一笑了事，大声打着哈哈，且用自己嘲弄自己那种神气，说幸好是没有说过沈先生的坏话，不然可真使人难为情了。但是认真说起来呢，这事情即或副官朋友同我把这事忘去以后，他是也不至于忘记的。他知道我就是沈ＸＸ，于是也走过来坐下，我就坐中间，这两个年青人坐两端，把话谈下去。曾姓的人还不知道先前的事情，只见到这时这军需大人的神气，心中似乎就不甚高兴。然而这军需大人他仍然还是谈下去，同我谈文学，同姓曾的谈党务，同副官朋友谈鬼，前后照应，全无空隙，到后是曾姓的人把我们邀出去玩，也不好意思把他单独放弃了。

同这两个年青人在一块时我又怠工了一天，仍然是吃喝，吃喝够了又到公园散步。我一面是在这陌生的朋友方面，感到一种难得的友谊而快乐，另一面就又望到自己萎靡中年的情调而感伤。我很明白那长沙生长的军需大人，虽然在我面前说了谎，有点负疚，但到后仍然是因为我行动言语的平凡，把他对我的敬意取回去了。至于姓曾的处长呢，许多地方还太天真了一点，他对我的趣味似乎一半还只是为好奇，他劝我不妨到汉口方面去玩玩，把生活可以换换，又劝我就同他过汉口去，住了一阵再返乡。这完全是一种好意而且极其诚实，我没有什么可言。我不能说我在上海还负了若干债，又不能说我离开上海以后在北平方面家中人无办法的情形，只含含糊糊的答应下来。到后分手一个人独回到了我住处的小楼，却想到凄凉起来了。人世的炎凉本不甚介意，但一想到也有像姓曾这样年青人，我觉得无端生出责备自己颓废的理由了。

第二天我接到了北平方面一个快信，我那有肺结核的母亲病转了方向，每天一到晚上就得发烧，写信来的妹要我想办法，或是自己回平来看看，或者想法把老人移到上海来调治。我虽然得了两百块钱，在各方面负的债总有四个数目多。并且这钱是朋友特意为我汇来的路费，若是要返乡，这钱就只能到地。我正感到为难，那副官朋友同姓曾的处长来到我住处了。副官朋友把我拉下楼，说姓曾的无论如何要为我制点衣服，且劝我搬家，为我买一点用具，因为他不好意思讲这个话，所以请副官朋友说。我红着脸到楼下去，眼中含着泪。

那人见我这情形，知道是副官朋友已把话说过了，就握着我的手不放。

“ＸＸ先生，你不要觉得难过，我是顶不会客气的人，成同志知道我为人，所以我才敢这样冒昧。”

“不是冒昧，凡是这些事在我都觉得有说不出口的心情。”

“你高兴顶好就同我们在十天以后过汉口去，不能动身离开上海，就搬一个家。我听到成同志说到你这住处，我心里就极其难过，我们是吃白饭的人，却各事无所牵挂的坐大房子享幸福，你们这样受苦，中国革命的成功建设期中还有这种事，真太不合理了。”

“这自然是自己个人的事，与革命无干了。”

“我看到许多人都该死，却做了无数事情！”

“那是你们革命同志！”

“一群无耻的东西。”

朋友同我全笑了。

过一礼拜，朋友同姓曾的返汉口去了，我也不过北平，也不返乡，也不搬家，也不做衣服。我手边有了四百四十块钱：有八十是副官朋友留下的，有一百六是曾姓留下的，另外是团长的两百。我已写信告了那在乡下带兵的团长，说感谢他的钱正来的是时候，且说明我一时无法离上海的苦衷。我把钱汇回到北平去有两百，还了两笔整数的债，为另外一个在别地的朋友周济了四十，我剩了八十多块钱，便很方便的把日子混了一个多月。到今年武汉还无战争时，我还得过那姓曾的寄来过一次钱，数目是六十，那副官朋友则来信说已转到乡下接新娘子了。

已经过了一个年了，我生活仍然还是过着为那长沙籍的军需大人惊讶的生活，衣服还是一样邋遢，人还是一样萎靡不振，在上海作奉命执笔三块钱一千字的文章，人不舒服时就流一点鼻血，左右这病又不至于长久，流了一些血，倒到床上几天，过一阵非起床作事不可了，我就爬起来，仍然把未完成的文章写下去。

近来家中人因为在北平实在无法支持，且为了一个小妹妹的读书事情无法解决，只好一同来到上海了。我就同家中人在这地方住下，伙食到无法继续时，就走到 X X 书店卖书处去向营业处 X 君说点好话，请他打电话得经理一句话，让我拿一点版税，又另外向熟人借一点钱，又把可以进当铺的东西当一点钱，一家三人终算活下来了。

旧五月的端节将到，一切的难处也随了这节日压迫到自己身上了。各处写信去借钱皆无回音，写成的一部文章又因上面有太多的牢骚无人能赏，家中的母亲一到下午就发烧，额部如火，胸部作喘。我自己又因天热旧病发作，间一两天得流一点在别人看来仿佛很可笑的鼻血，日子去端节越近，自己的灾难也越迫身了。

我近来成天坐在家中，除了生自己的气，觉得自己不照到那姓曾的年青人劝告，另改一种事业来对付生活是蠢事，就是来到这桌边，想怎样来把我生活彻底改造。我想到一得方便还是回到乡下去看看，且把这意思说得极其乐观，在病人床边商量过了，我的母亲知道我这话完全是做不到的事就苦笑点头，用她那聪明的眼睛很可怜我似的对我注意。她见我站在桌边总是半天，以为我是为了目下情形着急，恐又得流鼻血了，总故意同我说话，使我可以休息。

我虽每日看报，却从不敢注意到日子。因为日子不甚明白，一家人也从不提起日子，这日子才似乎容易过去。见到家中的情形，见到未来也同样渺茫，很蠢的思想时时刻刻在我脑中打转，我想到的是我应当使自己苦恼把一家人活下来还是自己图安宁杀了自己？我想到这解决时是没有一分牢骚在心上的，既然一家人皆在病中，而自己又实在无生存能耐，恐怕终会要走到这一条绝路上来了。但是这愚蠢而又可怜的思想，家中人是不曾知道的。我仍然也还是成天做我的文章，来了客仍然陪客人谈谈天气及国家事情，喝一杯茶，又随意讨论一下近日相熟几个人的生活。客一去，来了空虚，看看周围一切，我茫然了。各样的计划全作到了，还没有可以把一家从贫病中挽救出来的方法。在无可奈何情形中，往床上一躺，想着我在呆官日记上所写的“日子，滚你的吧!”这样话，心中酸楚之至。在这时另一地方那些追上了时代的老同事，总仍然还有念及这落伍的我，我就这样对了屋顶作着空空洞洞的希望。

我虽然没有算日子，但仍然知道今天是初三了。

本篇发表于1929年5月10日《新月》第2卷第3号。署名沈从文。

# 楼　居

天气热，整天一家人流汗。每日早上六点钟样子我就起来了。

起来了，望望前后房床上地下睡的人，像甘肃省的灾民一样，仿佛都瘦得怕人。因为天热，他们都是半夜才睡，所以这时睡得非常好。早凉，有风，望到空中嗡嗡作声飞过的大蝇，我茫然的站到再过半点钟便将为太阳所晒的晾衣台前，向着到下午便炙热如烙铁的对面高墙，作一些莫名其妙的空想。

因为一家人都瘦弱有病，我想我近来大约也瘦到不成样子了。

弄堂下面扫地的老人还没有来，地上一些西瓜皮，有些截成半节，如帽子，极浪漫的在那画方格的地面上分布。

还有灯，是街灯，夜里白色，这时只一点黄，扫地人来这灯才会熄。

在我脸上，在我不袜的腿膝间，感到冷风清爽宜人，但从这些风上，从噪着早蝉声音的街树上都可以看出这日子到下半天以后，就如把人放在蒸笼中情形仍然是昨天一样。

我怕想到日子这一类事。然而不单是日子，一切事总仍占据在我心上，每天醒来我总觉得心上忽然就加上了一些重量。我并没有睡够，起来了，也像非常疲倦，很想睡，可是总不能睡。

把关于日子这类事想了一下，就像那阳台边早风的享受也近于一种奢侈了，我这时就应当找笔，墨水瓶，稿纸本，预备齐全了，到风不会来的桌边去坐下，写。于是我做我分内事。

没有可写的我也写，凡是文章我全是这样写成的。

把笔捉到手上了，回头望望侧身睡到一小军用床上，用一条大毛布洗澡巾作被，害暑病有过四天不曾吃饭的哥哥那样子，瘦瘦的脸颊满是野草一样的胡须，本来要写什么无论如何也写不出了。

这人这时正像睡得很好。然而那么瘦，那么憔悴，看了一会这人的睡的姿式，我忽然感到一种空虚，好像是眼前人已经不会再活，我的生存是极可怕的孤单了。

我站起来了。

怎么样？把纸笔等等，拿到后房去，离开这可怕的地方。

后房是我母亲睡的地方。虽然有帘，一到下午这房也就不能住。但早上还好。后房的窗可以望别人屋顶，红的瓦，鳞次的排列，常常在早晚冒烟的烟囱，近到也像可以用手抓。早上这房中也有好风，只要把房门打开，让风有出路，那风便从窗外来，从门外走去。

晾衣台太阳光还不来时，后房所见别人屋顶，已经晒满阳光了。

想到太阳，汗，麻雀不怕热，在瓦上打闹，我笔又捏到手中了。一颗钉子，一只在桌上爬走的蚂蚁，小玻璃杯，热水壶，凡是可以供我下笔联成一串的我全望了它们一会。又望到蚊烟香圆纸盒，使我记忆到晚上不能安睡的理由。夜里蚊子真多，我们一家是没有帐的。因为我没有得到好睡，想明白母亲夜来情形，就捏了笔，悄悄的不让阖着眼的有肺病的母亲惊醒，走到她床边去，甩开那痰盂盖一看。里面全是红色了。红的浓，出我意料以外的多，心上抽了一口凉气。

我站立到那床边，不敢动，病人却醒了。

像是醒了很久，不愿意同我说话妨碍我做事，所以才把眼阖上假睡。听到我甩痰盂盖。且知道我为那血惊讶了，所以开了眼睛，望到我笑，说："不要紧，不要紧。人不吃亏，一吐就松了。"

"怎么这样多？"

她仍然固持的说："吐了人爽快得多。"

她谎我。这人就专在这些事上谎我。

她谎我不去，是我注意到那比哥哥还瘦小的脸时，颜色是白色转青，而眼睛，竟像不是活人的眼睛，又小又呆，非常可怜。

我觉得痛心，走到窗边看太阳去了，就又听到咳声，且像是喉咙中有物件非溢出不可，然而又粘附在喉部，那么挣持的咳了十余声。到后又听到哗的呕到痰盂中了。我应当到这时倒一杯水也不去倒了，我看远处，远处据说是上海第一高楼的圣母院路的大厦的尖，那里有矗起的大起重机，缓缓的从斜卧中转成桅子样直立，好像我在极力逃避这现实。

“不要紧的事，昨夜一吐，倒像很好了。”因为知道我心中这时的难过，把血吐过以后还来说这样话的是我母亲。

我先是生了气似的不说话。到后，我说话了。如同人相骂，那情形实不能使我作另一种样子。

“这怎么行？无论如何我得请医生来。”

“那是蠢事。”

“蠢事也得作，不然这血……”

“不要紧，我自己还不清楚么？那些人就只拿钱一事有把握。”

“没有办法也得出钱。”

“出了钱也还是要咳。钱不是不出过了，你看他们说些什么话。”

我不做声了。母亲的固持有因。

在往日，医生是真来过了。五块钱，或者十块钱，人来了，从皮包中把听诊筒取出，听听各部分，抿着嘴想了一下，不作声，取出一方白纸来，写上一个处方，处方角上除了印就中西文字医生地址与电话号码以外，还印得有此方必得在某某药房配药那类话语。再问问，“不怕么，”就仿佛以为这问话很蠢那种神气，对我望到过十秒钟，才似乎这也得答应一句话才对，就说，“到莫干山去吧，”或者说，“庐山空气好，”“西湖不行，”“上海也无妨”那一类使我想用脚把他踢下楼的话。医生一来我就也像害了病。医生一走我的病也好了。

母亲反对医生理由我是明白的，第一是上海医生讨厌，第二是怕医生说得危险反而无办法，第三是钱。

虽然说好歹得把医生请来看一次的我，比母亲还清楚的是没有钱可以作这件事，医生一来至少要十块钱，手边多有十块钱作伙食，母亲病在这方面就有获到恢复的希望，不必医生了。

“因为病，才感到穷的痛切。”我那样想时还不敢望我母亲的脸。

“没有钱，血只好尽它吐了。”大约母亲也正这样想到。我抬起头来，我们互相望着作一种苦笑，于是母亲仍然闭目小睡，我坐下了。预备得是作工找钱，以为有了钱一切或者好办，没有钱，说这样那样也全是空话，无裨于实际，不过徒多机会引起这一家人觉得伤心而已。

我想乘早凉写五千字，没有办法写好。睡到地板上的妹醒了，以为母亲没有醒，就同我轻轻的说，告我母亲晚上的情形。说是血吐得特别多，一晚上不能睡，要想办法才好。

她只要我想法，没有要我从什么地方去想法。

告她，我们目下情形是去年北平一样，暑假中，书无销路，版税不能拿，新稿纵有人愿出钱买，也写不出，真是绝境了。

她没有像去年母亲病危时固持的说母亲要进医院才行，人长大了，知道我没有用处能原谅我了，就悄然拿了满是鲜血的痰盂到楼下马桶间去倒。听到那一步一步下楼梯的声音，又听到抽水声音，我没有别的感想，坐到桌边想结构，我在做文章。

母亲还在咳嗽。

想到一点故事，好像写出来决不至于被同我作交易的编辑们退还，同时是想起妹把那半痰盂的血倒出的事情。母亲一咳更不能写下了。仍然同她说话，我先说，就问她：“妈，吃亏吗？”

“没有。”

“怎么样？心里想吃什么？”

“我想回家去。”

这是她近日常说的一句话，我照例不加意见。她还有话说就说：“乘我能支持路上的劳苦，八月就赶回去。”

能够回去自然也好。

我不做声，母亲就把这理由补足。她怕人是快要死了，在上海方面，没有办法，无埋葬地方。老年人见事太多，于生死事本来看得分明，她一定要回去的理由，不是埋骨，却是担心我们对于这件事感到束手。她知道我没有方法弄一笔钱来办这件意外大事，且不愿意我在这事上多负一些债，所以主意算定，还是回家好。本来故乡也没有家，回去也许住庙里，但因为为时不久在故乡军队中作军医的父亲来信，说回来无住处，可到军医院住。军医院是旧中营衙门，因此说到回乡，还把“住衙门”这话当笑话讲。

想起母亲回乡原因真是伤心的事，我如今却也赞成了。我说：

“只要有钱，就这样办，我不教书，妹不读书，回去伴母亲住一年。”

“我也想，全回去是好的。穷也不怕。这边能够每月寄点钱，自然就可以好好过日子了。没有钱，也总不至于到像这地方每月着急。”

母亲的主意还是全为我打算。

妹也说转去好。母亲老了，陪母亲住两年，再出来读书也不迟，这是我妹的意见。

且说决定要在八月动身的话了。母亲似乎对于这事感到欢喜。

我在心上计算我的钱。算了一会，路费倒像不难。有三百块钱，无论如何可以到乡下了。这钱的来源自然是应当由我手写出来。照如今行市，我写得成十万字，就可以实行家中人所说的返乡。我自己也忘了这十万字究竟要写多久，以及写出来如何能成为三百块钱的种种难处，暂时把还乡引为一种可以把一家人救活的唯一希望了。

我们于是乎来说一些这个时候乡下的情形。我离了故乡有十一年，母亲同妹则有四年，只我那有残疾的哥哥才从乡下出来不到三个月。哥哥虽病，听到回去，也起来参预这谈话了，他把本地方使老年人听来倾心的各样情形谈着，没有遗落一处。像做梦，我就告他们，或者在上海这地方，将来可以望一月有一百块钱寄到乡下去给我们舒舒服服过一些好日子。说过这话以后的我，也似乎居然把许多目下情形忘丢了。

到早饭时节了，大家皆像怕吃饭。

人是仍然坐到桌边了，娘姨把饭拿来了，望望碗中的菜，都摇头。

“吃一点不行么?”

“好好，试来一点。”

“菜是只这些菜，想不出什么。”

“太热了。”

“放冷了吃一点，不然娘姨看到这样子，收碗去时又得烂脸，说做神仙。”

“我们真是神仙，这饭不吃也行。”

……把使人哭笑不得的话说下去。

说着，各人勉强各吃了白饭一碗，尽职那么吞到肚中，口渴了，继着就喝茶。喝了茶回头又准备流汗，从不因为怕流汗就不吃。

在吃饭前后是容易有机会谈到乡下吃饭情形的。好像那里都很好，就是这样热天，也各能吃三碗饭。到乡下去是至少有三十天路程的，所以说到在小船上生活，也仿佛一上船就能吃饭。

然而在上海，近来吃饭真是摇头的事，还没有代那娘姨为我们做饭那类事设想，也不愿意吃饭了。

饭吃过后我又坐到桌边。这时能够睡也应当睡，我可是还不敢躺下，仍然危坐在桌边，看我上半天的成绩。看看自己写下的胡涂到极点，我也不能像往年慷慨了。往年写好的文章无人要，我就把它扯碎，有时还用口嚼，把纸头嚼烂，工作的意义也完了。到近来，我脾气已完全不同，任如何胡涂的文章我从不丢失，一处退回的文章我常常又送到另一个地方去。这时看到自己的一篇只写成一张稿纸的小说，想起自己的许多可笑处，竟不能够笑。

看到自己的文章，想到一些没有请过他们吃点心那类人对我的态度，我是完全没有愤慨了。我自己就应当时时刻刻嘲笑自己才对。我的文章越写越坏是不能辩解的事实。无意义的空谈，无聊的悲愤，琐碎到为他人看不懂的格调，无一篇不是如此，这是我自己看到我的名字在杂志上时所有的感想。

因为觉得自己实在不能再从此中找寻生活，使气从窗口把笔杆掷到楼下去的事也有过。因为不愿意这生活继续，到处找人谋一小事情作也有过。因为厌烦这生活了，返乡的思想似乎也不是今天为第一次了。

我在工作中，也曾想到如何使我向伟大处走去的事，其结果，正同这样相反是我只注意到字数，且每每估计字数时，总没有比任何书店所数出的字数为少。我常常想我的文章可以多卖一点钱，多得一点钱则我就方便了不少，可是每一本书总是五万字。但当每一本书从什么书店印出，煌煌的在大报上把广告登出，如“新著十万言”之类瞎话时，总非常惶恐的把那广告读过，不愿意再去看看这本书究竟是不是有如他们所说字数的多。

几次几次下了决心说不作这样事了，到后还是把写就了的稿件作一包，挟到胁下各处跑，找熟人帮忙。得了钱，一开销，到月半，伙食又不能继续，看看仍然没有所谓新路可走，就又动手起来。

这六个月来是按时“出货”的。如今这样大热天气，空坐也头脑发晕，我为了按时出货，就仍然作我不愉快的小说。明知道没有能够写也得写下去。有病无法吃药，饭还是要吃。房中热不可耐，房租还是按月缴。

不拘什么时候对这生活我都厌倦了。我有时，捏起笔想了半天：一个故事没有想出，就只写上自杀了自杀了字样，仿佛觉得我一自杀一家就超生解脱了。

人才吃过饭，天气渐热，那里还能好好工作下去？我虽名为做事在桌边，究竟经过一点钟作了什么事也不分明。

我看我写好一部分的小说，只有拿“新的表现”来聊以解嘲。因为还有人看得懂我是在写些什么事，这些人且常常从远地方写了很可感动的诚实的信来。我待告给这些人，写这样，写那样，在我可全是无聊，我想的完全只是能够卖去。我只想字多。我只想不写小说就伴送病人返到十年分离的乡下去住，仍然作我六块钱一月的上士，他们没有一个人相信。我写了——

玉家有菜园，出白菜。……

写下去，一直到第五页，汗已湿透背上衣了，我还不换衣。

把笔放下同家中人说话，说天热，说天热有些人是如何把这天热长日消磨，有些人又如何在这大热天晒得发软的柏油路上走动，……好容易过了一个下半天。

又把全无意味的晚饭摆上了桌子。

母亲同妹只说菜没有可吃的，我们就喝清汤，吃白饭，人各勉强尽一碗。一吃饭，这一天好像就完了。

房中有灯后，走到晒台上去望，便望到另一新搬家来的五个赤膊男子与两个怀孕妇人围坐在桌边吃饭。在弄堂中那么不拘形迹，是我初初见到的事。听他们吃饭声音，看那种捡菜泡汤情形，便明白这些人胃口健全，身无杂病，使我不能不生出羡慕。

我想起我一家人无可救药的情形，又想起回到乡下以后的情形，又想到我母亲真会一旦忽然死去。我还是站到那栏干边。

仍然去桌边做事，做不下去，不知道为什么做不下去。放下笔同我母亲又去说那回乡的计划，她问我什么时候可以得到路费，我为这一问就问胡涂了。我能说定时候么？我这时还没有一篇小说留到抽屉，我到别处拿的版税皆超过了我应当得的数目。天气近来又是这样天气，纵有借钱地方我也不敢出门，回乡的事，不过一个笑话，一个梦罢了。

不过我仍然在家人面前说了一些大话，我告他们是只要半个月，我决定就可以写出路费来供我们还乡。像卖预约，约在半个月后，到时无办法自然又改日子，我用这方法对付家中人已有很多次了。

在说到回乡的事上时，母亲病似乎稍好了点，且看不出是病人。

家中人睡了，街上也听不到车马声音了，十二点钟以后，我用蜡烛光写文章，赶我创作集。思想胡胡涂涂，只要写得下去，我就不停止的写下去。间或有时又听到后面睡有母亲的房中有一种声响，就稍稍停止工作抬起头来凝神听。

在夜静，极静极静时，把工作的笔放下，我担心我也会有忽然死去的一日。可是疲倦极了，我也仅仅流一点鼻血。为了使家中人相信我极健康，我总快快的把这鼻血痕迹去掉，不让我家中人见到。

《菜园》那篇，我写了三天，写成了。三天都是一面看到母亲的血或想到母亲的死写的。我在这文章上也发了一回毛病，流了少许鼻血。

文章写成了，一面用钉把十余张稿纸钉到一处，一面同我母亲说小孩子那种话："一万字，就成了，真容易！"

母亲不作答，咳嗽。我就想，得了钱，买药，我的脑非吃散拿吐瑾不行，母亲是有了五天不吃库阿可斯，所以咳得更凶了。

我告母亲这是一万字，他们可以送我四十块钱，只两天多一点就写好了，若是继续写一个月，就有希望还乡下了。这话有一半是近于说谎话，母亲常常望到我，那神气是"一切我完全明白，你近来真成天说谎。"

我要否认这件事，是这七月我当真又写了如其他时作品一样平常浅薄的一本书。但是不消说我们无法达到回去那个希望，到月底，房租的期限，又到了，这钱得来也刚够开销一切，以及对付下月二十天的伙食零用。

家中人成天还是谈还乡，同别人我也说不久将回去。母亲说的是八月，如今再有几天就是八月，天保佑我们，天气转凉病人或者有转机，母亲不会常常想到在上海死去无法埋葬那类事，就仍然在上海过日子下去。

---

本篇发表于1930年3月10日《小说月报》第21卷第3号。署名沈从文。

# 知己朋友

我不甚喜欢有人读我的创作，这个秘密现在可以说明白了吧。

四月十三，我在ＸＸ学校，我记到那几天正是无须上课的空日子。并且前几天不久，我把一个《薄寒》名字的小集写成了，我在等候书店方面给我的通知，告我那稿件的命运。正略略显得焦躁。就是那一天，得到一个从上海来的信件。

信上的话是从另外一时节常见到的，末尾又加以解释，说，那是因为读了我的很多小说，感到了大的喜悦，所以非常愿意见见写《夫妇》的作者。这人把我一个短篇的名字提出，作为同我谈话的理由，在我是毫不应当奇怪了的。我的短篇有些写的比旁人稍稍不同，是我不必说也明白的。因为那个短篇，在比较为人注意的刊物上发表，因此使这人感到兴味，且生了一点更有趣味的希望，写信来要见见我，那天心情并不十分坏，我自然在最平常的态度下，就写了回信去，承认这提议是可以办到的事了。

你们很多人是都知道我在生活上总是不大舒服的。我总是喜欢发一点空洞的感想。我总是有点灰色。我总是做梦，又在梦醒时节情形中，大声的嚷，这生活如此下去不行。我脾气很坏，非常容易动怒。这有什么奇怪可言？天生的脾气不大好，体质衰弱，神经过敏，过去的生活在我脑内画了一些古怪的符号，到现在，人又上了点年纪，在女人方面得不到一点好处……，这样那样，就使我永远不能如别人一般容易感到生存的幸福了。实在说来我是不会再像别人那样过日子了的。我因为种种理由，是同人间快乐这一类事，永远分手异途的一个人了。我的心，如今再不会在一点点钱，同一点

“名誉”，感一些“同情”上，重新做出愉快的跳跃了。

在ＸＸ会上，有人以为我忧郁得很，把我除了名，这是一个秘密，谁也不曾晓得，我却不为自己设想要说给大家知道的。

说回来吧，我是在ＸＸ学校教书一年了。这个事在我自己同那最与我要好的熟人，都把它来当成一种奇迹看待。因为谁也不会相信我要这样做，而我自己更加不相信能这样做。如今是居然教过一年书了。并且，人家来信，把我称呼也已经变更了。在去年，一个熟人，因为看到我在上海地方，每月不知节制的写短篇小说，把我忙胡涂了，忙瘦了，同时这熟人，也因为代我将作品介绍到这里那里各处去，免不了要受点气，也忙得有点不大高兴了，有一天我到他那里，他就说，不要这样做文章了，还是教一点书吧。他说完这个时，且告给我教书的种种好处，就便要我到ＸＸ先生处去，因为那时ＸＸ是大学校长，为我找事做。熟人的意思，显然是在我自己，正觉得写短篇小说，已走出了新路的时节，熟人却因为那大量的生产，认为我文章渐渐转到卑俗调子里去了。冒险的提议使我思索了一礼拜，还是不敢决定。因为我不曾好好的到过中学校做过学生；对于学校事情，除了记得起塾师处治逃学的我，要自己搬板凳到孔夫子面前，再照规矩爬伏到那板凳上，请老师赐笞以外，其余一概是茫然的。在北京，我住了六年，熟人全是大学生，还是与学校无缘，每天虽有不少大学生来往，学校的事总仍然生疏得很。并且我所知道的大学校，大致如下：第一，男女同学，他们因为同学，就常常有恋爱事情发生。第二，凡上大学的课的，在课外，第二年级以上的学生，属于男性，一定懂得在白衬衫上配置花纹雅致的领结，还有讲究的，是裤带边有一个表牌，上衣小口袋里有一块花绸小手巾，帽子戴在头上，总自然而然，略略偏左。因为一定要这样，他那身分才能存在！至于女性，脸上扑白粉搽红胭脂，头发荡大的有些像鸡窠，留长的便披到脑后，让风吹动如杨柳，身上总是有一种说不分明的香味。就是这些美观的风度，精致的身材，以及用知识与香料作成的人格，使我厌恶发怒，使我认为到大学校去，简直是一种于人我两皆无益的冒险事情了。

可是到后来，我还是用那个最好的理由，到ＸＸ学校住下了。

因为“生活”，我的小说曾同许多小书铺谋过妥协，这里印过一本，那里也印过一本。这样继续下去实在不行，所以我便换了方向，妥协到教书上了。

我到了ＸＸ学校，看到了使我生气的大学生是很多的，可是同时使我忧郁的那类穷学生，因为方便的原因，看到得更多我的任性处有些地方为这些人改变了。我在责任观念上，慢慢的看到我应当为这些年青人做一点事情，不怕气力薄弱，总之应当在每星期担任的功课以外，做点义务事情了。

但我有什么办法可言？一些年青朋友们，都不知从何处得来了一个夸诞的梦，以为做点小说就会使他生活充实起来。一些年青朋友们，都以为做得一首好诗，就可以在过后日子里，成一个诗人。还没有作到诗人文人的他们，靠海滨的干净空气同脑中天真单纯的梦，就活到世界上，支持着日子。把名誉，金钱，女人，皆建筑在谁也不以为出奇的文学上，看到这些人的努力，我忧郁得很。虽然一方面极力在言语中，挑选有用的言语，鼓励到朋友们向生活继续作战，在另外一种意义上，仍然很容易生自己的气。所以我想最好是一到七月，我要离开这地方，走到别处去了。当我无事时，就作成一种计划，想改变了这生活，把自己放在一个新的世界新的生活里去，折磨这多灾多难的身心，一面我教了点书，仍然是每一个礼拜要写两三个短篇小说。大约一礼拜我可写作五天，字数一共在四万三万之间，看起来也容易得很，并不大吃力。有些朋友望到我一面与客谈话，一面还可拿起笔来写述那不完篇的创作，以为我的文章真不费力，把这情形记到心上，在另一时用嘲弄口吻，就说我“真是天才”，用作说明我作品之多而无价值。可是仿佛那样容易的文章，写成后，躺在床上的我，疲倦得总像死去，那因为是无人见到，我自己也不说，就无一个人知道了。我的作品是为一个仇敌而写的，永远为了仇敌动笔，仇敌是什么？就是“生活”。教了书，仇敌还依然如旧，把我所有的一点生命的力，全安置到作品上，结果生活还是稀乱八糟，毫无秩序，各处负得是永远还不清楚的债，各处留下永远做不到的人情，虽然知道我的创作比别人写得认真，有时比那些据说广有销路的名作还好，但我也仍然极瞧不起我的作品了。一个什么批评家在刊物上把我作品谈到时，实在说，我所感到的，总是这个人无聊。什么人说我的文章很好，他是说不对的，说我的文章不好，这更加说得不对。赞美我的都使我厌烦，轻视我的他不懂我的作品。我一面尽力同生活作战，一面我非常看不起自己的作品，所以写信给我的，得到我那个回信，也是一种凑巧。即如目下这个人，当我把信发去后，我就想到过，为什么在这些日子里，我还来在生人中找一些累赘，压到自己身上。就有点悔责自己的行为了。

写信去，我的那个人十六上午到ＸＸ来，我信是这样说的：

> ＸＸ，我读过您的信了的，既然您以为这是使您快乐的事，在十六的上午就来吧。
>
> 我是不讲客气的，您来玩，也可以随便一点。我等候您来，可以到我这里玩半天，到下午，再引您到江边去玩。我对于那些能在我的作品上有所会心的朋友们，是也怀了一种希奇的趣味要看看的。……

信发去了，我一面计算这信到上海要多久，在什么时候，在什么情形下，这个信就可以到我那个朋友面前。我另外就在我脑中，创作着这个人的相貌，作为娱乐。我用的是那个来信作为参考，因为据说从字迹上可以看出人的性情，从前有几个朋友，也是先前全不相识，竟居然被我猜中了。

我想象我这个朋友，一定是一个如郭沫若所描写的青年文人，有苍白秀美的脸庞，头发很长，身上穿的是旧洋服，但非常干净。说话时这人一定口齿有点含糊，那理由因为害羞。这人本来要想不客气，学成坦白真诚，但遇到生人，仍然为了害羞，或近于这一类事情，还是要说一点废话和谎话。这人一定要问到文坛消息，问到作家恋爱打架这一类与我毫无关系的事情，逼我当面答复。这人若是有一个女人，或见个什么女人，总要同我提到一下，且同时好方便问我是不是同ＸＸ恋爱，是不是曾在北京玩过娼妓，是不是又会喝酒算命：因为这是我作品上的事情！凡是这些事情，是我见到每一个陌生朋友时都免不了的灾难，因为看到过我的小说的人，都欢喜当面拷问我一下，某篇文章所含的某种背景。大约他们都愿意知道得比旁人较多，一方面满足他的好奇心。一方面还可在另一时拿去谈论。大约莫泊桑也有这样灾难，因为这行为并不一定完全出于无知。我因为这难关不容易对付，所以凡是坐席开会，稠人广座中，总怀了一种戒备，不敢轻易走去。这拷问到对面只是两个人，则尤其难于对答，所以同陌生朋友谈话以后，我便照例要感到一点冤屈。在ＸＸ学校，住处的门边，因此也就常常要贴上一张“不谈空话”的字条了。

第二天，因为一桩事我生了一整天的气，这气是仍然同知己有关系的。我学习用理知管束到自己，总仍然不能得到平静。我极单纯的想到我是应当死了。我所要的得不到，我受不了那失望，要尽我的贪心滋长，帮助偏见的存在，但别人在我身上的责难又苦了我。在事实上我打算要死了。因这想象纠缠到我心上，觉得在生活原来形式下面过日子，实在做不到了，我就到了上海。

到上海我住在ＸＸ旅馆一个五层楼的小房间里，这是一个熟地方，先同茶房定下了条约，不许有娼妓来扣门，不许故意来谈到这一类事情，只是好好的让我睡在床上看书，把我所要的东西预备好了时，就不要再来问我。一切照办则明天的小费另加一元。这太懂事了的扬州人，照样的答应下来。就走到楼上甬道间，同陪伴年青女人上旅馆的妇人谈天笑谑去了，我就躺到细草席上打算一切。

我把自杀的问题当一件最平常的事情，来着手打量，应当吃什么，做什么，都计算到了。在打算自杀我是不悲哀的，因为我不愿意活了，不高兴这样活了。要死去，我有我的权利。我还有权利选择那死的方法，要在各样方法中挑一种我所最合意的，使我不大感到痛苦，且使我的亲友能够忘记我。我想到的是吃药，吊头，投江，跳车，……我知道有许多人那天是有我的名字在印象上保留的，因为十五的ＸＸ周刊上。有一个人写文章论到我。我从一个书铺买了这样一份周刊，拿到旅馆来，我看到那论文，为我造作了许多无害于事的谣言。我把这周刊看完后，就扯碎了。是为什么原故，我慢慢的要变成人们口中的糖？是为什么理由，我的生活与这些闲散无聊的人，因此就要发生一种关系？我现在不久是要死了，我再也不会看到这些使我生气的事了，书店再也不会出两块钱一千字买我的稿件了，人类的无耻与无聊，同我的关系，明天就应当结束了。

我选了半天的方向，还是没有解决。死的方法很多，但一切方法总不能给我十分便利。大致是我对于死还有机会去分析，我已经把自杀者单纯的热失去了。到后我忽然不能再躺在旅馆里小房间，做我自杀的梦了，就要茶役锁了门，走到马路上去，看看其他的人，这时究竟做些什么事情。我离开旅馆，到了木块马路，时间是下午三点样子，为上海地方太太小姐上街的时节。许多人许多人在街上走动，一切光，色，声音，都在一种变动中，使我头略略发眩。我一直走去，向外滩马路走去，从一些店铺过身，卖灯的，灯似乎并不知道我要死了的事。一些卖布的，拍卖底货，站在长凳上，大声的嚷，见了我的样子，有一点像个乡下人，就拉了我进去看货，也不问我是不是还愿意再活两天的人。这些人是同我那些知己一般的存在，却使我更陷于孤立了的。

我很寂寞的在人丛中挤来挤去，正像我在《除夕》上所写到的那个中年人物，自然我也愿意碰到一个什么女人，说一点空洞的应酬话，或者如故事所说的有那下文。看一切的力，在各人身上作一种浪费，我寂寞而且忧愁。望着每一个在我前面走路的人，我就在那宽阔的背影上，发生许多疑问。这是做什么事的人？为什么到街上来？为什么不坐车却在马路两旁来往的走？我知道这些背影的人中，有在心上打算到杀人放火的，有在心上摹拟到放荡的情欲的，有在心上……但我不相信有同我一样心情的人，在街上徘徊。我从每一个不相同的脸上，去找寻那秘密，所有人类秘密，凡是我想象到的人事，我都极其大胆的把它加到我所见到的那些人身分上去。虽然这样，我到这些人的身边，却毫不惧怕。野蛮、虚伪、庸懦、狡诈，我看得明明白白，每一个人的脸都刻上了那最合宜的字样，我默默的看着，如诵读一首伟大的诗歌。

到后，发生一点小小意外事情，把我的诵读停止了，就是看到一个我所估计错误了的绅士样子人物，因为扒取一个妇人襟上的金饰，被人捉着了，拖拖扯扯带到局里去。这样事情一定是每天每时在上海地方都能发生的，看看报纸就可以明白了。可是我的游行因此也就中止了，因为我从那扒手外表上，把我的估计弄错了。我先是羡慕这在大路上散步的人，以为这些人的生活，一定都比我过得较有趣味，没有趣味的也不一定懂得忧愁。但我忽然明白我是错误了。

我在泰和药房花一块钱买了一盒安眠药片，揣到怀里，预备一起吃到肚里去，从此长长的睡了。我想到这个方法，是因为从药房过身为广告所暗示的力量。

即刻我就转到了我的旅馆去，再凑巧没有的，是我忙匆匆的走回旅馆时，在旅馆门前见到了一个从北京来的朋友。这朋友是做官做够了，请了短期的假，来上海玩的，就住到这旅馆三楼。两人皆因为想免去麻烦，在旅客名牌上各写了一个生疏的名字，所以见面以前谁也不知道谁在此住下。

朋友正想出门，见到了我。

“呀，一个好人，我正想到ＸＸ去找你，问你的通信地址！”

我想装成不认识他要走过去，他似乎先也以为自己弄错了，很不好意思，但这人让我走过身后，当面还有疑惑处，看背面却被他看准了，就赶上一把拉着了我。

“怎么，不认识老朋友，还是装痴？”

“哦，是ＸＸ呀！你不是在北平做官了吗？”

我是正想要死的人！那时我自然不像他那种兴致，但我因为有了两年没有看见到过他，自然也对他笑，问他是什么时候来的，他不做声，有话好说，只拉我到旅馆三楼去。有电梯也不坐，要我跟到他跑上楼梯，他太快乐了。这朋友，年纪青，身体健康，事业顺遂，所以心迹略粗，也不想到我为什么要到这旅馆的事情了。到了三楼他的房间里，我才明白朋友为什么那么快乐了。我为朋友打算到的，是升官，发财。还忘记了一种。原来朋友已经在北京结了婚，如今是带了新的太太来上海，过西湖看风景的人了。

那太太有一个圆圆的年青的脸庞，小小鼻子同小小的口，穿的衣服大致还是做新嫁娘才上身的衣服，正坐在床边整理新买来的一堆什物，一件一件解开，满地是包皮纸同细绳子。

“这是从文，我们成天说的那个大作家，我的最好的朋友，——这是太太，才有两个月的……此后应当是你最好的学生。”

那女人，一听到是我，大致这朋友，当真早把我同他两人住在北京沙滩附近一个公寓的情形，全同女人说到了，就笑了，从纸堆里轻轻的跳跃到了我的身边，伸出一只净白柔软的手来，且笑着说：

“是熟人！我们昨天还才到四马路买了一本新著。看到一篇 X X，要 X X 去问书店，探听你的住处，好来看你！”

那丈夫就第二次又说：“我正想去问新月书店，看你在什么地方。”

我望到这一对年青而又幸福的人，一句话说不出，只非常可怜的做着傻笑。因为我听到这太太说买我的书看，我才注意到那床上，并排的两个枕头之间，当真有本《从文新集》摆在那里。神经太纤细的我，忽然就想到这书是在如何一种情形下，为这一双年青人所翻阅，我沉默的把头低下了。

两个人似乎都不大注意到我的心情，两个人即刻把我位置在一个柔软沙发里，左边一个，右边一个，把我包围坐下了。

我因为看到这阔气房间，觉得要说一句伧俗的话，才能把自己救出，就问朋友：

“这房间多少钱一天？”

女人说：“八块八一天。”

女人声音如一只雀儿，明白，流畅，美，把话说了，仿佛怕我批评太贵，就又说：“我们只预备住一礼拜，所以到这里方便许多。”

我连说：“很好很好。”说了我就望到朋友 X X，因为他比往日年青了许多，比我想象中的 X X 还年青，这件事使我奇怪得很。我心想，“这是不是一个 X X 的弟弟？”

女人就说：“ X X，说你今天真快乐！为什么烟也忘记拿出来了？”

朋友 X X 说：“你忘记我们说过从文不会吸烟吗？”

“现在难道还不会抽烟吗？”

“除了人老了一点，别的毫无进步。”

女人说：“不吸烟好。”

因为女人的亲切，说过一阵话，被他们两人问过我许多关于生活上情形，把我的拘束减去一些了，到后我就问朋友：

“为什么就结婚了？”

朋友望到女人笑，且隔着我把女人的手抓定了，于是放女人的小手到我的手掌里：“从文，你问她，她是会说这些，比我说得有道理的。她的写作说话天才比我都好，你问她，不让她红脸。”朋友把话说了，似乎以为话说得再好没有了，就望着我递了一个眼风，好像我们同谋在作弄女人。

女人说：“你们在北京时很好玩，现在的 X X 变了没有？”

女人意思是避开我的询问，却要我作一个答案。看看朋友 X X 还像不像往日的样子。真是一个聪明伶俐的小鸟！

我笑着，重新检察到朋友 X X 的全身。我摇头不说什么，我还是那样傻笑，在我的行为中，我的损失是我非常明白的，因为我的样子实在可怜。但另外我也知道，就是因为我这拘束露出不大方的神气，正合乎朋友在见我以前，同太太所谈到的我一模一样，因此极其使一个女子感到放心，所以我的被优待，也为我所意识到了。

因为我似乎实在早已把 X X 忘了，却想不到这一对新夫妇，这样记挂到我，使我不知要说些什么当说的话。

X X 说：“我变了许多，从文你只管告诉她。”

“我告诉些什么？”

“我们在北京，不是常常半夜里两人爬起来，披了衣到沟沿看雪么？”

我说：“是的，我们看雪。”

朋友 X X 又说：“不是单看看雪景了事，在雪下我们做诗，谈空话，你不记得么？”

我说：“记得记得，我们做诗，谈空话。”

女人说：“谈什么？”

我因为根本就早忘记了有那种谈话的故事，在先的回答，不过看清楚是朋友 X X 要他太太多知道一点我们的友谊，拿来同目下生活对照，见出趣味而已。到这时，要扯谎继续下去，就非得思索一下不行了，所以我在没有可回答时，就总是用得着傻笑来掩饰了。女人见我不作声，还以为是不好意思说了，就说："我猜得出，一定是谈女人。两个年青男子若是口中不常常吃到一点东西，譬如冰糖之类，口是总要说到女人那一面去的。"

我就含含糊糊的说道："是的是的，我们说过女人。"

朋友ＸＸ打哈哈笑，有官样子，用尊贵的手掌拍打我的肩："从文，我们说女人吗？我赌咒不曾说过女人！"

"我不相信！"女人似乎故意这样同她新婚丈夫，为小事情争持着，那丈夫也明白在这些小事上争论的趣味，就大声的说："我不曾说过女人！"

女人望到我，忽然说："从文，ＸＸ学会赌咒了。我记起昨天看的那篇小说了，上面说到过，一个结了婚的人，因为同太太要互相说点谎，才能维持那完全，所以总不必经过传授，就学会了赌咒。从文，我如今想知道ＸＸ是不是先就会赌咒。"

轮到我说话了，我就说："先前似乎不会。"

朋友ＸＸ说："可是，我说过的，我可以赌咒，说我过去并不'说'到过女人，无论如何从文应当记得，因为我们往日的情形，只使我们'骂'女人！凡是女人我们都骂到了。一个男子的本分，他是爱女人，在一个女人面前，献一点殷勤，学一点乖，且在女人面前造作一点不甚危险的谎话，再不然，——就是说，机会不使他爱谁，命运又使他孤单，那他就自然而然会骂女人，把女子的坏处在言语中扩大起来，这是男子的义务！"

原来朋友还有这样一种俏皮的解释！把话说过的ＸＸ；太觉得今天快乐了。一个旧日谈天的朋友，一个今日合住的太太，都在面前凑兴，他纵声的得意的笑，眼泪也挤出来了，就站起身来，腰板骨挺直，在房中一方柔软小地毯上，来回走动着，我才有机会慢慢的详细检察朋友的全身。

真是一个可爱的人！若果不是我脑中还保留得有过去的在北京时代ＸＸ的寒伧影子，这时的ＸＸ，无论如何也不能同我这样在一处谈话了。如今的ＸＸ简直是一个最完全的少年绅士了。像他这样子，才真是做人。像他这样子，也才真是值得女人垂青的男子。我一面这样欣赏到现在温文尔雅的ＸＸ，才一面当真要记起往昔消沉萎惫的ＸＸ。把今古作一对照，人事变迁之速，使我伤心到自己身上来了。我的手，自然而然离开了女人的手，搁到自己膝上了。无意中的碰头，究竟是为了什么理由？是为了在对照下使ＸＸ夫妇得到一点快乐，还是给我一点惆怅？时代与习惯折磨了天才，这句话仍然是空话，ＸＸ的天才，在他机会上是成就了他。他的天才是在事业同女人上都显出了他的完美无缺。……

我望到我的老友ＸＸ，总觉得他天真了许多，比我年青，比我活泼，因这点思索给了我一些苦恼。我有点牢骚，然而又很实在感觉到要说这样话，我说："ＸＸ，你是一年比一年转年轻的，是什么方法使你这样子？"

谁知我又失败了。我的讽刺也成为了朋友ＸＸ幸福的挹注。他正像用得着我这一句话，才有机会作一种演说，所以他听到我说过话以后，就报了我感谢的一瞥。他傍到太太那一面坐下了，很温柔也很合乎上等人的体裁，把太太的手拿到嘴边，亲了一下，又像是在做戏，轻轻的点了一下头，对我做了一个会心的微笑，才调理了嗓子，宣言似的说：

"从文，明白我年青的道理了么？恋爱是使人年青的。你吃药，吃百龄机，斯保买丁，还幼灵，什么巴巴勒博士，萝葡煨烂博士，在他那化验室管里瓶里分析制造成就的灵丹妙药，用尽中国伟人题字签名作保证，花大价钱买来，都是空的。使人健康的是恋爱，还是只有恋爱这一味药好。你吃得不合，——让我说，就是你若万一找错了牌号，因为女人有碱类同酸类的两种，——倘若你所找的不合宜于你的心灵同体质，那你这恋爱是使人中毒，却不一定变成补剂的。但我得感谢天，我的丹方是恰恰合式。我在这上面除了感谢，没有别的了。我也感谢你，因为你在一篇文章上，还不忘记我，你记录到我们那时节的生活，真是有趣。我同她说……"这时朋友又把太太的手放到嘴边亲了一下。他似乎是告我吃那补药的方法，这不过是一种小吃罢了，因为望到那大床，我意识到那使他年青还有比亲手更放肆的行为了。

我因此觉得身上发寒，想要站起身来借一个故赶快离开了这朋友才行。

朋友ＸＸ，伸出手来从太太背后搭住我的肩膊，把我按下了。

“可是，从文你如今是教授了，怎么样?”

“我就是这样。今天还亏你认识，真是……就说很幸福吧。但你还能够认识到老友，可想而知我是除了老了一点，什么也不会变的。”

“你不老！你为什么不选一剂合乎体质的药吃吃呢?”

“吃药是要钱的。”

“不要这样诬蔑女人了；你以为恋爱都是买卖吗?”

“我心想不应当是这样，不过吃药没有钱我还不见过。”

“我不相信，因为我就并不花钱。”

我瞅着朋友ＸＸ不说什么了，我心中在说，“你不做这点事，又缺少这恋爱的闲情逸致时，这女人是你的吗?”

朋友见我不说话了，就继续到吃药那比譬说：

“第一句话不错，第二句话错了。……不过莫说吃药吃酒，就干脆说要女人吧，要女人，你有资格，我断定你有!”

“我谢谢你的奖励，但这是我用不着的。我们的性情，因为几年来生活不同，也完全不同了。你想的比我都简单，所以我说你年青。”

女人望到我的脸，望到我的口，我的口说话时正微微发抖。这聪明人比男子细心一点，制止了ＸＸ的废话。

女人说：“ＸＸ！……”

朋友一想，明白太太的意思了：“哦，我们不谈这个，这是空话。”

女人就说：“你总是爱在朋友面前说空话。”

“不说了。”

三个人互相望到做一种会心的微笑。想起过去，看到未来，我用手隔衣去摸到刚买来的安眠药片了。我要回到房里去了，要死去了，但我不知为什么却并不开口。我坐到那里，不做声，就望到这两个年青人演了一点属于男女的小小节目。

朋友ＸＸ以为我注意到另外一方去了，亲了一下女人的颈部，女人很聪明的就站起来，坐到另一个座椅上去了，朋友ＸＸ如同名角演剧一样，说道：

"你又不让我口说空话，要它做什么？"

女人对于这责难感到兴味，就笑，却问我："从文，在ＸＸ有多少学生？"

我说："有一千。"

"女人？"

"有一百。"

朋友ＸＸ说："全是整数吗？"

我说："因为我只看大略，所以在数目上找不到实在字数。"

"你创作可不是这样。"

"也仍然是大数，不是小数。"

"这有道理没有？"

我摇头。

我心想："到这地方说这些话有什么意思？多年的老友，本来一见面也应当有话说，可是总不是这些话。有了太太，话就更不必说了。如今他是他，我是我，绝对不能合在一处了。"

我心里很觉得悲伤，就是看到朋友的年青健康样子，这悲伤不见到朋友ＸＸ是不会有的。更难受的是望到那聪明佚丽的太太，正同朋友一样，都是凭了那青春使人恼怒。朋友ＸＸ在数年前，我们一同在北京小公寓中住下，每天一早把脸擦过，就走到沙滩东口去买烧饼吃。九点钟前后，我们两人就在北海图书馆的阅览室中对面坐下了。我把许多关于金石文字的书籍取来，这里翻翻那里翻翻，朋友却永远看的是那本法国人著的《行为及意识》。到了中午，两人到北京大学二院对面顺兴居，吃过有锅贴豆腐的午餐，又回到北海去时，我看汗简，从那些木刻书籍每一个字上，找寻这字对于后来草书的影响，到那时，朋友ＸＸ就看一本《诗歌与女性》。朋友所看的书在我看来全是无用的书，他自然也不赞成我的选择。晚上，就是说我们已经不能再到图书馆中大炉边取暖的冬天晚上，北风从远处吹来，从屋角走过，房中电灯明灭不定，屋外电线为风所吹，发声如鸽哨。我同朋友ＸＸ在每月五元半的小房中对面坐下，各人用棉被包裹到腿部，在十五枝光的电灯下做事情。到了那时我应当在为《晨报副刊》写文章了，他还是看书。事情做厌了，于是两人之中谁就先开了口，我们把眼睛睁开，说及我们对于未来的希望，再回头把眼睛闭拢，按照自己意思去补足那希望的各部分。在那时，的确我们要骂女人，我们都是有一颗那么简单纯洁的心，虽一面随意侮辱到一切人，可是总仍然以为等候在我们前面的，一切当是完全的无缺。……在现在，我的梦完了，朋友的梦也完了。

但是朋友的骂人的口，是用到别的事上去了。我却一切落了后，喑哑了。

我除了到一定时间，走到一个为教务处所指派的讲室里，说空话与学生听以外，就是答复那些年青好奇的学生对于我文章索隐的拷问。我若要说话，就只有机会做那类口供的招承。我若不说话，就扁着嘴，向窗外屋脊，望六月的日头同三月雨中的景致。

不过我的小说是在朋友中有许多爱读的，譬如这一对新婚夫妇，就是两个最好的读者。是的，另外这几年来我写了许多小说，我的小说使我立起成一个人了，许多刊物的编辑都变成熟人了，各个书铺都不甚好意思退还我的稿件了，我还有二十本创作通通不曾印出，我因为会写小说，有了许多年青朋友了。但是这些合拢来，是不是整个人生？我为什么这样去做我的事情？我为什么印这些书？我为什么要受许多人的勒迫，或受许多人的嫉妒？再说，像是这两夫妇，是我的朋友，在新婚的旅行中，花一点钱到书店去买一本我的小说，拿到路上来读，且对于我加以一种同情，我要这个有什么用处？……社会对我是很好了的，但我不愿意这样支持下去，我要离开这生活，不想再活下去了。

在我心情上所造成的悲观与厌世气分，因为见到朋友两夫妇的生活，更加浓重起来，我就说要有点事，非走不可了。

两夫妇却如一般人那样，知道自己应当留一个客人，陪着谈话，却毫不为人设想，只是不许走。他们之间正需要一个熟人，来调剂一下，使这旅行感到新的兴味：所以我的无意相遇，当然是这两个年青人所欢喜的。他们不能让我走去，就因为他们要一个朋友，才不至于厌倦这长途旅行。两人正像是把我留下，好来给我一些安慰，给我一种帮助，才不许我出房间的样子。

从我那依然坐下去的情形上看来，有人会说我永远不会自杀，因为我并不坚决能够离开这一对新夫妇。我心里似乎很讨厌那女人，可是因为她是朋友的太太，我厌恶她也仍然同她一起把一个下午消磨了。我为什么这样厌恶这女人，其实很简单的，就是因为这女人一切都很完全，为我不常容易见的女子。年青，美貌，懂事情，天下正有这样女子不少，许多人凭了一种机会，或一点点钱，一点点事业，更坏的，还有单凭一种漂亮的虚伪，也就把女人定下，成为养孩子的母亲了。我是见到这种女子，也一定是要在朋友把她得到以后的。我在这一方面就像永远应当负了一种义务，这义务就是对于这类有福气的男子，增加一种略带嫉妒的情绪，并且越是熟人我越不平。因为到这些情形下，我一面容易发现我这朋友的劣点，同时也更容易觉得女人的优点。

总而言之，到后来我就讨厌这女人了，她越像待得我好，同情越多，越了解我，我也越看不起这类女子了。我要这样从一个朋友热情纠缠上，剩下来的一掬同情，有什么用处。我在一切事情上都失败了。对于这点不足道的好处，我有意放弃了。

到现在同另一时一个样子，我认为朋友夫妇留我，完全为自私，完全不曾当真了解到我所处的地位，如何容易恼怒到我的灵魂。

朋友ＸＸ两夫妇，所以纵或款待得我再好没有，我总是一种为自己所原谅的偏见，占据到心上，行为言语皆极其拘束。我平时在男子面前说话的辞辩，是不能够存在了。我说话时对于文体上原有的谐趣情调，如今也失掉了。我的样子完全与平时不同，木讷而又拘持，却与我一见到什么好女子时一样。一点顽固，一点不甚得体的悒郁，好像到这时就把自己人格的活泼完全隐藏湮没了。

在我意识下，我懂到这就是永远要在女人面前失败的理由了，但我如今却不在失败上有所痛楚，因为我决心要死了。

我心想："这两个人那么同我熟，又那么同我隔膜，我当特别装成愉快的样子，打发了这最后的一个日子，等到明天，我再尽他们从我一方面得到一个惊讶伤心的消息。"因为想到这些，又望到那一对年青爱者的有神光的脸部，我有点可怜他们。我快要死了，死了以后我就一切忘记，一切不再见到了，可是我这朋友将怎么样伤心？他们是新婚，在上海：却得到这样一个不好的消息，而且留下今天这样一个印象，他们不幸的旅行，将永远不会在印象中失掉的。

可是，我又嘲笑到我自己了。这时的我就完全不为朋友夫妇明白，即或明天死了，给了这两人一点意外的惊讶，一定也仍然只是目下的不欢，稍过一阵，两个人就会完全忘记了。若是不忘记，那么两人在亲嘴拥抱之外，说到我这个寂寞寡欢的人的故事，一切的奇突，也不过如看我的小说一样，当成一个故事来讨论，给了这两个人另外一种趣味罢了。

我所想到的一切，是与在我身边两个年青男女似乎毫无关系的。两人还是问我这样那样，如一般学生一样，从我作品中做我生活的索引，要我告他关于我本身并没有的故事。两人在拷问中，比我那学生和陌生的朋友还要利害一点；因为他们自己觉到这个权利他们比任何人都多。他们是我的好朋友，好朋友就是这个样子。我要救济我的不利环境，只有两个办法，一是我逃走了，就把灾难解除，一是我反问他们，使我的口说许多空话，提出许多宽泛问题，要这两人来回答，我的地位也就比较容易处置了。

我说过了，我是走不去的。朋友不让我走，自己也莫名其妙，不十分想走。我取得是第二种办法，到后来，要朋友答复我一串问题。

“告诉我，怎么样就结了婚？”

“……”说了一篇，像一首无韵的诗，作者在方便中充补了一些空字。

“怎么样就发生恋爱？”

“……”朋友 X X 又说了一篇，像一节更好的精美的散文。

女人这时伏到朋友 X X 的肩上，只是咕咕的笑。因为朋友 X X 这杰作，是有了些抄袭处或不甚叶韵处，——我也知道那其中有谎话存在！

到后来，我说得更不讲规矩了，我为朋友的精致谎语所诱，忘了形，我问那朋友：

“怎么样过你那第一个新日子？”

“这点可不告诉你了，这是不能传授的。”

“我不要传授，因为并不是学习。我只想知道那些事情，因为像读书一个样子，描写到这样，照例总是很有趣味。”

“你到过西湖么？”朋友却这样说。

我说：“我到过。可是这不在题上，我要知道的是你的经验，我要知道那些事情，所影响到心理一方面的结果，你绝不能在我面前有所隐讳。”

“我问你到西湖是有理由的。你到过就好说话，不到过，我说玉泉的鱼如何像梭子浮在水面，你是不会清楚的。我说湖上晚景，即或有天才，说得很巧妙，也不能使你感动。回到恋爱吧，若果要明白，还有兴味明白，那就去经验一次。纸上旅行是靠不住的，因为没有人能够具那种本领，说得出或写得出。”

“这是道理，我并不是来听讲道的，我只要你忠实的告诉我你自己的经验。”

朋友ＸＸ向女人笑，说道：“问她，她有天才。”

女子脸上忽然红了，轻轻的打了朋友ＸＸ一掌，朋友ＸＸ就装成小孩子一样，哭着脸：且学孩子被冤屈以后的神气，“你不应当打我！你不应当打我！”

我先还不明白ＸＸ为什么理由，那么大的人，会成为这样幼稚神气。朋友ＸＸ似乎也见到我的惊讶了，才为我解释。这是在船上时，见到同舱一个孩子被母亲打了一下以后，要哭嚷半天的故事。他接着就说船上真有趣味，那么杂乱，那么纠纷一团，全是诗。

朋友ＸＸ是处处都使我奇怪的，若不是我把这来源归于新婚一个理由上面，我很难相信我所见到是ＸＸ，是在北京时代书呆子像的ＸＸ。

我被他们邀到ＸＸ去吃了一顿饭，又陪他们到永安公司买了许多女人所用的细碎东西，因为他们还得到四马路去，说是买我的书读，一时还不愿意回旅馆我就说了点谎话，告诉他们我要回ＸＸ学校去。

朋友ＸＸ听到我这提议，似乎十分奇怪。

“这是为什么？我们那么不容易见面，正好玩一阵，为什么要说回去？”

“我要有事情。”

“什么事情都不比同我们在一块为要紧。”

“我有点不舒服。”

“你样子不是害病的人，老朋友，我不能让你孤独回ＸＸ，不答应我是不行的。”

我心想：“同你们在一处我就不孤独了吗？”想到这里时，我就做了一个苦笑。他以为我另外有什么心事，含了一点恶意，一点嘲弄，说，“若不是有谁约会，转去是没有道理的。”

我望到那年青太太，想看看这聪明女人的意见，她见我望到她了。就说：“同我们买书去，就住到我们旅馆。……因为ＸＸ今天顶快乐。……你是不欢喜同我们玩几天吗？”

我为那女人迷了，我于是说：“好吧，我陪你们去。”

我非常胡涂的提着他们所买来的一包东西，走在前面引路；只从那些人与人的肩背之间挤过去，那两个人一面又喊我慢一点，因为陈列在橱窗里的各样东西，使这一对从天津方面浮海而来的新人，把兴味引起，若不是我告他们还有很远的路，先跳上一部黄包车，他们大约还可以在那些窗边停顿两点钟从容不迫欣赏一切。

让我说，我们仍然回到那旅馆的情形吧。我们是都走倦了，我坐到一个椅子上休息，两个年青人到隔壁盥洗间去了。

我心中想到的，是我怎么样离开这个地方。我正作着非常可笑的计划，是趁两人在洗沐间擦脸时，就拿了帽子溜出房门。如果我这样做了，我一回到我的所住房间，一定即刻就把那一瓶安眠药片服下了。另外一个思想有了势力，我不但不走，我还想当真在此住了！

听到两个年青人在里边笑嚷，我心中非常不快乐。我想我死了，这些声音就不会再听到了。但我为什么不趁此时悄悄的离开了房间，为什么定要留到这里？尽那羞辱到我的分上来吧，我要明白的说，我是有了一些私心，要看看我这朋友究竟怎么样同这女子过他的全个日子！我预备把我见到的一切，保留到我印象上。我还没有见到一个女子如何同她的丈夫过夜。这女人是很美的，我说过一次了，我因为要见到这女人，在我面前再放肆一点，已觉得自杀放到明天再去实行也是应当的事了。

很奇异的，是我慢慢的从这两个年青人的放肆行为里，虽感到烦恼，但我却感觉知道若是我离开了他们会更烦恼。用别人的行为来刺激自己，是中年人的行为，其中有悲剧存在，我等到两个人从盥洗间出来时，竟说出极可笑的话了。我说：

“ＸＸ，同太太接一个吻我看看。我欢喜看这个事情。”

朋友ＸＸ先是笑着，并不作答。他且嘘嘘的吹哨子，唱我不甚明白的歌曲，忽然在一种方便中，当真抱了那年青太太，接了一个吻。那太太先是挣着，到后服贴了，更坏的是这女子末了也用接吻报了仇。

这样下去，到九点。

聪明的读者，嘲笑我吧，因为我从我的朋友ＸＸ夫妇行为上，把我自杀的念头忘记了。

到后朋友ＸＸ要为我开一个房间，我便不再隐瞒到ＸＸ，告诉他我已经在五层楼定好一个小房间了，我且说明这是为预备自杀的原因而定下的。

朋友ＸＸ夫妇听到“自杀房间”这名词，都只觉得新奇好笑。他们是不相信我要认真自杀的，所以把我的想象，当成一个趣事来谈论。因为要看看这“自杀房间”，三个人即刻到了五楼。三个人坐在那小房间里，因为椅子不够，就都到床上躺下了。

朋友ＸＸ横横的躺在那里，装成安静的样子：“从文，你是不是要这样自杀，取的是这种姿式？”

我不做声，但我是笑着的，因为我躺下去时，那个安眠药小瓶子更在腰边，忙摸出来悄悄的塞到枕头下去。朋友ＸＸ发现了它，拿出来，就灯光望着，默然了一会。在他那默然不语时节，我知道朋友ＸＸ有了一点感触。

不过，到后他是仍然把我自杀当笑话说的，因为我自己慢慢的也仿佛一天云雾早已散尽，见到人生澄清深底，以为自杀是儿戏的任性行为了。我解释我的心情，我们三人就躺在床上，说了不知道多少的废话。

我的朋友虽然见到了我的自杀药瓶，竟放心让我一个人到这里睡觉，到后两夫妇下到三楼去休息了。那时已经有了将近三点钟，我一个人躺到床上，想到一些文明人所有的野蛮想象，翻来覆去皆不能睡着。到后朋友 X X 一个人又来到我房外，扣我的门，进了房，坐在我床边，说我不要想死，且怕我认真做这不大聪明的事情，同时因为太太头痛，把那安眠药片从我的枕头下搜去，把门带上又走了。

我想睡觉吃一片安眠药，却不好意思又爬起来到三楼去扣他的房门。

听到旅馆旁边一个跳舞场，音乐还断断续续的奏着狐步曲子，我像受了许多冤屈，不知向谁发作。我的头尽是发胀，却睡不着。我非常愤怒，但我又并不离开这旅馆。朋友曾告诉过我，他那太太是我作品最诚实的读者，他的意思是我既然有了这样一个年青女人爱好我的作品，无论如何，想起来也就应当不再感到寂寞了。我还能说什么？我的药片成为我这知己的安眠用品，我等候别人睡足了时再同人谈话，就是我的分上的职业！

第二天，朋友来扣我的门，把门开了，朋友 X X 一见面，就说我买的那药效力不错，晚上两夫妇各吃一片，就睡到天明。我什么话也不说，同朋友 X X 走到他那房间里去，望到那年青太太，正在看我的书，我就仍然回复了昨天初次见到他们时一样的傻笑。

到我记起我约得有朋友见面，答应了下午再来，赶回吴淞时，那陌生朋友已经来到过，见我不着，非常失望，留下了一个字条回上海去了。

因为在所留下的字条字里行间发现了那不识面的朋友小小失望的意思，还告我再“好好的定一个时间”，好让他见我一面，我把字条扯得稀碎掷到字纸篓中去了。躺到床上一睡，到醒来，看看把与上海 X X 旅馆一对新婚夫妇的约又错过了，就索性不起来，等候那朋友的责备。谁知第二天没有信来，朋友 X X 夫妇却亲自来到 X X 看我，是因为那太太想起我恐怕害了病，所以还买了些东西送我。

但到了ＸＸ见我并不病倒，虽说是来看我，却要我引带他们到江滨去玩，到各处去玩，玩了一个整天。

朋友临走时，说一生从没有这样快乐过。时间是春天，身边一个老朋友，一个新太太，肆无忌惮的谈话，纵声的大笑，在嫩草上打滚，在花下亲嘴，朋友还有什么不如意？

把客送上了车站，小小的银白色蒸汽机关车，呜的叫了一声，把车开走以后，站在车站边的我，想到许多人事好笑。记到朋友夫妇的幸福样子，我心想，假如我昨天死了，这时朋友ＸＸ是不是还这样幸福，那陌生朋友，又是不是还因为抱怨我的失约，写得出那种全不原谅人的字条？

我那知己朋友，无意中救了我一次命，自从那次一分手，近来又不知到在什么地方做官去了。他们是那么欢喜看我的作品的，差不多每一本书，那朋友同他的太太，或者都见到了，所以我实在可以说，从没有遇见另外什么人，再有他们那么了解我的人同作品。但我那知己，能使他们忘记的，一定是那“自杀房间”的一个故事。他们将永远记得到我有过这类笑话发生，恰恰在他们新婚的旅行期中。一切的凑巧，到现在，我的被人拷问机会更多了。

八月廿日于吴淞

---

本篇发表于1930年12月16日《现代文学》第1卷第6期，“世界文学家纪念专号”。署名沈从文。

# 燥

住在ＸＸ旅馆一等房间的男子懋力，拿了新从一个古玩铺买来的瓷瓶，小泥人，漆盘子，在甬道上一面走回自己那个房间，一面看几个由各处寄来的信件封套。忽然间这个人，手微微打抖了，那时候茶役正把房门打开，他就很凶猛的推开了那个人，走进了自己的房中生气似大声说：

"你出去，你出去，什么都不要。"

茶役因为听到那种北方口音，觉得很有趣，笑着把门带上走去了。他望到那个门，似乎恐怕外面还有什么人，向房中窥觑而窃听，就走到门边去，站了一会儿，把门骤拉一下，门开时，恰恰有一个中年妇女过身，望到他行为稍稍吃惊，但看看不是疯子，口中叽叽咕咕，也就走过去了。于是这男子，野蛮的笑着，把门重新关好，把弹簧锁一扭，躺到床上了。

他检查那些信一共有六封，两封是从他的从前住处转来的，从笔迹上看，就明知道里面是几个无关重要不值得回忆女人寄来的信，另一封是一个朋友的请柬，另一封是一个朋友告他关于教会方面事情的，另一封是一个学生的，另一封是……

这些信他从那些封套上就似乎完全明白了内容的一切。但有一个信使他有点吓怕了。他这次来到ＸＸ就为的是这个人。来了三天，就只等候这一个信。他来此一切的命运，就在这一个信上。他这时为了镇定自己起见，把那个信安置到远远的一处，从容的来裁另外几个信。到后把那个重要的信拈到手上，心中十分生气，很用力的撕去了一角，抽出那张信笺，信笺上只是那么几句话：

懋力先生：你的信我接到了。说是特意来看我，坐了三十点钟的火车，你就来吧。

他重新用力的咬着那“你就来吧”四个字，心里涌起一阵奇特的情绪，他似乎十分快乐，但又似乎是十分愤怒。

他想：我为什么那样傻，走了那么远，来看这样一个女人？为什么人家那么对我冷淡，我反而总是热情到不成样子？为什么只见见这个人，我寄的信就十分难于措辞，人家回信来，却把这一见当成那么随便？他于是就觉得更加愤怒了一点，有点难受，但他还是躺在床上，并不起身。他为了等候这个信，来到这里还不曾好好的睡眠一次，这时恰恰从 X 市场跑了半天，人已跑得十分疲倦性情也特别不好了。

到后又重复看到那个信时，眼睛渐渐温柔了。

……“你就来吧”，是的，我就来了。来了还不是来了吗？虽然路那么远，人那么冷淡，我还是来了。见了面，什么话也不说，互相都怕提到另外一件事似的，反而说下一些空话，譬如说，天气好呀，路上劳苦呀，X X 地方的风景好呀，是的，就说这些空话。还有，就是战事像什么样子了呀，北京的教授功课认真呀，谢冰心得了儿子呀，许地山剃了胡子呀，胡适之还做诗呀，就说这样话。这算什么见面？难道坐了三十点钟的火车，就为的是说说一些空话，一个人听一些空话吗？

……“我照到你的话就来了。”我就那么说。各人还想到另外一时节的事，记起从别一方面听来的谣言，心上都有点难过。同时又想到这见面又只是很勉强的会晤，一个心里想说：“你的许多信我全见到了，那些话我全不懂。我的意思是你不必那么倾心。我不欢喜你，你不能吸引我，不能打动我，这是很明白的。为什么我不要你，这些理由老实说来，是你太爱我了一点，你的热情我用不着。”另一个似乎也懂得这话，也想说：“你想想吧，我是想透了，只有你嫁我一件事。这是使我幸福也使你幸福的事。我看不出一个人能那么爱你，我不相信我比另外的人坏。我愿意长久在你脚下，听候你的使唤，照你的命令生活的。我没有自己存在的必需，倘若我得不到你。”但是他们当然不说这些话的。他们都担心到，都得隐讳到，因为都十分吓怕这结果。想想吧，这就是见面的所得！

……可是到后怎么样？我将说：“时候到了，我得走了。”她就将说：“忙什么，下一班车子也赶及。”我自然并不想走，她自然又愿意我就走。我们为了良心，为了自己心上的安宁，实在说，为了自私，我们总作伪。当真走了一定是很好的。来回坐六十个钟头的火车就为了这一面，爱情若果是照到故事上所传说的，花代价越多越值得，那么，既然见到后，也就应当走了。并且自己又知道除了见见就不能得到什么结果，而且就只这一面，女人那一方面也就已经显得有种种勉强处。人与人的了解原不是见面一谈就能有多少进步。存了成见的会晤，不过把两方更疏远罢了。可是，到后我是不是应当离开这个女人？

……让我看看她的脸色。不要她对到我，我也可以从后面猜测得出来。她自然愿意我走了，但自然也有点觉得抱歉，因为她也明白我来此不止是同她谈一些天气和故事，还有一种希望而来。她自然觉得还应当同我亲切一点，使我舒服一点。她定想到：“我向他说什么话好？我这样子不敢望他，怕他，他回去，一定就又十分烦恼，十分失望。这男子自己不晓得把环境改变一下，却只盼望女人的帮助，真也有点难于对付。”是吧，我自己也想到这是难于对付的男子吧。我的口为热情所扼。什么话也说不出。我将说，“ＸＸ我为难得很，因为我爱你。”那么，她怎么答应？我为她想，她能说“不。这是不必需的事。”会不会？她或者说，“这是老话，你信上说了一百次，我明白了。”但是明白了，下文怎么样？我可以说，“你应当告我关于你在这件事上的感想。”我将答应不答应？她将说“我没有感想，”或者说，“我已告给了不必了”呢？她或者听到这愚蠢的质问，生气了呢？她哭了呢？那么，一切是不是完了呢？

……我能说，“你自己决定，当面告我一个消息”吗？我敢那么说不敢？我这样说了，她是不是因为在一种近于受人凌逼的情形下，忽然说“不行”？我是不是这时就得听到这个消息，还是等候一年再听到这个消息？我要这消息有什么用处？我听到说“不行”，我能从此绝望吗？我在那时，或者说，“好，照你的意思，你的自由，把我这热情，放到膝上或放到空虚，我照到你的意见做去。”我一定还得强作欢喜，勉力支持到一个男子的气概，离开了她。我还告她，即刻就离开ＸＸ，回到ＸＸ去。那么办来倒很有一种戏剧上英雄的意味。我想她见到我走了，在送我出大门时，一定还勉强的笑，勉强的找寻到别的言语，譬如问到我的工作，道谢我所送的东西，或者说，看到什么人提到我，或者问到我别的事，以为那么一来就可以减轻我一点悲痛。其实她这时应当沉默！她也许就当真在沉默里，毫无言语的送我上车，勉强的扬着手，勉强的望着我笑（我自然也显得十分勉强，十分生硬），于是到后来车开了，我走了，我坐在一群人里面，望到这些快乐的人有说有笑，我十分生气，回过头去看窗外的野景，车子很快的跑着。我于是估计到ＸＸ一个人回到宿舍，作些什么事情。或者她应当在这时伏在床上，想到一切而流泪，或者她只是坐到自己那个小小的特别木椅上，望到空中，觉得一切事情好笑。或者她这时候却同一个朋友，谈到我刚才来看她的情形，只隐瞒到一些重要事情。那另一女人就说：“这是个多情而无可爱处的傻子。”“是的，”ＸＸ也将说，“这是很麻烦人的。”我想到这些时，我是不是要哭？我一定十分生气，我断定了的，因为我还是爱这个人，我的热情在心中十分纠纷，除了愤怒再无方法可以表示这个东西了。

……我是不是在这些时节，应当估计一下跳一次车呢？我显然什么也完了，我显然不必再活了。我当然这时可以记起另外一些事情来，就是什么人在失恋上任性服了些催眠药片自杀的事，到后人既没有死去，而就此使女人软化了，嫁给他了。我觉得这事滑稽得好笑。因为这些事在熟人中也发生过。我怎么样呢？我是不是也得把自己扮一个喜剧角色，鼻上涂了水粉，尽别人去讨论？不，我还是死了好一点。我的一切品德，一切荣誉，一切地位，都不是我注意的东西。我如今在爱情上是赌输了的一个人。我不能得到我所要的，我就一切完事了。

……但我不应当死的。我不能因这件事，增加她的负担。她不适宜于在这事上负任何责任。我爱她，因这件事死去，也是不行的。她不爱我就应得更好好的活下去，使她不因此事负疚。还有我应当活下去的理由，是等待她到将来，会不会对我好一点。人都得用将来安慰现在，鼓励现在，人人皆使用这一项权利，为什么我不能照到这样子作去？在另外一时，不会没有一个机会，使我听到她说，“ＸＸ我要你”吗？在另外一个地方，我不是还可以说，“ＸＸ现在重新来考虑一下我们的事情吧。以前你十八岁，我二十六岁，人都太年青了，对事情打算得有些胡涂也有之。现在你二十六岁，我三十多了，是不是可以重新把那个问题，拈来谈谈？”我想象有那么一天。我还想象我们的结果，不会同这一次相同。人事都是这样子，有许多人事如此。

……但是，为什么我不能在一些生活上，挽救我这目前的失败？为什么我不可以努力使我们的关系，由一种疏远情形转成比较不同的情形？我是不是还可以努力处置自己，不到那个悬崖边去？

……我爱她，见了她时我们还是说一阵空话。她喜欢读书，我就同她谈书，她注意功课，我就来谈功课是我们作人生活上要紧的东西，她有姊妹，我就问她姊妹的近况，她欢喜什么我说什么，我却不说我“只是欢喜她。”这样一来她一定还给我一个机会，许可我第二次再见她一次。我为什么不再见她一次？我坐了三十点钟的火车，为什么不想多见这个人一面？

……那个黑黑的脸，那个黑黑的眉毛，黑黑的眼睛，还有，那一双似乎比任何女人也还黑一点的手，不正是我倾心的东西吗？我们生命是那么短，我们的年轻时节是那么容易失去，我能有多少机会看到一个人？我如今既然来了她答应我一次我为什么不打量三次？

……一见她，我就说：“我是为了要看你三次，所以坐三十点钟火车，”也不什么可笑。我看看她对于她没有什么损失，也就十分明白的。我什么胡涂也莫说，就只支持到，详详细细的望到她望一点钟，我得到的，就已够偿我这一次精神物质两方面的损失而有余了。

……你就来吧，好，为什么我不去？人家勉强答应到这件事，很随便的答应，看来比什么人邀她打一次球还随便，倒是我那么一个人，坐了一天半的车子，只等候到这个命令！（他冷笑着）是的，每天都会有人向她说：“ＸＸ天气很好，咱们课没有了，为什么不打球?”她自然，“好我们打球。”这句话同“你就来吧”完全一个调子。人家可以邀她打一点钟，看她跑来跑去，为她献殷勤拾取远远的绒球。人家还可以在这些方面显出他的一切好处，得到一切方便。到末了，人家还将说：“X这里有帕子，你脸上的汗多咧。”我似乎就看到有那么一个人，把帕子递给过XX，她自然毫不拒绝这一件事。她还自然让一些机会，给人家向她恭维。自然的这些事都是确实而且每天会发生的。另外还有多少机会，给另一种人。她就只是那么待人诚实，毫不做作。她是那么无机会的待人，我却在任何事上，任何印象上，带着疑问的口气，总告她，我是等待到她说嫁我一件事。我为什么总只能作这种打算?

……我为什么?这样看来我不是一个傻子吗?

……我为什么不在这时就回去了呢?

忽然这问题在心上扩张了，占了绝大势力。他想到，乘到这时走了对一切都好一点，因此爬起来按了一下铃子。茶役来了，无从开门，尽在外面摇动门扭，他赶忙走去开了门。

“帮我算账，今天夜里我要上路。”

“要走吗?”

“怎么不走，谁能留我?”

“好，我去开账来。”

茶役一面觉得这古怪客人说话也十分古怪但仍然什么不说，把眉毛一扬就出去了。他一面等候到看账单，一面望到那摆在桌上新买来的一对小泥人，怎么望到似乎很像一个熟人。想了半天，忽然想起那泥人的鼻子同耳朵，像XX的鼻子同耳朵，就很猛鸷的把泥人拿在手上，看了一会，然后很沉重的放下，泥人的头就脱掉了。这时他似乎才记起这泥人的价值来，又忙把皮夹子里一张发票取出，看了一眼，就撕成碎纸，丢到地上。过一会茶役还不来，听到楼下大街上人力车胶皮轮子炸裂发大声音，心想莫非是放枪声音?他想看看是谁开枪，就忙跑着到窗前去，开了那两扇窗门。

从窗前望到外边车马，他似乎很奇怪，为什么今天大街特别热闹人多，而且看到铺子里也像完全不同往日。他算算日子，又不是什么节季。他想到这时X地方也一定不同，北京也不同，汉口也不同，便在印象上重现许多地方的街道，记起许多铺子，许多警察，许多狗，许多屋子。那时一列电车正由南向北，从窗下过去。

……为什么上海那么多女人，为什么，这些女人，从谁手上得来的钱，穿得那么整齐，收拾得那么合式？奇怪得很。

……我来数她一下，四个，七个，十一十三个，这是什么意思？

一阵无聊适袭到全身，他觉得还是这时就到ＸＸ那里去，看了她再走好一点。既然是为了这件事来的，为什么又忽然觉得面也不见，忙忙的赶回去，算是最好的办法？可是，这时节，她是不是在等候到？是不是高兴，是不是同谁在打球？

茶役来了，手上拿着那张单儿，笑迷迷的走进来，懋力先生说，“我今天不走了，明天走。”把那个人即刻又赶出去了，自己就打量穿什么衣服合式一点。可是他一共就只有两件袍子，一件很新，一件又极旧。他想穿那件新的去，因为那衣服是很值钱同时也很合身的。把衣穿好，站到大柜边镜子前一照，看到镜中的自己，俨然同一个新郎一样，忽然又脱下了这衣服，换上另一件旧袍子了。

不一会，他就到了公共汽车的站上了，望到街上许多人，望到街上许多车马，心上总有点不平，有点讨厌。一列电车从路心拖过去，发出极刺耳的声音，他忽然望到车上有个人，是一个熟人。他觉得手心全湿了。这就是ＸＸ毫无可疑的，从背影上他是认识她十分确实的。那时恰恰ＸＸ把头侧过去，他望到她的脸他就从马路沿追过去，想到前面停车处去叫她一声，那一列电车果然停到前面站上了，但他忽然又怕上去了。他想想我追上去干什么？我要她敷衍我一下，对我有什么好处？她若是来望我的，她应当在这站上下车，等她下了车我再叫她。她若不是来看我，那么一定是同别人玩的，她明知道我在此，远远的跑一千里路来看她，还不在乎此，我这时喊她一声，也只是更使她讨厌罢了。他又想：我这时应当就去ＸＸＸ找她，明知她不在那里，找她一下，回头我就上车回Ｘ去，证明我为她跑那么远的路，特意去看她，她却不在家等我，只是她的过错。

他又想：

……但我为什么不装作上车要到什么地方去，无意中见到她？

那电车因上下人多，停顿了很久，那时方向相反的公共汽车却来了，他忽然又无意识上了公共汽车，让这车把自己载到与ＸＸ完全相反的地方去了。

…………

晚上十一点钟向南驶去的快车二等车厢里，有一个男子坐在一个角隅上，望到别人匆匆忙忙的找选坐位，堆积行李，觉得十分好笑，以为希奇得很。这火车为什么每天按时有那么多人，填满了空位置，这些人是到些什么地方去的，又为些什么事必得离开自己的家。他似乎都觉得十分新鲜，值得注意。

他觉得他头很痛。觉得生存无聊。觉得车厢中吃烟的人太多。到后他想到这次用了一百七十块钱，同时想起临动身时把泥人同瓷瓶打碎了的事，好像自己是在作梦。卖小报的过身时，买了两角小洋，留下了一扎小报，等打开一份，看到触目的东西，是某某人自杀的绝命书，用锌板印在那报上。这些报纸即刻就从一个窗口丢出去了，有些人望到他作这件事，都不作声，他心想想整个胡闹，这列车应当在前面翻倒到河里去，大家都淹死了好一点。

---

本篇发表于1931年10月30日《文艺月刊》第2卷第10号。署名甲辰。原标题“燥”，疑为“躁”的笔误或误排。

# 懦　夫

某一天清晨，浦口北平间的直达通车，到天津三个车站各停顿了一阵以后，加上了许多因事向故都大城流去的旅客，在三等车中，每人所占有的空间，皆仿佛同沙丁鱼在铁盒里所占有的空间一样，那么使人拥挤得难受。车厢里四列座位之间，填塞了各色各样的人物，过道上，同那个安置行李的悬空铁架上，也无处不是人。许多箱子，被包，柳条筐，以及成束的干鱼布匹和别的东西皆胡乱地搁到过道上，那些没有坐位了的人，为了方便的原因，就坐到他自己或别人的行李上面。车开行后，速度渐渐增加，车身簸动不已，大家按照自己的习惯，在那为廉价卷烟味道所充塞，混和了从各样事业身分皆不相同的一群人身上发出以及各种饮食包里发出的味道，十分恶浊的空气里，张开了一张大嘴吃着，喝着，谈着，笑着，带着赌咒发誓的神气嚷着，就让这列车，带了一种固执负责的神气，保持到每点钟二十六英里的平均速度，在那其直如弦的黑色钢轨上，一直向北京方面跑去。

车窗玻璃上凝结了一层极厚的水雾，说明了车厢里与外面的空气温度如何不同。

车轮在钢轨上滑动，辚辚辗轧声音十分单调，因此这列车离站一会儿后，车厢中说话的人已较少，这里那里皆可见到沉默的把头颅下垂，或偏倒到身旁不相识的一位旅客肩上去，继续做他那点清晨残未了的贪婪愚蠢好梦的人。间或有一个人很希奇的从那些在过道中打盹的人身上踏过去，开了车厢的门，一阵寒风挟了煤烟冲进来时，于是就可以听到许多埋怨和咒骂，那扇门，于是便很沉重的訇的一声重复关上了。

某一辆三等车厢的一端，坐了两个年纪不大学生模样的青年。其一年纪大约有二十三四岁，身材俊硕挺拔，长眉秀目，眉目之间，有一种沉毅果决神气，这种人的性格，一望而知在平常时节勇敢稳定，患难当前却又必十分负责。其一身材比较瘦小，年龄也比较稍小，因为科头，在一个白白的宽阔的额角上，显出一头极美的黑发，加上那一双大眼同一张下颏略尖的脸庞，表示出这年青人的聪明与活泼。两人皆穿了可代表北平大学生一个阶级所特有的长袍，颜色质料皆十分朴素粗糙。这时候还只二月中旬，北方平原的气候，尚不许人把棉袍卸去，许多乡下人还拥了老羊裘在身上。从衣著的单薄上，看得出两个年青人皆应当是新从南方来的。但谁去注意这点事情呢，三等车中的旅客，除了由绥靖公署派出的密探，常常乔装了乡下人，来注意可疑的年青人外，其余真实的乡下人，以及小商人，下级职务公役人，一同在这车厢里，是不会把自己心安放到别一个人特点上去的。

这两个年青人一道从南京方面搭车北上，为了五十个以上钟头三等车中的颠簸劳苦到身心，由于那种身心上的疲倦，以及稍前一时另一种更长久更激烈的兴奋，两人脸上皆各带了一点风尘颜色。这时两人虽没有睡去，却各自仿佛沉入到过去的事情里，互相无什么话可说。

那年长的一个，用怜悯的眼光，去注意那些围绕在自身前后左右每一个旅客的脸儿，他发现了附于各种不同样子的脸上那种一律相同的记号，就是使人感觉得愚蠢的，老实的，怕事的，对命运一无所知却为了生存大都免不掉的忧郁记号——一种北方民族特有的符号！当他认清楚了这点东西时，似乎过去同现在的一切，皆使他生了一点气。同伴正把一份从车站上买来业已看过了三次的报纸，重新极无聊赖的把它展开，第四次来看那些关于上海战事的特别通讯。看了一会儿，好像为那些记载将自己弄烦恼了，把一份报纸卷成一束，很沉重的在自己腿上打了几下。年长的望到他的同伴，鼻子里轻轻的哼了一下。

到后就向那同伴说：

“我注意到你，已经第四次为那个记载所恼了。若我的猜想不至于大错，我以为你到北京东车站以前，还要看它四次。真糟糕！你讨厌它，把它从窗口打发了，不是很省事吗？”

年青的一个，望了一下自己身背后的那个窗户，回过头来向年长的笑着。“介尊，我是为另外一件事情生气的，并不是为这个。”

年长点的名为介尊，这时就笑了，记起了一个过去的事情了。“你一定不忘记那个野战病院的白帽子，正如她死去以前不忘记你是第五号义勇军一样。”说了这话，这男子像自己在回忆里搜索白帽子当时被四十磅飞机炸弹抛起裂碎的印象，那点回忆使他严肃起来，却不因所说的嘲笑神气而失去。他仿佛嘲笑到他的同伴，但他自己实际上是不忘记那个女子死去一切情形的。

“什么白帽子？死了，不是什么都完了吗？我不会为这件事难过的！”

“这就像一个男子汉的气概了。死了的人应当让他在活人心上也死去才好。我们昨天若果为炸弹碎片炸死了，我们完事，我们幸而活着，我们就得更结实一点来活下去。‘女人不在我们身边时，折磨到我们的感情，在我们身边时，又折磨到我们的身体。’这是一种警句。却是对于我们无用的警句。现在若让一个死去了的女人，折磨到你那么一个活人的灵魂，我要对这件事情加以抗议。我们的经验应当教训得我们精神比身体还强健了一点。应当看准了自己生存的价值和应取方向，不能再像在大学校读雪莱济慈诗歌，带女性和游荡公子的情感，像一个小孩子那么观察天地应付人生了。”

“我同意你的见解，恰恰如同你一个月以前你同意我的溜冰一样，无条件的同意！但说一句老实话，我有点忧愁。我不知道应当说忧愁还当说别的。这感情是由于我们这一次秘密的经验而新近发生的。我明明白白的看出我这性格上的改变，使我回到学校后，将同许多人都得生疏下去。为了那点在经验上保留的秘密，在此后一定有一阵寂寞。这寂寞不止我一个人，我相信这是我们两人都有一份的。”

“这就是教训！这就是我们不让一个人知道，经验了这战争所得的教训。我以为这个对于我们是有益的。”

年青的一个把手中报纸扭着，向他朋友作了一个痛苦的摇头表示，“这对我们有益，好吧，承认它吧。”在这个问题上他显然已好几回被朋友所打败，且不大合于他这时真实所感到的事情了，他接着就说：“介尊，这车十一点半到站，你过我家中去休息一天，还是即刻回学校去？”

“从你这样子看来，一定是要回家里去玩一天，或照你所说的：休息一天了！”

“没有的事，你以为回学校是必需的，我同你在一块儿回去。……不过我很想看看我的母亲同那只小狗。”提到小狗时，一点孩气的感情占据这年青人的全个意识，使他从苏州以来即说过的有童心的话，第三次又来向同伴说及。

“介尊，我家里那只拿破仑，它的嗅觉极好，它见了我们，只要到我们身边来那么闻了一下，若果它同白拉拉教授那么尽打量在一个人面前发表它所感觉到的意见，它一定将向我母亲说：‘老太太，你注意一下，你不觉得这屋里有一种从战场上带来的炸药气味同死尸气味吗？’我母亲自然不明白它说的话，可是它一定还得说，‘我断定是少爷带来的，因为我的估计从不会有什么差错。我疑心少爷同这一位高个儿的先生，在最近一时还杀过人，也险些儿为人所杀！’拿破仑是聪明而机伶的，它明白这些，你同它说什么时，它那么望到你的神气，就使人不能不相信它是……”

这笑话不必介尊去制止他，一件新发生的事情，把说话的一个兴味也分开了。

火车行走时先是很剧烈的震动着，不知因什么事故，在半路上忽然延缓终于停顿了。许多在颠簸中打盹得极好的人，皆因火车骤然而止所惊醒，不明白到了什么地方，许多人皆推开了近身边的车窗，把头从窗口伸出去，瞻望车头一方面，发生了些什么事情。这时，一个北京城当铺朝奉模样的中年人，坐在两个年青学生对面，从天津某站上车以后，就把一颗壮大头颅依靠在其身边一个乡下人膊子上很甜蜜的睡去，也因为车停后的安静而惊醒了。这人醒后，把两只大手从袖管中伸出，不断的搓着，显得不很愿意的神气，用呓语的声调，低低的向身边那一个乡下人说：

“到了杨村吗？到了廊坊吗？”

被问的那个人，却正用手揉着那边发麻的肩膀，露出不大高兴的样子。另外几个挤在一堆的乡人，皆不作声，望到这个从好梦中被揪出的人，那点胡胡涂涂的情形，各在口角上保留到一点有趣味的微笑。稍远一点，则正有几个似乎从军营队伍中混过饭吃的人物，大声的詈骂到路局误车的种种。这朝奉见谁也不回答那个询问，却有一些眼睛望到他的脸上，这个人于是站起身来，同两个年青人打了一个招呼，把年青人身背后那一面车窗推开，将一颗大头从窗口伸出去，向各方望了一会。窗外一无所有，一片荒凉冻结的砂土，无尽极的延展，远方立着几株不知名的枯树，不像杨柳，不像榆槐，把瘦瘦的枝儿向半空中伸去，空中却只是那么一片愁人的灰云，几只老鸦成为几个活动的黑点，在地平线上移动，却消灭到天尽头去了。后来窗外的寒风把这人的头脑吹清醒了，这人赶忙把车窗放下，坐到原来位置上去，从腰间掏出一方不很洁净的白布手巾，蒙着鼻孔擤了一次，把手巾又擦擦额角，眼睛，耳朵，各处皆擦到后，才摺好了重新塞到腰边去。过一会，游目所及看到了年青人手上那份报纸了。

“先生，先生，把您那份报纸借我看看。”他说话是那么谦虚，那么温和，等到把报纸接过了手时，就又说：“谢谢，谢谢，……喔，X X 报是好的，先生看这个，我们行里人也看这个。”

他没有解释他是那一行人以前，赶忙把报纸展开，把大头低下去，显得十分注意的神气，搜索本日要闻，即刻且轻轻的念起第二版的每日电讯来了。他意思似乎是在使两个年青人明白他识字的程度，但又似乎不过为了一种商人的习惯，把报纸上的电讯轻轻的读着，其间又间或加上一句问话，“马占山怎么样呢？”“白里安，白里安，……白崇禧吗？”这样一来，他的行为显然的就引起了许多人的注意。他明白这个，他为了一种由于身分方面的自觉，便把报纸移开了一点，向对面两个年青人点点头笑着，那种含笑情形，使年长的一个。即刻看出了这是只有在谈论到米粮交易时商人所习惯的微笑。因为两个人皆无答理他的表示，这商人就仍然看他的报纸，每一条新闻似乎皆为他看出了背后的意思。

两个大学生模样的男子中较小的一个，向他的同伴轻声的说：

“介尊，你瞧，一切都是原来的神气，这世界，这三等车，甚至于完全同一年前一样，”因为那一个正沉静的微笑着，“你在想什么？”

“我不想什么。你知道我的脾气，我从不浪费我的想象。可是请你说，你呢？”

“我同你说过了。我在观察，我在思索，一切都维持在原来习惯上，这三等车并不因国难而有所不同，只是我们两个人完全变成另一种性格罢了。”

“这是当然的，有什么可惊异处？这是北方的民众。至于我们，半个月来的经验，把我们的灵魂同血液都换了一种成分，也是自然的。可是对于你我倒有点惑疑，在几分钟以前，你不是还正揣想你家小狗的种种，以为你家中那只狗也会议论它所感觉的空气吗？你没有变更什么，你是小孩子？”

的确那是一个小孩子，从各方面看去皆说这是一个还不能离开家庭独到社会上去生存的人，但他却分辩着：

“不，不，我不如你所想象的那么稚气，也不如我所表现得那么稚气。说回来，也许仍然由于一种稚气；我倒想到回学校去要不要参加学校那个组织？你不看到报上消息吗？那消息不是说ＸＸ学校正在预备全体出发的事吗？”

“你假若欢喜去作你的事，我并不拦阻你。你自己也明白，若果把你所经验到的一切，来报告给一切同学，你这一次冒险的行为，使你在学校会即刻就很光荣起来的。”

“介尊，你误会了我的意思。我并不打量再加入什么活动，假若我们参加进去，能为他们作某一种说明，告给他们：让感情带他们走路，做出的事情，不会对国家有多少益处！我们得把热情归纳到一个固定方向上去，一面才能持久，一面才能稍有益处，这样看来，是不是我们一种责任？”

“这不是我们的责任。我们所感觉到的，并不适用于一般同学。国家被人欺侮了，损害了，觉得这是一个民族的羞辱，非报仇雪耻不可，得打一阵，因此上海炮声便响了。在为争自由与争正义所激动的感情上，我们如许多年青人一样，抱了决心到了钢铁飞窜中过了些日子。我两个已亲眼看到了那种战争情形，明白了这不是事，这样打下去，有什么把握，有什么希望呢？在大家还相信那些不足信的战争胜利结果以前，我们已明白了我们的精力最恰当的用处是在什么事情上，肯定了这点信念，才把自己从炮火中抽出来，回来作我们当作的事，这就对了。我们的责任是保守我们自己的信仰。”

“但感情兴奋到这些没有理会到战争意义的人，假若我们能启发他们，能在一种机会上，统一他们那点热情，到那个我们以为是对的方面去，不是很……”

年纪较长的介尊，用一个记号制止了他朋友的发言，接着就说，“是的，这兴奋应是一种事实。但让它们兴奋好了。在这兴奋激昂情形中，你说你到过了前线，看过了那种‘近代科学的力量’与‘古代民族的勇敢’作血肉的互搏，你的结论的悲观，却将扫了他们的兴致，这有什么益处？在兴奋中而起的精力的浪费，这时谁也不会去计较它的分量的。大家这时节皆正在极糊涂的把自己安置到那个与事实无补的兴奋里去，从那里取得戏剧排演时一般情形下的快乐，政府既不欲作战，也无力作战，却用谎话哄到大学生，以为只要学生军三个月一训练完成，就可以从事战争。大学生这时是相信政府的，这信任一面是大学生皆毫不明白战争的意义，一面也由于懒惰不去思索。这是些什么花样？牺牲者在不可免避情形下牺牲了，在比较站远一点的，皆为一种飓风卷入感情漩涡里面去，大家皆在那里准备牺牲，且在前方小小顺手上，忘了实力的贫弱。这种时节正是把理知当作奸细，把知慧当成懦怯，一律加以毒恶詈骂和嘲笑时节。过一阵，疲倦了，一切都疲倦了，政府同民众皆将竞争利用这个民族所特具的善忘的习惯，各人很堕落，很无聊，也很马虎的生活下去。我们启发是无用的，让时间来启发吧。这事很快的就要成为过去，一切都要过去，请听我说，我们既然看清楚这点，作我们所当作的事，沉默的工作下去，至多三个月，一切都将在一条新的轨道上走去，到时候自然会有人同我们一致的！”

因为介尊话语说得有点儿激动，年轻的一个把头低下略微感到羞愧了。他向他的朋友解释说：“我并不觉得我们应当同谁去说这半个月来我们的一切行动，这种英雄主义不是我的意思。我始终同意你那个秘密不说的主张，我发誓拥护你这主张到底！”

“算了吧，发什么誓？有什么要发誓的？只有自己心怯想用神来帮助他的人才会想到发誓。你在某一种年青女人面前，要她相信爱情的真实，可是这爱情就连你自己也不大相信时，你再去当天发誓吧。”

两人说话时皆不甚关心到旁的人，因为两人照习惯，说话时声音都很轻很快，X X 地方人说话旁人听来又原不很懂的。说到这里时，两个年青人交换的握了一下手，都嘻嘻的笑了。他们都明白坐在对面看报那个商人，对他们谈话已引起了一点注意。他虽然不大懂得所说的事情，似乎被他把两个人的身分却确定了，这商人到后就轻轻的用手触了一下年长的那一个膝头。

“报上说，先生们都上前打仗去了，女先生们也跟到去，这里有姓名，张什么，李什么，年纪还只十六岁。先生，您说，这是一件当真的事情吗？”

介尊不说什么，只把头稍稍动了一下，不否认也不承认。

那商人得不到要领，就重新提出一个问题，又似乎只是自言自语：

“飞机厉害吗？中国学生军能够用自动步枪打那个怪物的肚腹，使它从油槽里流出油来吗？”

介尊的同伴，因为这商人神气十分认真，就随意问他一声对于这件事情的意见。

“不打肚腹打什么？”

“我的意见吗？我以为打飞机应当打它的脑袋，青岛地方先生们用汽枪打鸟，一枪打到头上，鸟就像一颗苹果从树上掉下，打它的肚腹，那家伙还会飞多远多远，飞机不应当一个样子吗？”

一种混和了聪明与愚蠢的见解，使介尊听来不由得不笑了。介尊问他：“你到过青岛吗？”

“我在那里做了点小小生意，这是四年前的事情。”他说了青岛几句话以后，显然还不忘记报上的时事，就又把言语回到本题上来。“先生从南方来，南方军队怎么样了呢？这里小报都说南京国民政府的空中，张了一面极大的网，这网还是从美国定做来的，有了这个东西以后，鬼子的飞机炸弹就失了作用，事情可不可靠？”

“我们没有看到过。”

“照我想来，这事情是可靠的。孙悟空变大鹰时，杨戬就变持弹弓的人。一切法宝原各有克治它的方法。不过我们本国自己为什么不会发明这些东西？我们国家没有研究科学的人，先生，是不是？”

两人皆笑了，但从商人方面看来，两个年青人神气之间皆并不表示不愿意听他说话，故商人接着又说了许多事情。在每一件事情上，他都不缺少一种意见。他用从报上得来的常识，批评到一切新发生的事情。他理解许多问题，他所提出的问题，差不多自己都预备得有一个答案。他有联想，有爱国心肠，记得着中华民国二十年来各个军阀的姓名，明白国家是被军人弄糟，却相信将来会好的。说到末后他就问：

“你们知道毒气炮没有？报上都说那东西十分厉害，欧战死了一百万人，这次上海战事也死了不少人。ＸＸ报告我们作市民的每一个人皆应该买一副防毒面具，遇到毒气来时，把面具套在脸上去就不会怕什么毒气。ＸＸ公司卖这个东西，六块三毛钱一副。我买了四副，托报馆送到上海去，我向他们指定：一副送给总指挥，三副送给三个督战官。先生，你说，他们有了这样一种东西放在旁边，不是很安全了吗？”

这商人说及这件事情时，他自己不缺少那点自信，以为那四副防毒面具，曾救了四个要人的性命，到现在，那面具也一定还套在总指挥同那三位高级督战官嘴上的。他并不隐讳他的快乐，他让那点因作了一件大事而自足的神气，显现于词色之间。末了且把那某报馆给他的收据，从荷包里掏出，证明了这件事的真实。

两个年青人因为听到商人说了那么多话，且看到了那个收到四副防毒面具的收条，就问他在什么方面作事，有多少薪水一月。他就很诚实的告给两个年青人，做得是天津法租界杂粮行店里的管账事务，每年有四百块钱正俸，若生意做得不坏，还可以得一底红利。说到粮食生意，他在方便中不忘记批评了一下关于当局处置粮食政策的错误，这见解自然还是从报上得到的。从粮食说到生活，这商人又让两个年青人知道他有三个学生，一个闺女，他的教育计划是等到几个小孩从小学毕业以后，就把两个送到米行学生意，一个送进南开中学校去，预备将来中学毕业到银行作事。他又提到房租，每月十七块五毛钱的房租，他用手比着，似乎就只手掌大那么一片地方。他还为两个人谈到天津事变，便衣队的活动，杀头，抛手榴弹，都说得十分动听。末了总结的说来，这个商人为了爱国数月来已捐了七十块钱，他把钱在一种责任心的自觉上很高兴的捐给了别人，却把收条好好的放在小牛皮夹里，把钱数放在自己心里。

从各方面看去，这个商人的灵魂是宽博的，性格是厚道的，人格是正直的，同时知识也是够可怜了的。

到后车开了，他告给两个年青人，胶济路的三等车中，蛋炒饭比其他路线上的蛋炒饭较好，他把四年前的经验反复述说了一阵，引起了他自己的食欲，想走过二等车去却没有办法，因为饿了，说话已没有多少精神，到后就又仍然睡着了。

车抵北京东车站时，两个年青人匆匆的各自提了自己那个小皮箱，在人众中挤下了车，只见车站上许多穿学生军服装的年青大学生，莫不气壮神旺的在那月台上散步，其中有两个带了毛毯，干粮袋，水瓶，雨衣，以及一大堆用具，在那南边月台上被人照相。这两位似乎行将出发到前线去作国殇的人物，其余多数是前来送行的，介尊向他的同伴望了一眼，两个人会心一笑，随同一群旅客流出车站了。

出了车站后，因为正午返回城外学校的公共汽车已过了时候，年纪较轻的一个邀介尊到他家里去，介尊却提议，先往前门大街上小馆子里去吃一顿饭，吃过饭再作计较，两人就向南方走去，走到前门大桥时，就碰到几个穿了中学校制服的女学生，拦住了去路，拿了竹筒向两个募集义勇军捐款。两人皆笑了，年青的一个正要说什么，介尊赶忙从自己身上掏出了大约有一元左右的小票和零碎铜子，放到一个女学生手心里，拉了他的同伴，过了马路，走进一条小胡同去了。

…………

这两个青年皆是北京城外ＸＸ大学理学院三年级的肄业生，年长的一个姓名为凌介尊，年纪稍小的一个姓名为李伯鱼。

两人回到学校中宿舍以后，因为在假期中学校虽通过了学生不能离校的决议案，到后来为了种种原因不能执行，仍然有许多人离了学校，各自向自己所方便的一处走去，故两人从上海方面来回的事情，竟毫不为人注意。他们当天在学校食堂就碰到了些留校相熟的人，大家都穿了整齐的军服，很激昂的谈到一些关于南方情形的话语，各人在一些不甚确实的消息上批评到战事的得失，各人皆有一种以身许国的精神，却大都不甚明白这牺牲从何时何事着手。两人在同学中平常皆不大欢喜说话，谁也不疑心到两个人半月来的行为。

多数留校的学生，皆在一种极兴奋的情形中有所活动，其中军事股的分队实弹射击，女同学战场救护的演习，宣传股演剧团的戏剧排演，扫逆报的印行，国防股东北问题的研究，国际战争时国际法的特殊演讲，一切组织皆有若干同学参加。图书馆特别陈列了大部分国际战争的书籍，同其他无数参考文件。学校从大礼堂到各处盥洗间皆贴满了红绿标语，用最激烈的口气，大大的写着下面的句子："杀到东京去"！"杀尽倭奴"！"同学同志武装起来站到最前线上去"！"国家灭亡在即不应再读死书"！校园里同宿舍附近，皆可以看到穿了很精致的完完全全的学生军装束的青年大学生，拿了汽枪向高处麻雀取瞄准姿势。女学生皆穿了看护士白色朴素长袍，戴了白色头巾，以一种新鲜而动人的风致，在校医室出出进进。各处皆可遇到看护同军官匆匆忙忙的走着，仿佛他们正在商量到一些关于伤亡以后种种严重的事情。一部分在总务股负责的人，为出版，接洽，开会，等等在显得不遑寝食的忙碌。一部分在宣传股扫逆报负责任的人，皆各自隐藏到一个僻静地方去，发愤写着战争光荣的诗歌。凡参加了决死队组织那个大学生的宿舍里，皆挂了一个代表决死宣言的红色六方符号，且常常在宿舍中大声高唱决死队特制的短歌。这些使人看来流泪的热情，代表了中国北方大学生对国事关心的实情，人人皆很诚心的准备战争扩大时为国牺牲，人人皆在一种狂热中表现一个民族的醒悟新的生命。

介尊同他的同宿舍朋友伯鱼，回到学校后第二天一早就到各处看了一次，返回宿舍时，从半开的门边，无意中见到对面某同学房间里墙头上那个为国牺牲勋章模样的东西，推开了自己房门，就很严肃的低低的叹了一声气，用手抱着后脑，躺到自己床上了。

那个年青一点的伯鱼，站到他面前说他所得的感想。

“看到我们学校一切情形，我老实说，我是很感动了的！”

介尊把眼睛闭着，答复了他的朋友：“为什么不使人感动？大家都那么天真烂漫，所知道的那么少，热情却又那么多，这次大家比上次东北事情初发生时表现得动人多了！你只看个勋章，那个篮球选手把它悬挂在床头上表示一种心灵伟大的东西，为那点混和了无知与虚荣的勇敢行为，作出的新鲜花样，你说，中国是不是因此而得救了呢？”

介尊说到这里时，实在是生了一点气的，他心想，“为什么我得在这些事情上生气？这算个什么？”

伯鱼微笑着，不好说什么话。介尊便把身子转动一下，铁床轧轧作声，继续想着，“学校凭空添了那么多看护，使我们俨然到了病院里，那些将校，那些英气凌人的大学生，他们自己不正是那么很勇敢的也很骄傲的在想象中如何牺牲自己，如何取得那种国殇的光荣吗？可是，对于整个事实，这算什么样一种愚蠢的耗费呢？”

因为不许自己生气，他却说话了。“伯鱼，我们学校女生穿看护装束倒不坏，你以为怎么样？”

介尊说到看护，使伯鱼记起了介尊一个女友。“介尊，你看到了荆小姐没有？”

介尊把头抬起，故意对伯鱼做了一个恐吓他朋友动作，“什么我的荆小姐？我要纠正你那个称呼，蜜司荆是她自己的。”伯鱼听到这个却不加以分辩，只是很有意思的笑着，介尊也就不得不笑了。

介尊稍过了一会，就像是答复他自己心上的那点疑问那么说：“伯鱼，学校已将每一个女人都变成看护妇了，若把苏州真茹方面的伤兵，运一些到学校来，让这些细皮嫩肉胆小心柔的小姐们见识见识，看看那些零碎的肢体，不成形的血肉，这也是一种很好的经验！”

伯鱼说：“照情形看，这正是她们期待的经验。不过我们怎么办？我碰到了物理系那个黑脸杨九，见了我第一句话就责备我为什么离开了学校多久，不上他们近代兵器的特别功课。又说义勇军已每人实弹射击了五粒子弹。又说决死团的组织业已完备，报名加入宣誓的人数已经不少，并告我决死团不久即可以出发，因为别的学校也有了这种组织，不能让人先着一鞭。”

介尊冷笑着说：“是的，因为别的学校也有了这种组织！”

这时听到窗下有人跑着，伯鱼就走过写字桌边去，望到窗外两个武装同学，扛了两支假枪，取了小跑姿势，正从窗下过身，跑到前面楼房转角处时，似乎忽然之间发现了敌人，便在墙边蹲下，把假枪向前面瞄准。原来这两个大学生，正演习到假想的敌人侵入学校时他们应有的抵抗。望到这种情形，伯鱼把头摇摇，回过身来要介尊看看。介尊从床上起来看了一会，口角边荡漾到一点笑容，皱了一下眉毛，就离开那个窗户了。离开了窗户以后，却轻轻的说：

“要什么样一种经验，才能把大家学得乖巧一点，变得沉重一点？我们这学校，完全成为吉诃德先生了。”

“我们呢，我们在这一群骑士里怎么样呢？”

这话似乎触怒了介尊。“怎么办吗？你还羡慕那点，还不明白那是精力的白费吗？照我们的预定计划，老老实实的上实验室，等候他们在三个月后明白了点也疲倦了点时，来照到我们作去，这就是我们应作的事。你不是同我说过要把那个关于鼠类嗅觉在生产期之变化的报告结束一下吗？把你热情纳归到一个固定信仰上去，你能干，你同ＸＸ一般的干去，不愿意干，实验室是你灵魂的摇篮。朋友，傻子，你还在徘徊，还希望床头上挂一个红六角勋章，以为那是对国家有什么用处吗？”

伯鱼察觉出介尊今天性格特别暴躁了一点，不愿意再用口舌同他战争了，就只是望到他朋友笑着，低声的说：“是的，是的，你再说下去，我就又得发誓了。”

介尊说：“看看你的表，到了浴室开门的时间没有，两人去泅一阵水吧。”

伯鱼看了一下手腕上的表：“早咧，还不到九点呀！”

听说还不到九点，介尊显得很烦恼的样子，正拉开了床边大橱，打量找寻一条手巾，外面门上有人轻轻的敲了几下。

门开后，进来了一个身穿看护装束的女子，面目秀媚白净，身材轻盈活泼，年纪在二十岁左右。这女子一见了介尊，就现出一个小孩子见了长亲以后十分快乐的神气，走过去同介尊握手，又同伯鱼握手。这就是先前一会两人所说到的荆淑明，XX大学文科二年级的学生。这时她见了介尊，站到两人之间，很愉快的说话。

“我到城里有事去了，回来才看到留下的字条，你们悄悄离开了学校，到什么地方去了这样久？这种紧张时节，大家皆加紧工作，同学不见到了你们，还以为你们过上海打仗去了呢。”

介尊微笑着说：“是的，人家还以为我们上战场了吧，有这件事情吗？”一面便移了写字桌边那张坐椅，让女人坐下，站在女人旁边，注意到一切，仍然很蕴藉的微笑着。

荆淑明就又说：“你们真不应当这样，这是什么时候，还好意思上天津去玩，我可为你们害羞！”

伯鱼听到荆淑明说的话，就问她：“听谁说我们上了天津？”

“我并不听谁说过，我自然会猜想到这件事，介尊，你说，你们是不是把这半个月都耗费到一件不可告人的事情上去了？你说真话。”

介尊说：“真的，我们这半个月是把日子糟蹋了的。”

荆淑明因为从介尊答复上，得到自己所估计事情不错误的证明，显得很高兴的样子，整理到自己头上那个因为上楼时忙了一点业已欹斜的头巾，风度十分动人。

介尊望到荆淑明似乎更美丽活泼了一点，心想：“简直是一个极体面的看护了，穿了这一身衣服，实在是更美丽了。”就向伯鱼带了一种玩笑神气说：“伯鱼同学，若果我们当真去打了仗，幸而不死，受了伤回来，受学校女同学的料理，岂不是极幸福的吗？”

伯鱼明白那是一个故意说到的笑话，就应和说：“是的，受了伤是勇敢而且幸福的。”

荆淑明并不知道两人所说的意义，以为两人初回到学校，学校半月以来新发生的一切也一定不大明白，就告给两人以学校种种事情，末了却说：

“你们在天津不看到报吗？前线上有许多大学生都在牺牲，我们学校决死队前些日子登记时有十六个同学，这些同学不久就得出发了。我们的义勇军实弹射击已演习过了。我们一切都预备得完完全全，不久都得出发去保护南京！”

两个大学生一面听荆淑明述说一切，一面微笑着，并不回答什么，心里却不约而同都想说：“保护南京，这是谁告给你们这些事情？中央政府不是在战事初起时就早已迁到洛阳去了吗？他们自己都知道保护自己，还用得着学生军吗？”荆淑明却因为两个大学生都不说话，还以为介尊很高兴很专心听她的报告。

“我们学校的精神比谁都好，我们那个营幕，那些露营的设备，比 X 大学还讲究完备。我主张我们一直就加入前线，我们什么也不怕，什么也可以牺牲。”

介尊从荆淑明这些天真烂漫的言语里，觉得这正代表到一群初从中学校出身的小孩子，天真得十分可爱也同时十分可怜。他轻轻的说：“加入前线，童子军会操才需要你们！”可是这句话说来太低了一点，女人没有听到。

荆淑明见到两个人不大说话，也注意到了两个人比以前沉闷了一点，这不过是两人旅行疲倦了的原因。既然谈到义勇军，她就问他们，是不是见到了总队长，是不是打量加入决死队的队伍里去。

介尊看到荆淑明对于新的生活那么热心，不好在这时节来说什么，故把她的兴味稍稍移开了一点，问及别的一件事上去。他问女人说：

“你以前告给我要作的那篇文章，近来写成了多少？”

荆淑明很希奇的望着介尊，奇异这半个月来介尊真有了点变更。“我们忙得不成样子，那里还有心读书作文章？”

“从此就忙下去吗？”

“怎么，上海方面不是正在打仗吗？中国政府不是决心要同日本宣战了吗？我们大学生不是应当全体加入前线吗？……”因为这时介尊正把头摇了一下，荆淑明懂得那是一个否认的表示，就向伯鱼看了一下，想从这个年青一点的大学生脸上搜索出一点东西。伯鱼虽然笑着，那种笑就也十分可疑。“怎么，你们都不热心，成了个人主义，不大对于国家事情负责了！"

伯鱼正想作他们负责却不大相信政府意见的解释，外面又有人敲了门，就不即说话先去开门，门开后进来了两个武装同学，一个身材矮小的手中拿了一本簿子，一个戴大眼镜的瘦削得如陈老莲画上的人物，两个人皆是国文系大三学生，平常时节成天皆只坐在图书馆作诗经同楚辞研究，国难发生以后，却雄纠纠的同一个军官差不多样子了。他们原来是互相连名姓也不大明白了，三个月以来的国难，却把大家皆变成熟人了。

那矮小的大学生一进来见到荆淑明也在此地，就说：

"蜜司荆，你到这里，你们的队长正在找寻你，问你到城里去同协和护士学校接洽的事情，得了结果没有。各处找寻你不到她往教育学院去了。"说了几句话后，这矮小同学又转头向介尊这一面来说明他们的来意。"介尊同学，决死队出发送别会，今天下午七点半到会，见到通告么？这个，"他说时随即就递了那个本子过来，"ＸＸ必须的款项，大家皆写了他自己所高兴担负的一笔数目，你们捐多少？十元，九元？"

介尊随意看了那个簿子一下："我不想捐钱，蜜司忒周。"

矮小同学又含笑的望到伯鱼，但伯鱼也作了一个相同的答复。同来的那个闽籍瘦削大学生就说："多少写一点，八块，六块？"

介尊把头摇着，制止到这种提议。

荆淑明露出稍稍诧异的神色注意到介尊，"捐五元，介尊。蜜司忒周，你写他们五元得了。"

矮小的那一个嘻嘻的笑着，却不敢把数目写下。

荆淑明说："你写伍元不碍事！"

介尊望了她一眼，看到荆淑明正像在责备他似的口角动着，仿佛要说："为什么躲避责任？"于是在那个本子上，写了自己同伯鱼的名姓，在下面填了五元数目，问那个来捐款的同学，"现在收去还是下次用时再来取？"

那矮小同学，说明了款当由总务股下次收取，把头点点，攫了捐簿，赔着笑脸，走过别一同学门前敲门去了。

荆淑明见募捐的走后，轻轻的望着门边叹息了一下："国文系的同学多热心，决死队中他们系里就占五个，我教育系只两个，你们生物学系同心理系各只一个。介尊，你不打量加入吗？你应当很勇敢的加入，因为你过去不是很主张过这件事吗？”

“勇敢加入还是勇敢到前线去尽责？”

“你不觉得必需参加必需……”

“我不反对每一个人自动参加，我自己可不愿意参加。”

“战争不是已爆发了吗？不是正在扩大吗？你们不参加这团体，两个人都这样决定了，是不是？”

伯鱼说：“我们有另外事情要作。”

“请问，你们的理由是什么，什么事情比这个还重要？”两个大学生皆不能把理由说出口，但由于平时相互间友谊的了解，荆淑明这时从介尊眉宇间却依稀看出了一点别的东西，总以为他的自重气质使他即或加入了也不欲说明，就原谅了他，用手摸了一下热水汀管子，望了一下窗外。一个女同学忙匆的走过窗下，正是适才国文系那同学所说到找寻荆淑明的护士班大队长。这队长找她不着，一定还得过女校去，故她告给介尊说她要走了，还有事情要作。又同介尊约好了一个时间，在介尊所常到的专门工作室见面，就轻盈如一个燕子似的走了。

介尊送荆淑明下楼时，那两个国文系同学，笑眯眯的正在楼梯边甬道上计算第X楼捐款簿上的钱数，两人不知说到什么，且互相捏了拳头各在对方胸部轻轻的打了一拳。下楼时，门边有一个同学扛了一支汽枪正走过身，腰边悬了三只麻雀，一只乌鸦，似乎正从圆明园打猎归来。

回到自己宿舍时，介尊不知为什么总觉得心里有点难受。一般同学的行为他以为是当然的，却仍似乎有些不能理解处，即如过去一年来相互皆似乎很相熟了的荆淑明，那种兴奋夹杂别的感情，也使他不大快乐。一点在平时嘲笑过伯鱼的惑疑精神，这时在自己心上也占了一个地位。“为什么大家皆那么兴奋，这兴奋归纳到这些小事上，对国家有什么用处？历史是极长的一件东西，外交是在历史上发展的一种艺术，近代战争是近代文明的技巧的魄力最高的表现，这个民族是不是有资格来思索来处理这些事情？……”他的想象是并无结论的，因为他不愿意把结论放到悲观上。

伯鱼正在整理从实验室得来一份笔记，埋头坐在桌边整理了好一会，还似乎毫无头绪，就胡乱收拾了一下，向介尊说："你不是说泅水去吗？已经过了九点，我们走吧。"

两人往体育馆时，在路上还见到许多同学皆向大礼堂走去，有人问他们为什么不去听马陆博士讲演"敌国夜袭时都市之防御战，"两人皆装作不曾听懂的样子，仍然向体育馆走去。

下午两点以后，大楼前面同甬道上，各处皆贴了用红绿纸写好从南京方面新来的电讯，战事得手消息，激动了全校年青人的灵魂，每一个人皆似乎为他所担负的一种职务忙迫起来，不断的各处奔走。通告牌上贴了无数找寻分组队员的小条子，同许多小组会议的通知，过路的大学生在那里停顿了一下，发现了自己的名姓，就匆匆的离开了。一个名为剿倭壁报的前面，站满了男女同学。莫不为那点出于大四一个老手笔的战事讽刺画所吸引。足球场大坪和大礼堂前面草坪，许多决死队大学生，皆在那里用绒球演习手榴弹的掷放。新从城里运来了四架伤兵用轻便舁床，陈列到 X X 楼前面大厅中，许多看护装束的女同学，皆围到这舁床四周，讨论到这东西的用处，且互相很快乐的猜想最先躺到这床上被抬回来时，在男同学当中应当是那几个。全校的空气是紧张而快乐的，全校皆表现一种空前的激昂。

上午在游泳池温水里泡了许久的介尊，回去以后小睡了一会，醒来时，似乎把半月以来一切疲劳都忘掉了。筋力恢复后精神焕发，十二点钟同伯鱼在食堂角隅里吃了饭，伯鱼进城回家去了，到两点后，介尊就走到图书馆去找寻荆淑明。

在第四号专门阅览室他见到了她，这阅览室是生物学系特别设立的，平时除了几个教授同少数学生来此找参考书外，其他就无什么人来此了。往日介尊常在此室中看书，荆淑明因为介尊在此，故也常常拿书来此同读。荆淑明今天看到了介尊换了一件学生军的制服，披了一件棉布大氅，以为介尊已加入决死队了，"你报名了吗？介尊。"

介尊先不知道她说的报名所指何在，就说："我早已登记过了，这大衣还是去年领的！”

荆淑明说：“不是的，我问你是不是参加决死队的行动？”

他记起所看到的那些同学在草坪假设战壕边抛掷绒球的情形了，就向着荆淑明像询问小学生似的说：“当真大家都预备那么打一仗吗？当真还预备让那些脆嫩的皮肤，同空中乱飞的大小钢片擦那么一下，结果就躺到美国制的军用舁床上，把他们抬回到学校来，你们便忙得同喜鹊一样，去服侍这为光荣而战的爱国男儿吗？”

荆淑明注意到介尊说话的嘲讽气分，因为这个在先前些日子是没有的，她说：“介尊，你近来性情完全变了，你疑惑他们当真没有这种勇气，又疑心我们的行为近于开玩笑，你不承认吗？”

介尊否认到这个揣测，他说：“我从不疑心别人所作的事。不过这里学习有什么用处？要学习一切，要明白一切，最好不过就是亲自往前线去看看，一个礼拜还可以来回。”

“他们即刻就要去，若不预备去，他们成天练习什么？你不看到我们的新教官吗？陆军大学的战术教官，一个多么近于理想军人的风度，我们决死队归他训练，一报了名，谁都决心为国死去，所以……你若看到他宣誓情形，你会明白这是一件多么惨痛的行为！”

“宣誓了吗？”

“怎么不宣誓？大规模的极悲壮的一幕，我就从来没有那天感动过！”

“你呢？你什么时候出发呢？”

“你呢？我正要问你，往常你不是说要得到一个机会过上海去参加吗？我愿意同你在一处。”

“现在我可不打量过上海去了。”

“你改到国防股服务了吗？”

介尊一面把头摇动一面说：“没有，什么也没有。”

“你说来，你是什么意思？”

“我想我个人决不参加任何活动，我学得是生物学，我应当把每一个日子都放在我的解剖实验上去。”

“能不能把理由更详细解释给我听听？”

“中国不能打仗，战争不是挽救中国的一条路。中国只有两条生路，一条是造成秩序，想富国强种的办法，一条不要旧的制度，重新改造。”介尊说到这里时，见荆淑明把舌尖从那张小小口里伸出来了一下，作了一个惊讶的表示，便迟疑了一下，但恐怕她再追问下去，故赶忙接着又说：“我并不觉得别人这种热烈兴奋有什么错误，因为每一种浪费都可以留下一点教训，大家这样爱国对于国事无益，对于本身倒可以得很多经验。至于我个人，我把我责任看得不同了一点。我已经从别一方面得到了使我自己有用的教训，我服从理性，以为实验室需要我这种人，比别一方面需要我还多，故我就决心独行其是了。但我还得说一句，我并不反对别人也不嘲笑别人。”

荆淑明说：“介尊，你的打算我真不大理解，什么事使你变得这样……”

介尊向他朋友亲切的冷静的望着：“你意思是不是要用‘懦怯’两个字？”

“不是懦怯，是消沉，你自己说吧，你不是很消沉了吗？”

“我自己说时，绝对不是消沉。”

荆淑明把手伸出去，作了一个动人的表示：“那么，不消沉的证据？”那双手因为本人穿了浅蓝衣服，为那个小小袖管所束，异常显得温柔华美的。

介尊注意到那双小手，没有作声，心里却想：“日子长咧，自然有一天要把证据搁在你这一双小手上！”

荆淑明见介尊不回答她，就反复的说：“消沉是不行的，消沉是不可原谅的，因为国家需要热情。”

介尊心里想：“国家或民族实在是需要热情的，但政府却正在浪费我们的热情。大家若不缺少热情，应当支配到更严重的事情上，才会把这个国家弄好！”

荆淑明到后因为思索到介尊两日来所说的话，也沉默了。介尊觉得他们的问题，应当挪移到另一件事上去了，问她住在城里家中的五妹学琴进步了多少。

“你还说五妹，五妹在翊教中学演说，晕过了一次，母亲听到这消息时急得要死，可是把我赶回城去看她时，谁知她又出外募捐去了。……”

在荆淑明用着母亲的怜爱口吻，述说到她家聪明的小妹妹时，他听了许多中学生在国难中很动人的行动，同时把受质问那点窘迫也解除了。荆淑明性情上平时还不脱离一个小孩子的习气，但当向人谈到她家中几个妹妹时，她却有一点母性的风仪。她的声音原来就是很美的，说到这些事情时，且分外柔软悦耳了。介尊看得出她对于家庭有一种温暖的爱情，为了安置她的兴味到家庭方面更久一点，故重新又来谈她几个极小的弟弟，讨论他们的教育，讨论他们的将来，她果然把学校这方面的事情暂时就完全忘掉了。后来他约了她一个日子进城去看几个小孩子溜冰，她同意了。

荆淑明离开了第四号室时，介尊坐到他自己工作的座位上，对了墙头所悬挂的一幅爱尔兰种田鼠对于小鼠之保护教育摄影，自言自语的说：

“凡是雌性，都不会作出比做母亲更相宜的事务，……也不会有别的东西更能够占据她的感情全部，如一个小孩占有母亲一样。”

但是同时他便想起另外一件事情来了：“荆淑明那么一个女孩子，要什么样性情的男子，才觉得十分合式，不至于委屈她？”他想出了许多人，都好像不大相称，却有意忘了把自己也算在里面去。

学校一切皆在进行，人人皆就其所知的狭小范围里尽那点国民天职，城中不断的有学联会派来的宣传员，召集大会演说。不断的有从东北从上海逃难而来的大学教授，被校中请来报告两地战事真相。大家从新闻纸上所酝酿的虚而不实的空气上，皆以为全国不久将卷入战争漩涡，沪战行将扩大，大学生也行将全体出发。人人皆准备在他自己身上尽一分责任，人人都那么天真诚实，尽新闻纸所造成的局面，支配到自己的感情。政府还相信国际联盟所主持的公理能对于中国有何帮助，除了这种帮助外自己毫无办法，人人却相信政府长期抵抗的宣言。教职员当中也有加入决死队的，女生中也有成天随了其他男子，扛了从卫戍司令部借来的旧枪，或教员所有双管猎枪同小汽枪，参加露营野操放半夜哨的，也有学习用绒球铁球伏在新掘好的壕沟边，演习抛掷手榴弹的。又因为传说中北方还有第二次为日本所指使的便衣队所扰乱的消息，各文化机关皆有被炸毁计划，学校空中防御，也正由军事股负责筹备一切。在空中防御计划上，某军事教授，把学校当成欧战中的法国巴黎同英国伦敦，图书馆同科学馆水电厂当成敌人目的物，在假想敌国飞机从天津塘沽方面航空母舰上飞来轰炸时，从农场起到发电厂止，如何分配高射炮，以及如何作其他种种布置，忙得军事股同人不遑食息。此外又假想敌兵已占据车站。本校义勇军若欲反攻时，应如何进攻。他们用人力车底盘装置了一根可以上下活动涂了灰色的木柱，代替了野战炮的位置。同样用木柱安置在三角形木架上，又成了若干高射炮同机关枪。同学们在队长指挥下，便簇拥了这些武器的模型，各处推动着，且用了一种极敏捷的动作，随时又停顿到一个地方，向上空或向前面瞄准。全校共计用了人力车十四辆，这些车子差不多就全是从校外一个车行租来的，当这些炮车，以一种雄武姿势，被学生推挽而前出了校外，假拟着向车站铁路线取追击式，急剧的猛扑过去时，车行主人同一些车夫，皆站到校外路旁，从车轮或铁弦一点点小记号上，各自认识自己的车辆，到这时成了什么东西，大家都十分快乐。

因为全校的工作紧张不懈，师生一致，宣传股又十分得力在行，使城中的新闻记者，每日皆有出城来采访消息摄取影片的事情。决死队的同学照片，在城中星期画报上用铜版印出时，记者们于下面附加了如下的警句：

国殇乎，祖国因君等之牺牲已获救矣！

当这份画报送到本校为宣传股贴出时，学生面对这种照片，记起一众宣誓时悲壮的情形，皆不免感到一点凄凉，这些决死队同人，既诚心准备到机会来时的牺牲，因此一来，这牺牲似乎就已在开始了。

一礼拜以来，介尊同他的朋友伯鱼，皆各埋头在实验室里，整理纪录阅看参考书，每日的各样集会皆不参加，国难会任何一部分事情皆不过问。他们对于同学们持久不懈的热情与勇气，不加以任何异议的批评。他们只在沉默里生活下去，这沉默由他们想来，却认为是“把热情归纳到一定方向上去的决定。”他们并不忘记前方的战事，以及国内外对此空前严重事情所表示的态度。全国皆在主战空气下十分兴奋，学校则人人皆似乎在准备为这民族光荣而牺牲一切。“牺牲而得救”的幻想支配到每一人，无论智愚贤不肖，皆在一种赌博的狂热情形下，把自己一身变成一种数目，加在战争上一方面去，带了点侥幸而胜的希望，闭了双目让命运来决定这民族的存亡。介尊把自己牺牲看得稍稍不同，他心想，一个月或两个月的兴奋，能够决定一个人的命运，却并不能够决定整个国家整个民族的命运。国民皆尚以为这战争可以根本解决一切，皆误会了国家积弱的原因，大家盼望从顷刻间赌博意义上明白自己的输赢，我还得在时间稍长本题稍近的工作上去牺牲自己。他的性情比以前也好了点。但他的朋友伯鱼，则仿佛稍稍悲观了些，对于自己行为并不缺少那种坚固的自信，对于别一方面的热闹，常常不免要当到介尊面前，发泄几句不平的议论。

同时他们自然是要接受一些误解的，因为在某种过分激昂情形下，缺少反省的感情，常常会向理知作无怜悯的嘲弄。凡一个人在这时节向历史追究而产生的理知，皆极其容易触怒到多数业已疯狂行将疯狂的灵魂。介尊同他的同学伯鱼，一切行动最先引起了本系同学的注意。荆淑明在这件事上，对介尊也起了一种明显隔膜。“国家已快亡了，读书有什么用处？为了免避这个民族的灭亡，为了避免帝国主义者瓜分中国，毫无可疑，唯一挽救之道，就是全国动员，出于一战。”各种新闻纸皆以最易动情的文字，发表言论，鼓励年青人的血液，激宕年青人的心脏，同时还在历史上寻觅了若干背城借一侥幸图存的纪录，增加到国民主战的气势。国防专家对于国家实力加以估计而发言的机会，自然已不能够存在了！来解释古今环境如何不同，也自然用不着了！来说明近代战争在财富与智慧两方面所必需的一切，也自然不能动听了！凡属专门知识与普通常识，皆已在无形中成为被人指摘近于奸细的工具，介尊同他的朋友，到这种时节，乃把上实验室同图书馆的时间，用得比任何人还多一点，这种行为就沉默的说明一种与同学不一致的意见，因此两人便接受了一次公式的警告，与若干私人的责难。

介尊既得了某种警告，没有为他的行为作任何有利于己的辩解，还仍然从事他个人的研究。他的毅力坚固如一块石头，在校中还是独往独来。他神情是冷静的，但同时也是诚实的。他没有用他的强健体力侵犯过任何一人，但若果有谁要实行那个在暗中的袭击时，他相信用他的手腕，可以扼着那人的喉咙，决不会让一个在黑暗中对他攻击的占去便宜。荆淑明在过去一年来，同他的友谊是很不错的，但到近来这友谊似乎也稍稍疏远了。她所担任的事务太多，办事又太热心，使她同介尊见面的机会自然就少了一点。她不明白介尊的意见，她认为介尊的冷静不像一个年青人。介尊理会到这点误会的原因，且以为到另一会女人明白一切时会涣然冰释，故虽察觉了这友谊有了小小裂痕，可不疑心会发生什么最大变化。

空中袭击的防御演习，定于 X 日晚间举行，事前得到了当地军警的认可，在校内可以燃放爆竹同作其他声音。宣传股事前大事活动，聚来了比邻几个大学中学的无数来宾，同许多小新闻记者。本校在日前各处皆去了通知，各个重要地点触目处皆贴了几个应注意的办法。到预定时候，总指挥接到边防无线电报告以后，发了一声警笛，电灯厂总电门一闭，各处电灯顷刻之间即已完全熄灭，全校成为黑暗世界后，在黑暗中全校义勇军，遵照先前一时所规定的办法，在总指挥命令下，各处分头活动，木柱做成的高射炮，极敏捷的安置到各处适当地点，随了充作探照灯的大型手电筒白光，向上空某一处作防御战。小鞭炮作成了步枪声，断断续续的在各处响着，小高升作成的高射炮弹，在半空中的炸裂，流星作成的敌人的光弹，再加上预先安置妥当了的种种假设炸弹轰炸声音，把全校弄得俨然陷入一种战事状态中。大炸弹声音所起处，一队女同学所组成之救护队，于一分钟以内，即可随了舁床跑来，抬去了一些假装受伤的人，取捷径向病院急行而去。大约经过三十分钟左右，敌人飞机受伤的受伤堕地，完好的业已逃走，高射炮向西南角上追去，各处只剩下了断续枪声，再过一会，各种声音已息，总指挥从电话传来的消息，知道敌机业已逃走，把嘤哨一吹，电灯厂开了电门，各处皆有了灯光，各处灯光下皆可以见到若干张欢喜感动人的脸孔，农场附近还正燃烧着假想敌人飞机上抛掷的硫磺弹所引起的火灾，大草坪还跌落了一架敌人的飞机，也正熊熊的燃烧不已。来宾以及一切参加过这次战争在紧张欢喜中支持了三十分钟沉默的教职员和学生校役，皆竞争的向义勇军集合处跑去，人人莫不为这一幕动人的排演，把自己陷在一些俨然如真的情景里，而得到无量的欣悦。指挥这次演习的某教官，在表演完事灯光复明后，同校长在寒气中，即刻就受了由城中赶来的记者所包围，竞争用镁光摄取此大勇无畏防守者之照片，并询问了种种事情，经过许久才逃出重围。

灯光熄灭时介尊同伯鱼正在自己宿舍房间里。

两人皆默默的听到窗外远近各种声音，一时没有什么话说，各人皆回忆到月夜前在江湾一道壕沟中的生活，发生了点感慨。这些呐喊，死亡，腐烂，恐怖，一切一切虽然只一个月以前的事情，回到学校似乎就离得很远很久了。

伯鱼不能忍受这种沉默了，伯鱼说："介尊，你记得我们伏在壕沟里用一片土保护到自己，仰头望天空中飞过紫色炮弹那种情景吗？"

在黑暗中的介尊说："伯鱼，你真糟，你还应当记忆更严肃一点的，不应仅仅记忆那美丽的。"

"因为从那点庄严与美丽的回想上，我觉得这时节楼下行动一切近于儿戏。大家都以为战争是那么好玩的，这种行为有益教训之获得，并不比有害的自信之养成为多。

"不要发这种文雅议论了吧。他们在那里排戏上经验到一点东西，即或是完全不近于事实的，对于他们也没有多少害处。"

"从这种结果，产生那点出于愚昧无识的骄气，正同政府的虚伪相应和，将增加到国民心理方面的懒惰。"

"可是，什么样才可以使大家去思索一件事情？你想想，这是表演！什么事情会比这种行动为更好一点更有益一点？你把这件事的行为价值估计得稍小一点，就是说不妨当游戏去看，它的价值实际上也许还大一点。若把它一定看成国防布置，你还从那个行为上去追究它的效率，那自然就见得代表这个民族较高文明一类人的头脑，习惯于哲学，数学，文学批评这一类问题的思索，太同战争离远，太不适宜于想象战争是什么东西了。”

“可是大家还那么严肃！”

“演戏为什么就不需要严肃呢？至于客观的说来，估计它的效率和价值时，倘若严肃无补于事实，为什么我们要严肃看它呢？因为要保存它给人的影响同本身价值，所以我以为这可以认为一种大众性的演剧。”

从窗口望去，这时正有一个人在大坪里燃放了一个高升子母炮同一个流星，流星嘶的一声向空中窜去时，曳了长长的一线红火，子母炮向上升到某一高点，就訇的炸裂了。另外还有小鞭炮声音，在较远一处燃放，声音由密集而成断续，到后又密集了。

介尊对于空中的火光发生了一些感想。

“中国的火药，是在玩具上发明的，打帝国主义，雪民族耻辱，争国家人格，都需要另外一种兵器，这兵器就是知慧与忍耐，要知慧才可以去思索一切，认识一切，要忍耐才能持久。要明白自己的弱点是时间的愚昧无识，自大自私养成的，就也需要长时间的坚苦忍耐才可望得救。现在大家还只会玩烟火，望到这个烟火，即或不忘记这是假想的光弹同炸弹，但性质当真只是戏剧底。等过一时，烟火完了，头脑恢复了冷静，大家能思索时，大家都就知道应作的事了。”

伯鱼却说：“你瞧，一个光明炫目的烟火，一个非常美丽的东西！”

介尊说：“是的，一个美丽东西！我还正想到中国火药原来的用处，原来只用到这方面，现在还仍然只能用到这方面。”

“可是中国的火药只能用到这方面，代替火药的应当是什么？”

“是结结实实的意志！我想到盼望多数的觉悟，还是要少数的先来用生活证实一切。罗马并不是一天造成的。一堵结实的墙得先有一个稳固的基础。我们不应当忘却我们应尽的责任，把我们作垫脚石，希望有很多的人。从我们头上肩上踹过去，这就行了。不过这墙是就原来修补还是重新改作呢？这就值得我们思索了。不管改作也好，修正也好，认真向不拘某一方面走去都是必需的。使人悲观的是年青人不走，没有寻路的胆气，也缺少选路的习惯，就尽只让一个半生不死的政府带着，把这个民族引向烂泥里走去，胆小心怯，做梦也只在一点小小得失上盘旋，过一阵，我恐怕中国人，看烟火的机会也没有了。”

忽然远处訇的响了一声，几乎是顷刻之间，窗下就有一小队人跑过去，借了远处手电筒一闪而逝的青光，看得出一群救护队的白色袍子，轻盈的在黑暗里翻飞不已，如同一群在黑夜里出现的幽灵。一切的确是那么戏剧底印入人心，使每一个人皆不能不感动，介尊为这个印象也沉默了。

伯鱼想起了日里的事情了，“介尊，我们所受的警告，应当怎么对付？今天黄昏时节从第三院楼前过身，我清清楚楚听到一个人在我背后叫我，加上一个侮辱我的希奇的称呼，回头看了一下，一个人也不见。”

“人家恐吓你有什么关系？你信仰难道是因一点恐吓而改变的吗？骂你的先就把身体隐藏在黑暗处，比一只狗还不如，这还值得注意吗？”

“为了讨厌——你知道我已经有点讨厌了这里的，我打量回家去住两天。”

“你只是想回去同你家中小狗谈心罢了。”

“我一定要回几天，你高兴不高兴到我家中去住一两天？”

“你要去你就去吧，我是不进城的。我不担心那点恐吓，什么人敢当面对我加以侮辱时，我就痛殴他一顿。”

“一个人的清明并不能阻止十个人的胡涂。”

“谁要你去阻止什么？你难道以为我们这种行为算是故意妨碍到他们吗？我们既无扫人兴致的能力，也无这种打算。我们不过因为同他们所见不同，各行其是罢了。伯鱼，你不应当太看轻自己，以为我们的工作只是阻止十个人的胡涂；也不必太看重自己，以为那么作去就成为了不起的人物。我们看清楚了并不一定是对的，时间还长，谁知道时代将把你我带向什么方向上去？……”

介尊说话之间有一种感觉，他因为自己那句话，“选什么方向是真实中国所必需的道路，”使自己有点痛苦，有点愤怒，且似乎自己还正徘徊于某种不固定的方向上，故不说下去了。伯鱼听到这个，把前一时所看过的一本书阖了拢去，两人皆沉默了一会。大坪里那架木制飞机正在开始燃烧，火光把窗口已映红了。

灯光明后，有许多人大嚷大笑奔跑从窗下走过，不到一会，大草坪里便聚集许多人，在寒气中高呼万岁。伯鱼看看手上的表，时间已到了十点三刻。

伯鱼搭了八点钟车进城以后，宿舍中只余下了介尊一人。他到了预定时间仍然过工作室去；到了十点，荆淑明到第四号室来了。一见面荆淑明就说：

“介尊，我们昨晚上的空中防御战可以说是完全成功了！”

“这看从那一方面来说，”他说到这里似乎又记起了这半月来两人的友谊已有些可疑的隔阂，这隔阂虽然由于行为冷静而起，同时在言语所表示的态度上也负了一点责任，故改了口气说：“是的，很热闹，城里来了不少的人，你们女生宿舍也一定招待了不少来宾吧。”

“来宾倒不少，可是你不参加我们的行动，我不同意你这种行为。”

“我看过了烟火，——坐下来，等我取一种喜马拉雅山的蝴蝶把你看看。”

介尊说时就走过橱边，取那一份新从欧洲寄来的蝶类标本给荆淑明看。他似乎看得出两人之间有几句话不能互相同意，蝴蝶标本或可成为缓冲的东西。

荆淑明坐下以后，想了一下，就说：“人家都在说你了，你不知道吗？”

介尊一面移取那标本的册子一面说：“说我什么？我妨碍谁，得罪过谁？”

“你太冷静了，你的行为使同学难堪，你不明白吗？”

他把几页蝶类纸夹取出后，就推送到她面前去，“这一类很可注意，你瞧，这个金色翅膀，从艺术上去看，也是特殊作品吧。”

荆淑明一面望着标本，一面仍然说到那件事。

“你太冷静了，太使……”

“使同学难堪是暂时的，因为过一阵局面会变更的，若不是我同你们在一块热闹，就应当是你们同我一样冷静。我只希望在这些时节，不至于十分恼怒你。”

“我说实话，我已经很生气了。”

“生了气吗?”介尊望到荆淑明秀气的脸儿，从那种孩子似的两颊上同眉眼间皆明白她说的话是真实的，声音柔软了一些，“淑明，这不应当生气，时间会说明一切的。假若我的行为使你发生了些不可原谅的误会，我不用言语来解释，却希望用时间来说明。……那是生在石上的一样变种，名曰蛾凤蝶。”

“时间有什么用处?时间把你变得有些怕人，恰恰同这种蝶类相反。”

“那是大头鬼脸蝶，……什么，我变得怕人了吗?我自己还不觉得!”

荆淑明取了一张新的标本过去，“国家到了这种样子，你好像无责任可言。”

“这是黄色蝶，这一类顶复杂了，……你说责任，我正因为在预备尽我的责任，才受你们会里的警告和指摘，照我想来，这简直是无办法的事，我们各尽所能，在救国意义上是一致的，为什么这一点点你还不大了解呢?”

“国家亡了，日本飞机来把学校炸了，你还能在这里橡木案桌旁作工吗?”

介尊微笑着隔了案桌把荆淑明的手捏了一下，“倘若我相信国家要我这样作，学校炸了，我还要在别的地方作我的工作。”

荆淑明听到这个答复，把手猛然缩了回去，低低的喊了起来，“学校炸了还要工作这算是一句男子的话!”

介尊因为荆淑明的惊讶觉到了一种快乐，把头点点：“这不只是男子的事，我希望女人也那么坚忍不拔向她所要达到的目的走去。国家只有在这种情形下才可以得救。你们这时很明显的轻视到理知，因为这一时你们受不住理知的批判，理知冷酷的近于数学的明白结果，是大家不敢注意的。可是我希望你……”

荆淑明抢着就说：“介尊，你不要希望我什么吧。我永远不原谅毫无感情的理知。我不了解它。我以为沉静只是懒惰的藉词，或衰老的征候。”

…………

荆淑明说着，自己把脸也说红了。因为她今天到此以前是抱了一点希望而来的。她想用言语克服了介尊，她打量了许久。她看到介尊受同学攻击，在那方面还为他尽力辩护，在这方面却因为不如她的想象那么容易使介尊服输改变，故说来说去自己就觉得当真要生气了。介尊的见解已经稍稍损害了这个年青女子的感情，她把话说过后，她就想：“同你吵也吵不清楚，我应当走了，一切将来再看吧。”

但介尊今天却似乎也稍稍不同了一点。在过去一时，他在各样事情上皆常常让到荆淑明，一到在议论上使她见得受窘时，不是把话语转移到别的方面去，就让了步，使她不至于十分难堪。现在这时他以为还不到时候，他回答着：“理知的确可以说是一种惰性，就因为支配这个世界的科学和一切，都从这个惰性学习而来，那是不能否认的。理知也许近于衰老，那是对于他的正确而言，思想正确当然需要一段较长时期的。理知并不是与热情对敌的东西，不过是把热情范畴到一个必然的方向上罢了。我们所谓顽固，这下面所隐藏的感情，比平常所谓疯狂，也许还更需要多量的热情。……”

荆淑明没有作声，只抿了口微笑，还是为她自己先前所说过的一点话激动到自己的血流。她一面听到介尊的议论，一面并且还只是想到：“你以为你逻辑学不至于陷自己到错误里去，我们看将来的事情吧。”至于将来是什么？是不是因为照介尊的主张，国家就会亡掉，照自己的行为，国家就会得救？到了这时她也不大思索得深切，甚至于简直已经不再思索了。

一点不大可解释的感情，在荆淑明心上扩张，展开，她觉得失了望，觉得已经同介尊吵了架，觉得要走，她匆匆的走了。

虽然明白了两人友谊上有了一点东西间隔到，介尊由于一种男子的自信气质，还是不在乎此。送荆淑明走后，仍然微笑着，坐下来继续抄录他自己的工作报告，一直到十二点为止。

但到了下午，介尊同了一个生物系的教授，过比邻ＸＸ大学去接洽两个学校交换两方面某项调查，回到学校在大楼前正遇到荆淑明同另外一个女生，穿了白衣并肩在那里散步，介尊赶过去叫她，荆淑明显然为了日里的谈话，还不曾从记忆上忘去那点芥蒂，却把头随意点点，一句话不说，拉了另外那个女同学，从介尊面前走过身去了。

介尊望到这个女孩子转过大楼夹道去的背影，并不觉得怎样难受。只以为这近于孩子气的可笑处。但独自走去的荆淑明，却以为自己的行为深深的刺激了介尊，且按照一个女孩子在朦朦胧胧的有了点恋爱意识的友人面前，那种天生多疑的情绪，使她先就为自己行为决绝处感到有点后悔，一面因为估计到自己行为业已伤害了介尊，一面还不忘记自己就是使介尊痛苦的人，因此一来，这误会荆淑明把它放大了许多，再加上一段时间，或者反而要把它更放大了一点。

义勇军的大检阅已过去了，戏剧社排演的纪念戏也过去了，特别讲座的化学战争已讲完了，另外各种小组皆各自在预定目标下办了一些事情，许多年青人在慷慨激昂生活里活着下来，一大堆日子，快快的轻轻的也就过去了。

女同学们护士队的训练期间已过，出发时间无日，大家都似乎寂寞了一点。

但天气一日比一日暖和起来，大草坪的草已发绿色了。每日早晚皆可以看到穿了义勇军戎服的大学生，伴同穿了淡红淡蓝与白素长袍的女同学，在草坪同池塘边散步，夕阳下把影子拖得长长的。一个陌生人来到这里，看到这种情形，恰恰如像战争过后新伤初愈的少年将校离开病床扶了看护向阳散步的景况，再联想到这些从钢铁飞窜死亡奔突中生还的勇士，当时那种奋不顾身的气概，不免十分感动。原来同学中平时因为忌讳无法互相熟识的，数月来得到了许多方便，在一些机会中把许多看护装束的女人都接近一个戎装的男子了。国事给大家的寂寞和疲倦，从个人友谊上得到了恢复，故小组会议仍然可以继续下去，一切组织也并不见得有解体样子。

介尊同伯鱼生活在一种铁的坚固冷静秩序里，无什么特别可说的新事。（不过同情如野草种子，撒在人心上，那怕只一点点，在某一机会上皆可长大。隔膜却也在想象中可以繁殖。）荆淑明同介尊的友谊，由于性格上小小的疏忽，为日子的叠积，把误会加深了。这自然并不完全是女人的错处，介尊那点明于处事男性的气质，疏忽了对女人友谊综合的技巧，且总以为这爱国狂热若把她离远了一点，另一时仍然会把她推近，他的估计就有了错误。他是爱她的，但他的爱在过去皆表现到一种诚实而朴讷的礼貌上，却缺少那种神经质的有女性细致纤巧的缠绵殷勤。他一面爱她一面也明白她爱他。他们正互相恋爱，这爱情皆维持到双方的尊敬友谊上，不狎侮而又极坦白。因为过去友谊既那么纯洁无疵，故稍稍生疏了一点以后，介尊也不觉得有什么可疑。不过一个二十岁以上身体健康的姑娘，生活有一半是在幻想里，幻想有一半又是在爱情里，对于一个男子的"友谊"是不够用的。荆淑明在爱国的狂热中，既觉得介尊性格方面与自己有了两歧处，另外一种机会上，她便发现了另一个与自己有一致倾向的男子。那是一个在平时很风流自赏当国难期中却加入了决死队的文科二年生，因同荆淑明服务于某种小组会上，每日两人皆有在一室工作见面的机会，日子一长，在不知不觉间，这文科学生，便把过去一时介尊在荆淑明方寸间的地位取而代之了。

一日黄昏左右，介尊同了他的朋友伯鱼，在邻近学校的农村里去走了一阵，看了一会农村中新孵出的鸡雏，绕道附近小车站回校时，却见到了荆淑明正同那个文科学生从轨道东边走来，两人尚未见到介尊，故口中还一同轻轻的唱着义勇军决死队的杀敌歌。介尊先是听荆淑明说过，车站边特别民众学校，她还担任了两种工课，以为两人或者正到车站上课回来。

近身后荆淑明见到介尊，神气之间有一点点不自在，那相伴同行的大学生，似乎也很不安的样子，因为平时同介尊还常常见面，就对于介尊在实验室所喂养的鼠类，说了些无味话语，又引了些英国十八世纪诗人关于兽类的描写，很念了几段好诗，到后来他从介尊神气上，明白了自己所扮的丑角不大合式了，便向天上一片紫云的角隅，装成很感动的姿势，念了两句拉丁古诗，又念了一小节中国词上的佳句，末了吹了一声唿哨，把大家都引笑了。

伯鱼心想："一个天生的小丑！"为了不愿意同他谈什么话，故已走远了一点。

荆淑明同介尊在轨道旁说了几句话，介尊仍然同往常一样的风度，诚实而又正派，同她说到一切，但神气之间，似乎对于那个站在身旁的文科学生毫不注意。那人站着无话可说，心里十分不平。便估计到介尊的手脚，看是不是一个结实家伙，这多幻想的文科学生，因为在这时无说话机会，就想象打倒了介尊的情形，似乎已在女人面前把介尊打倒了，似乎正在把手扬起，轻轻的命令到他的情敌，要他投降，自己就很快乐的笑着。东车站向西驶去的运煤火车，远远的发着喊声吐着烟子奔跑而至，几人站到轨道旁小路上，让火车过身后，才一同回返校中。到学校大门以前，那文科学生，只同荆淑明握了一下手，就带着逃脱的公鹿神气，拔步跑去了。可是这个人当他正要跑到门边时，却向前打了一趔，差一点跌到小沟里去，后面介尊同伯鱼皆不能不笑着。

第二天一清早介尊接到一个用紫色铅笔写成的匿名信，信上载满了荒唐傲慢的口气，末尾且那么写着：

> ……你是懦夫，你自己还不明白吗？当国难临头时，凡属有志青年皆不忘记请求加入前线，你因为是懦夫，才不闻有所表示。
>
> 全校男子为了你的懦怯皆觉得可羞，全校女子为了你的行为皆看你不起：你自还很骄傲很自大上你的实验室，你的无耻可谓唯一的才气。……不屑让名字写到这里的一个有血性的男子启。

介尊望到使人觉得好笑可怜的匿名信，俨然是自己正用脚踹到他背上那么轻视到这个不知名的男子，伯鱼方从盥洗室回来，介尊就把那个龌龊下流的短信给伯鱼看，一面笑着说："伯鱼，看看一件糟蹋文字的作品。"

伯鱼看了一下嚷起来了："怎么，谁这样无耻，会写出这东西来，人类怎么越变越下流了，真是想不到的！"他似乎在估计文字的体裁重新看着，思量着，忽然说发现了什么，"介尊！你疑心这是谁写的没有？"

介尊告他的朋友："我那里有时间去疑心别人，这是一件小事，不足疑心！我倒愿意相信这人是一个有血性的男子，不过同时也是一个无胆量的家伙，不缺少自知之明，知道打我不过，又误会我以为我对国事太冷静，所以写了这样一个信来刺激我的。"

"没有的事。你不能太把人看好了。至少这一个人是不能不说行为很卑劣的。我想想，你同谁有下不去的纠纷？"

"得了，不必浪费你的想象吧。人最糟处就是对一件不甚值得注意的小事去耗折生命。若果这信是恶意的嘲骂，原来动机是卑劣不足道的，这个信在另一时已就糟蹋了那么多文字了，如今还让它来糟蹋我的思索，未免太可笑了。"

介尊随即就把那个信从伯鱼手中攫回，即刻撕碎揉成一团抛掷到字篓里去了。

伯鱼已在心里惑疑到这个信就是昨天晚上火车线轨道旁所碰到的那位文科学生写的，因为信上那些措词不是理科学生写得出的，只为了介尊那么一说，就不好意思再说出口。可是十点左右时他从小组开会通知上，知道荆淑明同那诗人有一种会议，在二院第ＸＸ教室集合，断定了两人一定早早的就到了那里，就故意走去找寻他们，见了荆淑明时，只请她出来告她有几句话说说，荆淑明出来后，两人站到廊下随意说了些别的一个朋友来信问安的事，却清清楚楚看到那文科学生在门边探望窃听，伯鱼就走过去把门骤然拉开，见到他十分忸怩的站到那里，很难为情的样子，且轻轻的问着："什么信，谁写的？"伯鱼就说："怎么，你们开会了吗？你不是说来请蜜司荆开会的吗？"

那文科学生期期艾艾的说："是的，是的，我请她去开会。"

伯鱼望望室中，一个人也还不来，就微笑着说："那我可走了，蜜司荆再见。"

回到工作室时，他便毫不隐瞒的把这件事情经过一一告给了介尊，介尊却以为伯鱼多事。"伯鱼，你不必在这些事上糟蹋你的心思，这是我对于你一点忠告。把你惑疑精神用到大处去，你才可以伟大，再不要放到一件值不得计较的事一个值不得计较的人方面去，因为那是可以使你自己也变得渺小的！"

伯鱼听到介尊说的话时，心中有点羞愧。

这事在这一边算是忘掉了，但另外一方面，介尊被人称为“懦夫”的消息，却不知如何很快的全学校的几乎全知道了。散播谣言同寄那封卑劣信件自然是一个人。若照以前的介尊性情看来，也许终有一日，那个散播谣言的人，会为他擒着在什么地方痛殴一顿。但现在他却当成没有这一回事的样子，毫不在乎这点误会。每次当伯鱼愤愤的提到这件事情时，他就嘲笑到伯鱼，且告给伯鱼，实验室业已多了好几个同学，证明大家皆在慢慢的变成懦夫。事实上很明显的，就是反日会已因为有□份子同 X 党的活动，呈了分裂形势，许多小组皆无形宣告停顿解体，进图书馆的人已渐多，复课的提议已在教授会同学生会两方面讨论过了若干次数。上海战事从疲乏中转成了持久形势，政府态度已表示反日应在另一方法上寻觅战略，在年青人心上燃烧的火炬，慢慢的已不复如前光辉耀目了。一切皆在介尊所预料的情形下，慢慢的在变更。不过荆淑明那方面的友谊，却与介尊事前所揣想的稍稍不同，由于他自己的疏忽，由于文科学生把大部分闲暇用在爱情上的结果，到后来，从一个慎重的表示上，介尊看出自己在这件事情上完全失败了。

到明白了自己恋爱失败后，介尊用他所心折的一个哲学教授对于爱情的见解救了自己。“一个人活到这世界上，若相信自己的精力，用在真理与智慧的获得上，比一切物质获得为重要，对于这点信仰有所决定时，失恋只应当看成一件比较不甚重要的事情。恋爱是生存中一份责任，因为它有人类某种义务在内，自然不能逃避，但某一预定机会失去之时，可不能过分苦恼。苦恼是无用的，应当把热情转注于另一更大责任上去。用失恋的痛苦把自己打倒，自暴自弃，只是一个傻子。这件事或者让女人拿去吧，因为女人多无事可作的。至于男子，生命可尊重处同可爱处，皆在用他的力量达到另一个高点，从他的魄力，从他的坚忍，从他的博大，而向真理与智慧的极高峰爬去。”

当介尊躺到床上沉默的思索到这个烦难问题时，同房的伯鱼，还以为他在痛苦中有所挣扎，十分同情，却用了许多充分表示友谊的诚实言语，宽解到这个强项的人。到后来，为了证明失恋不能把自己打倒，就把他平时从不向任何一人说过的同某女诗人秘密失恋的故事也说出来了。介尊让他说去，如同一个牧师静听面前的人忏悔一样，听到后来却再不能忍着不大笑了。

介尊从床上一跃而起，把伯鱼很亲切的拥抱了一下，嘲笑似的命令到他的朋友：

"伯鱼，不必说傻话了！你倒以为我已经跌倒了沟里泥中，很善心的用格言警句在挽救我，是不是？可是谁能把我打倒呢？任何一件事皆不能把我打倒！你的想象全错了。你同我说的话，完全好像是你对牧师忏悔你自己的事情。现在忏悔已经够了，以后也应当不再为女人所痛苦了，拿了你的浴衣，还是同我去泅水吧。把感情浸到恋爱里游泳，是昨天的事，现在应当把我们的身体浸在水里的时候了。不要像女子那么软弱无用为点点事情就难受半天，看我在最高跳板上摔筋斗去吧，一个会游泳的人是不会摔伤的。"

伯鱼望到他的朋友介尊的脸色，相信了他是已经不使自己痛苦的人了，快乐的红着脸儿，低低的说："我们就走，我们就走。"

时间不遗留下什么就过去了。懦夫的行为，已成为全学校救国新方向的决议之一。人人觉得要巩固一个国家一个政府的旧的基础，或重新再造一个新的基础，热情皆应归纳到一种新的方面上去。其中经过战事的失利，以及长时期前方沉默的对抗，使国内大学生皆感到了一种过分兴奋以后的消沉，理知在年青人头脑中唤醒了别一种感觉，大学生的责任给了许多年青人重新考虑的机会，懦夫介尊在ＸＸ大学由被轻视而转为被敬视了。不过再到后来一点，却又有人可怜这个懦夫起来，因为传闻中荆淑明已同文科学生订婚了。

学校忽于某礼拜三下午三点钟，大礼堂有了一个集会，只说将有一个人来报告上海战事种种经过情形，到开会时，由于校长的介绍，大家才知道这人是十九路军的副旅长，因重要公干来到北京，当晚就得回南，因为同校长在城中某朋友家认识了，故特别请他来为同学说说上海江湾间几个月来战事上所得的经验。

这军官用最朴实的言语，说到这战事对于这个民族所表现的发扬精神。说到各种牺牲，以及在牺牲情形中国家所得的严重的教训。说到学生义勇军，在前线服务牺牲的精神，这军官便学了一个故事，告给同学在江湾前线时，如何同了几个年青学生在一处为炸弹掘发过的坟坑里，过了四个日夜的情形。

在一种热烈的掌声中，那个军官离开了会场，一出会场决死队在大礼堂外便把他包围了。大家还有许多话语要说，有许多问题需要答复，有许多事弄不明白，到后大家只明白了一件意外事情，就是这军官原来是荆淑明的姑丈，荆淑明在决死队的同学成阵包围中，把她姑丈救上了汽车，汽车就开走了。大家在呐喊欢呼中送走了某军官以后，在快乐感动中皆稍稍觉得有点羞惭，因为听军官演说前线上有了那么多学生军，本校却还没有一个人到过前线。

荆淑明陪她的亲戚坐了汽车进城去时，在校外大路上，遇到两个学生挟了书籍在路旁迎面走来，车过身时荆淑明看到是介尊同伯鱼，就把头偏过去，这军官亲戚却似乎认识这两个人，赶忙要车夫把车停住，下了车赶过去，拉着了介尊的胳膊，认清楚了介尊的脸孔，又看看那一个，也认清楚了，就握着两人的手，欢喜得说不出话来。介尊同伯鱼也认识这个军官，原来这两个人就正是先前一刻军官在演说里所提到的几个无名义勇军中二个最熟的人。荆淑明见到军官下车跑去时已十分奇异，且看到他们在路旁很亲切的样子，正想下车看看，三个人却已走近汽车边来了。

军官笑嘻嘻的同荆淑明说："淑明，淑明，这就是我说的那两个人，这一个高的，那一个小的，真是巧遇，——你们不是同学吗？不是互相都认识吗？"

介尊对荆淑明微笑着鞠了一躬，打了一个招呼："我们都不很认识。"

那军官说："巧极了，好极了，淑明，这两位朋友是你们学校的光荣，人家把我拉来演说，谁知我到这里就见到了两位。"这军官稍停了一忽，"你们住到这学校里面吗？我看看你们住处去，我们坐了车回学校去，我们得畅谈一下！"

两个年青人无话可说，皆快乐的微笑着，三个人便上了汽车。荆淑明一切都明白了，坐在介尊身旁低下头去，脸庞发烧，心中十分羞愧。车折身转向学校开去时，军官在车上两只手皆握到介尊的手，只是望到介尊的脸，反复的说："世界真不如我们所想象的那么宽，你瞧我们不是又在一块儿了吗？现在我可永远捉住你了。"

车在宿舍大楼前面停止了，四个人皆到了介尊的住处，军官从门前名册上已知道了两个人的真实姓名后，一进门就问：

"请你们告我，谁是凌介尊？"

介尊把头点了一下，向这个副旅长承认了这是他在学校的一个真实姓名。

军官就指到伯鱼说，"那么，第五号义勇军，你是李伯鱼了。现在你两个人可不能再瞒我了，只许我知道我的好友是第四号和第五号的义勇军了。倘若要逮捕你们，我还可以向你们校长要人！淑明，你们难道还不知道这两位同学的行动吗？多勇敢的一对！他们既然向我隐瞒了职业和姓名，想来也一定没有把这件事同学校说过了，……我先前一时，在你们学校大礼堂还想念到两位！"

某军官同介尊伯鱼三个人谈到一切，且告给两人说荆淑明是他夫人的侄女时，荆淑明却已背了他们独自望到窗外，等到军官问及两人是否同她常在一处上课，介尊把两人从上海回此以后两人的生活说过了一下，注意的望到荆淑明，且告给某官说他同她原是很好的朋友，荆淑明回过头来，眼睛因为羞愧而潮湿了。

军官听到介尊说的话，还不明白他们两人的详细过去，却快乐的说："淑明，淑明，这介尊同志，真是你们学校可尊敬的一个，你们应当成为最好的朋友！还有这一位，伯鱼同志，一个机关枪好手……"

介尊样子仍然是那么温和诚实，把他印象苦恼了这个年青女子，她轻轻的告给了军官一声，说她还有一点小事要返回宿舍一趟，就离开了这房间，走回女生宿舍，一到了自己宿舍，想起种种事情，就忍受不住，很伤心的痛哭了。

来到学校演说的某军官，所提到在前线一批为国家牺牲一切的义勇军，其中有两个就是平常被人称为懦夫的介尊同伯鱼，这消息以意外的速度，到晚饭时就为全校所知道了。许多学生皆来敲打介尊住处的门，房中还包围了无数男女同学，用一种好奇的又似乎有所责备的神气，问介尊为甚不肯早说，又请两人述说所得的经验，介尊却不说什么，只笑着请同学喝茶吃糖。同学又各人急急促促的向介尊解释先前一时对于他的误会，大家在介尊面前时，都似乎有点羞恧，有点渺小。但一出了房门，因为记起了介尊过去的冷静，以及在任何时节皆像极自尊的不甚看得起众人胡闹的神气，都不免感到一点压迫，就有人互相议论到，“这是一个骄傲东西，一个同傻子差不很远的人物，”且各自把印象中的介尊很无秩序的编排出来，结论便是“这不过是英雄主义的装模作样。”一点点近于嫉妒的情绪，在各人心中滋长，尤其是那些决死队同人，对于这次发现，是意外的难堪的。

介尊的行为，对自己不过是一种经验，对学校成为一种光荣，但在同学方面，却又变成近于侮辱了。对于介尊许多人皆发生一种不能解释的微嫌，即如女同学一方面，这嫌忌也仍然存在。到了工作时间他那种守时上实验室的精神，那种秩序，那种对女人典重而缺少风趣而不识温存的态度，使许多本来十分尊敬他的女子，也怀了一种受损害的心情，远远的看着这个特立独行的男子。

他一切如平常一样，按照秩序工作和休息，虽被人无意中发现了一件本不愿意张扬的行为，证明了这懦夫并不如大家所嘲笑的无用，并且恰恰相反，还做了别人不曾作过的事情，但他还似乎没有什么改变。由于他的性格方面的凝重，以及工作上的勤苦，在学校师长方面得来的奖誉和敬视，这奖誉与敬视本应当鼓励到同学的效法，谁知却压迫到了同学，尤其是那些有浪漫精神平时风流自赏的文科学生，同那些房中挂了决死队勋章练习抛掷手榴弹一个月以上的人物，以及那些与穿看护装束并肩走去仿佛战地受伤归来的人物，都在心里不大舒服。因此为这懦夫的冷静，在ＸＸ学校重新又起了一点谣言，说到介尊一切的行为——就是说这人傻子气同书呆子气，皆同荆淑明极有关系，一切以为只是失去了荆淑明的友谊而起，且本末倒置，故意把荆淑明不理介尊这一件事放到前面，因此介尊才决心从军，到后从军失望，又才回学校埋头于工作上，安顿他自己无归宿的灵魂。谣言从一些年青人口中得到扩大的机会，互相转述，久而又久，第一个说谎的且从别的同学口中听回了这谎话，因此一来，从这些传说上，对介尊发生了些怜悯的感情，大家似乎才稍稍快乐了一点。

——完——

本篇分37次连载于1932年8月4日~9月9日《时报》。署名沈从文。

# 伣之先生传

伣之先生是那么一个人，当他向一个远远的陌生的人，介绍他自己时，总不知道如何来描画他自己。他用着他那一分怕人的诚实，常常这样写着：

> 你要我自己来形容自己，我照你意思作去，只请你相信我。你们要认识我，只须你们把所见到的人中一个顶不可爱的人，想成是我，再把一个乡下人那种又怕人又怕事的神气，肺结核病人那种神经敏锐性情焦躁的气质，加上一个兵士对于绅士永远不能协妥一致那种嫌恶感情，混合在一处，就是整个的我了。

照他自己想来，他是这样一个人的。他身体上倒一点儿小病没有，表面上你看到他时，性情沉沉的，虽不活泼也不至于那么古怪，必不大愿意相信他说的话。可是他总愿意别人照到别人的想象，尽可能把他想得极坏，也想得极不可爱，以为决不会错。他要人家那么想象他，想象到这人真那么无法同他亲熟，他倒舒服起来了。

他会写一点儿小说，写得也并不很坏，但第一个对于他的成绩瞧不上眼的，就是他自己。他时时刻刻在想：这件事并不是我做的事情，轮到我来作这件事情，全只因为别的人太不高兴来作这种事。他自己不忘记他应作的事，是诚诚实实做一个乡下人，可是命运却成天得要他守着现在的地位上等候一个奇迹，还是得写下去，因此成天在写什么时，就嘲笑自己，以为自己是很错误活到现在地位上的。单写点什么还不妨事，很希奇的他还在一个大学教了点书。在一群智识阶级人中间，没有一个像他那么出身的人，故他只是一个人很孤立的在那里打发日子。就由于这孤立，他觉得他是弄错了的。活在世界上，谁能永远孤立下去？

一个人在一间小小房中坐下，把自己让四堵墙包围着，或一个人走到那些很荒僻很空旷的山上去散步，这两件事他已有了将近二十年的经验。他在X大学来时，同一群扁脸圆头名为智识阶级的教授们在一处住下，X地方又那么宽旷清静，他那点经验使他很孤单的住了一年。白天无事可作时，常常一个人在山中小路上走来走去，晚上就尽坐在小房中灯光下，怀想像生了翅膀各处飞去。到近来，为了些事情，把饮食睡眠一点点秩序也完全弄乱了，养成了半夜游行的习惯，常常夜深时还在山中各处乱跑，一作事就深夜不睡，或天未发白就爬起，总是十个钟头以上枯坐在那个小小桌子边，睡眠饮食皆十分疏忽。这在他实在说来也并不是一件新鲜事情，一切都似乎是随了一个不可抵抗的不幸命运而来，他就沉默的支持到这种局面。一些飘然而来倏然而逝的风雨，使他神气显得更呆板了点，颜色也苍老了点，他有时在镜中见到时，就赶快离开镜子，把头摇摇，走到窗边去，望望天空。就因为这些变化，使他表面也走了样子，本来对一切生活十分悲观的心情，也就更沉郁了一点。生活上的秩序，在这个人身上，本来就似乎永远在有意逃避他，一切按步就班皆不可能，一切皆无法得到稳定，生活同感情皆时时刻刻在不可比拟不能想象的飓风下旋转。过去的日子既那么乱糟糟的不成事体，横亘在他前面的，也仿佛还是那么一大堆日子。他知道这个，他也知道另外一些事情，但他沉默着。

有人看到他不常发笑，曾问过他："俛之先生，你一生笑过几次？"

他想想：我一生一定还不笑过一百次。可是为了这个询问，使他在各样回忆里找寻他发笑的次数，且因为这问话，他却笑了。只那么笑笑；如同一个犯人，被杀就刑以前，走过街头，望到一个小孩对他微笑，他也那么去回答个微笑。

那问的人不管是什么人，既然问得出这种古怪话语，对于面前的伧之先生感到轻而易与也十分明白的。他什么都懂，自然也懂得这个，可不生气。这人于是又说："笑是有益卫生的，身、心、神经、消化器，因为笑就活泼一点，邓医生早就说过了。"

邓医生是说过这句话，或是不说过这句话，原无关系的。

伧之先生可不知道怎么样来答复这个人了。因为这个人一把话说完，自己就张了那个平常时节似乎专为吃肉喝酒见得很大的嘴巴，哈哈的大笑了起来。伧之先生便怯怯的十分悲悯的望到这个人，且从而试来研究这人的姿态，且注意这人的喉管。他因为很小时节就看到被杀的人喉管缩动时样子，不明白为什么这东西又不割他一下。心里又总好像很担心发愁，诚诚实实为这件事发愁，以为米现在已经就那么贵了，那么快乐下去，吃得一块铁也消化得去，可是仍然成天吃米，不是更需要很多谷类了吗？许多人消化器已经够强了，这一来不是……一面那么打算着，一面他就希望这朋友早走一点。因为他到了这些情形下，很愿意一人住下来，做点旁的事情，觉得这谈话得结束了。

过了一会，这人把所要得到的快乐得到，走去了，伧之先生就似乎十分幸福，完全忘记了别人给他的虐待。但他总感觉到自己无论如何在这个社会里，位置是有了一点错误，不然就不会到这种样子了。他想起朋友的大笑微笑，以为在这种人生活上也还能每天笑笑，渐渐的作到脸儿团团如大官，为什么我不笑笑呢？又对自己的沉郁看得十分希奇似的。他想，我去同什么人也说点笑话，一定是很好的，但他不知道找谁去说话。

大家都似乎比他聪明一些，活泼一些。大家消化器官也都似乎好些。

因为好像也想笑笑，却不知道什么样事情落到头上时，也就可以笑笑，故遇到同事在别一处发笑时，总想知道一下。可是听到别人在大笑，走过去看看，问他们："怎么，发生了什么可笑的事了吗？"另一个不好意思拒绝回答了，就说："老杜把小宋当作干妈，……"或者就那么说，或者又另外说说，也总差不多全是那么一类平常的笑话。听过这同事一面弯下腰去一面说着这故事，伧之先生总觉得奇怪，为什么我一点儿不以为好笑？等他一走，那些人似乎正记起他那种神气，又随即大笑了。

他记起一些人为一点点小事大笑，笑时且能用力把脚踏着地板，仿佛同某一种小兽物在交尾之际那么快乐，就想：

> 世界上一定有这样一种兽物，一定在什么书上就说到过的。

他因此翻了许多书，却仍然不知道这种兽物的名称。正是的，他遇到许多男子女人，都仿佛露出善于交尾的活活泼泼的神气，在那里一天沾沾自喜轻松快乐的打发每个日子。他羡慕他们，却沉默的在这些人中生活下去，那么孤立独在的生活下去。

他成天过的日子，都好像只在糟蹋他自己，作践他自己。想象别人的生活，理解别人的爱嗔，体会别人的忧乐，分析每一个人由于他们身分的特异处，生活上显出各种不同的姿势。下等人身上每种的臭味，上等人灵魂上各样的肮脏，他即或隔离得他们那么远，他一切也仍然都似乎清清楚楚。一些人事上最细微处，一些小到不值得注意处，他也常常去用全个生命接近它。到头来，这人也就俨然明白了世界上许多事情，可是自己生活的事情，也就只有上帝知道了。

什么人来到他住处时，为了照例那一套，因为俛之先生是一个作者，而且总似乎已写了那一大堆东西，又说不定正在什么刊物上看到了新的文章，就一定得说：

"俛之先生，你作了多少故事!"

照例不得不答的，就说："是的，作了我自己也记不清数的……"

那一边尚以为这话正是主人最高兴提到的，就又说他欢喜看某篇某章故事，话即或不很诚实，也照例得保持一个诚实的外表。

俛之先生心里就十分发愁，觉得"为什么我自己要忘记了的，你干吗记下来？你记下这些，对于你算是什么？"于是就望到客人，替这人十分无聊，自己也很觉得无聊，却仍然听客人说下去。

客人自然还有说的，把这件事说到那件，俛之先生心里那么发愁，却仍然有问必答，决不使一个朋友扫兴。到后这客人自然就要问起了更蠢的话来了，总那么问着：

“伣之先生，你欢喜你自己那一篇文章？”

那一个便想：“够了，够了，我欢喜你走路！”

这一个也许恰恰自己也觉得问得不甚得体了，就又变了一变语气，那么问着：

“你那些故事是不是事实？”

简直是一种灾难！他被人用这类蠢话逼着，受窘到不可想象，到后就只好说：“今天天气真好，你欢喜一人上山玩玩吗？”

“是的，山上这些日子很好。”

是的，他因此也就得了救，于是他们就谈到山上一切去了。

最不容易对付的，便是那种同伣之先生太不客气了一点的人，问他为什么不结婚。可是到那时节他倒忽然聪明起来了，他赶忙走到楼梯边去叫听差，要那个人提开水上来，为客人倒水喝。

不拘如何凡是来客谈到他的故事，他总觉得这谈话是一种灾难，客人在时感到拘拘束束，客人走后还十分不愉快。由于他讨厌他那份工作，同在一个长久沉默下写出的一切故事，凡是一个来客提到的，本来客人是一个可以谈谈的人，即刻也变成极其可厌的人了。

——不完——

---

本篇发表于1932年11月15日《小说月刊》第1卷第2期。署名沈从文。篇末“不完”为发表时原有。

# 芸庐纪事

新编集。集名为编者所拟。

本集编入作者 1937～1943 年间首次发表的小说 3 篇：《小砦》、《芸庐纪事》、《动静》。

# 小　砦

## 引　子

天上正落小雨，河面一片烟雾。河下一切，都笼罩在这种灰色雨雾里，濛濛胧胧。

远远的可听到河下游三里那个滩水吼着。且间或还可听到上游石峡谷里弄船人拍桨击水呼口号声音，住在河街上的人，从这种呼号里可知道有一只商船快拢码头。这码头名□村，属□□府管辖，位置在酉水流域中部。下行二百余里到达沅陵，就是酉水与沅水汇流的大口岸。上行二百里到达茶峒，地在川湘边上，接壤酉阳。茶峒和酉阳，应当就是读书人所谓“探二酉之秘笈”的地方。

中国读书人对酉水这个名称，照例会发生一种心向往之情绪，因为二酉洞穴探奇访胜可作多数读书人好奇心的尾闾。但事实上这种大小洞穴，在边地上虽随处可以发现，除了一些当地乡下人，按时携带粮食家具冒险走进洞穴深处去煎熬洞硝，此外就很少有人过问。正因为大多数洞穴内部奇与险平分，内中且少不了野兽长虫，即使是乡下人，也因为险而裹足，产生若干传说和忌讳，把它看成一个神或魔鬼寄身的窟宅。只有濒河一带石壁上的大小洞穴，却稍微不同一点。虽无秘笈可寻，还有人烟。住在那些天然洞穴里的，多是一些似乎为天所弃却不欲完全自弃的平民。有些是单身汉子，俨然过的是半原始生活，除随身有一点生活所恃的简单工具，此外别无所有。有些却有妻儿子女和家畜。住在这种洞穴的人，从石壁罅缝间爬上爬下，上可在悬崖间以及翻过石梁往大岭上去采药猎兽，下就近到河边，可用各种方法钓鱼捕鱼（孩子们不小心也会从崖上跌到水中去喂鱼)。把草药采来晒干后，带到远隔六十里路的县城中去，卖给当地官药铺，得钱换油盐和杂粮回家。兽皮多卖给当地收山货的坐庄人。进一次县城来回奔走一百二十里路，有时还得不到一块钱，在他们看来，倒正如其余许多人事一样，十分平常。下河捕鱼钓鱼，就把活鱼卖给来往船只上的客商。或掠在崖石上晒干，用细篾贯串起来，另一时向税关上的办事人去换一点点盐(这种干鱼，办事人照例会把它托人捎回家乡，孝敬亲长，或献给局长的)。地方气候极好，风景美丽悦目。一条河流清明透澈，沿河两岸是绵延不绝高矗而秀拔的山峰。善鸣的鸟类极多，河边黛色庞大石头上，晴朗朗的冬天里，还有野莺和画眉鸟，以及红头白翅鸟，从山中竹篁里飞出来，群集在石头上晒太阳，悠然自得唪唱着它们悦耳的曲子。直到有船近身时，方从从容容欢噪着一齐向竹林飞去。码头是个丁字街，沿河一带房屋，并不很多，多数是船上人住的。另外一条竖街，凭水倚山，接瓦连椽堆叠而上，黑瓦白粉墙，不拘晴雨，光景都俨然如画。离码头一里路河上游那一带石壁，五彩斑驳，在月下与日光下，无时不像两列具有魔性的屏障，在一只魔手作弄中，时时变换色彩。并且住家在那石壁上洞穴石罅间的，还养鸡，养狗，在人语中夹杂鸡犬的鸣吠，听来真可说有仙家风味。可是事实上这地方人却异常可怜。住洞穴的大多数人生活都极穷苦，极平凡，甚至于还极愚蠢，无望无助活下去。住码头街上的，除了几个庄头号上的江西籍坐庄人，和税关上的办事员司，其余多是作小生意人。这些人卖饮食供人吃喝，卖鸦片烟，麻醉人灵魂也毁坏人身体。卖下体，解除船上人疲乏，同时传播文明人所流行的淋病和梅毒。食物中害天花死去的小猪肉，发臭了的牛内脏，还算是大荤。鸦片烟多标明云土川土，其实还只是本地货，加上一半用南瓜肉皮等物熬炼而成的料子。至于身体买卖的交易，妇女们四十岁以上，还有机会参加这种生活竞争。女孩子一到十三四岁，就常常被当地的红人，花二十三十，叫去开苞，用意不在满足一种兽性，得到一点残忍的乐趣，多数却是借它来冲一冲晦气，或以为如此一来就可以把身体上某种肮脏病治愈。比较起来住在洞穴里的人生活简单些，稳定些，不大受外来影响。住码头上的人生活却宽广得多，同时也堕落得多。

这地方商业和人民体力与道德，都似乎在崩溃，向不可救药的一方滑去。关于这个问题，应当由谁来负责？是必然的还是人为的？若说是人为的，是人民本身还是统治人民的地方长官？很少人考虑过。至于他们自己呢？只觉得世界在变，不断的变。变来变去究竟成个什么样子，不易明白，但知道越下去买东西越贵，混日子越艰难。这变动有些人不承认是《烧饼歌》里所早已注定的，想把它推在人事上去，所以就说一切都是“革命”闹成的。话有道理，自从辛亥革命以来，这小地方因为是一条河流中部的码头，并且是一条驿道所经过的站口，前后已被焚烧过三次。因大军过道，和兵败后土匪的来去，把地方上一点精华，吮剥的干干净净，所有当地壮丁，老实的大多数已被军队强迫去充夫役，活跳的也多被土匪裹去作喽啰。剩下一点老弱渣滓，自然和其他地方差不多，活在这个小小区域里，拖下去，挨下去等待灭亡和腐烂。上年纪的一面诅咒革命，以为一切不幸都应当由革命来负责，同时一面却也幻想着，六十年一大变，二十年一小变，世界或许过不久又会居然变好起来。所谓变好，当然是照过去样子一一恢复转来；京师朝廷里有个皇帝，有个军机大臣，省里有个督抚，县里有个太爷（太爷所作的事是坐在公堂上审案，派粮房催科，或坐轿下乡给乡绅点主）。皇帝管大官，大官管小官，小官管百姓，百姓耕田织布作生意，好好过日子。此外庙里还有几多神，官管不了的事情统归神管。还有佛菩萨，笑眯眯的坐在莲花宝座上，听人许愿，默认。念阿弥陀佛吃长斋的人，都可以在死后升往西天，那里有五色莲花等待这些信士去坐。人人胸腔子里都有个良心，借贷的平时必出利息，到还账时不赖债。心肠坏的人容天不容，作好事必有好报应。偷人鸡吃生烂嘴疮，不孝父母糟蹋米粮会被雷公打死。至于年纪较轻的，明白那个“过去”只是一个故事，一段老话，世界一去再也不回头了，就老老实实从当前世界学习竞争生存的方法。生活中无诅咒，无幻想，只每日各在分上做人。学习忍受强暴，欺凌懦弱，与同辈相互嫉视，争夺，在弄钱事情上又虚伪诡诈，毫无羞耻。过日子且产生一个邻于哲人与胡涂虫之间的生死观；活着，就那么活。活不下去，要死了，尽它死，倒下去，躺在土里，让它臭，腐烂，生蛆，化水，于是完事。一切事在这里过细一看，令人不免觉得惊奇惶恐，因为都好像被革命变局扭曲了，弄歪了，全不成形，返回过去已无望，便是重造未来也无望。地方属于自然一部分，虽好像并未完全毁去，占据这地方的人，却已无可救药。但然而不然。

生命是无处不存在的东西。一片化石有一片化石的意义，我们从它上面可以看出那个久经寒暑交替日月升降的草木，当时是个什么样子。这里多的却是活人，生命虽和别地方不同一点，还是生命。凡是生命就有它在那小地方的特殊状态，又与别一地方生命还如何有个共同状态。并且凡是生命照例在任何情形中有它美好的一面。丑恶，下流，堕落，说到头来还是活鲜鲜的“人生”（一片脏水塘生长着绿霉，蒸发着臭气，泛着无数泡沫，依然是生命）。人就是打从这儿来的。这里所有的情形，是不是在这个国家另外一片土地上同样已经存在或将要产生的？另外地上所有的，在这一个小小区域里是不是也可能发生？想想看就会明白。日光之下无新事，我们先得承认这一点。

就譬如说这倒霉的雨，给人的意义，照例是因人而不同的，在这地方也就显然因之有了人事的忧乐。税关办事人假公济私，用公家款项囤买的十石粮食，为这场雨看涨已无希望。山货庄管事为东家收买的二十五张牛皮，这场雨一落，每张牛皮收湿气加重三斤，至少也可以增加七十五斤的分量。住在洞穴里的山民，落了雨可就不便采药，只好闷坐在洞口边，如一只黄羊一样对雨呆看。住在码头上横街的小娼妇，可给雨帮忙把个盐巴客留住了，老娘为了媚这个“财神”，满街去买老母鸡款待盐巴客，鸡价由客人出，还可从中落个三两百钱放进荷包里去作零用。

## 第一章

税关上办事人同山货庄管事，在当地原代表一个阶级；所谓上等阶级。与一般人不特地位不同，就是生活方式也大不相同。表现这不同处是弄钱方便，用钱洒脱，钱在手中流转的数目既较多，知识或经验也因之就在当地俨然丰富得多而又高人一等。

这些人相互之间日常必有“应酬”，换言之，就是每天不是这些大老板到局上吃喝，就是大老板接局长和驻防当地的省军副营长，连长，到庄号上去吃喝。吃喝并不算是主要的事情，吃喝以前坐在桌边的玩牌，吃喝以后躺在床上去烧烟，好像都少不了。直到半夜，才点灯笼送客。军官照例有一个勤务兵，手持长约两尺的大手电筒，乱摇着那个代表近代文明的东西走去。局长却点了一盏美孚牌桅灯，一个人提着摇摇晃晃回他的税局。“应酬”既已成为当地几个有身分的人成天发生的事情，所以输赢二十三十，作局长的就从不放在心上。倒是一种凑巧的好牌，冒险的怪牌，不管是他人手上的还是自已的，却很容易把它记着，加以种种研究。说真话，这局长不特对于牌道大有研究，便是对于其他好些事情，也似乎都富于研究性，懂得很多。尤其是本行上的作伪舞弊，挪此填彼，大有本领。这小局卡本来只是复查所性质，办事员正当月薪不过二十五元，连津贴办公费也不过五十元上下，若不是夺弄多方，单凭这笔收入，那能长久“应酬”下去？

这局长在这个小地方，既是个无形领袖，为人又长袖善舞，职位且增加他经营生活的便利，若非事出意外，看情形将来就还会起发的。今年才三十一岁，真是前程远大！

其时约上午九点钟样子，照当地规矩普通人都已吃过了早饭，上工作事了。这当地大人物却刚刚起床不久，赤着脚，趿着一双扣花拖鞋，穿着一套细白布短裤褂，用老虎牌白搪瓷漱口罐漱口，用明星牌牙刷擦牙，牙粉却是美女老牌。一面站在局所里屋廊下漱口刷牙，一面却对帘口的细雨想起许多心事。这雨落下去，小虽小，到辰州就会成为“半江水”，泊在辰州以上百十里河面的木簰，自然都得趁水大放流，前前后后百十个木簰集中在乌宿木关前时，会忙坏了办事人，也乐坏了办事人。但这些事对彼不相干。那个关上员司因涨水而来的一个好处，他无福分享受。他担心却是和当地一个字号上人，共同作的一笔生意。万千浮在大河中的木头，其中有三根半沉在水中的木头，中心镂空装了两挑川货，冒险偷关，若过了关，他便稳稳当当赚了六百个袁头，若过不了关，那他就赌输将近一千块钱了。他想起李吉瑞唱的《独木关》。漱过口后他用力唰达唰达把那支牙刷在瓷罐中搅着，且把水用力倒到天井中去。问小公丁：

“黑子，我白木耳蒸好了吗？”

黑子其时正在房门边一张条凳上拭擦局长的烟具。盘子，灯，小罐儿，铁签儿，一块豆腐干式的打火石，一块圆打火石，此外还有那把小茶壶，还有两枝有价值的烟枪（枪上有包银的装璜老象牙咀）。一一的拭擦着。

那小子刚害过水鼓病，愈后不久，眼皮肿肿的，头像一个三角形，颈脖细细的。老是张着个嘴，好像下唇长了一点，吊不上去；又好像从小就没有得到一次充足的睡眠，随时随地都想打盹，即或在作事情，也一面打盹。但事实上他却一面擦烟具一面因雨想起那个业已改嫁给船夫的母亲，坐了那条三舱桐油船，装满了桐油向下游飘去的情形。也许船正下滩，一条船在白浪里钻出钻进，舱板上全是水，三五个水手弯着腰用力荡桨，那船夫口含旱烟管，两只多毛露筋的大手，把着白檀木舵把，大声吼着，和水流争斗。母亲呢，蹲在舱里缸罐边淘米烧水。……因此局长叫他时他不作声。

于是局长生了气，用着特有的词令骂那小子：

“黑子，黑子，你耳朵被 X 弄聋了吗？我说话你怎么老不留心。你想看水鸭子打架去了，是不是？你做事摩摩挲挲真像个妇人。小米大事情半天也做不好，比绣花还慢，末了还得把我的宝贝打碎。”

黑子被骂后着忙去整理烟具，忙中有错，差点儿把那小盒里烟膏泼翻。局长一眼瞥见了。

“祖宗，杂种，你怎不小心一点？你泼了我那个，你赔得起？把你熬成膏子也无用处。熬成膏子不到四两油，最多值一毛钱。你真是个吃冤枉饭的东西……”

黑子知道局长的脾气，骂虽骂，什么希奇古怪的话都说得出口，为人心倒很好，待下属并不刻薄。骂人似乎只是一种口技的训练，一种知识的排泄，有利于己而无害于人。有时且因为听到他那种巧妙的骂人语言，引起笑乐，觉得局长为人大有意思。惟其如此，局长的话给黑子听来倒常常是另外一种意义了。

被骂的黑子把下唇吊着，聆受局长的训诲，话越骂越远，倒亏听到厨房有猫儿叫了一声，才想起炖在锅中的白木耳。赶忙把那全副烟具端进房中去，取白木耳给局长补神。事实上到得白木耳入口时，局长已将近把那碗白木耳的力量，全支付在骂那小子话语上了。

河街某处有鸭子大声呷呷的叫着，局长想起自己的鸭子，知道黑子又忘了喂那个白蛀木虫粉给斗鸭时，又是一番排泄，把小子比作种种吃饭不工作的鸟兽虫鱼，结果却要他过上街一个专门贩卖鸭子的人家去，看那老板是不是来了好货。自己动手喂鸭子。

黑子戴了一个斗笠，张着嘴，缩着个肩膊，向外面跑。局长还把话向黑子抛去。

“早回来点，不要又在三合义看下棋。人家下棋你看，狗在街上联亲你也看，你什么戏都看，什么都有分，只差不看你妈和划船的唱戏，因为那个你无分。”

黑子默默的出了局门，却自言自语说：

“什么都看，你全知道，你伏在楼板上，看三合义闺女洗澡，你自己好像不知道，别人倒知道!”

黑子年纪只十二岁，样子像个半白痴，心里却什么事都明白，什么事都懂。

XX地方人家，也正如其余小地方差不多，每家必蓄养几只鸡鸭，当作生产之一部门，又当作娱乐之一种。养鸡的母鸡用处多是生蛋孵小鸡，或炖汤吃（白毛乌骨的且为当地阔老当补品）。公鸡用作司晨，辟邪，啄蜈蚣虫蚁。临到年底，主人就把它捉来，不客气的用刀割断了它的喉管，拔下那个金色眩目的颈毛或背部羽毛，一撮撮蘸上热鸡血贴到门楣上，灶坎上，床梁上和船头上和一切大件农具上，用意也是辟邪。且把它整个身子白煮了，献给家神祖先。有时当地人上山采药打猎，入洞熬硝，也带那么一只活雄鸡，据说迷了路大有用处。至于用它来战斗，因习惯不同，倒只是当地小孩子玩的事情了。近大河边人家因地利宜于蓄鸭，当地人因之也把鸭子的斗性，加以训练，变成一个有韧性的战士，用来赌博。一只上好的绿头花颈脖的雄鸭，价值也就很高。平时被人关在笼子里，喂养各种古怪食品，在水边打架时，船上人和住家人便各自认定其中一只，放下赌注，猜测胜负，赌赛输赢。只有母鸭才十分自由，大清早各放出来，到大河里聚齐，在平潭中去找虾米和浮食吃，到天晚才各自还家。落了雨，不再下大河，就三三五五在横街头泥水里摇着短短的尾巴，盘散来去，有所寻觅，仿佛异常快乐。街中两家豆腐作坊前，照例都积下一片脏水，泛着白沫，水中还有不少红丝虫蠕动着，被这群母鸭发现时，便如发现了一个宝库，争着把一个淡红色的扁嘴壳插进脏水中去唼喋。至于这时节那些公鸡母鸡呢，却多躲藏在家中桌椅下和当地小摊子下横木上，缩敛着身子，看街头鸭子群游戏。间或把头偏着望望天，轻轻的咕喽一声，好像说，“这是天气，到明天会放晴的。”因为天一放晴，鸭子就得下河，一条街便依然为鸡所专有了。

黑子到了养鸭子的老东西处，望了一下鸭子，随便说了几句闲话，就走过上街头去看染坊。看碾工踹石硚碾布，一个工人在半空中左右宕着，布在滚子下光滑滑的，觉得大有意思。同时还有河下横街两个脏小孩子，也在那门前泥水中站定，看那个玩意儿，黑子原本同他们都极熟习，就说笑话，叫其中之一浑名作“鼻涕虫”，胡扯乱说，以为鼻涕虫若碾在石滚子下，必不免如申公豹被孙悟空一金箍棒打成稀糊子烂，成一片水不复人形。

鼻涕虫明白黑子根本来源，虾米螃蟹同样是水里长的，分不出谁高谁低，就说：

“黑子，我不经压你经压，你试试去看，压不出水一定压出油，压出三两油点灯，照你娘上清秋路！”

黑子说：“你娘嫁给卖油的，你的油早被榨完了，所以瘦得像个地底鬼。你是个实心油瓶。”

鼻涕虫被人提到心窝子里事情，轮贬着他双凸出大眼睛，狠狠的望着黑子说：“你娘嫁撑船的，檀木舵把子和竹篙子都刨到你娘的 X 心子上。你就是被那撑船的刨出来的。你娘才真正经压！”

黑子因为新近作了公务员，吃公家饭，虽在税局里时时刻刻被打被骂，可是比起同街小子，总觉得身分已高了一着，可以凭身分唬人。平时到小摊子买桃李水果，讲价钱时就总有点不讲道理，倚势强人。价钱说好了，还挑三捡四，拈斤播两。向乡下妇人买辣子豆荚，交易办好，临走时，还会伸手到篮子里去多抓一把，使得妇人发急扯着他的衣袖不放，就说“我又不是抢人欠债，你一个妇人女子，清天白日抓我是什么意思！”故意引起旁人的笑乐。在官家方面有势力的人，买东西照例发官价，欢喜送多少把多少，但这是过去的事，革命后就不成了。虽说如今作局长的好处还多，随时可收受一点小生意人当令的蔬果孝敬，采药打猎人遇到大头的何首乌，大蛇皮，也必先把它拿来献给局长。局中公丁在执行公务时，尚有好些小便宜可占，但到底今不如古，好处也不过是连抢带骗，多抓一把辣椒之类罢了。但在另外一件事情上，譬如同道闹嘴舌，无形中自然大家都得让一手，年纪长一点的因之也有被黑子骂倒过的。于是这公务人也就骄傲了一些，大意了一些。现在不意钢对钢碰了头。鼻涕虫身世被黑子掘出后，气愤不过，也就不顾一切，照样还口。

黑子不把鼻涕虫看在眼里，就走近他身边去，打了鼻涕虫一拳。那小子跄踉了一下，回过头来说：

“黑子，君子动口不动手，你怎么打人？”

黑子以为鼻涕虫怕他，不理会这句话，赶过去又是一拳。且打且说：“我打扁你这个狗杂种，你怎么样？”

鼻涕虫一面用手保护头部，一面用脚去踢黑子。

另一个小子原同鼻涕虫一伙，见两人打起来了，就一面劝架，一面嘶着个嗓子说：“不许打架，不许打架，君子动口不动手，有话好说！”因为两只手抱着了黑子膀子，黑子便被鼻涕虫迎面猛的打了三拳。接着几人就滚丸子似的在泥水中滚起来了。

街户中人听着有人打架，即刻都活跃起来了，大家都从烟盘边或牌桌边离开，集中到街前来看热闹。本来是两人相打，已变成三人互殴，黑子双拳难敌四手，虽压住了鼻涕虫，同时却也为人压住。三人全身都是脏泥。看热闹的都说好打好打，认不清谁是谁非，正因为照习惯一到了这种情形，也就再无所谓是非。

正当一个小子从污泥中摸着一个拳头大鹅卵石，捏在手中向黑子额角上砸去时，一个老妇人锐声大喊一声，“狗 X 的小杂种，你干什么!”一手捞着了那小子细瘦的膀子，救了黑子。可是救了黑子却逃了母鸡，原来这时节另一胁下挟着那只老母鸡，却逃脱了，在泥水中乱扑，把泥水扇的四溅。大家都笑嚷着。

“好热闹，好热闹!”

几个劣小子的架被其余人劝开了，老妇人赶忙去泥水中捕捉她的老母鸡。把鸡擒着后大声骂着：

“你这扁毛畜生，以为会飞到天上去!”

有人插嘴问：“老娘，多少钱，这只肥鸡?”

老娘看了那人一眼，把一张瘦瘪瘪的嘴扁着，作成发笑的样子，一面用手抹鸡尾上泥水，一面说：“这年头，什么东西都贵得要人命。杨氏养鸡好像养儿女，三斤半毛重，要我七角钱，真是吃高丽参。”

料不到这个杨氏正在人丛中观战，就接口说：“老娘，你说什么高丽参洋参?你有钱，我有货，作生意两相情愿，我难道抢你不成?儿花花女花花嘴角不干不净，你是什么意思……”

老娘过意不去，不好回嘴。可是当众露脸，面子上大不光彩，正值那母鸡挣扎，就重重的打了那母鸡一巴掌，指东瓜骂葫芦道：“你这扁毛畜生，也来趁火打劫!”且望着帮同打架的那小子说，“还不回家我打断你的狗腿！别人打架管你什么事，打出人命案你来背!”一面骂那小子，一面推搡着那小子，就走开了。

杨氏说：“扁毛畜生谁不是养它吃它。哪像你，养儿养女让人去玩，大白天也只要人有钱就关上房门，不知羞耻，不是前三辈子造孽?”

老娘虽明知道杨氏还在骂他，却当作不听见，顾自走了。那杨氏也知道老娘已认屈，恶狗不赶上墙人，经过大家一劝，就不再说什么。

三个打架小子走了一个，另两个其时已被拉开，虽还相互悻悻的望着，已无意再打。旁边一个解围的中年男子，刚过足烟瘾，精神充足，因此调弄那小公务人黑子说：

“黑子，你局长看你这样会打架，赶明天一定把喂鸭子的桂圆枸杞汤给你喝，补得你白白胖胖，好在你身上下注！你下次上圈，我当裤子也一定在你名下赌三角钱！”说得大家都笑起来。

另一个退伍兵就说：“若不亏老婊子大吼一声，你黑子不带花见红，你才真是黑子。”

黑子说：“她那侄子打破我的头，我要揎掉他的家神牌子。”

退伍兵说：“她有什么家神牌子？她家里有的是肉盾牌，你这样小孩子去，老婊子放一泡热尿，也会冲你到洞庭湖！”

黑子悻悻的望着那退伍兵士，退伍兵士为人风趣而随和，就说：“黑子，你难道要同我打一架吗？我打不过你，我怕你——我领过教！”

烟客就说：“黑子，算了吧，快回局里去换衣，你局长知道你打架，又会赏你吃‘笋子炒肉’，打得你像猪叫。”

“局长没有烟吃，发了烟瘾，才同你一样像猪哼！”

黑子说完，拔脚就走。到下坎时一个跄踉差点儿滑倒，引得人人大笑。

黑子走后，退伍兵士因为是鼻涕虫的表叔，所以嘲笑他说：“鼻涕虫，你打架本领真好，全身滑滑的，我也不是你的对手，何况小黑子。以后你上圈和他打架时，我一定赌你五百。”

鼻涕虫说：“小黑子狗仗人势，以为在局里当差，就可欺凌人，我才不怕他！”

“这年头谁不是狗仗人势？你明天长大了当兵去，三枪两炮打出个天下，作了营长连长，局长那件紫羔袍子，就会给你留下，不用派人送上保靖营部了。大鱼吃小鱼，小鱼吃虾米，你得立志！”

鼻涕虫不知“立志”为何物，只知道做了营长就可以胡来乱为，作许多无法无天的事情。局长怕他县长也怕他。要钱用时把商会总办和乡下团总提到营里来就有钱用。要钱作什么用？买三炮台纸烟，把纸烟嵌在长长的象牙骨烟管里去，一口一口吸打。审案时一面吸烟，一面叫人打板子。生气时就说，“你个狗 X 的，我枪毙了你！”于是当真就派卫队绑了这人到河边石滩上去一枪打了。营长的用处，在鼻涕虫看来，如此而已。退伍兵士年纪大一点，见识多一点，对营长看法自然稍稍不同。不过事实上一个营长，在当地的威风，却只能从这些事上可以看出，别的是不需要的。

鼻涕虫说："我一定要立志做营长。"

老娘好事，信口开河说了本街杨氏两句坏话，谁知反受杨氏屈辱一番，心中大不舒畅，郁郁积积回到河街家里，拉开腰门，把那只老母鸡尽力向屋中地下一掼，拍着手说："人背时，偏偏遇到你这畜生!"老母鸡喔的喊了声，好像说："这管我什么事？你这个人，把我出气!"

小娼妇桂枝，正在里房花板床上给盐客烧烟，一面唱《十想郎》，《四季思想》等等小曲子逗盐客。听鸡叫声，知道老娘回来了，就高声和她干娘说话。

"娘，娘，鸡买来了吗？肥不肥？"

老娘余气未尽，进屋里到水缸边去用水瓢舀水洗手，一面自言自语："怎不肥？一块钱吃大户，还不肥得像个大蜘蛛？"话本来还是指卖鸡高抬价钱的杨氏。桂枝听到上句听不到下句，就说："怎么一块钱？娘。"她意思是鸡为什么这样贵，话里有相信不过的神气。

老娘买鸡花七角，本想回来报八角，扣一角钱放进自己贴身荷包里。现在被杨氏一气，桂枝问及，就顺口念经："怎么不是一块钱？你不信你去问。为这只扁毛畜生，像找寻亲舅舅，我那里不找到。杨氏把这只鸡当成八宝精，要我一块钱，少一个不成交易。我落一个钱拿去含牙齿。"

桂枝见老娘生了气，知道老娘的脾气，最怕人疑心她落钱，忙赔笑脸把话说开了。出得房来两只手擒着了那肥母鸡，带进房中去给盐客过目。口中却说："好肥鸡，好肥鸡。"

盐客只是笑，不开口。两人的对白听得清清楚楚。

盐客年纪约摸三十四五，穿一身青布短褂，头上包着一条绉绸首巾，颈脖下扯有三条红记号，一双眼睛亮光光的，脸上吊着高高的两个颧骨，手腕上还戴了一支风藤包银的手镯，一望而知是会在生意买卖上捞钱，也会在妇女身上花钱的在行汉子。从 X 村过身，来到这小娼妇家和桂枝认相识还是第一回。只住过一夜，就咬颈脖赌了一片长长的咒，以为此后一定忘不了，丢不下。事实上倒亏雨落得凑巧，把他多留了一天。这盐客也就借口水大抛了锚，住下来，和桂枝烧烟谈天。早上说好要住下时，老娘就说："姐夫，人不留客天留客，人留不住天帮忙把你留住了，我要杀只鸡招待你，炖了鸡给你下酒，我陪你喝三杯，老命不要也陪你喝。"

盐客因为老婊子称他作姐夫，笑嘻嘻的说："老娘，你用不着杀鸡宰鹅把我当稀客待，留着你那老命吧。我们一回生，二回熟。我不久还得来。我一个人吃得多少？不用杀鸡。"

老娘也笑着："烧酒水酒一例摆到神面前，好歹也是尽尽我一番心！姐夫累了，要补一补。"

盐客拗不过这点好意，所以自己破钞，从麂皮抱兜里掏出一块洋钱，塞到老娘手心里，说是鸡价。老娘虽一面还借故推辞，故意大声大气和桂枝说："瞧，这算什么！那有这个道理，那有这个道理，要姐夫花钱？"

盐客到后装作生气神气说："老娘，得了，你请客我请客不是一样吗？我这人心直，你太婆婆妈妈，我不高兴的。"

好像万不得已，到后才终于把它收下拿走了。

老娘虽吃的是这么一碗肮脏饭，年纪已过四十五岁，还同一个弄船的老水手交好，在大街上追着那水手要关门钱。前不久且把一点积蓄买过一对猪脚，送给个下行年青水手，为的是水手答应过她一件事。对于人和人做的丑事虽毫不知羞耻，可是在许多人和人的通常关系上，却依然同平常人一样，也还要脸面，有是非爱恶，换言之就是道德意识不完全泯灭。言语和行为要他人承认，要他人赞美。生活上必需从另一人方面取得信任或友谊，似乎才能够无疚于心的活下去。人好利而自私，习惯上礼法仍得遵守，照当地人说法，是心还不完全变黑。

桂枝年纪还只十八岁，已吃了将近三年码头饭，同其他吃这碗饭的人一样，原本住在离此地十多里地一个小乡里，头发黄黄的，身子干干的，终日上山打猪草，挖葛根，干一顿稀一顿拖下来。天花，麻疹，霍乱，疟疾，各种厉害的传染病，轮流临到头上，木皮香灰乱服一通，侥幸都逃过了。长大到十三岁时，就被个送公事的团丁，用两个桃子诱到废碉堡里玷污了。自然是先笑后咷，莫名其妙。可是得了点人气后，身心方面自然就变了一点，长高了些，苗条了些，也俨然机伶了些。到十五岁家里估计应当送出门了，把她嫁给一个孤身小农户，收回财礼二十吊，数目填写在婚书上，照习惯就等于卖绝。桂枝哭啼啼离开了自己那个家，到了另外一个人家里，生活除了在承宗接祖事情上有点变化，其余一切还是同往常一样。终日上山劳作，到头还不容易得到一饱。挨饿挨冷受自然的虐待，挨打挨骂受人事的折磨。孕了一个女儿，不足月就小产掉了。到十六岁时，小农户忍受不了，觉得不想办法实在活不下去。正值省里招兵，委员到了县里，且有公事行到乡长处，乐意去的壮丁不少。那农户就把桂枝送到 X 村一个远亲家里来寄住，自己当兵去了。丈夫一走，寄住在远亲家吃白食当然不成，总得想办法弄吃的。虽说不唇红齿白，身材俏俊，到底年纪轻，当令当时，俗话说十七八岁的姑娘，再丑到底是一朵花。就是喇叭花，也总不至于搁着无人注意。老娘其时正逃走了一个养女，要人补缺，找帮手不着，就认桂枝作干女儿，两人合作，来立门户。气运好，一上手就碰着一个庄号上的小东家，包了三个月，有吃有穿，且因此学了好些场面规矩。小老板一走，桂枝在当地土货中便成红人了。但塞翁失马，祸福同至，人一红，不久就被当地驻军一个下级军官霸占了。这军官赠给她一身脏病，军队移防命令一到，于是开拔了。一来一往三年的经验，教育了这个小娼妇，也成全了这个小娼妇。在当前，河街上吃四方饭的娘儿们中，桂枝已是一个老牌子，沿河弄船的青年水手，无人不知。尤其是东食西宿的办法，生活收入大半靠过路客商，恩情却结在当地一个傻小子身上，添了人一些笑话，也得到人一点称赞。

本地吃码头饭的女子，多数是有生意时应接生意，无生意时照例有个当地光棍，或退伍什长，或税关上司事一类人，由熟客成为独占者，终日在身边烧烟谈天。这种塌茸男子当初一时也许花了些钱到女人身上，后来倒多数是一钱不出，有的人且吃女的，用女的，不以为耻。平时住在女的家里犹如自己家里，客来时才走开。

这种人大多是被烟毒薰得走了型，毫无骨气，但为人多懦而狡，有的且会周张，遇孱头客人生事闹乱子，就挺身出面来说理，见客人可以用语言唬诈时，必施小做作，借此弄点钱。有时花了眼睛，认错了人，讹人反被人拿住了把柄，就支支吾吾逃开，来不及时又即刻向人卑屈下流的求饶。挨打时或沉默的忍受，或故意呻吟，好像即刻就要重伤死去的样子，过后却从无向人复仇的心思。为人俨然深得道家“柔则久存”的妙旨，对人对己都向抵抗极小的一方面滑去。碰硬钉子吃了亏，就以为世界变了，儿子常常打老子，毫无道理，也是道理。但这种鼻涕似的人生观，却无碍于他的存在。他还是吃，喝，睡，兴致好时还会唱唱。自以为当前的不如意正如往年的薛仁贵，秦琼，一朝时来运来，会成为名闻千古的英雄。唱《武家坡》，唱《卖马》，唱到后来说不定当真伤起心来了，必嘶着个嗓子向身边人嚷着说：“这日子逼死了英雄好汉，拖队伍去，拖队伍去!”其中自然也就有当真忍受不了，上山落草，跑了几趟生意，或就方便作坐地探子，事机不密，被驻军捉去，经不住三五百板子，把经过一五一十供出，牵到场坪上去示众，临刑时已昏头昏脑，眼里模模糊糊见着看热闹的妇女，强充好汉，勉强叫着：“同我相好的都来送终，儿女都来送终!”沾点口上便宜，使得妇女们又羞又气，连声大骂：“刀砍的，这辈子刀砍你，二辈子刀还是砍你!”到后便当真跪在河边，咔嚓挨那一刀，流一滩血，拖到万人坑里用土掩了完事。

桂枝别有眼睛，选靠背不和人相同，不找在行人却找憨子。憨子住在河边石壁洞穴里，身个子高高的，人闷闷的，两个膀子全是黑肉，每天到山上去挖掘香附子和其他草药，自食其力，无求于人。间或兴子来时，就跟本地弄船的当二把纤，随船下辰州桃源县。照水上规矩下行弄船只能吃白饭，不取工钱。憨小子搭船下行时，在船头当桨手，一钱不名，依然快快乐乐，一面呼号一面用力荡桨，毫不含糊。船回头时，便把工钱预先支下，在下江买了礼物，戴合记的香粉，大生号的花洋布，带回来送给桂枝。因为作人厚道，不及别的人敲头掉尾，所以大家争着叫他憨子，憨子便成为这青年人的浑名。憨子不离家，也不常到河街成天粘在小娼妇身边，不过上山得到了点新鲜山果时，才带到河街来给桂枝，此外就是桂枝要老娘去叫来的。人来时常常一句话不说，见柴砍柴，见草挽草，不必嘱咐也会动手帮忙。无事可作就坐在灶边条凳上，吸他那枝老不离身的罗汉竹旱烟管。一面吸烟一面听老娘谈本街事情。本来说好留在河街过夜，到了半夜，不凑巧若有粮子上副爷来搭铺过夜，憨子得退避，就一声不响，点燃一段废缆子，独自摇着那个火炬回转洞穴去，从不抱怨。时间一多，倒把老娘过意不去，因此特别对他亲切。桂枝也认定憨子为人心子实，有包涵，可以信托，紧贴着心。

盐客昨晚上在此留宿，事先就是预先已约好了憨子，到时又把憨子那么打发回去的。

老娘烧了锅水，把鸡宰后，舀开水烫过鸡身，坐在腰门边，用小钳子拔鸡毛。正打量着把鸡身上某部分留下。又想起河中涨水，三门滩打了船，河中一定有人发财。又想起憨子，知道天落雨，憨子不上山，必坐在洞中望雨，打草鞋搓草绳子消磨长日。老娘自言自语说，“憨人有憨福”，不由得咕咕笑将起来。

桂枝正走出房门，见老娘只是咕咕笑。就问：“娘你笑什么？”

老娘说：“我笑憨子，昨天他说要到下江去奔前程，发了洋财好回来养我的老。他倒人好心好，只是我命未必好。等到他发洋财回来时，我大腿骨会做棒槌打鼓了。”说了自己更觉得好笑，就大笑起来。

桂枝不作声，帮同老娘拔鸡毛。好像想起心事，吁了一口气。

老娘不大注意，依然接口说下去：“人都有一个命，生下来就在判官簿籍上注定了，洗不去，擦不脱。像我们吃这碗饭的人，也是命里排定的，你说不吃了，干别的去，不是做梦吗？”

桂枝说：“娘，你不干，有什么不成？活厌了，你要死，抓把烟灰一碗水吞下肚里去，不是两脚一伸完事？你要死，判官会说不许你死。”

“你真说得好容易。你那知道罪受不够的人，寻短见死了，到地狱里去还是要受罪。”

“我不相信。”

“你那能相信？你们年轻人什么都不相信，也就是什么都不明白。‘清明要晴，谷雨要雨’，我说你又不信。‘雷公不打吃饭人’；我说你又不信……。”

老娘恰同中国一般老辈人相似，记忆中充满了格言和警句，一部分生活也就受这种字句所熏陶，所支配。桂枝呢，年纪轻，神在自己行动里，不在格言警句上。

桂枝说：“那么，你为什么不相信鲤鱼打个翻身变成龙？”

老娘笑着说：“你说憨子会发洋财，中状元，作总司令，是不是？鲤鱼翻身变成龙，天下龙王只有四位，鲤鱼万万千，河中涨了水，一网下来就可以捉二十条鱼！万丈高楼从地起，总得有块地！”

憨子住的是洞窟，真不算地。但人好心地好，老娘得承认。老娘其实同桂枝一样，盼望憨子发迹，只是话说起来时，就不免如此悲观罢了。桂枝呢，对生活实际上似乎并无什么希望，尤其是对于憨子。她只要活下去，怎么样子活下去就更有意思一点，她不明白。市面好，不闹兵荒匪荒，开心取乐的大爷手松性子好，来时有说有笑，不出乱子，就什么都觉得很好很好了。至于憨子将来，男子汉要看世界，各处跑，当然走路。发财不发财，还不是“命”？不过背时走运虽说是命，也要尽自己的力，尽自己的心。凡事胆子大，不怕难，做人正派，天纵无眼睛人总还有眼睛。憨子做人好，至少在她看来，是难得的。只要憨子养得起她，她就跟了他。要跑到远处去，她愿意跟去。

有只商船拢了码头，河下忽然人声嘈杂起来，桂枝到后楼去看热闹，船上许多水手正在抽桨放到篷上去，且一面向沿河吊脚楼窗口上熟人打招呼。老娘其时也来到窗边，看他们起货上岸。后舱口忽然钻出一个黑脸大肩膊青年水手，老娘一眼瞥见到了，就大声喊叫：

“秋生，秋生，你回来了！我以为你上四川当兵打共产党去了！”

那水手说：“干娘，我回来了，红炮子钻心不是玩的。光棍打穷人，硬碰硬，谁愿意去？”

桂枝说：“你前次不是说三年五载才回来吗？”

那青年水手快快乐乐的说："我想起娇娇，到龚滩就开了小差。"

桂枝说："什么娇娇肉肉，你想起你干妈。"

这水手不再说什么，扛了红粉条一捆，攀船舷上了岸，桂枝忙去灶边烧火，预备倒水为这水手洗脚。

盐客听桂枝说话，问："是谁？"

老娘答话说："是秋生。"

秋生又是谁？没有再说及。因为老娘想到的是把鸡颈鸡头给秋生，所以又说："姐夫，这鸡好肥！"

（未完）

---

本篇发表于1937年7月5日，19日，26日，8月2日，9日《国闻周报》第14卷第26期，第28～31期。署名沈从文。篇末"（未完）"为发表时原有。

据《国闻周报》编入。

# 芸庐纪事

## 第一　陌生的地方和陌生的人

我欢喜辰州那个河滩，不管水落水涨，每天总有时节在那河滩上散步。那地方上水船和下水船虽极多，由一个内行眼中看来，就不会有两只相同的船。我尤其喜欢那些从辰溪一带载运货物下来的高腹昂头“广舶子”，一来总斜斜地孤独地搁在河滩黄泥里，小水手从船舱里搬取南瓜，茄子，或成束的生麻，黑色放光的圆瓮。那船只在暗褐色的尾梢上，常常晾得有妇人退了色的红布裤褂，背景是黄色或浅碧色一派清波，一切都那么和谐，那么忧愁。

美丽总是愁人的，当时我或者很快乐，却用的是发愁字样，但事实上每每见到这种光景，我必然默默的注视许久。我要人和我说一句话，我要一个最熟的人，来讨论这种光景，一个熟人都没有。

（《从文自传》——一九一九年《女难》）

小船去辰州还约三十里，两岸山头已较少，不再壁立拔峰，渐渐成为一堆堆黛色与浅绿相间的丘阜。山势既较和平，河水也温静多了，两岸人家越来越多，随处都可以见到绿油油的毛竹林。山头已无雪。虽还不出太阳，气候干冷，天空倒明明朗朗。——

小船上尽长滩后，到了一个小小水村边，有母鸡生蛋的声音，有人隔河呼喊过渡的声音，两山不高而翠色迎人。许多等待修理的小船，斜卧在干涸河滩石子间，有工人正在船只边敲敲打打，用碎麻头和桐油石灰嵌进船缝里去。一个下驶木筏上，还搁了一个小小白木船，在平潭中溜着，筏上十多个桡手都蹲在木筏一角吸烟，忽然起了炮仗的声音，和尖锐唢呐的声音，并且有铜锣声音，夹杂其间，原来村中人正接媳妇，打发新娘花轿出门。锣声一响后，于是修船的，划船的，放木筏的，莫不停止了工作，向锣声起处望去。多美丽的一幅图画，一首诗！

下午二时左右，我坐在那只小船上，已经把辰河由桃源到沅陵一段主要路程滩水走完，到了一个平静长潭里。天气转晴，日头初出，两岸小山都作浅绿色，一丛丛竹子生长在山下水边，山水秀雅明丽如西湖，却另有一分西湖缺少的清润。船离辰州地方只差十里，过不久，船到白塔下，再挣扎上一个小滩后，就可以看到税关上飘扬的长幡了。

我坐在窗口稀薄日光下，向着河流清算我对于这条河水这个地方的一切旧账。原来我已离开了这个地方十六年，想起这堆倏然而来飘然而逝的日子，想起这堆日子中所有人事的倏忽变迁，不免感慨系之。

望着汤汤的流水，我心中好像憬然悟彻了一点人生，同时又好像从这条河上，新得到了一点智慧。的的确确，这河水过去给我的是“知识”，如今给我的却是“智慧”，山头一抹淡淡的午后阳光，水底各色圆如棋子的石头，水面飘浮的藤蔓菜叶，在在都使我感动。我心中似乎毫无渣滓，透明烛照，对面前万汇百物，对拉船人和小小船只，都那么爱着，十分温暖的爱。我的情感生命已融入这第二故乡一切光景声色里了，我仿佛很渺小，很谦卑，对一切都俨若把手伸出去，且微笑的轻轻的说：

“我来了，我回来了，我依然和从前一样的来了。你充满着牛粪和桐油气味的小小河街，你坐在大门前一面纳鞋底一面唱《十想郎》的小妇人，你失去了鸡砍砧板骂人的老婊子，是不是……”

（《湘行散记》——一九三四年一月十八）

就在这个地方，一九三七年十二月某一天，下午两点钟左右，有三个身穿大学生制服的青年，脸色疲劳中见出快乐与惊奇，从县城长河对岸汽车站，向河码头走去，准备过渡进城。到得河边高处时，几个人不由得同声叫喊起来：

“呀！好一片水！”

几个人原来是中央政治学校的学生，因为学校奉令向沅水流域上游芷江县迁移，一部分学生就由长沙搭客车上行，一部分学生又由常德坐小船上行，到达沅陵后再行集中，坐车往芷江本校。几个学生恰好坐车到沅陵，在长沙时，一同读过一本近于导游性质的小书，对这个地方充满了一种奇异感情。并且在武汉，在长沙，另外还听过许多有关湘西的迷信传说，所以人来到这个地方后，凡事无不用另外眼光相看。进城目的就是预备观观光，并准备接受一切不习惯的事事物物。几个人过了渡，不多久，就从一个水淋淋的码头在一些粗毛腿与大水桶中间挤进了城里，混合在大街上人群中了。大街上正是日中为市人来人往顶热闹时候。到处是军人，公务员，船户，学生，厨子，主妇，以及由四乡各地远近十里二十里上城卖米卖炭的乡下人，办年货飘乡的小商人。人的洪流中还可见到三三两两穿镶黑白边灰布道袍的洋尼姑，走路时颈脖直挺如一只一只大灰鹅。还有戴小圆帽的中国尼姑，脸冻得红红的，慈眉善眼的，居多提了小篮子和小罐子。出卖庵堂中的生产，蜂蜜或鸡蛋，酸辣子与豆腐乳，卖棉纱线时还带个竹篗子，一起出脱。在离欲绝爱的静寂生活中，见出尚知道把精力的贮存，带出庵堂，到扰攘市廛里，从普通交易上换点油盐或鞋面布。

大街头挑担子叫饺饵卖米粉或别的热冷生物的，都把担子停搁在人家屋檐下，等待主顾。生意当时，必忙个不息；生意冷落就各自敲打小梆小锣，口中还哼哼唧唧，唱着嚷着，间或又故意把锅盖甩甩，用小铜勺在热汤中捞一两把，招引过路人注意，并增加一点市面的喧嚣。

当地大商号多江西帮，开花纱字号的铺子。一个矩形柜台旁常常站满了人，在布匹挑选中只听到撕布声音和剪子咬布声音，算账数钱声音。柜台向屋里一面，多一直延长到三丈左右进身，虽货物堆积，照例还空出个大厅子，厅前洞大圈椅上，间或坐个六七十岁肥白富态的老娘子，照三十年前旧式打扮，穿大袖滚边盘云摹本缎大毛出风袄子，衣襟上挂了串镀金镶玉银三事。梳理得极其精光的头发，戴上玄青缎子帽勒，头面首饰金翠耀目。手腕上带副菜玉镯头、长指甲手指上套两三个金镶翠戒子，粽子脚端端整整，踏着京式白铜镂花大烘炉。手里捧着个银质鹅颈形水烟袋，一面从容不迫吸烟一面欣赏街景，并观看到铺子来照顾生意的各色各样人物。小丫头不叫作荷花，就叫作桂香，照例站在身边装烟倒茶。间或从街上人丛中发现个乡下妇人，携带有篮子箩箩，知道不外是卖冬菌葛粉等等山货，就要小丫头把人叫进厅子，恰恰如大观园贾母接待刘老老神气，自己端坐不动，却尽小丫头在面前捡选货物，商讨价钱，交易作成时，说不定还要小丫头去取几个白米糍粑，送给那乡下妇人身边的孩子。那乡下妇人也可向老太太讨一贴头痛膏，几包痧药。总之交易中还有个情谊流注，和普通商业完全不同。

各种各式的商店都有主顾陆续进出，各种货物都堆积如山，从河下帆船运载新来的货物，还不断的在起卸。事事都表示这个地方因受战事刺激，人口向内迁徙，物资流动，需要增加后，货物的吸收和分散，都完全在一种不可形容匆忙中进行，市面既因之而繁荣，乡村也将为这种繁荣，在急剧中发生变化。应合战争需要，市民普通训练已逐一施行，商店从业员抽签征收壮丁训练的日益增多，一部分商店便用“女店员”应门。和尚、尼姑、道士以及普通人家的妇女，都已遵照省中功令，起始试行集训。城里城外各个大空坪对河汽车站空地，每天早晚都可发现这种受训队伍，大街上也常有这种队伍游行。从时间算来，去首都南京陷落：已ＸＸ天了。

其时大街上忽然起了一种骚动，原因是正有个小小队伍过街，领头的是个高大雄强妇人，扛了一面六尺见方的白旗。经过处两面铺中人和行路人都起了惊奇，原来是当地土娼作救护集训，在北门外师管区大操坪检阅后第一次游街。绰号“观音”或“迫击炮”的小婊子，无不照法定格式，穿了蓝布衣服参加。末后还跟着一大群小孩子，追踪这个队伍听他们喊口号唱歌。看热闹的因之多用一种特殊兴趣，指点队伍中的熟人。游行队伍过尽后，路旁行人恢复了原来的攘扰活动，都把这种游行和战事将来作话题，若照省中举办的新政说来，差不多所有国民都得参加训练，好准备战事转入洞庭湖泽地带时的防御。集训事虽然极新，给人不便利处甚多，尤其是未经考虑即推行到尼姑娼妓方面去，推行这个工作时，即主持其事的人，也不免感到庄严以外的谐谑。但各种问题既在普遍热忱中活动，因之在这个地方，过不多久也就见出了点全面战争的意味，生活改进与适应，比过去二十年还迅速。大街上多新来此地的外省人，虽本人多从南京、武汉跑来，眼见到这种游行，必依然充满新奇印象。他若是机关中人，一面知道当地征兵情形，一面看见这种接受长期战争的准备，必更增多一点对于“湖南作风”的热忱和希望。尤其是若把这个省分和接近战区的安徽、湖北情形比较，在人事运用上便见出这种湖南精神，一定可以给战争不少便利。也会对于当前负责主持一省政事的，保留一个良好印象。

那几个政校学生，从商人口中知道适才过身是个娼妓行列时，在个人经验上还是件崭新事情。所以其中一个年纪二十二三岁的青年，就把手中拿的一本灰布面烫银的小书，轻轻的拍打着，笑嘻嘻的向同伴说。

“老兄，不错！我们当真到湘西了。让我们一件一件的来证明这本书上提起的事情吧。这比玩桃花源有意思多了。这才真是桃花源哩！你瞧这街上有多少划船的水手，我们想看看他们怎么和吊脚楼妇人做爱，有的是机会。再多歇两天，说不定还可见识好些稀奇古怪的人。大胆跑到中南门顺城街吊脚楼上去，还可一五二五和大脚婆娘做做爱，杀鸡时有个鸡腿吃！”

几个同伴于是都笑着，另外一个忽伸手指点两个在前面小杂货店停下的乡下人。

“嗨，看那两个人！”

大家一同望去，原来是一对乡下人，少年夫妻样子。女的脸庞棕色中透出健康红色，眉目俊秀，鼻准完美，额角光光的，下巴尖尖的，穿了件浅蓝的短袄子，罩上个葱绿翻紫布围裙，围裙上扣了朵小黑花，把围裙用一条手指头粗银链约束在身后，银链一端垂坠两个小小银鱼铃。背个细篾背笼里装了两只小白兔，眼珠子通红，大耳朵不住的摇动。男子身材瘦而长，英武爽朗中带上三分野气，即通常所谓"山里人气味"。肩头扛了几张起花斑的兽皮，和一卷大蛇皮，正向商家兜售。几个年青学生半个月来正被手中一本小书诱惑，早引进了一个与平时完全陌生的社会，而且完全陌生的状态里，于是身不由己，都带了三分好奇，齐向两人身边走去。直到被那个"山里人"所注意到，带点防卫神气时，方借故询问了一下蛇皮价格，由于言语隔阂，相互不能达意，便终于走开了。一个戴近视眼镜哲学家模样的学生，赞颂似的说：

"这才是人物，是生命，你想想看，生活和我们相隔多远！简直像他那个肩头上山猫皮一样，是一种完全生长在另外一个空间的生物，是原生的英雄，中国人猿泰山！"

几个同学听到这种抒情的赞美，不免都笑将起来。恰好迎面又来了本队四个同学，于是大伙儿把眼耳所及当成一个谈天题目，一面谈笑，一面走去。

忽然前面一点一个铺子里，围了一大群人，好像吵架样子，原来是一个政校学生，正和商店中人发生争持，另外有一具瘦弱肮脏小流氓神气的中年男子，也无事忙参加进去，在那里嘶着个喉咙乱嚷。发生纠纷的原因，还依然是语言隔阂。这个瘦小闲汉子，本为好事排难解纷而加入，人多口乱，不知不觉间自己却已陷入一种需要他人排难解纷的地位。只听见一个人用一口不纯粹的北方话向那北方籍学生说：

"不成的，不成的，学生应讲道理，这地方不能随便乱打人的！你说你是委员长学生，这算什么，中国有万万千他的学生，不能拿这个压服人。你有钱，他有货，他不卖，就是委员长自己来也不能强买。"

"他不该骂人！"

"他骂你什么？你说：你们学政治，政治学中可有'打人'一科？什么人教？张奚若？钱端升？”

那学生见那么一个猥琐人物，带点管闲事神气，当众人面前来教训他，教训中且带了点嘲笑意味，引得旁边人哄然大笑。心中气愤不过，就想伸手把说话的捞着摔到地下去，一面伸手一面说：

“你是个什么人，我就要打你，你把我怎么样！”

几个同学这时正挤拢去，还以为捉到了一个小偷，信口助威也胡叫乱喊：“打，打，只管打！”

那瘦小人物见人多手多，好汉不吃眼前亏，有点着了急。瞪着一双小而湿蒙蒙的眼睛，去人丛中搜寻说话的人，意思好像要见识见识，认清对方，准备领教。并且仿佛当真要战斗一场的神气，赶忙把身上那件肮脏破烂青呢大衣脱去，放在柜台上，挽好了短袄袖子，就举起那个瘦小拳头，向虚空舞着，神气令人好笑。

“好，你们要打吗？我怕你小子才怪，真不讲道理试试看，一个一个来。”

那哲学家样子的学生，正打量把手上那本小书向他头上抛去，情势说来实在有点儿紧张，有点儿不妙。恰好一个中级军官模样的年青人过身，先还以为是本部兵士闹事，插身进去，一看原来是“大先生”和人发生纠葛，便把那个学生的书一把扣住了。且忙喝住说：

“同志，打不得，有话好说。是什么事情？这地方不是前方，有什么理由必需动武，同志？”

那学生见纠纷中参加了一位现役军官，神气静沉沉的，还以为可以得到帮助。因此便说：

“这东西讨厌，我买东西，他来插嘴骂人。想讹诈人。”

“他骂你什么？杂种狗养的，是不是？还是……你说他讹诈你？讹诈你什么？”

学生可说不来了，其余学生还来不及说什么，那军官于是回过头去：“大先生，什么事情？那个敢打你！老虎头上动土，还了得？”这一来，看热闹的可愣住了，学生也愣住了。一切人情绪中忽然起了变化，因为想不到军官和那小个子熟识，而且对于他态度恭敬亲昵得很。

那神气猥琐的小个子，见来解围的是驻扎当地的团长，就用本地话嚷着说：

“好，团长老弟来评个理。这些学生和王老板做生意。吵了起来，我过路看见，好意劝他不要闹，有话说得清楚。不想他倒要打起我来了。还以为人多手多，打了有‘中央’在背后，天不怕，地不怕，什么都不怕。这成吗？（他于是指定那个用书打他的学生，）我知道你们都是政治学校的。有多少人我也知道。你们欢喜打架，好，到我们这地方来还少人奉陪？我先跟你们去见见管你们的队长，教育长，咱们说好了，再挑出选手来，大家到城外河滩上去打个痛快，一个对一个，一百对一百，有多少对多少。”说到后来，自己不由的大笑了起来。观众中也有人笑了起来。

那军官看看事情很小，打量小事化无事，便笑着排解说：

“大先生，什么人敢打你，这不成话？我说是什么，原来豆子大事情，我还以为出了命案。”又转身向那个学生说，“同志，事情小，不要闹。你们初来到我们这个小地方，说话不大懂，小误会，说明白就好了。不要这样子。你说他骂你，他讹诈你，这是笑话。这是我们大先生，当地出名的土地公公，会随口骂人？讹人？不问个分明，动手，你们会出麻烦的。不讲道理会吃亏的。大家真有勇气，留下来明天和日本鬼子去见个高低，我们打仗日子还长哩。——大先生你说是不是？”

那瘦小个儿打了个喷嚏，一面穿上那件破大衣，一面也笑着说：“可不是！先到我们湘西来练习也好。你们不是尤家巷小婊子还要动员，‘观音’‘迫击炮’都在游街！”一句话把看热闹的人和吵架的人说得都笑起来。

身旁边有认识大先生的，见事情不会扩大了，想打圆儿就插口说：

“好，大先生不用生气，你一天事情忙，做你事情去吧。”

“这就是我的事情，古人说：路见不平，拔刀相助。这是我的脾气。”

军官笑着说：“拔什么刀？修脚刀还是裁纸刀呢？老大爷，得了，你还只想跑关东做镖手。不要比武了，我们走，到我营里吃酒去，有好茅台!”其时手上还拿着从那学生抢来的一本小书，随意看看封面，灰布面印了四个银字，《湘行散记》，心想，“好，砖头打砖窑，事情巧，”笑笑的，把书交还给了那个学生，“同志，这个还你，你看这个吗？这是看的，不是打人的!”不再说什么，便把大先生拉走了。

看热闹的闲人，一面说笑一面也就散开了。原先那个王老板，似乎直到此时才记起本地商人一句格言，“生意不同仁义在”，正拿了两个杯子和一把茶壶，放在柜台上，请几个学生喝茶。用着好讲话做生意人口气，向几个学生，攀攀交情。

“同志，请喝茶！你们从南京来辛苦了。你们不知道，我们这个大先生，是个怪人！人不可貌相，海水不可斗量，这是个了不起的人，南北口外那里不到过，看见太阳可多咧。家住在城里灵官巷，一所大房子里，你们一下车，在对河码头上抬头就可见到那房子。两个大院子中好多花木！别瞧他眼睛眯眯小，可画得一手好人像，一模一样的！他有两个兄弟，一个在北方大学教书，一个在前线带兵打仗。为人心好性情急，一见人吵架，就要加入说理，话又听不清，又说不清。你看我们说话不明白，他一来排解，就更糟了。同志可不要多心，我们湘西人都心直，一根肠子笔直到底，欢喜朋友。……”

商人说的话，学生听来自然还是有一半不懂，不过从神气上看，总算是得了“和平”，也不大失体面，自然不再寻问究竟，就散开了。

几个人因为兴奋了一阵，虽然逛街，还依旧各自保留一个好事“花子”的印象在脑中，另外一时见面必可认识，可是做梦也万想不到大家用来作湘西指南导游，在路上得到许多快乐，先前一时还想用它作武器的那本小书，就与面前这个花子模样人物大有关系。书中许多问题，要证实它，还只有请教这个人方能得到满意结果的，正所谓缘法不巧，不免当面便错过了。

大先生得相熟军官解了围，一同走去，那军官一面走，一面就笑着说：

“老大爷，你怎么同学生也比起武来了？简直是战斗性太强……”

“嗨，这些学生，才真不讲道理，正想用‘中央’身分打人。见我参加，还要把个鲁仲连也揍了一顿。你想想，姓沈的我怕他吗？可是人多手多，来个狗扑羊，真的动手，我怕会有点招架不住。幸好团长你来了，救了驾。”

“你知不知道险些儿被一件什么法宝打中？”

“那还消说，总是橘子、甘蔗，湘西出的，河边卖的。”

“哈，不是河边的，还是你家里的，——我看那学生正举起手来，想把一件法宝敲你的头，我心想，这还了得，大爷的头一打破，到那里去找智多星？多危险！我一下子就抢住了。把那东西仔细看看，原来是你家二先生的大作。湘西什么记。真是无巧不成书！好，砖头打到砖窑上，打伤了，才真是报上的好新闻！”

“真的吗？你怎不先告我，我晓得这样，倒得把那个法宝没收，当你面作个证人，小子也奈何不得。”虽那么说，这好管闲事的好人，心里却转了个念头，“不打不成相交，几个人说不定还在街头闲荡，我应当请他们到家里去喝杯茶，尽尽东道！”

因此闪不知从军官身边一溜，就走开了。一会儿，又独自在街口上人丛中挤来挤去了。

## 第二　大先生，你一天忙到头，究竟干吗？

大先生到任何地方去，都给人一种匆忙印象，正好像有件事永远办不完，必需抽出时间去赶作。又好像身上有根看不见的发条缚紧，一经被什么小事扭紧后，即身不由己的整天忙到晚。事实呢，不过是“习惯”养成那么一种脾气罢了。但一个人若经过三十年还能好好保持他的习惯，我们一定得承认，这人被他人看作“怪物”，原是很平常自然的事？

这个人的年纪，一眼望去，约莫在四十五六岁左右，若就性格说来，又只似乎还不到一半岁数。身材异常瘦弱，脸庞永远有点肮肮脏脏。狭削的脸颊上嵌了一双红丝锁边的小眼睛，眼睛上套了一副黑胶边老凹光镜。看人时总迷迷糊糊，仿佛只能从方向上告给人

“我正看你”，事实上是不大清楚的。鼻子皱皱缩缩，两撮鼻毫毛像两个刷子一般伸出鼻孔外，悬挂在新刮过的尖尖嘴巴上，上面还照例留下些粘液。口腔缩而略歪，好像时时刻刻在轻微抽搐。一张开时，就见出错落不齐行列草率牙齿中，有两粒煌煌金齿，因之更加显得不调和。说话时声音哑沙沙的，含糊不清，并且口音还低沉而忧伤。因为听觉不佳，听人说话时非大声叫嚷不分明，自己也就养成一种嚷叫的作风。走路时两只瘦腿转动得很快，只是向前冲，过于急促时，便不免常常和人迎面一撞。直到撞头时，别人若喝着说：“没有眼睛吗？怎么乱撞！”大先生就回答说：“你难道也没眼睛不看见我是瞎子！”别人看看，好像当真是个瞎子，自然也就罢了。样子既不好看，穿著又十分马虎，所以陌生人从神气间推测，总以为非学非商，倒很像个侦缉队员的小助手，或侦缉队员的目的物。猥琐以外还处处见出一个“老枪”的派面，恰像是身心多年来即早已被烟膏浸透，烟气熏透，且必需用鸦片烟作粮食，方能继续维持生存。然而若仔细一点从这人相貌骨骼上看看，却也许还可以发现一点另外东西。五官实在相当端正，耳大面长，鼻梁高直，额角宽阔隆耸，外表某种邋遢马虎处，终掩不住他那点人格上的正直与热情，智慧和巧思。

大先生既每天那么满街走动，因此所有本城开铺子的人，无有不认识他，且与他发生交易或其他关系。作小贩的，摆屠案桌的，卖鱼卖菜的，柴米场上作经纪人的，邮政局送信和税关上办事的，传教行医的，以及刚在大街上排队游行的那些娘儿们——总而言之，支持这个城市活动或点缀这个城市繁荣的，无不认识“大先生”。

他虽然永远好像那么忙。可无什么固定职务和目的等待完成，只完全是从习惯中养成的兴趣，一种闲散生活所许可的兴趣。到街上任何一处都可停下来，说两句笑话，嚷一嚷，再低下头去把铺子里新到的货物药品仿单商标研究欣赏一番，问问行市，问问销路，即便鲇鱼似的溜了开去，要挽留也挽留不住。且时时像个耗子模样，从人丛中挤进一个生意顶热闹的南货铺，一直进到柜台里，就火炉边看看报，这里翻翻，那里看看，买点什么，又用手抓点冰糖

《芸芦纪事》主人公的原型，作者的大哥沈云麓　黄永玉作

芝麻塞到口中去，或拿两个樟脑丸向口袋一放，钱也不付，不待招呼，又即刻溜到了街上，来去铺子中人照例都若不在意。大街头若遇到一个相熟船夫时，必然会说长道短好一会，或叫一声“干亲家”，约好上船喝酒时方走开。间或也许会被一个军官模样人物，拉住膀子不放松，“家乡”“前线”“天上”“地下”说了许多，末了且一定要邀他上馆去吃一碗羊肉大面，叙叙契阔。却情不过时，即就近在面馆门前站站，把一片刚出笼的黄蛋糕，一下子挤进口中，一面吃一面说：“大爷，道谢道谢，我还要有事去！明天见！明天到我家里来吃牛肚子，冬菌炖鸡。欢迎你来，包你有吃的。好，有朋友也只管邀来！这时节我还有好多事！”当真有什么事必需要他去作，他自己就永远不明白。

但自然还有些事他要做做，先是从城里相熟去处，点个卯，有老太太的，自然应当留下来听听骨风痛一类申诉，这种申诉便包含找狗皮膏药的义务。有什么人家在玩牌，也就站在身后随便看看输赢。再出城转到河边，过税关趸船上看看当天拢了多少船，开动多少船，且就便向税关中办事人打听一下有无名人要人过路。到把所要知道的问题弄清楚后，再沿河滩走去，看看停靠在码头上的船只，起卸些什么货物，有些什么新奇东西，或是一个外国传教师的行李，或是“中央”的机器，他照例都可以从船上人打听清楚。且可从水手方面问得出上下游前一天发出什么新事。凡有关系值得注意的消息，他在另一时另一处叙述及时，必同时还把船户姓名背数得出。看完船后，就重新转到渡船码头去站站，看看过渡的风景，一时不上渡船过河，却先就码头边问问橘柚甘蔗行市，讲妥了价钱后，必挑选大件头买两三块钱，先把钱交给人，或嘱咐送到一个相熟字号，一个朋友处，或送回自己家里。小生意人若嫌路远生意忙，不能抽身，不肯送货物去，大先生就一定把头偏着瞅定那麻阳商人，做成绝交神气：“你送不送？不送就拉倒！”人若说：“不知道房子，怕把门牌弄错。”大先生一定说：“你送去，到了那里问十二号门牌，不会错！”如果生意闹僵时，大先生必赌气不要。迟迟疑疑他就不要。“唝，希罕你的宝贝，维他命，人参果，还我钱好！”说不定身边恰好有个好事船上人，两方面都认识，在旁边打边鼓说话："傻狗子，你只管送去，大先生房子不会错，门前有株大青树，挂了块大蓝匾，门里有大花园，大房子，大洋狗——大先生的保镖洋狗，不乱咬人的！你送去，大先生不会亏你！"大先生听到这种称赞后，又高兴起来了，闭上一只小眼睛，妩媚的笑着(笑时样子必更奇丑)，重新取出钱包，在那小生意人手心里，多加了两角钱："你送去，这是你吃酒的！我们一回生，二回熟。你认不得我。我会帮你宣传，一船橘子三五天就脱空，你好装货赶回麻阳县过年！"又回头向那旁边人说，"老庚，你认识我，好！"

"大先生为人大仁大义，有口皆碑，什么人不认识！"

"你说什么，有口该杯？这年程米贵到一十四块钱一石，一人一杯要多少酒喝！今年不成了，愿也还不了，请不起大家喝酒了！"

为人本来耳朵有点背晦，所以有时也就装作只听得一言半语，故意攀藤引葛的把话岔开。随即走过造船处去看什么人打新船安龙骨去了。

总之无论风晴雨雪，自从六年前把那个房子造好后，这个人的生活秩序，就那么安排定了。有时节或有十天半月大先生又似乎忽然间在当地失了踪，这城中各处都不见大先生踪迹，朋友便猜想得出，大先生必然已因事离开了本地，到另外一个什么码头忙去了。这出行不外两种原因：或坐上水船回四百里外的老家凤凰县，扫墓看亲戚，参加戚友婚丧典礼。或坐下水船下常德府，往长沙玩玩。兴趣好就一直向更远处走去，往上海，北平，青岛弟妹处去。闪不知走去，又闪不知回转来，一切都出于偶然；这偶然却可以把他那个八十磅重的身体送到两千里以外。若向上行，每次必带些土物回来，准备请客。若向下行，可带的自然就更多了。花园中的果木，外国种花草，苏州的糖果，北平的蜜饯，烟台的苹果，广东的荔枝干，做酒席用的海味作料，牛奶粉，番茄酱，糊墙的法国金彩花纸，沙发上的锦缎垫褥，以及一些图书杂志……无不是从这种短期旅行搜罗得来。一切作为竟似乎完全出于同一动机，即天真烂漫的童心，要接近自己的人为之惊奇，在惊奇中得到一点快乐，大先生也就非常快乐，忘了车舟的劳苦和金钱花费。回来时遇到好朋友，必请回家去欣赏旅行所得，并谈说一阵子"下边"事情。只要客人把大拇指举起来，笑笑的说一句“大先生，你真是个怪人!”就心满意了。

若到上海北平去看弟妹，必事先毫无通知，到达某地时，忽然作一个不速之客来叩门。行动飘忽处也就为的是让弟妹初见面那一回又惊又喜。或听到这样埋怨：“大哥，你怎么信都不先写一个，好让我来接你!”大先生必装作顽皮样子，故意说笑：“我又不是要人，难道怕人绑票行刺，要你来接!”

“你不是事情很忙？怎么忽然就来了？”

大先生因此更加得意，一面用手掌抹拭额上豆粒大汗，天真无邪的笑着：“你算不着我会来看你们，是不是？我就是这种脾气，说走就走，家里人也不曾想到我要作五千里旅行，什么人都不知道，我自己也不知道!”

“预备住多久呢？住两个月……”

“什么？两个月！玩三天我就得回去。家里还有好些事办不清楚，待我回去料理!”

“住一个礼拜，好好的玩玩!”

“嗨，一个礼拜，我到家了啊。”（伸出三个手指科）“不多不少，三天。”

他说的自然是真话，住三五天必然又得走路。因为这种肯定也仿佛能给他自己一点快乐。事实上说不定家里木石工人还待吩咐做花台样式，一缸子霉豆腐得他加作料和酒，一堆腌肉得他亲手熏熏，一些花得上肥料分苗。离家行为不仅出人意外，且常常不免出于自己意外，不赶紧回去可不成。可是急于回去更重要一个理由，自然还是“夺锦标”般尽一些不知道他出门的亲友，初见面时那一阵子惊讶。惊讶的快乐是平分的。为了信实起见，行程虽极急促，且照例到一个地方，必把过去一时他人嘱托购买的药物，就方便一一买好，便于一下子放到朋友面前，作个证明。

这一来，朋友自不免又惊又喜：“哈，你这个洋人，真是个有法术的土行孙！怎么我们眼睛一打岔，闪不知就不见了你，过几天你倒又从北京上海看热闹回来了？我们一辈子都像有根绳子绊住脚后跟，走不动路。你这个怪人，天上地下好像都去得了，就只差不曾从王母娘娘宫殿里带蟠桃回来。”

大先生在这种带做作的阿谀中，笑得把小眼睛合拢，又装成谦虚不过神气：“那里那里，我是无官一身轻，想上路就上路！不比你们有重要事业，放手不下！到我家里吃饭去，便饭！”吃饭的用意，自然还是准备给人快乐和惊奇。因为王母蟠桃虽不曾带回来，碗口大的山东肥城桃，说不定在饭后就摆上桌子来了。说不定北平蟠桃宫的冰糖葫芦，也被他从三千里外带回来，请客享受享受。东西数量虽不多，可是应有尽有。

一切行为愿望却出于同一动机，既满足他人和自己，从平凡生活中多了些不平凡意料外变化，行为愿望中充满了天真的爱娇。就因为这种性情，使他在当地成为一个最有趣味的人物，一个知名之士。

那点天真稚气用到同一目的另一方式上，因之同时又增加了他一种特殊记忆力和感觉力。每到一个地方，虽只留下三五天，大先生必然把那地方许多新近发生的种种，弄得清清楚楚。上海电车换了什么路线，租界添了多少费钱玩意儿，能领略的三天以内他必可一一领略。北平故宫换了多少新画，有些什么特别宝物，图书馆展览会有多少古版书和插图本子，他照例在一度观光后也即记得十分清楚。青岛海滨避暑别墅，某某名人住某号门牌，某大饭店要多少钱一天，重要或琐碎的，凡是能供朋友开心的事他也一例记在心上，可以随问随答。并且每次这种旅行除了带回一些故事和吃食外，还必然带回点较持久能帮助家中人记忆的东西，或是一幅字画，一块石头，一种珍贵的花药。他自己认为一生中最得意的事情，却是六年前有一次用同一作风跑到青岛去，经由上海港瞎跑了七天，回转到家里时，却从一大堆记忆印象中摸掏出一个楼房的印象来。三个月后就自己打样，自己监工，且小部分还是自己动手调灰垒石，在原有小楼房旁边空地上，造成了座半中半西的楼房，大小七个房间，上下的窗户，楼梯和栏干，房间的天花板颜色，墙壁上彩纸的花样，无一不像在青岛时看见的那座楼房。大先生的用意，原来就是等待在青岛教书的弟兄归来时，如同当年“新丰父老”不可免的那一惊！

战争一来，中国全变了样子。战事空气起始即影响到大先生一家。恐怕这个山城会要受空袭，大先生把家中女眷送回四百里外老家去后，房子腾空了，一个人就坐下来等待南北两方面的消息。北方一个弟弟虽逃出了北平，孩子们可还留在孤城中上不了路。南方一个弟弟带了一团兵上前线，战事发生以后即无消息可得。因此一来大先生在凡事照常中就多添了一分为远人安全的挂虑。至于这个规模不大的水边城市，起始是河道运输暂时的停顿，过不久就恢复了。随即是对河汽车公路开始了军事运输，每天至少有两三百辆大卡车和其他特种车辆通过，还有一二十辆的大汽车上的人货转移疏散到这地方来落脚。过不久中央机关人员物资的疏散，也到了这个地方，伤兵医院也成立了。各种市民的集训，更把这个小城市装点了几分战争空气。这种种影响到当地的商业，自必比其他个人生活变化重要。惟这种种影响到大先生时，自然更增加焦虑。他变成了当地一个更忙碌的人物，为国家消息和家中人安全消息而更忙。第一是北平住家的兄弟，一家人生活情形已完全隔绝。其次是另外一个兄弟，究竟在什么地方作战，作战情形如何，结果如何，从各方面探听，都得不到一点消息。后来虽间接知道杭州陷落前，这个部队曾在嘉善一带防守，兄弟受伤后，曾在杭州一个医院治疗，杭州一失陷，消息就断绝了。

大先生既得不到所需要的消息，因此每天除却上街走动，还要到几个相熟军官处去坐坐，再往邮电局看看信件电讯，往长途电话局问问有无来电，又过河去汽车站看看有无这个部队中从前方退回来的军人。可是一切努力都无结果。直到人事方面已感绝望时，大先生还保留一种幻想，以为一定还隔绝在沦陷区什么小地方，过不多久必可逃脱归来。若照往常情形，大先生必早已悄悄的离开了家中，直向前方跑去，看个究竟。现在战事正还吃紧，中央大小机关都一例陆续向上迁移，前线军队转移情形多保守秘密，交通又不方便，战事还正在发展中有逐渐延长到南昌武汉的趋势。南京一陷落后，内地和江浙一部分地方都失了连络，受伤的若不是来不及离开医院，或转浙赣路时车辆失事，就一定是还在沦陷区了。

因为一个不可解的信念，大先生总以为到街上或许可从偶然中得到一点消息，即或是顶不幸的消息，也总比悬宕较好。上街时，不想在街上却和几个政校学生兴奋了一阵。如今在街上有意来找那几个学生，虽看见好些学生，可不曾碰到原来那几个。因此预备过河去，上了一只方头渡船后，船一时尚未离岸。一会儿，对河那只渡船正向这边驶来，船上有个兵士眼睛尖利，远远的就叫喊：

“大老爷，大老爷，有人找你！你家厨子沿河各处找你！”

大先生只听到前面几句话，就照例带笑回答说：“有人找我。什么事找我？我又不欠人印子钱，难道县里王霸汤怀要请我上衙门打官司？”

“不是别人，是你家里的厨子老宋。他说长沙有电话。等你去接，是你家团长来的！”

“哈呀，团长来电话了吗？”

不待再问情形，就从船头向河滩一跳，视线既不大好，加之渡船一摇荡，距离便不准确，到地时一只脚陷在河边泥淖里，拔出的是一只光光的白脚，使得船上人都大笑起来。大先生全不注意，一面去泥里捞取鞋袜，一面还自言自语说：

“哈，团长有电话来！”

半点钟后，大先生已回转家中，督促另外一个用人，把楼房中每一处都打扫得干干净净，窗帷也换了新的，并为受伤回来的军人，把一切应用物品都准备好了。

家中厨子回来时，因为在对河小淫妇处烧了几口荤烟，喝了一杯酒，怕上楼被大先生鼻子闻嗅得出气味，就站在院子正中，仰头对楼廊上的大先生带点埋怨神情说：

“大老爷，你究竟到那里去了，我天上地下那里不找寻你！团长来了电话，要你去接，我全城里去找你，打上灯笼火把门角落里也找遍，只不见你！我还以为你过和尚洲买柚子去了！……”

大先生不声不响，听厨子把谎话说下去，直到厨子自觉话已说得太多，超过当前需要时，大先生方装成十分生气故意的骂着：“宋老太爷，好了，得了，你不见我，我知道你还到报馆去登过报，城门边贴过纸条儿。你这个人，天上地下都找到了，怎么不到对河‘航空母舰’那里去找我？你以为我不知道你过河的用意。一到婊子家里就坐了半天商量招郎上门事情，哄那婊子开心。还借故灯笼火把门角落都照过。你用了多少灯笼火把，开个账来算算看。……你上来让我嗅嗅，你不到‘航空母舰’家里吃荤烟，我一月加你三十块钱薪水。”

厨子老宋摸得准大先生脾气，知道口中笑话多时必有开心事，因此不再用别的谎话支吾，就说：

“大老爷，团长来了电话，我早上听有喜鹊叫，知道公馆一定有喜事！”

“喜事吧！等等团长回来时，我要他先打你二十个板，开革了你，好让你过河去做那婊子的上门女婿，才是你的大喜事。”

过了一会儿，大先生在楼下便向两个朋友宣布，团长来了电话，人已到长沙，伤势不重，明天就要坐师长的小汽车回家了。说到这里时，于是又吩咐厨子老宋说：“你快去宏恩医院，看看张大夫在不在家，在家里为我请过来吃饭。他说来，你就赶快到中南门合心馆匀一斤生百叶牛肚子来，说我有客要生炒用。一定办好，不许误事，听清楚了没有？”

两个朋友中一个小胖子便嘻嘻的笑着说：“妙极了，大爷，应当贺喜！我们口福多好。有大爷的拿手好菜，我们一人喝半瓶茅台，不许打嗝。打个赌看看。”

“不成不成，恕不招待。米贵得很，一滴儿酒都不预备。”

“不成大家也吃不成。老大爷，你不让我吃，我今天一定不走路。我是著名的日本膏药，粘上板凳就不必想甩脱！”

“世界上有这种横强霸道的客人，我可没听说过！”

“世界上有会拿手杰作生炒牛肚的主人，就免不了会有强吃上座的客人！大爷难道还好意思多我一个人！”

吃饭时，和大夫把一切都商量好了。怕病人不能行动，医院还准备了一副担架。待把大夫和两个客人送走时，上了灯，大先生洗过手，换了件清洁衣服，在堂屋祖先牌位前烧了点香。生平本不迷信鬼神，用意却在对于过世长辈表示怀念与崇敬。祭神如神在，把香焚过后，想起远人这次从九死一生中归来，喜悦之余，不免有点儿悲伤。这个房子原本是为母亲休养经营的，料不到房屋刚一落成，老人就在家乡中去世了。从此以后楼上最爽朗的一间就永远空着。如今这房间唯一用处，恰好成为一个为国家流血归来的幼弟休养，人事的偶然，已超过了打算，所以大先生不觉发了一会儿痴。可是不多久，就又忙匆匆的出了大门，到天主堂向神父办交涉去了。原来他想起了病人疲劳，得喝一点葡萄酒，恢复恢复体力，这地方惟有教堂神父藏有好酒，也惟有大先生能从神父地窖中把酒取回家中。恐明天来不及办理，就即刻走去。

## 第三　我动，我存在；我思，我明白一切存在。

得到长途电话第二天，尚未天明，大先生就已经起了床，把热水瓶中的水倒出来洗脸漱口，把白铜火盆埋伏的炭火积灰除去，加上些栗木炭，再把擦得清洁光亮的铝质水壶瓶搁在炭火上预备烧水泡茶。一面顺手整理房中东西，一面计量日里应作的其他事情，一件一件过去，直到估计把回来的军官，安置上床以后为止。在这个家庭里，“今天”自然应当是个顶重要的日子。大先生想起下半天就可在紧隔壁那个大房间温暖炉火旁边，看见从九死一生炮火中负伤归来的最小兄弟，含着一眶热泪，来听他述说两个月中的种种经过，心中不免有点儿乱起来了。于是沸腾起一片混合快乐和痛苦的感情。仿佛此时即已和那个小兄弟在一处，轻轻的自言自语说：

“我知道你会回来，早知道这个。正像十年前北伐，你随军队在龙潭作战，人家都说你完事了，还有人见过你名字在阵亡报告上，老太爷从宜昌来信说：‘三儿无消息，恐怕为国牺牲了。国民革命问题重大，辛亥时我不曾死去，似有天意。这次北伐，我家三个儿子有一个人参加，牺牲到战争中，也是应分的。……’我就断定说这事不会有。我们还有更庄严的义务，在等待年青人明天去尽。你一时决不会死。到后你就回来了。十年后的今天，我们果然就有了尽国民义务的另外机会，而且尽了义务，负过伤，你却依然又回来了。可惜老太爷已过世，若还好好活在这个世界上，看见你的百战归来，把你从车上接下，望见你这对扶身的拐杖，陪同你从车站蹒跚的下到河边，上了船又下船，回转到这个房间中，你将给他老人家多少的感动，多少的光荣和多少的热爱！老太爷一生中已尽了他的一分做人职务，如今躺在地下休息了。我们年青人却不能休息。若想让后一辈活在这片土地上更自由一点，幸福一点，也尊贵一点，有好些事还等待我们年青人去作，好些事且必需比昨天作得更好。战事正在继续，只有胜利才能够把这个国家的自由重新取回，困难去掉。这是一件大事情，又庄严，又沉重，要忍受摊派到每个人分上的痛苦和灾难，慢慢的方可望得到那个胜利……你今天回来了，这是家里一个值得纪念的日子，因为这是家乡的光荣。可是这种光荣的代价也并不轻细。随同出发上前线去的那两千人，就中那些熟识的年青士兵的脸相神气，除掉仅仅保留在自己家里亲友印象中，事实上已不会在这个人间存在了。那些同街坊长大，过去一时见我就要致敬叫一声‘大老爷’的团副和营长，也都在工事里或被破坏的公路旁，无人注意的一个土坑中，在那里静静的腐烂了。还有那个军需，那个副官，那几个子侄行辈特务连的连长连附，在昨天你来的电话中，我知道就已经差不多全殉了国。年龄五十岁的书记官，和十五岁的勤务兵，不在战壕中死去，也从浙赣路退回时，在铁路上被追袭，依然烧死在一个铁闷车里。总而言之，在八天无情炮火中，这个用作纪念前一回上海战事的‘一二八’师就只保留下一个番号，属于这个番号的家乡熟人，大致都在这个历史上动人的‘兴登堡防线保卫战’上，尽了自己的责任，倒了，僵了，碎了，腐了，完事了。战事还正向云梦洞庭湖泽地带转移，地域将无限制的扩大，时间也可能无限制的延长，想要挡住这个蛮力狡狠和机械火药的混合物，在当前中国情形下，就还得陆续从各个地方，把二十岁左右年青力壮的兵士，设法送上前线去，用血肉填塞敌人的来路。尽管是大规模的死亡，只要能够换取一点国民做一个中国人报仇雪耻的自信心和永不屈服的自尊心，那么，要翻身，终还有个翻身的日子！”

末后一个问题，把大先生弄得痛苦起来了，因为大先生记起前些日子一件事情。一个小军官的妇人，带了两个孩子来探问信息，大孩子两手冻疮，坐在阶砌上寒风中发呆，小孩子却在妇人背上已睡着了，一个小小的长头向后仰垂，充满了苦痛表情。其时大先生正从外边探听战事消息回来，那妇人声音中压抑了无告失望的情绪。

“大老爷，你们这里有不有真消息？团长难道不打电回来？我家滕传经在团长部下第四营做连长，三个月总不来信，急得我上庙里杀猪许愿。你看我一个妇道人家，怎么带这两个孩子活下去？你做做好事，告我个信吧。他们打日本，究竟打到什么地方去了？是活着还是死了？”

大先生一时不知如何回答。

“我实在不知道！团长也无信息。我打电报到省里问师部办事处，办事处就说不清楚，这是真正打仗。和日本鬼子打大仗，为国家争自由，总免不了会……团长的下落就完全得不到消息！”

“大老爷，你看我带着这两个孩子怎么办？”

“有办法，有办法，我来想办法！”

到后借了那同乡军官妇人五十块钱，把妇人送走后，不由得不叹一口气，以为战争分派到这个小地方，真不知就要有多少故事发生。一团人完了，不可免即有两千个人的家庭中命运随之发生变化。中国目下还正有两百万人在各个战线上挣扎，从炮火中接受那个分定。而且时间还要延长下去，一直到敌人崩溃消灭方止，这其中将有多少牺牲，多少悲剧，这时节来温习那个情景时，便觉得这正是民族历史的宿命，即民国二十五年以来国内的纠纠纷纷，人力与国富间思想与思想间为争取社会改造国家重建的原则所造成的另外一种局面，直到从消耗中弄得个精疲力尽，方有一派主张，一种政体，慢慢的抬了头，把全个民族的精力和热忱，重新粘合起来，用在国家重建的计划上，发一点效果，然而把民二十前的情形和民二十后的情形两相对照，国家组织上和民族知识情感运用上，既都见出了进步，就自然招来了恶邻的嫉视。嫉视反映到行为上，先是九一八东北广大土地的侵占，不意这种行为反刺激了中国人，有了一种新的觉醒，增加从团结竞争生存的信仰和愿望。西安事变的顺利结束，可为这种信仰和愿望最好的表现，因此一来，自然就到了这个新的课题，由芦沟桥事件起始，到八一三，敌人不让我们来得及好好准备，即迫得全个民族来接受加于我们头上的战争了。在这三个月内，北平丢了，天津丢了，上海丢了。杭州和南京又丢了，华北华南的名都大城，都在炮火中变成一堆瓦砾。无数计的财富，都在一片火焰中，化为乌有。千万人民弃去田地和产业，向内地转徙流亡。……什么都完了，可是却保有了一个翻身的信心。死去的即为此单纯的信念而沉默死去，活下的都保有这样一点信心，在极端困难中支持下去。总相信我们要站起，任何强力都不能把我们压倒的。我们有我们自己所需要的发展方式和生活理想，要实现它，只有从战争胜利中方能实现。我们不仅“要”胜利，还相信终究“必”胜利！

个人的败北与牺牲的壮烈，虽保证到民族胜利的必然，可是还有个三十年的历史，一笔拖赖支吾作成的账目，犹未结清，终于与这个新的发展混成一片。一切出于人谋不臧因循敷衍而来的弱点，都还必然要影响到未来。试数数这点过去：初期革命草率的成功，若干在满清腐败制度下办过新政的官僚，若干从邻国速成学校毕业的留学生，若干毫无政治经验的新闻记者，忽然间都变成了这个庞大国家的负责人，督军或总司令，阁员或议员。醉心于民主的革命者，和社会上各方面中层分子在一种手续极不完备的选举中都成了国会议员，且在七拚八凑就产生了若干政党。如此一来，大家就认为民主政治业已实现，各自钩心斗争，从议员中去争多数，以为得到议会里那个多数，即可从法规上得到拥护，得到认可，取得组阁的大权。总统既自称“人民公仆”，自然更得承认国民代表的意见。似乎就无人曾想到过这共和的基础实在太不坚固，民治并不那么容易完成。并且让一个野心大手腕强的北方实力派袁世凯来总统中国，更种下一个大错。一个上层统治机构如此不健全，过不多久，自然即有点支持不下去的趋势。名流内阁完了，读书人先感到理想碰壁。议会中“多数”无济于事，国民党便觉得这个国家不能不有“重来一次革命”的需要。第一着棋既走错了路，想挽救它，便有第二次革命，这革命又必然还得失败。读书人和理想家都被实力派的实际手段战败后，于是接着就是洪宪称帝。六君子加上个大公子，一齐劝进，不意这幕戏的发展却近于历史喜剧，总统一成皇帝后，就出来一个湖南戆军人，在一个书生梁启超怂恿下，起兵讨贼。各省实力派，本来是拥戴帝制准备接受公侯封号的，这时节也各来通电否认，而且表示国体重要，不能随意变更，同意共和。梦想家天下的宫保，空做了一阵子好梦，气恼不过便死掉了。这幕戏自然也就收了场，在历史上只留下个“六君子”劝进丑名，和伪制的“洪宪磁”骗取逛北京的美国游客花钱。不过假皇帝虽然死去，用来准备做皇帝的武力，和由武力自足自恃形成的一种王霸情绪，却还好好存在，并不消灭。而且大工具溥仪又还好好的盘踞在故宫里面学英文练自行车，且对于死去的臣属还照例封爵赐谥，做另外一种痴梦。大辫子张勋复辟，就正是这种梦的自然结果。复辟失败后，中国士大夫那点莫名其妙“优柔寡断”的性情，还继续用在溥仪安全上，叫作“人类的同情”，想不到养痈溃患，傻子有一天还会受人利用，问题麻烦。更坏的是那点优柔寡断的性情，还会用到各方面去。办党从政是这个，做人做事是这个，到处看出马虎和妥协，到处表现萎靡不振和不死不生。从无一个统制者敢想到“国家重造应在武力以外想办法”，更无一人会想到“国家重造并不必需大量武力，抽象原则即可代替武力。”换言之，就是知识分子已陷到一种完全现实倚赖中，打算中，生命里都已再不会有幻想或理想，都无追求原则的意志或气概，而乐于从现实纠纷中因缘时会求售于人。因此一来，整个国家自然就慢慢的转移到一群小实力派的军人手中了。这些人各用督军巡阅使名分，占据一省两省地盘，养下十万二十万乌合之众作为本钱，互相用拜把兄弟结亲家方式维持暂时和平，支持一个空头大老在北京做总统。到和平不能维持时，就各自用四六文体先打一阵通电，向政府表示意见和愿望。在北京的那个大好老总统，于是也用同样古典文体，通电向督军表示意见和愿望。国会议员或在野名流，也照样一面打通电请求化干戈为玉帛，一面却各方奔走，纵横捭阖，攀攀交亲。末了自然还是得选个地方打起来了，末了自然就有了胜败，是非也就决定到这类实力消长情形中。一个军人下台了，若恰好是支持政府的，总统也就连带下台，再换一个试试。冯国璋，徐世昌，黎元洪，……无不是如此做总统混了一阵子。尤其是黎元洪，走马灯似的转了好几转，在职时除了把通电汇集作成一部“黎大总统公牍”，就毫无办法可言。至于装点民国那个最高民意机关，几百个国民代表，虽依然把议会支持下去，也“通过”内阁案件，也“选举”总统，也立法，也弹劾，此外还做了许多名分下应做的事，可是事实上的存在，却只给中华民国留下一页脏污猥亵的纪录。在当时，新闻纸对于议会的新闻，竟成了一个漫画的专栏，议员打架是每次集会的应有节目，末后却用公开贿选结束了议会生命，也结束中国的民主。当时各省地盘既完全在军人手中，不管是土官派还是保定派，是亲家还是把兄弟，权利一有冲突，当然免不了那一打，打胜仗的多得一省势力，打败仗的就向租界一跑。在朝的气焰炙手可热，其所以作威作福的情形，自然可想而知。即下野军人，无官一身轻，有两千万或两万万洋钱，存在汇丰或花旗银行生息，住在租界上大别业中，讨一二十个姨太太放在屋里，找三五个白俄镖手随身保护，再与租界闻人认个相好，在那人主持的某种企业上投两百万资，表示友谊信托，或再参加一下金刚法会念念佛，习习静，就真是天不怕地不愁的富贵神仙了。军阀的好处既然如此，所以在新陈代谢中，竟永远不会缺少候补人。二十年内战的背景，也正可说是这种人间富贵神仙的追求。在这种情形下，读书人求有以自见的方法，政治家的政术，唯一方式便是到这类英雄身边去做策士，献策争宠。野心较大的，得宠以后便利用军阀专断与多疑的心理上弱点，继续在军阀与军阀间挑拨点是是非非，引起一两次小规模的战争，把几万无知兵士生死赌个输赢。战事一起，即代为草拟通电，抢先公布，战争结束，说不定还要参加和平会议。气运好图谋顺手，必做阁员或内阁秘书长，称为某派某系的“智囊”。气运不好就尽手段卷一笔公款，或骗捧场军人一笔租界保险费，向另外一处租界一跑，犹不失为海上寓公。野心小的就在得宠后，用玩女戏子或托人四处找寻好厨子一类方法，在食与色上消耗自己生命。政治上得手，他照例也是阁员秘书长，政治上一栽筋斗，气量窄，身体坏，一被通缉，说不定在又气又怕情形中，害点小病，辫子一翘就永远完了。其中虽不乏聪明才智之士，年富力强时，在留学生中还称激烈派，抱负大，理想高，但一回国在政治上一混，便命定如此如彼来点缀近代史了。所有聪明才智，既必需寄托在无知识而又专断，贪财而又好色的军阀爱憎上，这个军阀的地位，又支持在身边十万八万乌合之众的军队上，国家的命运，也就不问可知了。这个场面是由民六一直继续到民十五，方得到一个转机的。如此腐烂局面居然不至于亡国，不为列强所乘实因为沾了点上次欧战的光。欧战后战败的国家被赔偿债务条约压得喘不过气来，战胜的也得生息教训培补培补元气，各国进取心既极疲乏，因之列强势力在中国就维持一个均势。国际流行道德是“和平”，所以我们自己打自己，闹得个不亦乐乎，不乘时崛起建设一个崭新国家，倒似乎反而对列强的和平大有贡献。内战的壮丁牺牲，中国是富余的，军火却必需从上海洋行经手向各国定货。因之十余年军阀割据内战时起的局面，最有意义的是作成了好些国家，将欧战结束之后的废弃军火，找得一个耗费用途，换得一笔款项。

至于党呢？在孙先生领导下，的确创造了一个中华民国，但一起始就证明并不是孙先生所理想的中华民国。且创造了一个真正的政党，但更不是孙先生在生前感觉满意的政党。帝制的推翻，起始是用大分量的“文字”从戊戌政变以来各方面使用这个工具所引起的国民同情，和小分量的“武力”。革命党暗杀和暴动政策实行，以及一点“帮会感情”，从明末亡国遗民心血积虑下来的老本钱，综合起来，向一个卖官鬻爵的堕落腐败统治组织作战，所以在短短期间中，在当时若干人嘲笑和轻视中，就推翻了统治中国两百年的满清，产生一个民国。共和实现的轻而易举，不可不说是人类史上空前的奇迹。可是历史的悲剧性，也就因此而决定。多数党员究竟是读书人，革命成功的迅速，使得这些读书人还来不及从失败经验上学习战斗，从历史书本上学了解中国民族弱点和优点，从部分负责中学习全体政治，即来接收那么一个庞大国家的一切，管理并教育这个国家的人民。原来统治这个国家的精神和实际，既不能好好运用，又不会把那个方式和技巧改弦易辙的来运用。因之虽得到了政权，满可以放手做去，到不多久，还只好照孙先生所表示的谦虚而诚恳意见，承认事实，把政权交给那个做官从政多年又还握有北方实力的袁宫保。党中干部全盘政治既然接办不下，即以得到南方几个省分的地盘和议会若干代表为已足。一切打算都还不脱书生本色，相信一个抽象原则既能把满清统治推倒，也就必然可以在这一片土地上建设一个新的国家。自孙先生以下，党中有力分子，对于国家前途的瞻望，差不多都那么忠厚天真到令人不能相信程度。不特“未来”种种可能未想到，即近在目前的“过去”似乎也无认识的兴味。若稍微世故一点，书呆气分较少，政治野心更大，自会明白革命成功这剂药的分量，是用大量文字征服读书人的心，引起多数中层分子对明日国家重造的可能，发生了幻想，用少量热血摇动晚清官僚的意志，使他们成天只担心被刺，毫无气概准备与革命对抗，再就便拾取那个原来遗产帮会感情，使它在“华侨”和“新军”方面发生作用，出钱出力毫不踌躇——于是湖湘间新军喊一声“打”，天下大势就定了一半。然而世界革命那有这样便宜事？若当时革命分子中有心人和活动派，能够对于这种“成功”思索得深刻一点，认识得清楚一点，就会明白明日的困难，是一定比过去还要多！庆祝民国成功之际，即必然注意到如何防止失败，第一件大事即建党！这个设计若原于认识，就常理言，第一便决不会放弃文字在国民感情和信仰上所产生的惰性，不仅仅照常办办两个“机关报”为已足，会从各方面来好好使用这个工具，去取得国民的信托，并教育党中的后进。第二且在决不倚赖“武力”上不完全放下武力情形下，从在质不在量的设计上，好好研究，好好培养，并有勇气在党所据有的省分，好好试验以党治军的设计。第三就决不会尽那点帮会感情，依然用在组织中成为粘合党同志的主要力量，必放手清党，并把党好好的重新改造，取法一个比较近代化民主国家又比较与中国国情相合的政党组织，来代替那点帮会感情，免得将来在运用上发生腐化或恶化现象。

然而党的夙命悲剧正与民族历史夙命不可分。当时用笔的分子既只以为有几个机关报为议会争取多数时发表意见，即可照约法得到政权。带兵的又多数不是职业军人，自乐于轻裘缓带接迎群众不乐意用实力配合统治中国，重造中国。对于党的精神，组织，因得到帮会便利甚多，对内部比对外部还重要，更不愿意去掉那点帮会中的游侠者气分。而小组织的以个人，以地方，以学会的细胞僵化即因之而形成。因此民二的第二次革命，民五的帝制再现，党中主要分子的牺牲，比共和刚造时还大得多。若分析这个牺牲的原因，岂不恰恰是党中设计和负责人的心和眼，都过于忠厚缺乏远虑，因之得到这个痛苦教训？若不是军人中有个充满湖南戆性的蔡锷，接着又来个为人虽不十分稳定，却对国家前途具有幻想与热忱，而且充满天真稚气信仰的冯玉祥，纯粹书呆子中有个陈独秀，还饶上一个不怕骂不怕笑天真烂漫的胡适之，把武力和文字试用到国家重造理想上，得到一点效果。证明这两样东西的价值，依然是明日建国的重要工具，中国在无知识军阀手中，还不知要发展到成一个什么局面！若党中早知道好好使用到这个工具，且努力节制帮会感情的抬头，也就不至于有陈炯明事变，使得孙先生受制于一个不忠实同志，十三年时更用不着他带病奔走北平，来和几个军人商量国家问题了。

五四文学革命，书呆子用文字当成工具来使用，在群众中既引起广泛的作用，社会解放国家改造的理想，从文字中浸润流注重新燃起年青人的信心。加之西北接壤一个邻邦，国家重造的试验，约略见出一种稳定趋势。因之孙先生方想起改造党。因之黄埔学校方能吸引国内各方面的年青读书人。既有计划的参考旁的国家组织，来吸收各方面的力量，争取多数的信仰，所以尽管这点武力在当时和北方军阀实力比较，相形之下，如何薄弱，然而文字却在继续燃烧到一切年青人的感情，所以北伐一到两湖时，局面即不大相同。极不幸的就是文字的运用，从五四起并不是国民党来提纲挈领，完全是一廿个大小书呆子各凭所见所信，形成的一种重造憧憬，就眼目所及一些书籍和国际流行出版物，参考学习，铺敷个人的信念。而且一切进行，如谈解放中的“非孝”，“非孔”，动机与基础，又差不多都建立在一个天真稚气直觉情感上，正等于从一片新开垦或竟仅仅自由圈定的黑土上，毫无计量随意将“否认过去和当前”的种子撒去。年青人的纯洁脑子，正唯其像东北黑土，凡是撒下去的种子都无不在阳光雨露交替中向上生长。因之到了一个相当时期，就见出野草怒生的情形。想运用这片土地的书呆子，对此郁郁葱葱景象即不免有点茫然自失。俨然看到年青人脑子都解放了，从积习痴呆状态中解放了，但解放后的发疯使性处，怎么样来运用它，用什么方式来消耗它，节制它，融解它，转换它，使它粘合起来成为一种具体力量，表现到有计划的破坏和有阶段的建设，就不是若干书生可能办的事了。它的分裂和恶化，都是自然的结果。若遵从文字使用自然倾向，破坏否定的情感漫无所归，于是衍化而为幽默，为谐谑。至于归纳到政治倾向上的所形成的分裂，自更是民十八到如今年青人和国内壮丁国家财力大规模牺牲的前因。这一切说来都只是播种者的无经验，便不能在发展中有计划作有效的控制，末了到收成时，蒺藜和浆果当然不免同在手中。而且不到收成时，书呆子辈即已退回到版本、收藏、考据、音韵、玩照相、听京戏生活中娱乐他们四十岁以后生命，不再作领导前路的人了。适之先生对于文学运动就不免有“但开风气不为师”解嘲。陈独秀先生虽始终不放弃他社会重造的幻想，但已经就见出无力领导无可奈何的情形。孙先生看清楚了这一点，把一部分青年转移到手边来，造党建军，双管齐下。但这片黑土既然是从民八起开始即撒下了种，民十三方来接收，自然即埋伏下了民十八以后的纠纷。北伐前广东一隅局面小，还不大看得出毛病所在。一到北伐成功，自然就有了问题，对于“未来”各人有各人的梦，实现这梦各人又有各人预定的方式，分裂自是迟早间事。一到分裂时，终于就不能不用年青人的血涂染了长江中部几个省分每一片土地。（这种悲剧发展不特超过了原来几个书呆子的想象以外，即最聪明敏感的政治家和军事家，来负责处理这个国家民族命运的人，当时也一定料不到会有如此一回！）多数人神智情感在某一时既陷入纷乱，各方面长时期的杀戮，自然便成为国民革命过程中一种历史夙命。即以江西一隅最后二年情况而言，包围圈日益缩小，内部困难已到捉襟见肘，然而清除自己同道时，一动手也照例是在一个数目后带上四个或五个零。此外在陇海线上的蒋冯战争，在广州长沙的相互焚杀，无一不证明这个集群性的“歇司迭里”的继续，除了消耗到疲乏程度，方可望平衡稳定，其余一切明智的努力，都俨若无可补救。纷乱情感既已带着传染性似的南北对流，所以更多书呆子、专门的、和比较有头脑的政治家的意见，高尚庄严的理想，都暂时失去了意义，代替而来的只是由于相互对立所产生的负气和仇恨，“解决当前”成为推动群众的唯一方式。若把这一页已成过去的历史，加以冷静的分析，就可知除了留给十岁以上对民族将来有远虑的中国人，一个可怕的印象，一种悲痛的教训，此外就最好不用提了。这点过去若以后历史家想把它胡胡涂涂交给一个“人”或一种“政见”去负责，是只能更增加后人胡涂的。这原本虽由于某几个人某几种主张相激相荡而产生，但一到杀戮死亡普遍而广泛的进行时，我们就只见到那个仇恨纷乱情感，培植在一段时间中，渐渐增加残忍和疯狂，所不可免的一种倾向罢了。这点过去若值得负责者疚心，每一个政治家和专家都有它应当疚心忏悔的一分。任何庄严辩词都依然掩饰不了那种国力浪费的失计。正因为它不是一个人或一种主张的过失，所以也不会是另外一个人或一种主张的光荣业绩。

过去的业已成为过去了，或有人自为践踏先知血迹前进，或有人又被别人认为穿着愚人笨重套鞋而行，总之恩怨是非都完了。然而“过去”的幽灵，恐怕还依然紧紧的附在一部分人的观念上，表现在他们的行为企图上，而又必然还要影响到这个民族将来发展的命运上。

大先生坐在火炉旁拨火画灰，对着水壶下爆烈小小火星的炽热炭火，追想起本身寄托这个国家近二十五年来的种种，如何形成当前的命运，痛苦中不知不觉也燃起了自己的一点希望和信心。

“只要兵役制度能逐渐在法规中进行，我们还有的是年青人！只要是对外，正在长成的还可望从炮火教训中慢慢的长成，得到竞争生存经验的！……不过这些经验，是要和那个过去的夙命缠缚在一起，形成明日的困难？还是能够完全摆脱过去，单独在忧患中新生，一切向光明迈进的新生？”

想到这里时，大先生觉得已超过了自己小小头脑所能思考的范围以外。恰恰如像一个人在大海中游泳，兴之所至，手足并用，不知不觉间已离岸很远——离他日常生活那个充满螺蚌苔沙的海岸边一切都太远。这件事对他说来实在不习惯。所以向前望去，俨然无涯无际，只看到天际线上一点紫烟，即那个“过去”遗留下的残余。回头望去，原来那个生息寄托的边岸，俨然也在渺茫中了。因之不免有点惶恐，有点茫然失措。即使如此，本性中的那点幽默依然并未失去，于是又自言自语聊以解嘲的说：

“我的大先生，你是怎么的？你难道也要做大文学家了吗？家里有二老一个，已经给自己和社会够麻烦了。铁打的头脑，终日不思不想，还可磕山核桃用。至于长年来思索人的事情，想去想来找寻不出个好结论时，又从而烦恼，气得个头眼昏花，算做什么？你即因这个气翘了辫子，也没有用！何况那些讨厌你的，政治意见不合的，在生时还会造出许多下流谣言，死后无凭据，岂不是想说什么就说什么好？”

幸好水壶中的水已开始沸腾了起来，大先生赶忙注了一杯茶。把茶喝过后，看看小表已五点，快天明了，就忙匆匆的走下楼到外院耳房去叫看门的厨子老宋。把个手电筒在窗口上只是晃。这原是大先生家法之一。厨子老宋虽还恋床，不乐意即离开暖暖和和的棉被，也不能不赶即起来，故意将棉被用力抽打，表示业已离床正在整理被盖。大先生瞎眼不瞎心，明白这个下人的用意，在窗前半笑半骂的说：

“老宋，老宋，把戏够了，怎么还不起来，简直是筹赈委员，有名无实！一个人那么懒，终不成的！常言道，屎吃头一节，凡事要勤快点！这是打仗的时候，那能落伍？一落后，你赶不上的。‘大拉隔山，小拉隔湾’，你但倒逍遥自在。说你还不认账，牙巴骨脆酥酥的，这样那样，湾里坳上，可不是昨天到航空母舰上出了花样，淘得虚飘飘的，才爬不起床？”

“大老爷，你的新名词真多。我起来了！天还不亮，您早哩。”厨子老宋又轻轻的说，“大老爷，不打仗你也早。同你一比，我就只好甘拜下风了。”

“我早哩。‘莫道行人早，还有早行人。’我早什么。不是有事情，我还不知道蒙在被窝里梦周公？团长今天要回来，你还不赶紧预备预备。我昨天告你做的事，够你忙个半天！打扫院子，买菜，买鱼，叫马夫把那匹马洗好从三都庙牵回来，再动手做饭。吃过饭，跟我过河去接团长，挑行李。你等等记着换件干净衣裳，不要老是那个花子相，团长见了生气骂人！”自己也轻轻自嘲说，“家里有一个花子就够了，不是花子窝！人家还以为我是标准‘老枪’，用黑饭过日子的！告他们家中只有黑面包，还不相信！”

那瘦个子大司务从耳房钻出来时，被屋外寒气一逼，打了个喷嚏，一面搓手一面尽吓吓吓的，“大老爷，好冷天气，亏团长他们在前线打仗！”

大先生把那个电筒重新在厨子脸上晃晃：“冷不死你这个真命天子，老宋。团长昨天来电话，腿打穿了，不吃不喝，躺在敞车上淋了三天雨，还不曾冷死饿死，你就怕冷！这么娇皮嫩肉，还不如早回老家去，省得吃贵米粮。早知道你这样，倒是送你上江西去受点苦吃，把筋骨也练得硬扎一点。打死了，昭忠祠有个名字。”

“团长是英雄，大老爷。还有你，也是英雄各有不同，大家公认。——”

“我看你也是英雄，只想上航空母舰！”

“咦，大老爷，你真是——天还不亮，团长这时还不会上车！从长沙到沅陵，小车子纵飞快，要下午三点半钟才到站。我们吃过饭，两点半悠悠的过河，保你不会误事也。”

“也，你也之乎者也起来也。懒人总有懒借口。不会误事，你可到保险公司保过了险？我问你。少说空话，赶快把厨房收拾干净，打扫院子。古人说：鸡鸣而起，勤能补拙；你还说读过子曰，除了爱用之乎者也，《论语》《孟子》真读到脑背后去了。”

老宋厨子抓抓脑后短头发，好像经大老爷提醒，在搜索《论语》《孟子》，顽皮的想着：“大老爷，世界上人都像你，那就好了。可是天下事那像你这么忙办得好？选燕窝，烧水，摝鸭毛，都不能忙，凡事得慢慢来！性急不得！”

大先生似乎完全明白老宋的心思：“一个懒人总有懒借口，或者是主义，或者是信仰，其实和那些吃 X 饭的一样，……一片谎话。我真看够了！”

大先生吩咐了一套后，又引出了两句古训，调笑一下厨子，就晃着那个手电筒，向厨房走去。到了厨房，见昨晚上用温水泡好的玉兰片和黑木耳，都放在碗橱里，不曾被耗子打翻。拂拭得十分清洁的灶头，有两匹花灶马正从上面跑过去。那个焦尾白猫儿，还蹲在灶门前凳子上取暖，看守悬在半空中受柴烟薰黑的香肠腊肉。猫儿见了大先生晃着电筒下厨房，知道天已快亮，照规矩过不久就有饼干吃了，于是跳下来，站在大先生身后，咪咪的叫喊，表示友谊信赖和永远追随。大先生既骂了骂厨子老宋，又眼见厨房中一切不变，情感业已回到了所习惯的环境中，和适才间想起的中国过去与未来，都渐渐离远了。和正在另外一个地方进行的战事，以及因这战事可能引起的种种烦忧，也离远了。仿佛稍微安心了一点。转回自己的房中时，便照习惯用饼干喂那个巧于贡谀、追随身后的猫儿，一面逗着这个性情温和的生物，等待天明。

喂猫儿时，因为恰好记起省主席在报纸上所谈起的“节约政策”，所以首先试从猫儿实施，比向例克扣了一小片饼干。猫儿吃过后，还似乎记得数目，依然咪咪的叫喊，表示这种战时新措施不能同意。大先生就作成家长神气向猫儿说：“不成的，打仗了！我们这个仗拖下去，要打死好多好多人，累死好多好多人，饿死好多好多人，到后来没有菜吃时，还得把你杀了来黄焖红烧吃，不要太娇！忍受忍受吧。我们忍受的日子还长，这是战争！是和日本鬼子拚命的一次最重要的战争！只能败，可不许投降，大败八十一次，到八十二次还可一下子翻回本利！一投降，可就完了。这是懂日本的蒋百里先生说的，不会错！”

那猫儿相当聪明，俨然从昨天大老爷的忙乱，和当下语气的严重情形中，依稀懂得了“战争”是什么，一经申斥，赶紧从大先生身边退到门前，表示让步，躬身子打了个拱腰，活动活动筋骨、血脉，就从门帘间窜到屋外寒风中不见了。

大先生笑着说：“好，到廊子上练习练习去，我们国家已经总动员了！”又心想，“它明白，它懂，说不定还记起‘张巡杀爱妾享士’的故事，担心将来有一天会被我捉来杀掉，加作料焖好给受伤兵士吃。就和许多胆小无用的人一样，神经扰乱，此后一闭起眼睛就会要做恶梦，怕做梦，就会失眠的！唉，真的出了毛病，可就糟！做官的，经商的，和教书的，神经出毛病的人已够多了啊！”

大院中那株垂荫一亩的常青树顶起始有了鹰的啼唤，天明了，整个山城在浓雾中。

---

《芸庐纪事》最初发表于1942年10月15日，1943年1月15日《人世间》第1卷第1、第3期。当时未发表的“第三”章原稿旁，作者写了以下说明：

这是《芸庐纪事》长篇被禁止刊载半章。因禁载，全作随之搁置。从文

1947年2月1日，16日，3月1日，15日，29日，天津《益世报·文学周刊》重新发表本篇时，补充了被禁的大部分文字。两次发表均署名沈从文。

据《益世报·文学周刊》文本编入。

# 动　静

## 一

冬日长晴，山城雾多。早晚全个山城都包裹在一片湿雾里。大清早雾气笼罩了一切，人家和长河，难于分辨，那时节只能从三种声音推测出这个地方的位置——对河汽车站的汽车发动机吼声，城外高地几个军营的喇叭声，市区长街上卖糕饼的小梆声。

稍迟一会，隔河山峰露出了头，庄严而妩媚，积翠堆蓝，如新经浣洗过一般。雾气正被朝阳逼迫，敛缩浸润的范围。城中湿雾也慢慢的散开，城中较高处的房屋，在微阳中渐次出现时，各披上一层珍珠灰光泽，颜色奇异，很像梦魇中宫殿。从高处向下眺望，更可得到一个令人希奇的印象。原来城中次高地一部分橘柚园与沿河平地房屋，尚完全浸在整片白雾中，只有教堂三个尖尖的屋顶，和几所庙宇，及公家建筑物，两座临河城门楼，地位比较高，现出一点轮廓。其时上述三种声音已经停止了，湿雾迷濛中却有尖锐的鹰声啼唤，不知来自空中，还是出发于教堂附近老皂角树上。住宅区空地较多，橘树成林。橘柚早已下树，间或有二三养树果子遗留在浓翠间，分外明黄照眼。雾气退尽时，橘柚林中活泼善斗的画眉鸟，歌声越来越利落。天气虽清寒逼人，倒仿佛有点春天意味。

绕城是一条长河，河身夹在两列长山中，水清而流速，鱼大如人。到城中雾气敛尽时，河面尚完全被这种湿雾所占领，顺随河身曲折，如一条宽阔的白色丝带，向东蜿蜒而去。其时虽看不见水面船只和木筏，但从蒙雾中却可听得出行船弄筏人的歌呼声和橹桡激水声。

河上湿雾完全消失，大河边巨大黑色岩石上，沙滩上，有扁尾形，和红颈脖，戴丝绒高冠，各种小小水鸟跳跃鸣叫时，大约已将近九点钟，本城人照习惯在吃早饭了。

记载上常称长沙地方“卑湿阴雨，令人郁闷，且不永年”。屈原的疯狂，贾谊的早死，坐实了这种地方气候的恶劣。五溪蛮所在地的沅水流域，传说中的瘴蛊，俨若随时随地都可以致人死命，自然更使旅行者视为畏途。除非万不得已，便是湖南中部的人民，平时也不甚乐意来到这山城中活受罪。然而今年冬晴特别长，两月来山城中终日可见太阳。冬日长晴，土地枯燥，乡下人因之推测明年麦麻烟草收成必不好。可是鸟雀多由深山丛林中向城市里飞，就城区附近菜园麻园疏松土地上觅食小虫蚁讨生活。生活既不困难，天气又异常和暖，不饥不寒，因此这些雀鸟无事可作的清晨，便在人家橘柚树梢头歌呼，俨然自得其乐，同时也用它娱乐山城中的住民。虽然山城中大多数人对于冬晴的意义，却只有一件事，柴炭落价。

地方离战区炮火尚远在二千里外，地势上又是个比较偏僻的区域，因此还好好的保持小山城原有那一分静。这种静境不特保持在阳光空气里，并且还保持在一切有生命的声音行动里。

战事虽逐渐向内地推移，有转入云梦洞庭湖泽地带可能。对河汽车站停搁过路车辆种类数量日见增多，车站附近无数临时作成的白木房子，经常即住满了外来人。城区长街尤多这种装束特殊的过路人。城门边每天都可发现当地党部，行政官署，县商会，以及一切社会团体机关，轮流贴换大小不一的红绿标语。本省兵役法业已实行，壮丁训练早普及一般市民，按期抽丁入伍，推广到执行各种业务的少壮男子。社训或妇训，更影响到和尚尼姑，以及在这小山城中经营最古职业某种妇女日常生活习惯，这些人也必须参加各种集会和社会服务。白日中，长街上已有青年学生和受训民众结队游行。城中且发现了伤兵，设立了伤兵医院，由党部主持的为伤兵医院募捐，及慰劳伤兵举行的游艺会，都有过了。报纸上常描写到汉奸间谍，在这小山城中也居然有过，而且被军警捉来，经过审讯证实后，就照习惯把他捆缚起来押到河边枪决示众了。举凡一切热闹，一切和战事有关系的人事变动，都陆续的出现，发生了影响。可是超越这一切人事活动，依然有一种不可形容的静，在这小山城中还好好保持下来。

每天黄昏来时，湿雾照例从河面升起，如一匹轻纱，先是摊薄成一片，浮在水面，渐如被一双看不见的奇异魔手，扭紧又放松，反复了多次后，雾色便渐渐浓厚起来，而且逐渐上升，停顿在这城区屋瓦间，不上升也不下降，如有所期待。轻柔而滚动，缓缓流动。然而方位却始终不见有何变化。颜色由乳白转成浅灰，终于和带紫的暮色混成一气，不可分别。黄昏已来，河面照例极静，但见隔河远山野火正在燃烧，一片红光，忽然展宽拉长，忽然又完全熄灭，毫无所见。其实这种野火日夜不熄，业已燃烧了多日，只因距离太远，荒山太多，白日里注意到它时，不过一点白烟罢了。

## 二

就在这个小山城数千户人家里，还有一个人家，俨然与外面各事隔绝。地僻人稀，屋主人在极端清静中享受这山城中一切。

这人家房子位置在城中一个略微凸出的山角上，狭长如一条带子。屋前随地势划出一个狭长三角形的院落，用矮矮黄土墙围定。墙隅屋角都种有枝叶细弱的紫竹，和杂果，杂花。院中近屋檐前，有一排髹绿的花架，架上陶盆山茶花盛开，如一球球火焰。院当中有二个砖砌的方形花坛，花坛中有一丛天竹和两树红梅花。房子是两所黄土色新式楼房，并排作一字形，楼下有一道宽阔的过道相接，楼上有一道同样宽阔的走廊。廊子上可俯瞰全城屋瓦，远望绕城长河，和河中船只上下。屋前附近是三个橘园，绿树成行，并种有葱韭菜蔬。橘树尽头教堂背后，有几株老皂角树，日常有孤独老鹰和牛屎八哥群鸟栖息，各不相犯，向阳取暖，呼鸣欢吵。廊子上由早到晚，还可接受冬日的太阳光。

屋主人住在这个小楼上，躺在走廊摇椅里，向阳取暖，休养身心，已有了两个月。或对整个晒在冬阳下的城中瓦屋默想，或只是静听清晨湿雾中的老鹰和画眉鸟鸣叫。从外表看来，竟俨然是个生命之火业已衰竭的隐士，无事可作，或不欲再作任何事，到这里来避嚣纳福。

屋前石坎下有条小路，向西转入市区，向东到达一个当地教会中学和毗邻学校的医院。过路学生多向上仰视，见这房子的布置，和屋主人生活从容光景，年轻人常不免心怀不平，以为“这是一个资产阶级的房子，住下一个官僚”，除此以外，别无所知，也不想多知道什么。自从战事一起始，这些可爱的年轻人，已成为整个县城活动的源泉，开会游行，举凡一切救亡运动，无不需要他们来参加。这些年轻人也自以为生存在大时代里，生活改变，已成为战争一分子。都觉得爱憎情绪日益强烈，与旧习惯不能妥协。都读了许多小册子，以为从小册子取得了一切有关战争应有的宝贵知识。自己业已觉悟，所以要领导群众，教育群众，重造历史。

有一天，两个初中学生代表到党部去开会，回学校时，正见到屋主人在门前看人调马。主人是个年纪轻轻的男子，身材虽十分壮美，脸色却白白的，显得血色不足，两只手搁在短短的皮大衣口袋中，完全如一大少爷。正嘱咐那养马人，每天应给马两个鸡蛋吃。年轻学生走过身时，其中之一就说：“看呀，一个荒淫无耻的代表。”另一个笑笑，不曾作声。

那一个于是又向同伴说：“这种人对国家有什么用处？手无缚鸡之力，是个废物！完全是个废物！”那年青男子虽听得分明，还以为是在说他那匹马，就笑着说：“不是废物，你不要以为它样子不好看，它一天能走二百里路！”

年青学生气愤的说：“走两百里路，逃到我们这里来，把什么东西都吃贵了！”

“你说它吃鸡蛋吗？它有功国家的。”

那学生不乐意这种谈话，轻轻的骂了一声“废物”就走去了。

年青男子毫不在意的转身去告马夫梳理尾巴的方法。却料不到这学生正是骂他，他还心想，“两个小朋友年纪青，血气盛，可爱得很。”

房屋既毗邻教会产业，与医院相去不远，医院中一个外科医生，两月前即成了这个人家来往最勤的客人。到后来，当地另外一些年青人因为筹备演戏慰劳伤兵，向医生借看护白衣，问及借军衣手枪，无意中由这个外科医生口中，透露了一些消息，才知道原来这房子里边正住下了一个年青人所倾心崇拜的受伤军人。因十月里在东战场受了重伤，失血过多，方回到这个后方来休养治疗。

医生也是一个年青人，热诚而喜事，不免在叙述中，给那军人在年青学生中，造成一个异常动人的画像。

医生说："你们成天看报，不是都知道沪杭路上有一个兴登堡防线吗？他就是在那道防线打仗的一个军官。他是个团长，有一千五百人归他指挥。一共三师人在那方面，他守的是铁道线正面。大家各自躲在钢骨水泥作成的国防工事里，挖好了机关枪眼儿，冷冷静静的打。敌人八十架飞机从早到晚轮流来炸，一直炸了八天。试想想，炸了八天！大炮整天的轰，附近土地翻起了泥土同耕过一样。一个旅部的工事，一天中就有八百点炮弹落到附近三百公尺里土地上！想想看，这仗怎么打！八天中白天守在工事里，晚上出击夜袭，饭也不好好的吃过一顿。到后来，一千五百名士兵和所有下级军官伤亡快尽了，只剩下一百二十个人，还掩护友军撤退，才突围冲出。他腰腿受了重伤，回到后方来调养。年纪还只大你们几岁，骑马打枪，样样在行，极有意思的！这是你们做人的榜样！"

好事医生的述说，自然煽起了年青学生的好奇心。

自此以后，这个人家的清静被打破了。先是四个学生随同医生来作私人慰问，随后便五个七个来听故事。好一阵日子，这人家每天照例都有三三五五年青学生进出，或在廊子上谈天，或在小院中散步。来到这里的多怀了一种崇敬之念和好奇心，乐于认识这个民族英雄。或听他说说前线作战事情，或提出些和战争有关的问题，请他答复。或取出一个小小本子，逼他签名。或邀约他出席当地团体集会，听他讲演。过不久，连那两个最激进的学生代表，也带着愧悔之情来拜访了。凡来过的年青学生，都似乎若有所得，这家中原有的那一分静，看看便已失去了。

医生来检查这个军官的身体时，每见他正在廊上或院中马棚边和学生谈话，上至日本天皇，下至母马，无所不说，医生总在旁微笑，意思像是对那些年青人说，“怎么样，不错吧，你们现在可好了，不至于彷徨了吧。这一来你们得到了许多知识，明白了许多事情。战争可不是儿戏！要打下去，大家都得学这个人。好好的读书，毕了业，进军官学校去，好好的做一个民族英雄。日子长咧！我们要打三十年仗！”

一群年轻学生走去后，医生来给这个军官注射药针，看了看脸色，听了听脉搏，就说，“好多了，比上月好多了。”说了却望着他好笑，神气正如先时一样，意思像要说，“怎么样，不错吧。这是国家的元气，你的后盾！得你来尽点义务，好好的教育他们，鼓励他们，改造他们，国家有办法的！”

军官似乎完全懂得他的意思，只是报以微笑。很显然，年青军官对于这些中学生，是感到完全满意信托的。

医生要军官说说对于这些年轻人的意见，军官就说：“小朋友都很可爱。生气勃勃，又有志气，有血性，全是当地优秀分子，将来建国的人材！我听他们说，实在不想再读书了，要从军去。我劝他们要从军先去受正式军校训练，都不去，倒想将来参加游击战。照读书人说法，这是浪漫情绪的扩张。能做诗人，不能作一个很好下级军官。这种年龄一定是这么打算。他们都以为我了解他们，同情他们。我真正应当抱歉，虽同情他们，实在不大了解他们。他们对于战争，同我们看法似乎不大容易完全一致。诗意太多，太不切近事实。”

医生说：“可是他们都很崇拜你！”

军官只是笑，对医生说的完全表示同意，却保留了一点不说，“这崇拜是无意义的，至少这崇拜并不能对于他们有何好处。因为目下的问题，单是崇拜还不成啊！事情是要人去做的！”

一个学生和一个军人，对于战争的认识，当然不会一致。从不离开学校的青年学生，很容易把“战争”二字看成一个极其抽象的名词。这名词包含了美丽同恐怖，荣誉或悲壮，血与泪，爱与毒，百事综合组成一章动人伟大的诗歌。至于一个身经百战的军人呢，战争不过一种“事实”而已，完全是一种十分困难而又极其简单的事实。面对这种事实时，只是“生”和“死”，别无他事可言。在炮火密集钢铁崩裂中，极端的沉静，忍耐，纵难战胜，尚可持久。至于慌张，奔逃，以及过分的勇敢，不必要的行动，只是白白牺牲罢了。战争既是一种单纯的事实，便毫无浪漫情绪活动余地。一个军人对于战争的态度，就是服从命令，保卫土地。无退却命令，炮火虽猛，必依然守定防线不动。死亡临头，沉默死去，腐烂完事。受伤来不及救济，自己又无力爬回后方，也还是躺在湿湿的泥土凹坑中，让血液从伤口流尽，沉默死去，腐烂完事。若幸而脱出，或受伤退下，伤愈后别无他事可作，还要再作准备，继续上前，直到战争结束或自己生命被战争所结束时为止。在生和死的边际上，虽有无数动人的壮烈惨痛场面，可是一切文学名词完全失去其意义，英雄主义更不能生根。凡使后方年轻人感动的记载，在前方就决不会有谁感动。大家所知道的只有一件事，忍受。为国家前途，忍受。为个人出路，忍受。

因此一来，到这些年轻学生把好奇心稍稍失去后，对于这个半年来在猛烈炮火直接教育下讨生活的军人，自然重新发现了些事情。主要的是慢慢的觉得这是一个十分单纯的家伙，谈什么都不大懂。便是战争，所懂的也好像是另外一套，并不与年轻学生想象中的战争相同。尤其是对于青年学生很热心想参加游击战，却不愿受正规军事训练，认为是浪漫情绪的表现，不切事实，缺少同情，损害了年青人的自尊心。于是一群年青学生，在意识中恢复了读书人对军人的传统观念，以为这个军人虽有教养，有实地经验，还是一个“老粗”。而且政治头脑不发达，对战争认识还不够深刻。那两个更热心的学生代表，先还不知道军官是个过来人，想在谈话中给这位军人一点特殊教育，接谈结果竟适得其反，才发现什么主义什么路线军官都比他们明白得多。因此另外发生了一种反感，以为这是一个转变了的军人，生活充满了小资产阶级气息，无可救药。本来预备跟这军官来学的几种军事课程，也无兴趣继续上课了。山城虽小，本地无日无集会，年青学生都事情甚忙。于是大家就抛下了这个“民族英雄”，转作其他有意义的活动宣传，不久就又自己来作民族英雄。

住处回复了过去半月前那一种静。

医生来时，见楼上大房子空空的，放了许多椅子，墙上还悬了一片三尺见方的黑板，茶几上还有一盒粉笔。知道是屋主人之一，军官的哥哥，特意为年青学生上军事学预备的。可是一看情形，就知道这种预备是徒劳了。军官独自坐在走廊前摇椅上，翻阅一本小小军用地图。好像很闲静，又似乎难于忍受这种闲静。

医生说："团长，你气色好多了。比月前好多了。你应当走动走动。天气好，出城去走走好。骑骑马也无害。你那马许久不骑，上了膘，怕不会跑路了。人和牲口都得活动一下！"

军官说："当真好像全好了。现在就只走动时腿上有点发麻，别的不觉得什么了。我不愿意用撑架出去，因为近于招摇。我还真不愿意有人知道我是谁！"

"可是知道的人已很多了。尤其是那些学生，都欢喜你，崇拜你。"

"那些可爱的学生吗？"

"就是那些人，他们不是要跟你上课吗？我听他们说，你肯教他们，都很高兴，这比平时军训有意义得多！"

"可是他们一定为别的事情忙，上了两课，就不来了。这玩意儿实在也是很枯燥的，比学什么还死板，又不具体。"

军官提起了这件事情时，似乎不大愉快，翻出一幅地图指定某一点给医生看，"这里情形越来越糟了，不久会要受攻击的。这里得有人！我腿好了，要回到那边去。他们一定希望我早些去。"

"你不是还有两个月休假吗？"

"让别人去休息吧，你不知道我住在这里两个月，已闷慌了。虽只两个月，好像有了两年，这么住下去，同老太爷似的，那能习惯？前面老朋友多着，都在炮火里，有意思我留在这里，心中发慌！"

## 三

师部来了急电，限这个少壮军官五天内率领那两连伤愈兵士，向常德集中，并接收常澧师管区四营壮丁，作为本团补充。

过不多久，家中人都知道了。对这件事话说得很少，年纪极轻的新妇，一个教会中学毕业生，身材小小的，脸白白的，穿着素朴却有一种大家闺秀神气，毫无小说上动人的儿女情长神态，待客人去尽后，方走过大房来，站在门边怯怯的轻声说："听说来了电报，你又要去了。你不是说可以休养三个月，现在腿还不好，走路时木木的？等脚好一点走，方便得多。"

"他们要人，大家都正在拼命，我这样住下来算什么生活！"

"那什么时候动身？坐船去，坐汽车去？"

"你理理我那衣箱去。我只要那黑色衣箱，衣服不必多带。"

"明天就要走吗？我娘还在路上。"新妇眼睛已湿，勉强抑止着感情，"医生说你……"

"医生刚走！我全好了，不会出毛病。等等我同你说。"

新妇眼泪莹莹的无话可说，就走回自己的房里去了。

长兄嫂亦不说什么，只默默的为清理要带走的应用东西。到末了，两夫妇从楼梯后一个小房中搬出了两个箱子来，抬到小兄弟大房中去。把箱盖挪开，一打盒子炮，一箱子弹，算是这卸职军人给重上前线军人的礼物。哥哥笑着说："你到这地方，不想人家知道你是谁，怕招摇。你到常德去接收壮丁，身边总得有点东东西西！你得把几位小将叫来，武装起来，才像个样子！"嫂嫂也微笑着："你大哥以为你要的是这些东西，所以路菜也不预备。好笑。"

军官也无可奈何的笑着，虽口上说着"大哥，还是把你这些老式宝贝收起来，将来带游击队用吧。"还依然跑到木箱边来检查这些轻便武器。

第二天，七个随身的年青弁兵都穿了庞大棉背心，从收容所来见团长。有五个兵士是手足负过伤的。平时这军官以这些弁兵是为国家服务用的，不是私人仆役，且刚从前线负伤归来休养，从不到家中来服务。现在听说不久又要出发了，因此来请示。七个人一排站定在院子中，听候训话。七个人都是小身个子，面目朴实而单纯。军官在换好了军服，要往收容所去接洽开拔各事，见几个同患难的小子，都因负伤瘦了许多，心中实在很感动。

“你们都好了吗?”

几个兵士齐声说:“报告团长,都好了。”

其中一个又怯怯的说:“团长,你也好了吗?”军官抿了抿嘴唇,点点头,不作声。

大家沉默了一会儿。军官又指定一个羞怯怯的乡下人样子兵士说:“赵连璧,你膀子全好了吗?不能去就莫忙去。我们先到常德集中,一个月后再来还赶得及。”又向另外几个样子较活泼的兵士说,“你们三个月恩饷不是都发了吗?怎么还是这副告化子神气。一定都早已花光了,输光了。你们七个人写个报告来,一个人向军需处多支十块钱。就要走路,不许把钱花到小婊子身上去。身体刚好,不能胡闹,知不知道?”

几个小子都要笑却不敢笑,低声答应“是”。意思倒像是说,“是,团长,我们都到小婊子处胡闹过来了。”

军官又低着声音自言自语说:“小东西无出息,见不得女人。不怕日本兵,就只怕尤家巷小婊子,真无出息。你以为我不在身边,就不会知道,闹翻了天。我当真什么不知道?……”

其时一个厨子正携菜篮回家,军官吩咐那厨子:“唉唉,我告你宋均,多煮些饭,煮一块腊肉,打十碗酒,要他们在这里吃饭。”回头又向几个兵士说,“上楼去把那些枪搬下来,看看有几支能用。大先生怕你们用二十发的用不惯,送了一打老式盒子,要我们带到江西去!”说到末了,不由得不笑将起来,“一颗子弹都不许掉落!将来还要带回来还大先生,借学生作游击队用的!”

## 四

医生得到了消息,赶来看这个军官,好像对于这次开拔,有点突如其来,对许多问题,难于了解。

“人家请求休假不得休假,你为什么当真那么忙到前线去?”

军官仿佛很快乐的微笑说:“闲不惯,你知道,享受这种清福,也是看人来的。我那有这耐心?”

“那么,为什么不派你接收家乡壮丁,倒接收沿湖各县的壮丁,这是什么意思？”

军官依然微笑着：“上头意识谁知道，同样是新兵，也差不多。就送我一团西藏人，只要有三个月时间训练，加上我那两连老弟兄，开上前去保你同样打得很好。这也有个秘密，用白粉面代替白药，你们不是在好些情形下，能够用这样药代替那样药？”

“小干部军官呢？”

“更方便。老朋友多着，听说我要去，都很高兴同我去。不要看我们这种破烂部队，到前线去，有两手！第一点就是谁都不怕。任你多少飞机多少大炮，总之不怕。这就够消耗了。”

“可是到前面去也够受！”

“一个军人有什么可怕的？为国家，什么苦难都得忍受！”

“你要回到前方去，这里一定有学生要跟你去，他们都很热心，很敬仰你。”

军官笑了。“前面去不是玩的。他们说是那么说，恐怕去不了。你知道，热心和敬仰，都未必能胜过事实。事实上这些小朋友还是他们家中的人，不能自主也并不十分要求自主。他们说要求自主。他们说要在本县做游击队，这是将来的事情，时候还早咧。现在战事正在争夺南昌，我去年驻扎过那地方大半年，一切地形都很熟习。这时节我要去很有用处。情形不好，我就留下来在他们后方工作，抽底子，一定打得很精彩。”

“学生肯跟你去学游击战，正是好机会！”

军官依然微笑着，意思像是说，“机会倒很多。”但他却为年青人辩护，“还是让他们留在本地服务好，前方要人后方也要人。这战事正在扩大延长，一时不会结束的。本地可做的事极多，他们肯热心去做，比到前面去工作，说不定还有意义。”

“你是不是对这些人有点失望？”因为医生从军官的微笑里，语气里，发现了一丝轻蔑。

军官连忙肯定的说：“不失望。正相反，我觉得他们很有希望。中国征兵制度一时难实现，学校军训又不太认真，读书人大多数还只是读书人，在这种情形下自然不能把每个年青人都变成一个好战斗士。好在中国地方大，人口多，问题复杂，凡事都要人努力。火线上拼命要人，社会服务也要人，便是学校读书，集会示威，装点后方，推动后方，无事不要人。大家能够在同一目的下，各尽其职，就很好了。”

说到末了，他依然只有微笑。想起医生过去说的“年青人跟他明白了许多事情”，不免有点感慨系之。正因为事实上接近了他们时，他反而跟年青人明白许多事情。战争一时难结束，下级军官补充需人，一部分人以为学生军训已有了好几年，国家还保留学生不曾用，应当从学生想办法。并且在前方和陷落过区域的大后方，青年学生种种的活动，证明了这部分能力正可用。可是战争虽改变一切，终不能把年青人完全改造！到现在，在日人炮火所及的区域，年青人已明白战争不完全是粗人的工作，人人都有一份了，这就值得乐观。至于像这种地方，另外一部分学生，也会慢慢的从事实获得教训，由虚浮变成结实。这自然需要些时间，勉强不来，可有的是机会！

医生说：“这几年我们社会‘宣传’两个字太有势力，因此许多人做的事都不大落实，年青小朋友也不能例外。看看小册子，就自以为是文化人。我觉得有点可怕。”

“这也无妨碍，他们对国事很热心，就够了。”

医生问他什么时候离开这里。他说：“我等候师部回电。这里有两连本师伤愈弟兄，预备跟我一同走。总部意思把这两连人由我率领，开到长沙去，编作荣誉大队，作个模范。到时说不定还有各界团体给我献旗！我想算了吧。这么办就要团附带去好了。这战争去结束日子还长，我们并不是为一种空洞名分去打仗的。国家不预备抗战，作军人的忍受羞辱，不作声。国家预备打了，作军人的，唯一可作的事就是好好打下去，忍受牺牲，还是不用作声。放在我们面前的是事实，不是荣誉！”

医生不知说什么好，轻轻的叹了一口气。

军官的哥哥，一个矮小瘦弱的中年人，带了个小小纸包，由外面回来，孩子似的兴奋，一面解除纸包一面笑着说，“这地方，亏我找了好久，才得到这点东西！”医生看看，原来是一盒彩色粉笔。

医生说：“大先生，他们不来团长这里上课了，白忙坏了你！”

“忙什么？他们现在事情多，不久又要办慰劳会送过路 X X 军了。过些日子一定会来的。我花园里靶子也预备好了，还要借我枪打靶的。我说枪借你们无妨，子弹得自己想办法！我的子弹是要留给打小鬼的。”

医生向军官说：“大先生真热心，一天忙到晚，不知忙些什么！”

大先生却解嘲似的说：“天生好事，我自己也不知忙些什么！”

军官把话引到另一会事上去。“好天气！”他想起上次由火线上退回来时，同本团两百受伤同志，躺在向南昌开行的火车上，淋了两整天的雨，吃喝都得不到。车到达一个小站上，警报来了，亏得站上服务人员和些铁路工人，七手八脚，把车上人拖拖抬抬到近旁田坪里。一会儿，一列车和车站全炸光了。可是到了第二天，路轨修好，又可照常通车了，伤兵列车开行时，那学生出身的车站长，挺着瘦长的身子，在细雨里摇旗子，好像一切照常。那种冷静尽职的神态，俨然在向敌人说，“要炸你尽管炸，中国人还是不怕。中国有希望的，要翻身的！”想起这件事情时，军官皱了皱眉头，如同想挪去那点痛苦印象。

军官像是自言自语，答复自己那种问题，“看大处好，看大处，中国有前途的！”

大先生把粉笔收了，却扛了一个作靶用的木板来，请军官过目，看中不中用。

说起的问题很多，这个医生好像为军官有点抱不平，表示愤懑。可是这年青军人，却站在一个完全军人立场上，把这件事解释得很好。总像很乐观，对一切都十分乐观。且以为老总还事事受委屈，能忍受，个人事情未免太小了。军人第一件事是服从，必服从，老总方有办法。换言之，就是在这个医生面前，他事事袒护到他的各级上司。明知有些困难，却准备去努力克服这些困难。说话时他永远微笑着，总仿佛对战争他极有把握，有信心，不失望，不丧气。

几个青年学生，为当地民众防空问题，跑来请教，才知道这个军官五天内就得回到前方去消息。几人回学校时，就召集代表开会，商量如何举行欢送大会，献旗，在当地报纸上写文章出特刊。

商量定后即分别进行。

师部第二次来电，对开拔事却改五日为三日，算来明天就得出发。团副官当天就雇妥了大小七只空油船，决定明天下午三点集合开头，将船直放常德。

隔日下午两点钟左右，军官已离开了家中人，上了那只大船。另外几只小船，和大船稍远，一字式排在河码头边。一些军用品都堆放河滩上，还在陆续搬上船去。军佐们各因职务不同，迟早不一也陆续上了船。这些年青军人多自己扛着简单行李，扛着一件竹篾制成的筐笼，或是一个煤油桶制成的箱子。更简陋一点的，就仅仅一个小包袱。有个司书模样的青年，出城时，被熟人见及，问道："怎么，同志，又要去了吗?"这年青小子就笑笑的说："又要去！把小鬼打出山海关去，送他进鬼门关。"这些人到得河边时，若是老军务，一看船上小小旗帜，就知道自己的船是第几号。若是初来部队的，必显得有点彷徨，不知自己应上何船。

因为公家用品不少，船上似乎很乱了一阵。渐渐的，先前堆积在码头上舱板上的杂物，枪支，子弹，手榴弹，和被盖行李，伙食箱与药品箱，酸菜坛子和成束烟草，可入舱的都已经下了舱。那两连伤愈兵士，都穿了崭新棉袄，早已排队到了河边，在河滩上等待，准备上船。看看一切归一了，也分别上了船。一切似乎都妥当了，只等待团长命令，就可开头。

那军官站在自己乘坐那只大船船头上，穿了一身黄呢军服，一件黄呢外衣。两只手插在口袋里，来回走动。间或又同另一只船上或河滩边一个军官，作很简短谈话。一个陌生军佐，在河滩边茫然不知所措时，他打破了自己沉默，向那个部属发问："同志，你是第几连的？是师部留守处的?"到那军佐把地位说出时，就指点那人应上某一只船。并回敬岸上人一个军礼，随即依然沉默下来，好像在计划一些问题，又好像只是漠然的等待。一个军人对于当前战争的观念，必然在荣誉、勇敢、胜利等等名词下，产生一种刺激，重上战场，且不可免为家中亲友幼弱感到一点依恋之情。这个军人却俨然超越这些名词和事实，注意到另外一些东西，一些现象。虽显明为过去，当前，以及那个不可知的未来，心中感到痛苦，有些不安，然而却极力抑制住这种痛苦不安。

对河汽车已到了站，只见许多逃亡者带着行李正在渡河，河边人多忙乱着。

一会儿，医生带了些药品，忙匆匆的跑来了。两人站在船头谈了一阵，医生因事就走了。下了船，到河滩上一面走一面回头挥动他那顶破呢帽子，一不小心便摔了一跤，爬起来笑着，揉揉膝部，大声嚷着，“团长到地写信来，写信来!”高大身影就消失在临河吊脚楼撑柱间不见了。

其时两个青年学生代表，正从县党部开完会，在河滩边散步，商量后天欢送大会的节目。年青人眼睛尖，看准了船头上站定的那一个军官，正是住在山上黄房子里的那人，赶忙跑过船边去，很兴奋的叫着：

“团长，团长，我们今天正开会，商量欢送你和负伤将士重上前线，议决好些办法！这会定后天举行，在大东门外体育场举行!”

军官见是两个学生：“不敢当，不敢当！我们等等就要开船了。”他看了看表，“省里来电命令我们今天走，再有三十分钟就开船了。请你费神替我向大家道谢，说我来不及辞行。难为了你们，对不起!”

“怎么，你今天就要走吗?”

“就是现在。请转告同学，大家好好的努力。到了地，我会写信来告诉你们的。”

两个学生给愣住了，不知离开好还是赶回校里去报告同学好。两人在河边商量了一阵，还是走了。一人预备回学校去报告，另一人本拟去党部报告，到了大街，看看时间已来不及了，走回头走到城门边杂货铺里买了两封千子头小鞭炮，带到河边，眼见大船已拔了锚，船上人抽了篙桨在手，要开船了。军官站在尾梢上，用望远镜向城中望，城中山上那黄房子，如一片蒸糕，入目分明。其余几只小船都在移动跳板。几个后出城的小军官，在吊脚楼边大声嚷着，“等一等，等一等，慢点走!”气喘喘跑到了河边，攀援上了船。学生十分着急，想找个火种燃点鞭炮，却找不着。

“团长，团长。他们要来送你的！慢一点，慢一点!”

大船业已离岸转头了，尾梢上那面国旗在微风中飘动不已。军官放下望远镜时方看到岸上那一个，便说："好兄弟，好兄弟，不敢当！你回去吧，不敢当！……"

忽然几只船上士兵唱起歌来了，说话声音便听不分明了。学生感动而兴奋，把两手拿着鞭爆，高高举起，一人在那空旷河滩上，一面跑一面尖声喊，"中国万岁，武装同志万岁！"忽然发现前面一点修船处有一堆火，忙奔跑过去把鞭爆点燃，再沿河追去。鞭爆毕毕剥剥响了一阵。又零落响了几声，便完事了。船上兵士们也齐声呐喊了几声。

橹歌起了，几只船浮在平潭水面，都转了头，在橹歌吆喝中乘流而下，向下水税关边去了。年青学生独自在河滩上看看四周，一切似乎很安静。竖立在河边大码头的大幅抗战宣传画，正有三个船夫，在画下一面吸旱烟，一面欣赏画意。吊脚楼边有只花狗，追逐一只白母鸡，狗身后又有个包布套头的妇人，手持竹篙想打狗。河边几个担水的，还是照样把裤管卷得高高的，沉默的挑水进城……

那学生心里想，"这不成！这不成！"一种悲壮和静穆情绪揉合在心中，眼中已充满了热泪，忘了用手去拭它。

河面慢慢的升起了湿雾，逐渐凝结，且逐渐向上升，越来越浓重，黄昏来时，这小山城同往日一样，一切房屋，一切声音，都包裹在夜雾里了。

---

本文原发表于1943年12月8日《文聚》第2卷第1期。署名沈从文。

1942，1943年《芸庐纪事》初次发表时，已完成的第三章被禁止刊载，"第四　当真的，我眼睛不好，听觉也差。"一章尚未写完，此长篇创作即搁置下来。作者随后用未完成的"第四"一章文稿，改写成《动静》开篇的第"一"节。从内容上看，《动静》和《芸庐纪事》也有一定衔接关系。

# 乡村琐事

新编集。作者曾自拟过《乡村琐事》这一集名，集子未出版，现选用作本集集名。

编入作者1935～1946年间发表的6个短篇小说：《张大相》、《王嫂》、《乡城》、《笨人》、《乡居》、《主妇》。

# 张大相①

城头上咚的响了午炮，张大相从参谋处跑出来，在廊下站定，元气十足的喊“护兵！护兵！”

一个小苗兵打扮得同行将开差一样，全身应有尽有，背后还拉斜挂了个特别长大手电筒，从烧茶处一跃而出，立了个正，“到！”说了忙走过参谋身边去。

两人于是出了衙门，赶回家去吃点心。从中正街过身时，杂货铺主人米老板，恰好刚从邮政局把邮件取回，低下头用小钉锤敲打那棺材形小木箱。一眼瞥见那个小苗兵正从店前过身，知道张大相已下办公厅了，赶忙跑出街来追赶财神。

“参谋，参谋，上海货寄到了！德国咪咪洋行的，我正等着你！”

大相听说咪咪洋行货到了，心中异常高兴，就跟着杂货店老板回到店里，站在一堆洋货中看他开箱子。那杂货店主人只有一只眼睛。大相称他为一只虎。

“一只虎，你小心些！”

“知道！我像捧凤凰两只手拿回来的，一只虎不小心还算一只虎？”

开箱时一只虎唯恐碰伤那箱中宝贝，自然十分小心。因此增加了这种工作的困难。有了这个空闲，大相的身世性情可以在这里稍稍叙述一下。

大相是ＸＸ地方一个官家独生子，年纪二十二岁。六年前客军过境时，大相的家里被派定两万捐款，限三天就得缴款。大相父亲一时拿不出，逼迫得吞烟自尽。从此以后，大相就成为这家中唯一的男子了。客军开拔后，家中由太太当家。太太主张搬家下行。一个在当地军队里作军法的亲戚，却为出主意，以为军队欺侮有钱人，是件天下通行的事，不管往那儿逃皆不是路。如果自己插进军队里去，要浑大家浑，就不会再受军人的挟制了。

当家的想主意不错。因此花了五千块钱，大相就作了ＸＸ军一个上尉参谋。什么事也不用作，就只每天穿了崭新体面呢制军服上衙门。到底是官宦人家子弟，气派品貌皆过得去，手头又松，因此大相虽然并无本领，在部里却还得人缘。个人嗜好不多，过日子很知谨慎，嫖赌皆不来，算不得是个败家子。他自己出钱找了个随从兵，把这兵戎装起来，每天跟他各处奔跑。他欢喜手电筒，那随从兵所背的手电筒，就可算是本军最大的手电筒。一到了夜里，大相就拿着这个东西上街，迎面照人取乐。大相的电筒比谁的都光亮，被照的人皆知道这是大相的电筒。大相也就因此把日子过得很有意思，且同时无形中成为一只虎的一位活财神。

…………

如今所开的木箱，就又是一具大电筒。

木箱弄开时，先是些木茸，与一些有管形皱摺的包皮纸，又是一些木屑，哈，乖乖的卧在木屑里面的，不正是那望眼欲穿的宝贝吗？那是一具长约二尺五寸的特制家伙，全身银光夺目，一端附上一个八角形的大头，真像是戏文里岳云那柄银锤！大相一见喜不自胜，脸上兴奋得发红泛紫。

“让我来，让我来！”把它拿在手上后，又说，“一只虎，一只虎，你快取那大电池填满膛试试看！”

一只虎装得神气俨然，同被雷打一样，张着口半合不拢去：“呀，好个宝贝，简直是尊机关枪！”

电池一共装了十二节方满筒。旋紧了后面盖盖后，一掀机簧，一股白光直向一只虎独眼射去。一只虎大吃一惊，若不亏他有两手，差点儿跌到搪磁摊上。虽是大白天，这东西十分厉害，不易招架，一看也就明白了。

一只虎口上说着“好厉害，好厉害，”又搜索那木箱，从木屑中发现了手巴子大一张黄纸单子，一面洋文，一面中文。两人照方单细细加以研究，才知道这宝贝还可以作种种不同的用法，如何一来光就缩小，如何一来光就放大，以及远近节制机关也居然全弄清楚了。

“多少钱？一只虎。”

“多少钱？五十块，我记得发票上是五十块，你放心，洋行做大生意总不瞒人。”事实上呢，他记得发票上是二十五块。

一只虎一面还装模作样口中嚷着“真是机关枪”，一面便走向屋角假作找寻发票开账。大相等不及，舞着那宝贝喝声“走”，同苗护兵就走出杂货店了。

一只虎知道大相脾气，只要东西好，钱不在乎。慢慢算账正是他求之不得的。见大相已上了街，方说：

“参谋，参谋，账单改天算，不要紧，你拿走吧！”

大相回到家里时，一见老门房，就把宝贝对老门房一晃。在过厅见家中老狗，就对老狗一晃。进堂屋就向祖先牌子一晃。回到卧房里，老奶妈走来为他脱军帽换鞋子，他就一连对老奶妈晃了好几下。除了祖先牌子不算，每双被晃过的眼睛，大半天还花绿绿的。同被封神榜上的照妖镜照过一样。大相可乐坏了。

不一会，家里老太太，姨娘，妈子，丫头，全皆知道了这件事，一同来围着看宝贝。轻轻的怯怯的用手摸一下，皆显得惊异而且快乐。还互相猜详价钱，有的说一百，有的说不止一百，及至大相说明至多不过五十块钱时，大家且露出相信不过的神气，以为太占了便宜。这些人每月得工钱两元。自己的事容易相信，一个照路的电筒太巧妙了，真值多少实在永远皆弄不明白！

大相把清蒸鸽子蛋胡乱吃下后，便为家中人讲解这电筒的神妙，叫人把房门关上，更派人七手八脚把窗户临时用厚幔幛遮好，来试验电光的强弱及种种妙用，老奶妈又为出主意，以为过后屋空仓里试验必更好。于是一窝蜂拥到仓屋里去。要小丫头假装逃兵，先躲藏在仓屋一角黑暗处，大相把电筒机关一掀，一股白光直射出去，到处搜索，真所谓物无遁行。到后照及小丫头时，大相就大吼一声，“狗杂种，这一次捉到你了！”于是同小护兵赶过去，好像真的捉人一样，小丫头还只是前十天花五块钱买来的，一看情形不对，以为大相真要杀她了，不知如何是好，吓得荷荷大哭起来。阖家上下为这件事皆笑了半天。

家中已玩厌时，大相带了他的宝贝，上衙门去展览。

在参谋处玩了一阵，接着又过副官处，军法处，军需处，每到一个地方，凡见着这个宝贝的，皆说是“真了不起”。得到这种称赞，大相觉得很快乐，到后无地方可去了，一个副官邀他到招待处去，一则招待处住的是各地方来的代表同远客，大相愿意给这些人长长见识，二则招待处厅子高大，很可以照照那个厅子，试试看会不会发现一点东西。

到招待处时，一个从外省来的客人，正拿了个京八寸象牙烟杆，站在院中梧桐树下对树杪出神，搜索明天陪师长游山的诗句。大相不认识这个人，不好意思晃人眼睛，只将电光对树上一晃，自言自语的说：“树上有贼，一照也会跌下来。”

客人望望大相手中舞着的东西，微笑着，把脸偏过一边去不理会，神气好像在说：“小孩子，玩这个！”

到了大厅，有两个人正在那里下围棋，已快要完场。大相站在厅子中，把电机一掀，尽电光在承尘椽皮间各处扫射，且说：“捉逃兵，用这个不好！”那两个外路客人不明白他们找寻什么，收拾了棋盘回房中去了。

大相很扫兴，轻轻的吼声“走！”便出了招待处。

末后他们上了城，想从城头把电光射出去，看看能不能照过对河天后宫庙里的大殿。天气还早了一点，却看不出这电筒的妙用，不能给天后宫守庙的吃那么一惊。

…………

大相从中正街一只虎杂货铺门前过身时，天已快黑，大相把电筒对准杂货铺一晃，一只虎正在柜台里涂改那张咪咪洋行的发票，眼见一股寒光，知道是大相过路了，就大声嚷道：

“哎呀不好，老夫中机关枪了！”

大相不由得哈哈大笑，走进杂货铺去看一只虎。且同他打商量，看看谁家银匠手艺好，用银子打块牌子，刻成“机关枪”三个字，预备将来系在电筒绳头上。一只虎答应这事一切由他包办，大相又把那尊机关枪晃了一只虎四五下，方离开杂货铺。

往那儿去？仍然上城头去，因为天已抹黑，大相知道上城去可以施展那宝贝的妙用了。

大相家中人等候着他回家吃晚饭，全知道大相今天迟迟回家的原因。大相高兴了，家中人也无不极其高兴。

（五溪乡贤录）

---

本篇发表于1935年5月5日天津《大公报·文艺副刊》第150期。署名沈从文。据《大公报·文艺副刊》编入。

①相，为人呆笨而又自鸣得意的公子哥儿，凤凰人谑称之为“相”。

# 王　嫂

厨房中忽然热闹起来，问一问，才知道帮工王嫂的女儿来了。年纪十八岁，眼睛明亮亮的。梳一饼大的发髻。脸圆圆的，嘴唇缩小如一个烟荷包。头上搭了一片月蓝布，白腰围裙上绣了一朵大红花，还钉上一些小小红绿镜片。说话时脸就发红，十分羞涩，在生人面前总显得不知如何是好神气。问问王嫂，才知道女儿还刚出嫁五个月，丈夫在乡下做田，住在离昆明府四十里乡下。穿的衣还是新娘子衣服。主人说："王嫂，你大姑娘到这里来是客，炒几个鸡蛋，留她吃饭去！"王嫂就望着那女儿痴笑："太太说留你吃饭，不要走，可好！"女儿也笑着。一家大小知道王嫂有个好女儿，都来看看，都交口称赞王嫂福气好。

王嫂只是笑，做事更热心了一些。王嫂不特有个好女儿，还有个好儿子！儿子十二岁，已到城西区茶叶局服务当差，净挣十五块钱一个月。局里管教严，孩子长得也还干净清秀，穿上一件灰色制服，走路脱脱脱，见过的人都说他有福气，相并不贱，一定有点出息。王嫂怕他不学好，所以一来就骂，装成生气样子，要孩子赶快回去，孩子虽是唯一宝贝，可并不瞎爱成性，行为还守规矩，并且不胡乱花钱。

王嫂因事离开了这家中约五个月，大约在别处主仆之间感情不大好，到后又回转这里来了。在这一家中的工作是洗衣烧饭，间或同卖鸡蛋清茅房的乡下人嚷嚷，一切动机行为无不出于护主。为人性情忠诚而快乐，还知清洁，又惜物不浪费，所以在一家中极得力，受一家重视。这点重视为王嫂感觉到时，引起她的自尊心，凡事便更做得有条理。

有一天，因为另外一个乡下妇人来了，带了些豆子来看王嫂，一面说一面抽抽咽咽。来人去后，问起一年前那个作新媳妇的女儿，才知道已在五个月前死掉了，因为生产，在乡下得不到帮助，孩子生下地两天，女儿血流不止，家里人全下了田，想喝水不得水喝，勉强厨房去喝了些水缸脚沉淀，第二天腹痛就死去了。孩子活了两个月，也死去了。经过这样大变故的王嫂，竟从不提起，还是一切照常，用来稳定她的生命或感情的，原来是古人的“生死有命，富贵在天”八个字。她相信八字。

说起女儿死去情形，她说：“他们忙收麦子，大麦裸麦，用车子装满一车一车马拖着走。家里下田去了。我女儿要喝水喝不到，把水缸脚水喝下肚，可怜，她嚷痛也痛，就死了！死了她男人哭不许棺材抬出门。自己可要去做壮丁，抽签到头上，过盘龙寺当兵去，生死有命。”

吃晚饭时，王嫂加上一碗新蚕豆，原来就是白天那亲家送来的。亲家是女儿的婆婆，所以两人说起时，心酸酸的，眼睛湿莹莹的，都想念着儿女。可是女儿早已腐烂了。

王嫂女儿虽死了，儿子却好好的。一个月必来看看她，就便把工薪交上，王嫂另外送他两块钱作零用。

这家里同别的人家一样，有鸡，有狗，有猫儿。这些生物在家中各有一个地位。一切却统由王嫂照料。

把午饭开过。碗盏洗理清楚后，王嫂在大院中喂鸡，看见鸡吃食。若看见横蛮霸道的大公鸡欺侮小母鸡时，好像有点物伤其类情感，就追着那公鸡踢一脚，一面骂着“你个良心不好的扁毛畜生，一天吃多少！我要打死你。”公鸡还是大模大样不在乎，为的是这扁毛畜生已认识了王嫂实在是个“好人”。公鸡是著名哲学教授老金寄养了下来的。每天大清早，家中小黑狗照例精神很好，无伴侣可以相互追逐取乐的，因此一听公鸡伸长喉咙鸣叫，就似乎有点恶作剧，必特意来追逐公鸡玩。这种游戏自然相当激烈，即或是哲学教授的公鸡也受不了的。因此这庄严生物，只好一面逃跑一面咖呵咖呵叫唤，表示对这玩笑并不同意，且盼望有人来援救出险。这种声唤自然引起了一家人的关心，但知道是小狗恶作剧，总不理会，到后真正来援救解围的，照例只有王嫂一人。

那时节王嫂也许已经起床。在厨房烧水了，就舞起铁火钹出来赶狗，同小狗在院中团团打转。也许还未起床，等到被小狗恶作剧闹到自己头上，必十分气愤的，从房中拿了一根长竹杆出来打狗，这枝竹杆白天放在院子中晒晾衣服，晚上还特意收进房中，预备打狗。小狗虽聪明懂事，食料既由王嫂分配，对王嫂也相当敬畏，并且眼见那枝竹杆是王嫂每天打它用的。只是大清早实在太寂寞了，精神兴趣又特别好，必依然折磨折磨大公鸡，自己也招来两下打，因此可好像一个顽皮孩子一般，讨了个没趣后，答答的的跑到墙角去撒一泡尿，再不胡闹。尽管挨骂，挨打，小狗心中还是清楚明白，一家中唯有王嫂最关心它。

王嫂每天照例先喂狗，后喂鸡。狗吃饱后就去廊下睡觉。喂完了鸡，向几只鸡把手拍拍，表示所有东西完了完了，那几只鸡也就走过大油加利树下爬土玩去了。因此来准备开始做自己事情。下半天是她洗衣的时间，天气好，对王嫂更忙。院子有两大盆待洗的衣服；老太爷的，老爷的，先生的，少爷的，太太的，小姐的，还加上自己在茶叶局作小勤务十二岁小儿子的。衣服虽不少，她倒不慌不忙的做去。事情永远作不完，可并不使她懊恼。一面搓衣一面间或还用本地调子唱唱歌，喉咙窄，声调十分悦耳。为主人听到时，要她好好唱下去，就害臊，把个粉脸羞得红红的，决不再开口。唱歌的用意原来只在自己听听，为自己催眠，凭歌声引导自己到一个光明梦境里去。

她目下有十二块钱一个月，儿子却有十五块，两人赚的钱都没有用处，积聚一年可回捎乡下去买一亩二弓田地，打仗不讲和，米粮贵，一点收入虽少，利上翻利，五年不动用，会有多少！再过八年儿子长大了，所长保举他进军官学校，接一房媳妇，陪嫁多的不要，只要有十亩地，两头水牯牛，一切事都简单具体，使这个简单的人生活下来觉得健康而快乐，世界虽不断的大变，人心也在变，鸡狗好像都在变，唯有这个乡下进城的农妇人生观和希望，却始终不变。

三月后天气转好，城区常有空袭警报。警报来时，家中主人照例分成两组，一组外出，一组不动。王嫂对外出最匆忙的照例要笑笑，一面笑一面说："先生，来了来了，快走快走！"话说得极少，意思似乎倒很多，有点讽刺，有点爱娇，主要表示倒是她并不怕。飞机到头上也不怕。为什么不怕？孔子遗教在这颗简单的心上有了影响，"生死有命，富贵在天"。还记起一个故事，"黄巢杀人八百万，在劫数的八方有路难逃，不在劫数的，坐下来判官不收你。"两句简单话语和一个简单故事，稳定了这个简单的心，在平时，因此做事很尽力，做人很可靠，在乱时，她不怕，炸到头上机会既不多，炸不到头上她当真不怕。

疏散的出门去后，不出门的照例还是各在房中做事读书，院中静静的，剩下王嫂一个人，却照例还是洗衣，一面洗衣，一面计数空中飞机数目，好等等报告给主人。或遇到什么人来院中时，有点话说。她需要听一两句好话，或是赞美，或表示敬服，听来她都十分高兴。哲学教授老金，照例每天午后四点来看他的大公鸡，来时必带一个大烧饼，坐在檐下石砌上，一面喂鸡一面和王嫂谈谈天。若有警报，或问"王嫂，你怕不怕？"知道她不怕后，就翘起大拇指说："王嫂，王嫂，你是这个。一家人你胆量最好！"王嫂听来带点羞涩神气笑着："咦，金先生你说得好！我不怕，生死有命，富贵在天！"俨然知道对面是教哲学的先生，就援引两句大哲人的话语，表示酬答。哲学教授老金必照样复述那两句话一次，并作个结论。"是哪吗！是哪吗！这是圣人说的！"

王嫂笑着，扬一扬细细眉毛："圣贤说的。那里会错！"

王嫂虽从不出城避空袭，可是这城中也就真如"有命在天"，直到如今还未被炸过第一次。王嫂看到的只是自己飞机三三五五在城空绕圈子，还不曾看到过日机。五月九号天气特别好，照样的有了警报，照样有万千人从门前走过疏散，家中也照样有人出门。这一次情形可不同一点，三点左右竟真有二十七架飞机排队从市空飞过，到飞机场投了弹。日机的样子，声音，有关轰炸传说；共同在王嫂脑子中产生一个综合印象。晚饭时把菜汤端上了桌子，站在桌边听新闻。一个客人同她说笑：

“王嫂，你看见了日本飞机？”

“二十七架，高也高！哪，那边高射炮蓬的响了，那边机关枪咯咯咯响了，亭桶，兵桶，飞机场炸了。我不躲，我不怕的。”

“真不怕吗？炸弹有水缸大，这房子经不起！”

“要炸让它炸，生死有命。”

“你命好，几个孩子？大姑娘有一位，一定的。我会看相，你有儿有女有福气。”

王嫂不声不响。走到厨房去了。她怕人提起女儿，心里难受。

这件事也就过去了。第二天到了下午，天气还是很好，并无警报，两点左右，她正一面洗衣一面用眼睛耳朵去搜索高空中自家飞机的方位，小狗忽然狂吠起来。原来那个在茶叶局当差的小儿子来了。

小孩子脸黑黑的，裤子已破裂，要他母亲给缝补缝补。

“福寿，你走那里来？”

孩子说：“我从甘美医院来。”

“甘美医院作什么？”

孩子话不对题：“妈，这只公鸡好威风，简直是架轰炸机。”

“昨天警报你在那里？”

孩子说：“我在河甸营。”

这一来王嫂呆住了。“你怎么到飞机场去。日本飞机不是把河甸营炸平了吗？炸死好多人，你去看热闹！还有什么好看！”

“我有事去。日本飞机来了，丢十二个炸弹，七个燃烧弹，房子烧了，倒了，我前前后后是人手人脚，有三匹马也炸个碎烂。机关枪答答答答乱打。最后我也死了，土泥把我埋了。救护队坐车来时，有人摸我心子，还有一点气，汽车装我到甘美医院。九点钟我醒了，他们说好，你醒了，你姓什么？好，王家孩子命真大，回家去吧。怎么，在茶叶局作事，那么，到局里去吧，你妈找你。裤子被车门拉破的，他们当我是个死人！……”

孩子把事情叙述得清清楚楚，毫不觉得可怕，也毫不觉得这次经验有何得意处。坐在他母亲洗衣盆边，裤子破了一个大裂口。把手抹抹，瘦瘦的腿子全给裸露出来了。王嫂声哑了：“咦，咦，咦，你不炸死。你看到死人？看到房子倒了烧起来？你看到人手人脚朝天上飞？人家抬你到医院去，九点钟才醒？回去主任骂不骂你？来，我看看你裤子。”

小孩子走到她身边去，她把破裤子一拉，在孩子精光光的瘦臀上巴巴的打了三下。“你不怕死？我自己打死你，省得吃日本水缸大炸弹五马分尸！”小孩子却嘻嘻笑着，因为看看母亲的眼睛，已湿莹莹的了。

“妈，我活着，不要紧的？一根汗毛都不伤的。”

“你活着，别人可死去不少。”

孩子说：“我不怕日本，我长大了还要当兵去打日本鬼子。”

王嫂一面拉围裙抹眼角，一面盛气的说：“好，你当兵去，人家让你豆子大人当兵去。老鸦看你以为是耗子，衔你上天去，你当兵，当个救火兵，每天帮我来灭炉子里的火。”

“日本人我才不怕，我要捉一个活的回来你瞧，一定捉活的，用电线丝绑来，带回家去帮我们做田。”

“你有力量捉灯草人。”

“我要长大的，我赌咒要去打日本。”

这种讨论自然是无结果的，王嫂不再同孩子争辩了，赶忙去取针线给孩子缝裤。把针线取来，坐到小竹椅边时，又拍打了孩子几下，孩子却感到一种爱抚的温情，问他母亲：“娘，你怕不怕？”

“咄，我怕什么？天在头上。”

她看看天，天上蓝分分的，有一团团白云镶在空间。恰有三只老鸦飞到院中油加利树高枝上停下来，孩子一拍掌，老鸦又飞去了。王嫂把裤子缝好后，用口咬下那点余线，把针别到头髻上去，打抱不平似的，拉住孩子脏耳朵说：“你当兵去，老鸦就攧你到树上去。福寿，你能当兵！”

孩子不作声，只快乐的微笑，他心想：“我怎么不能当兵？人长大了，什么都做得了。”

孩子走后，家中人知道了这件事，都以王嫂人好，心好，命好，遇事逢凶化吉，王嫂不作声，只是陪主人笑，到晚上却悄悄的买了些香纸，拿到北门外十字路口去烧化，她想起年纪青青月里死去的女儿，死得太苦了，命可不好！有点伤心，躲在自己房中去哭了好一会，不曾吃晚饭，这件事一家人谁也不知道，因为她怕人知道要笑她，要问她，要安慰她，这一切她都不需要。

---

本篇1940年5月29日发表于香港《大公报·文艺》第848期。署名沈从文。1942年修改后发表于《文聚》月刊第1卷第2期。1946年10月13日及10月21日分别发表于天津、上海《益世报》。修改后几次发表均署名沈从文。现据上海《益世报·益世副刊文艺版》编入。

# 乡　城

□□服务团一行八十多人，到了□□县，其时正在上午九点钟左右。这些年青男男女女，很热情很兴奋的下乡宣传。在城门边贴了些红绿标语，且把县衙门附近大戏台也打扫收拾起来，准备演戏。街头演讲分三组举行，借了茶馆的板凳站在上面演说。慰问组出城向附近村子找保甲问话。代出征家属写家信的，就到处去打听出征家属，在茶馆前当众写信。小县城统共不过四百户人家，于是忽然显得活泼起来。大家都不知不觉忙乱而兴奋，尤其是县公署上下执事人员，要办招待，准备整十桌酒席，百十人茶水，不是儿戏。地方小，又不是赶街子日期，本城向例卖小菜有供求相应情形，来人太多了，从那里来这么多东东西西吃喝？县长为人忠厚而热忱，觉得来者是客，得尽宾主之谊，不能不想办法。因此发动县公署一切力量，向附近乡下打主意，照市价匀买菜蔬鸡鸭。自己就在会客室中接待“团长”，谈点地方建设教育情形，抗战征兵故事。一面谈一面心中不免稍稍着急，因为听说这些学生当天下午就得回城，恐怕十二点办不好中饭，妨碍“宣传”。而且来了那么多人，十桌酒食，费用也不是儿戏。

建设局长穿了件灰布大衫，带了个保安队兵走到离城一里远近康街子首富王家去，找王老太太商量买几只鸡。王老太太正坐在院廊下簸荞麦，从荞麦中剔除小小石子，身旁三只肥大母鸡，只想乘隙扑扰来啄荞麦。王老太太一面抵抗一面想心事。侧屋有两个漆匠，正在给王老太太新合的百年寿材上漆，工作得比一般工作更从容不迫。人还活着，事情有什么可忙的？蹲在门限上吸一回烟，看一看这值八百块中央票子的金丝楠木的寿材款式，两个工人笑了。即物起兴，谈起当前事情。

“老师傅，洋人死了听说用玻璃棺材，你到过城里，城里有不有？”

“城里洋人寿年长，老而不死。城里寿木一个样。四合头好的值两千块！”

“这个也长价了？”

“怎不长价？这年头不用说人活不了，死也死不了！像（他把嘴向正屋长廊下努努）老娘子有福气，怕不要五千块钱才能够打发上山！”

“有钱总好办。你我可死不得。伸了脚，真不好办。”

“有什么不好办？你我死了一铺席子卷上山，两锄头土一浇，埋了，腐了，烂了，蛆虫蚂蚁吮个饱。省得活到世界上吃贵米粮！”

“老婆孩子呢？”

“嫁人去！”

院中黑狗汪汪叫将起来，建设局长进了屋，手扬起高高的叱“死狗，死狗。”

王老太太赶忙放下簸箕，耳朵边两个一寸长的翠玉耳环只是晃荡，走下阶砌去招呼客人。“局长，局长。”局长眼睛却正盯着那几只抢啄荞麦的肥母鸡。

王老太太赶忙又去撵鸡：“你个死扁毛畜生，一有空，你就抢。胀饱了你，杀你清炖红焖吃。”虽那么说得凶狠，语气中却充满了爱抚。因为三只鸡都正在下蛋，每天生三个大鸡蛋，照市价值三毛钱。老太太家当虽有三十万，但一屋子屯的煤油，三个仓房屯的青盐，几箱子田地和房屋纸契，对于她似乎都不大相干。这些家业尽管越累越多，都并不能改造她的人生观或生活方式。尤其是不能改变那个老财主的人生观和对待她的生活方式。老财主带了个姨太太住在同村另外一所大房子里过日子，要老太太当家，一切权利都是抽象的，只有义务具体。照习惯她生活中只有“忙”，按节令忙来忙去，按早晚忙来忙去。忙到老，精力不济事，便死了。死后儿女便给她换上老衣，把她抬进那口搁在侧屋髹漆新合成的楠木寿材里去，照规矩念十天半月经，做做法事，请县长点主，石匠打碑记下生卒年月，一切就完事了。人还不完事，对她生存有点意义的，就是猪生小猪鸡下卵。卧房中黑黑的，放下十来个大小不一的坛瓮，贮装干粮干果，另外靠近床边，一个大扁罐，里面有些糠皮，贮装鸡蛋。她把每个鸡蛋都做上一个记号，一共已有了四十二个。她正预备到下月孵鸡雏，还不决定孵三窝孵两窝，很费踌躕。局长一来，问题简单明朗化了。

王老太太恐怕有别的事，问局长要不要找老官官来。局长把头拨浪鼓一般摇着。

“老太太，今天怎不进城去看热闹，省里来了上百学生，男的女的一起来，要宣传唱文明戏，捉汉奸。”

老太太有点糊涂了：“我们这地方那有汉奸捉？”

“演戏！戏上有卖国奸臣毛延寿。汪精卫就是个毛延寿，是个汉奸！”

“谁把汪精卫捉住了来？”

“假的，老太太，假的！看看去就会明白。还有女学生唱歌，穿一色同样子衣服，排队唱抗战歌；轰炸机，轰炸机，声音很好听，你去听听看。县长说大家都要去。”

“有飞机吗？真是我们炮队打下来的吗？”

很显然，老太太和建设局长说去说来总不大接头。局长触景生情，因此转口说：

“老太太，你这几只鸡真肥，怕有四五斤一只吧。”

“扁毛畜生讨厌！……你又来抢我，黄鼠狼咬你不要叫人救驾。”老太太已回到廊下，把簸箕高高举起，预备放到过堂门高条桌上去。但鸡是个会飞的东西，放得再高也不济事。还未把荞麦放上去，有一只鸡已经跳上案桌了。局长眼看到这种情形，正好进言，就说：

“老太太，我无事不登三宝殿。今天省里学生来得人多，县长办招待，临时要预备十桌酒席。这海碗大城里，怎么预备？要我来买几只鸡，你这鸡卖把我可好？”

老太太还不及听明白问题，局长就拍着腰边皮板带，表示一切现买现卖：“老太，我们照市价买，过一过秤，决不亏你。县长人公道，你明白的。”

老太把话听明白后吃了一大惊，摇着两只手，好像抵拒一件压力很重的东西：“不成，不成。局长，我鸡不卖！鸡正生蛋，我要孵小鸡，不能杀它。”

“你不是讨厌它？诅黄鼠狼子吃了它？公家事，县长办招待，不能说不卖！大家凑和凑和，来的是客人，远远的走来，好意思挨饿。”

“你到街上去买刘保长鸡，他家鸡多。我这鸡不能卖。”

“刘保长家还待说？他为人慷慨大方，急公好义，听说县长请客，一定捐五只鸡，我们就要去捉的。你鸡肥，我们出钱买，有斤算斤，有两算两。”

保安队兵同漆匠过不久都加入了这种语言战争。末了自然是“公事”战胜了“私欲”，把鸡捉去了两只，留下那只毛色顶好看的笋壳色母鸡，陪老太太。局长临走时，放了八元钱到条凳上，恐风吹去，用个小石子压住。向漆匠吩咐说：

“你们在这里做什么工？学生来宣传，你赶快去听！”

漆匠咕噜咕噜笑着，对老太太望着：“老太放不放我们去看戏？局长说……”

王老太太怪不高兴，气冲冲的说：“局长要你听，你今天不算工你就听去。我一天还死不了，不忙进棺材。你们就去，啃鸡骨头去！”

漆匠搭搭讪讪走过寿材边去，心中还是笑着。局长带着两只鸡走了。可是不到一会儿，县里又有人来传话，要人去听宣传，把漆匠叫走了。老太太捏了几张钞票走回卧房，把票子放到枕头下。翻开箩子数了一会鸡卵，心中很懊恼。出卧房时无心再在簸箕边做事，眼看那只鸡啄荞麦也不过问。踱到侧屋去看自己百年寿材，又拿起漆匠用的排笔来刷了两下，见一个苍蝇正粘在漆上，口中轻轻的说着，“你该死！”她好像听到鸡叫，心想一定是局长在刘保长家捉鸡。记起局长说的刘保长“慷慨大方，急公好义”，心中不大服气，正拟走出到村子头去看看，是不是当真捐五只鸡。老财主回家来了。

老财主走后，把那八块钱也带走了。老的说，鸡吃的是王家谷子长大的，卖鸡得了钱，不能算私房留下。同老太太吵了两句，老太太争论不过，还是只好让他把钱拿走。老太太非常怄气，饭也不吃。可是事不相干，媳妇们和小孙子谁也不曾注意到这件事。因为吃过饭，大家都进城看“宣传”，赶热闹去了。

下午三点左右，宣传队就骑了县署代雇的八十来匹马，离开了小县城，一行人马浩浩荡荡向东站走去了。县长在城门处送走宣传队后，到街上去看看，茶馆老板拿了三个信送给县长看，说是宣传队今天替出征家属写给前线家里人的，一共三封。既不知道收信人军队番号，也不知道驻防地点，不好付邮，请县长作主。县长看看那个信，写的是：

> 我忠勇的健儿，时代轮子转动了，帝国主义末日已到，历史的决定因素不可逃避。在前方，你们流血苦战，在后方，宣传人员流汗工作，全民一致争取最后的胜利已经来到……

县长看来看去不大懂，看不下去，把眉头皱皱，心想，这是城里学生作的白话文，乡下人不会懂的。乡下人也用不着，为什么不说说庄稼雨水大黄牛同小猪情形？把信袖了就向衙里走去。衙署前贴了许多标语，写的是“美术字”，歪歪斜斜，不大认识。县长轻轻的叹了一口气，自言自语的说：“美术字，怎么会事？怎么不写何子贞柳公权？”其时几个保安队兵士正抬了从民家借来的桌椅板凳，从衙署出来，就告他们不许弄错，要一一归还。

同样时间康街村里小学生看热闹回来，大家学会了一个抗敌歌，有个师范生带领孩子们高高兴兴的大声唱着新学会的歌曲，村前村后游行。油漆匠正回到王老太太侧屋来收拾家伙。王老太站在大院中，一见两个油漆匠，就说：“姓曾的，你回来了！今天可不算账，你要钱，到县长那里告我去。”听到歌声，想起建设局长说的话，接着又说，“轰炸机，轰炸机，油炸八块鸡，你们吃了我的鸡做了些什么事！水桶大炸弹从半天上掉下来，你们抱了炸弹向河里跳？”两个油漆匠咕咕笑着，不知说什么好。

老太太又说：“你们看戏了，是不是？我说真话，今天可不算工钱。”

“不要紧，老太太。你百万家当，好意思不把钱？老先生说明天请我们喝酒，答应一个人喝半斤。”

提起老官官，老太气得开口不来。拾石子追逐那只笋壳色母鸡打着：“你个扁毛畜生，你明天发瘟死了好，活下来做什么？”

第二天城里上了报，说起这次下乡宣传，把做戏、演讲、慰劳访问、并代出征军人家属写信，各样事情都用宣传口吻很热烈的叙述到了，却不曾提及把个小县长忙得什么样子，花了多少钱。王老太太失鸡事小，自然更不会提起。

大家都说“下乡宣传”，这件事自然很好。可是宣传并不止是靠“热情”，需要知识似乎比热情多一些。想教育乡下人，或者还得先跟乡下人学学，多明白一点乡下是什么，与城里有多少不同地方。我眼看到一个私人服务团下乡，就中还有一个小亲戚，很热心的随同这个组织下乡，担任写信工作，写了上面那类信。并且向我说，那次下乡很有“趣味”。我还看到县长，看到那老太太。心中实在很觉得悲哀。我们一切行为若背后推动的是热忱，希望的是效果，乡村有些什么，的确应当多知道些，值得多知道些。这里所写虽只是西南省分一小县中情形，说不定还可作许多下乡的朋友参考！

刘季附记

---

本篇发表于1940年6月24日香港《大公报·文艺》第867期。署名刘季。据《大公报·文艺》编入。

# 笨　人

什么人笨一点，我们总常常觉得这人很可笑，而且有点轻视他。对他的笨打算，笨行为，必用常识去判断，因为在常识上不可能，所以觉得可笑，可轻视。这是有常识的人一种好处，但也是错处。正因为常识有时是靠不住的。常识最容易限制一个人的远大思想，拒绝对于某种远大理想的认识。原因是常识不离习惯，凡稍稍悖于习惯的事，由常识来判别，总不免对习惯有此偏袒。可是社会上的事情有许多地方照例合乎当时习惯却又不大合乎永远真理且与人类公道心，博爱心，进取改良计划，也有冲突。所以在另外一个故事上，我称赞过常识，在这个故事上却想赞美一个常识不多的笨人所作所为。这笨人的笨事，我们如今要学它时，未必能得到什么好处。可是有点笨而诚实的精神，可以相信，若用到另外一方面去，用得其法，一定会有些成就。

有个国家，国中人民都很富贵快乐。正因为富贵快乐，人民也很会享乐，日子过得极好。那时有个贫穷乡下人，从他住的小乡村来到这一国的都城里，正值过节日期，城中住户有骑象的，骑马的，坐车的，坐轿子的，都洗过澡，全身收拾的香香的，换上新作衣服，到处游玩。大街上，树荫下，公园里，无处不可以见到，这乡下人就是我们所说的笨人，看见别的人这种豪华愉快，不免羡慕，心想："我也应当这样玩玩乐乐，活下来才有意思。"因羡生爱，于是逢人便问："这些人为什么原因那么幸福?"

那人说："乡下人，你不知道吗?"

乡下人说："我不知道。"

那人就告他说："这些人都是祖父父亲爱国守法，道德良好，本人又很正经，作事负责认真，保管财产也极得法，所以如此幸福。"

乡下人就想："这些人也是一双手，两只脚，肩膊上托一个头，鼻子一被冷风吹就冻得红红的，眼睛里有沙子时得揉个半天，一切和我全差不多！我此后一定要努力，勤快作工，发一点财。享受享受。"于是回转家中。

回到家里向他的妻室说："我要出远门去找工做，好发财。"

妇人原是有点常识的女子，觉得这个想头有点古怪，因此说："一个人想做工还不容易？何必到远处找。怎么不在附近村子里做做事，帮王财主担担水，帮李员外打打油，得闲时，还可以照顾妻儿子女。"

乡下人说："不成不成，没办法，我想作好人发财，我得远远的走。"

妇人思量："这胡涂人不知心理有什么胡涂想头。"于是又说：

"你要去你只管去，我不留你，望你路上凡事保重小心。"

乡下人说："一切我都知道，你可放心。望你耐烦照管孩子，发了财我必回来。"

于是这乡下人就带了一点简单行李，冒冒失失离开了他的家中人，走到一个海口边商埠。用很笨的话语，很认真的向人去打听发财方法，这种情形自然得到不少的嘲笑，可是他全不以为意。他以为只要自己是个好人，又肯向人诚心请教，当然可以得到发财的机会。

这商埠既在海岸边，自然有许多从各处来的船舶，大大小小，停在码头旁边。船身油漆了各种颜色花纹，桅子上还挂了各种旗帜，各种灯，各种风帆。船里运载各种各样的货，颜色，形体，气味，自然都希奇古怪。还有漂海的旅行家，弄船的水手，船长，这些人穿的衣服，走路的姿势，说笑的神气，各有各的不同。乡下人一心只想做好人发财，就在这码头上徘徊。一见可问的人，总不放过机会，老老实实的向着那陌生人说：

"大爷，我想作个好人，爱国，守法，尊重道德，作事负责，认真，保管财产也极得法，因此发点财。你能不能告我往那里去就可成功？”

听过他这种笨话的人，都笑笑走开，不大理会。

这乡下人虽到处失败，可从不灰心。总以为其所以无人理会，不出两个理由：一是他说的话人不明白，二是他的好意人不了解。在码头上淋雨、吹风、挨饿，一切磨难全不在意。一心只想找机会，等待机会。

事有凑巧，天下有这种笨人，也就有另外一种好事的人。有一天，这乡下人在一只殷朱色海船边看人上货，只见一些皮肤黧黑毛手毛脚的大汉子，上上下下搬运货物，有个水手下船时，被一捆货物压得脊梁弯弯的，十分费力，下不了船，他就赶忙去帮助那人。帮过忙后，不让人说个谢字，即走开了。码头上原有一个毛胡子大汉，站在那里眺望风景，就走过乡下人身边来问：“你是从那里来的，是不是想作水手？”

那笨乡下人说：“我不想作水手，我要发财。”

“入海发财，需要勇气，还要本钱！你有多少资本？”

乡下人说：“我为人很好，不用本钱也可发财。”

毛胡子觉得这话说得诚拙可笑，便问他：“为什么要发财，打量如何发财。”

笨乡下人就照从前向别人说的一样：“想作好人，爱国守法，作事认真，保管财产得法，因此发财。发财后再回家去，家中还有妻儿子女！”

毛胡子原来是个贩运海货的大商人，也就是这船船长。见乡下人笨得诚实，就带他上船去，作点小事（这只船过不久自然就出海了）。这乡下人真如所说笨得诚实，不管什么事，凡是他责任上的，都做得很好。不在自己责任内，但当时需要他帮忙的，也无有不竭力帮忙。总之一切都照他所信仰的作好人努力，吃点苦头满不在乎。

那时节航海船舶，大都是凭海上风力吹送到各处去。每船上虽都有一具中国人发明的罗盘，可是只能定取方向，知道这只船在什么方向，离最近的海岸有多远，离最近的海岛有多远，一切都只能估计出个大略。掌舵的船长想把船驾驶到所要到的地方去，作来实在困难。一只船还是只好凭风各处口岸漂去，货物也就随处口岸买，随地卖。

乡下人在船上久了点，积了点钱，也就把钱办些货物，别人凭常识自由办货，他的方法却是听船长吩咐，要他买什么就买什么。他的方法虽笨，他的失败倒少。就因为船长经验丰富，一切都看得远。如此辗转各处口岸，一年以后，乡下人居然就有两千银子的货物了。

后来有一天，这船又靠了一个口岸，大船吃水深，不能近岸，与岸上人交易得用小驳船起货。当大家把货物运上岸时，同行的人比较有常识，担心驳船漏水，损毁货物，便把乡下人的货物装在舱底，自己货物装在船面。且说："照规矩应当如此。"因为是船上的规矩，乡下人自然毫无异议。可是这驳船临行时，却忽大雨如注。凡装在舱面的财货，无不被雨水淋个透湿。乡下人所有的东西，倒好好的摆在舱底里。到第二只小驳船上货时，有常识的人看看天气还不大妥当，以为一定雨还要落，又提出一种新规矩，用先到先上后到后上为理由，把自己货物装在舱底层，乡下人货物放在舱面，乡下人依然不争先后。料不到船中忽然起火，上面的货物居然又能赶快移开，舱底的货物虽不曾烧尽，却已被救火的把水乱浇，损失不少。

大家都以为这笨人福气好，可是依然常常嘲笑他，或用吃力事情磨折他。他为的是要作好人，一本正经，凡派到他头上的职务，总不推辞。虽吃苦，人倒快乐高兴。因为每作好一件事，都可以使他感觉完成这一件事就是更接近幸福一步。信心的虔诚，增加他许多活力和勇敢。

一个正直诚实的人，照例在众人中常受排挤陷害，这人因正直诚实得来的好处，就照例不免为人羡妒生掠夺心。有一次，这只海船被大风吹了七天，风平息后，看见一个陌生的荒岛，船长察看海图，这岛竟不明白。远远的只见岛上有一股烟火，有鼓声和角声。船长想冒险上岸去探看一番，一船人都因为财富不少，极想回国，不肯停留。且根据常识推测，不上海图的荒岛，必常有食人生番居住，当前所见的烟火，说不定就是烧人祭天的火，鼓声角声，说不定就是举行吃人烧人仪式时的鼓角！因此全不愿意离船。船长虽是一船之长，可以命令这些人，可是既为一船之长，凡冒险事也就得奋勇当先。如今上岸既近于冒险，就决定个人前去。

不过小船得用两人管理，方能在近岸时不被海浪打翻。因此表示希望有一个人乐意和他冒险上岸。乡下人以为这桩荣誉轮不到自己头上先还不作声。看看并无别人出头答应，他才答应同去。等到两人离开大船乘坐小艇向荒岛前去时，大船上人以为两人一上荒岛，必被生番烧吃。纵无生番，也必饿死。因此私下约定谋分两人财富，恰好海风已生，就拉起三幅大帆，抛下两人，拔锚向海上驶去了。这些有常识的人，把这只大船驾走，此后如何，不得而知。不过他们对于这两个人上岸以后的遭遇，可证明完全错误了。

原来两个人所上的海岛，正是全世界最著名富庶，同时又是航海者最不容易得到的一个海岛。岛上住民文化程度极高，出产多不胜举，有象牙和珍珠，以及种种珍贵香料与染料，又出金子，岛上破地里到处都可发现整块的金子。又出各色宝石，黄玉和红玉，蛋白石和金银石，因为遍地都有，岛上孩子都拿它当棋子玩。此外有好声音毛羽的雀鸟，多至几百种。颜色艳丽香味宜人的花，多至几百种。味道好，多吃也不伤人的果子，更多不胜数。

两人到了岛上发现种种后，赶忙回到海边去知会大船上人，料不到这些人却早驾了大船跑了。船长无可奈何，只好和这个乡下人，住在这个海岛上作客，指导土人，砍伐树木，造就了一只容三千石的双桅船，直到一年以后船作好后，才和这个诚实同伴，满载了一船宝货、肉食、蔬果，以及三十桶新鲜井泉，向海上出发，终于回到家乡。

至于回到家乡后，如何处置他的所有财富，那因为这个笨人住的地方，离得我们太远，年代又相去太久，可说不明白了。

这故事虽是个很远很古的故事，可是说到笨而诚实的人，有了“信仰”，即可产生“勇气”，得到“幸福”的真理，却到现在还是一样，毫不改变。所不同的只是信仰用处和幸福的观念。这故事是两千年前印度人说佛经时引作戒律说明用的。当时人注意个人财富，所以得到个人财富即是莫大幸福。现在人应当注意全社会的进步，如果认为秩序与清洁，即可表示进步，那可爱的笨人，就必然是爱秩序与清洁的。若注重的是人类的进步，人类的进步是秩序清洁以外还能用知识有所发明，征服自然，或与自然偕作，增进人类体力健康与精神崇高，爱和平而不畏牺牲，求人类自由平等，那可爱的笨人，毫无可疑，为这些事努力，也必然和那乡下人一样，持久不懈，永不灰心。

（为小龙作据僧祇律卷三第四戒故事改作见碛砂庄三〇六册四九页）

---

本篇发表于1943年7月15日《新文学》第1卷第1期。署名沈从文。据《新文学》编入。

# 乡　居

女用人张嫂把楼下新租一间书房收拾清洁后，因为扩大了贮藏杂物面积，于是即景生情，记起今天街子应买的东西，向主妇建议说："太太，你记着：买麦子，绳子，洗锅用的刷子。下半天炭不贵，两挑还放得下。我们还要个坛子，好腌盐蛋，……"

主妇一面理书一面回答："是的，是的，多了间房子，地方宽多了，得了钱，要买的一样一样买。……你脚好点了？小心些……脚不好就不用上街。"

"这间房又大又清爽，先生朋友来好住！"

"是的，是的，有了公共汽车，方便得多，他们才肯下乡来玩！"

城郊公共汽车通行后，乡下和城市的距离似乎缩短了些，因此乡下住处，一到礼拜天，照例就有些不速之客来临。或因为听说桃园有桃花。呈贡出水果，抱了点希望来看看的。到时才知道桃树并不多，除城门口老妇人摆的小摊子上，苍蝇争逐抛掷中，间或可发现些失去了固有色香的酸泡梨，足代表当前本地风光，此外水果也看不到。来得不是时候，自然不免失望，也有年青女孩子，生命中正富于抒情诗气分，因为忆及女诗人冰心写的文章，说起这个地方如何景物如画，从住处窗口望出去，一列山一片水更如何秀美神奇，不注意"诗人笔下只是一天花雨"，就怂恿她的朋友，带了她到这里来，预备一面吃水果，一面看风景，一面且唱唱歌，消磨这么一个假日的。可是到了地，才知道，既无从去冰心女士住过的房子窗口看看海，也不容易找个有诗意的松树林唱唱歌。在小城中打了两转，询问当地八景的名称去处，必毫无结果。出小城时说不定偶然从路坎边悬挂的蓆包上，还听到些古旧风俗传说，自然更加扫兴。也有听说呈贡赶街子人多热闹，想趁热闹看看人，看看市集时货物交换，无数旧法币如何在这大群乡下人手中转来转去，因此形成的生活式样，以及所具有的社会意义的。这种朋友趁街子天来到这里后，龙翔寺下每个人群集中部分都去观观光，且就城乡市场物价比较上，挑选了些值得带回城去的日用品，在人丛中挤出一身大汗后，再回到我住处的杨家大院，歇歇憩，洗个脸。喝杯清茶，回复了神知清明，会带着微笑说："你们这个地方赶街子好热闹！"表示所要看的，业已亲眼看到，还不算落空。我们认为这种朋友方能欣赏呈贡，为的是看过了热闹后，随即还可领略乡村中固有的静寂。他会从我住处晒满大麦的院坪中，放风车的廊下一角，发现那只笋壳色大母鸡生蛋后咯咯叫唤着飞上风车的行为，起始惊讶到闹中有静的景色，把昔人说的"日长如小年"一句诗，给证实了。且见到七十岁房东老太太，抱着麦束在太阳下工作，相貌慈祥行为勤俭处，会感到在静中生命的庄严与素朴，如何与环境相调和，如何与诗相近。

唯有这种朋友，我们方好意思留他在乡下多住一天，经验一下诗人笔下涉及的景物，和笔下从不涉及的人事。因为在当地景物和人事上，原来都可以发现一种诗。对于这两件事抱的希望都不多的朋友，很可能反而得到些意外发现。

事情真凑巧，刚把房子收拾好，住昆明的 X 太太就来了。当 X 太太和我们从万人拥挤的场坪中，带了一篮鸡蛋和几斤鲜鱼，回转家里来时，一面洗手一面就和我家主妇说：

"三姐，好热闹，好热闹，冰心说的八景，这也应当是一景，她怎么不说及！"

主妇正预备把那几尾活鱼带下厨房去处理。笑着回答说：

"这是六天一回的热闹，平常时节可不大相同。X 太太，今天你莫回去，多玩一天，明天我们去看看冰心说的本地八景好不好？我们在这里过了四个夏天，吃了无量数水果，看了无数回夜云，可还无眼福照冰心写的方法去看看山水。也许我们是俗到不能再俗的人，连‘八景’都不知道注意！有一回，和巴金到她住的小城山上家里去，经她指点从卧室窗口望出去，虽看见滇池一片银光，可不觉得怎么美丽。那片银光返照到她房中一幅王小梅的画，画几个渔人捕鱼，似乎也不怎么好看。不过你若不用忙着回去，我们这个后山上，倒还可以散散步，院子里，倒还有些可看的！”

张嫂恰好从门边过身，主妇就叫她把鱼拿去，并且告她把那大鱼烧作晚饭菜，焖红烧豆腐吃。其余一尾大的和三尾小的，加盐煎好，送给 X 太太明天带回城里。

张嫂接鱼到手上时，掂了掂斤两："太太，怕有三斤半重！三十块一斤，值得值得。”又看看鱼还是活跳跳的，于是作出有点犯难神气，“它还醒着，太太！”正像是“这怎么办？我可不作孽，你得想办法！”

主妇明白她的意思：“是的，鱼都是醒的。你放它在太阳下晒一会儿，就睡了。你不做又得先生来做，先生今天还有事情忙！”

“那我找长荣帮忙。”

“你找他去好！”

长荣是房东家的一个长年，认得几个字，会唱梁山伯访友故事，眼睛虽斜斜的，心倒还正直，平时遇小事张嫂照例要找他帮帮忙。这时节，其实已过 X X 庙做壮丁半月了。离村子三十里，帮忙破鱼当然办不到。张嫂意思倒是说“这事长荣也帮不了忙，不吃它好得多！”

原来这用人有个宗教上的仁慈习惯，戒杀生，不破活鱼。平时把鱼买来，必待鱼“睡眠”方动手，因此我们虽住近滇池，天天可买活鱼，吃的却是死鱼。有时鱼买来像不乐意睡去，就得蓄养在水缸里，找个别的机会方能上桌子。鱼到水缸里悠然自得，自然更不想睡觉了。所谓别的机会，说明白点，就是待我来亲自动手！不过这用人在信仰上虽不杀活鱼，别一方面又似乎还不十分固执。若别人破鱼，要她煎烹，还是动手，也照样吃得上好。信仰的坚决，常常倒是使她有所借口，少作些正规事情，因此这类信仰便越来越多。换言之，每种信仰都是她的假期。到实在过意不去，才又用别的借口，取销一些些。对苍蝇相当宽容，初一十五吃斋日子即不上街买菜，夜梦不祥则把碗柜上的小佛堂多点一盏清油灯。每一种行为，表面都有一个宗教上的理由。事实上，譬如说那盏灯真正的用途，却常常为的是便于在厨房中和别家女佣唱梁山伯访友故事！当斜眼长荣，或邻居人家那个绰号“老母鸡”的女用人，就佛堂前灯光细声细气唱到梁山伯看信那一段时，张嫂一定含着眼泪，超越时空，想得很远很远。

张嫂样子虽长得奇丑，为人心却极细，过年时村子里某个晚上有灯戏可看，必穿上整齐衣服参加，且挤到最前一排去，不止看戏，也让扮祝英台的看见她。虽已寡居十年，却有个儿子在读书，还只十三岁，间或就在儿子身上作作梦，一个带锈的金手表，一副菜绿玉镯头，都计算在儿媳插香时聘礼上。且为许下些秘密心愿，某庙里去上一块匾，某一年唱几本灯戏。于是就在这种人神等待中打发每个日子。总而言之，生命实相当调和，既不至于因宗教信仰，感到人生无常，也不至为生活单调，感到工作烦闷。并且宗教信仰中附带的佣工美德，手脚干净而不浪费，因为从主人完全信托中，可增加她一点作人的尊严和信用，还能好好保持。关于这一点，对我们既可省去许多麻烦，所以即或不大赞同她那些信仰，至少也得容忍了。即或那些信仰中大部分都是对于我们的耗费与麻烦，作主妇的自然也不大在意了。

当这女用人把鱼拿去时，我知道这件事还得用点“政治工作”，等等方有好鱼吃，就向 X 太太介绍说：

“X 太太，你不知道，我们张嫂人好心好，不肯杀活鱼，吃斋念佛，修了好些日子，将来会成佛的！还熟习梁山伯祝英台故事，你欢喜听，我们晚上请她唱唱，故事铺出来很好听！”庄严浪漫兼容并包，把个张嫂说得简直妩媚了许多，才携了鱼下厨房去。

X 太太于是照主妇提议，不即回城，且住下来看看这里平常过日子的方式。到晚饭时，鲤鱼豆腐上桌子，果然极鲜美好吃，使得 X 太太赞不绝口。X 太太可想不到这个鱼的作法，手续实相当古怪麻烦，必把某种抽象作料放入张嫂情绪中，引起作用，张嫂又把某种具体作料放到鱼身中，引起作用，方能有这种良好结果！

提起这点政治工作时，我们在吃饭当中，从四年来一堆旧事引了好些例子，笑了许久。

饭后天气还早，就带了孩子们，一同到屋后小山上去散步。山前山后小路上，到处都有散场回家的乡下人，一面笑语一面走路，有些人也许还得回到二十里外的一个小乡村里去，才能放下肩背负担的。相去约一里的呈贡县小城中，但见炊烟平铺成一片，浮在人家屋瓦间和杂木林际。公路上间或还有一辆汽车通过，随即又消失了。天空剩一片蓝灰，日落一方却正悬泊几块面积不等的浮云，先是在变化中颜色光鲜夺目，各自不同，到后却终于成一色墨黑。背景越发明亮，那些云块也就越黑，镶配于这个黄昏前天空中的，尚有各式各样的鸟类，一部分很可能还是从滇池边回来的，各用不同速度掠过，向不可知一方飞去。有些鸟显得沉默而从容，正如一面振翅呼呼飞去，一面还温习着日中见闻，并思索意识到窠巢内雏鸟的期待光景。有些鸟又仿佛异常焦急，一面用特别短促鸣声招呼同伴，一面且左顾右盼，似乎对于回巢路线把握不定，有时又忽然在半空中打个旋折，向另一方向飞去。山下远处一片平田，直延展到滇池边，只见这里那里到处是成熟待获的大麦，和已获待收的大麦堆。麦田畦际间，移着肩挑白色麦束的乡下人，近大路处且到处有牛车停顿在那里，虽相去过远，不闻人声车声，却猜想得出这一切都还在活动，而且要到断黑以后方能回家。山脚下村子里照例是一片乡村妇人发誓诅愿声，这种声音，竟若本来毫无意义，亦永无结论，只为的是在这时来点缀村中人事景物而有。

孩子们一上了山，都成为“小太山”，钻到路旁楮树丛中去了。过不多久出现时，胸前浅黄毛衣上，已倒贴满了小小楮树叶。

“姆妈，你看，戈林的勋章。”

“好，小弟，你又是一身勋章，嗨，大弟，你也一身!”

说时两个孩子十分高兴，从路梗岔过坎下去，摘金丝蝴蝶花作盆景去了。

我们不久即停顿在一个小山凹间，近身边一丛丛仙人掌，在那无个性的绿色带刺板片堆积上，却缀系了无数小小刺球，每个球端都开放一朵明黄照眼特有个性的杯形花朵，使人对自然赋予生命形式的多方，感到神奇。

X 太太似乎还品味到适间桌上豆腐鱼的味道，充满美慕情绪。

“XX，你们运气真好。有那么个好用人，省多少事！人又可靠，菜又做得好，城里从那里去找。城里用个人你真想不到麻烦成什么样子，简直是一天到晚作战，战到末了，打了胜仗的走路，战败的却照例是主人。”

我们正停在那堆仙人掌前面，我把话题引到这个简单生物上去。

“X 太太，能欣赏仙人掌神奇的人怕不多。这东西从表面看来，平平无奇，可是开花时也有个神性在生命发展中存在，而且完完整整！在这一点上，我倒有点艺术家的自信，从理解入手，于是居然发现了神。一切生命都有他的尊严，象征生命存在且居多在尊严的认可与获得上。我因此悟出人也同样是……我可不战争，对用人，我永远是个反战派！”主妇笑着说下去：

“到处都是战争，我们这里也免不了，不过稍微不同一点罢了。我们明白和我们作战的性情比较多些，而且来齐力应付，就好像容易一点。我们张嫂，若照性情表现说来，真像是一首什么派的新诗，章法押韵都自成一格，读来不仅不惯，简直就读不下去！可是把我学文法和 X 先生写文章的耐心，一齐用来作战，你应当承认，这胜仗自然就派归给我们了。即使如此，我们还得容忍胜利后的种种！譬如说，一两月必买件衣料，或别的什么，点缀点缀。XX 先生平时从不下厨房帮忙，可是遇客人来时，为防止她临时害病，（有许多回凑巧就会在这时害病！）必想法像赞美仙人掌一般，给她一点鼓励，或和她讨论讨论梁山伯婚姻问题，或帮助她推进一下做送牛奶姑娘所做的好梦，且防止牛奶倾泼！我们把这事叫做‘政治工作’，有了这种政治工作，结果方不至于出毛病。说来你不会相信，前几天还隔了两天不曾吃饭，问了许久，才明白是和我家五岁小虎虎吵架，所以抖气躺在床上绝食。好一个甘地信徒！我倒像是从她的行为上，对甘地绝食才多有一层理解。”

X 太太不由得不大笑起来：“好极了，这才是一个作家的理想用人！”

主妇也笑着，说：“理想倒好像差不多了，就只是服侍她的情感，也相当累人！”

我说："X 太太，可是你一定想不到我是从什么方面学来应付这个人的方法，也决想不到我这点政治工作若用到别一方面去，可能有多少成就！原来我成天和仙人掌对面，竟悟出这种简单生物中的一点神性来了，发展那点神性，即'顺天体道'。我就凡事听其自然，在好些和自己相反的情形上，则容忍容忍，从这个观点出发，使家中常常有豆腐鲤鱼吃。可是这种顺天体道人生观，如果用到别一方面去，也许早做什么政府委员了。因为我觉得一个会栽培仙人掌的园艺家，用同样细心去服侍别的果木，实在是极容易的事情！"

X 太太笑着打趣说："XX 先生，你这话说来真使人疑心。很可能这时节我就被你看做一种又简单又……我好像记你说起过，女人都是有毛的萝卜，多刻薄的形容！同你人相熟，倒不觉得难受，"同你文章相熟，可真受不了！"

"我自己也担心！因为在文章中每说到读书人问题，都被误会成为恶念。有些人十年二十年活下去，用脊髓代替脑子，有反应，无思索，并不怎么难过，可是有人提及他的生活方法时，脸就气白了。尤其是那些场面上装模作样的人。这一点我倒不很明白是什么原因。所以我近来研究植物，想从无生悟有生。因为生命除尊严以外，也许还有点什么东西，触及即犯忌讳。"

忽然间，一匹大黄猫口里衔了一个黑黑的什么东西，从仙人掌间窜过去，大家都为这事小小吃了一惊，把我们的笑话打住了。虽然孩子们眼睛明亮，看清楚猫儿口中是一尾鱼，我还是用"穿衣太薄"不如他们经得起夜风吹，哄带孩子们和客人回家了。

回到院子中，果然见张嫂正在用各种带韵文的腔调，诅骂那只偷吃鱼的黄猫，并且还准备一种诅咒仪式，即把一片仙人掌放在火上烧烤，一面口中念念有词，意思当然是和许多人的论文讲演相差不多。有点为自己"解脱"的意味。这种巫术的信仰，在张嫂说来，照例是与佛教戒杀不发生冲突的。

主妇轻轻嘱咐孩子们说："大弟小弟，不许说张嫂忘记关厨柜门，好好记着！"

于是我们都进到房间里，孩子们却留在院中麦堆边游戏，过不久，小的一个无意中跌到地下哭了起来，只听到张嫂一面抚慰孩子一面拍打地下说：“都是这石头不对，把小弟绊了一跤，勋章也掉了。我打你!”小弟就不再哭了。那晚上，X 太太自然也听不成张嫂铺叙故事了。

第二天，X 太太接了张嫂为包好的那三尾小鱼回转城里去时，对张嫂只是笑，给了她十块钱，塞在手心里：“张嫂，你为人真好，鱼也做得真好吃!”客人走后，张嫂和主妇在廊下谈天。“太太，X 太太年纪又轻人又和气，她在大学里是学些什么的?”

“是学心理学的，最懂人好坏。”

“是啦吗，我说人不学，那会那么好。是不是学到心里头的学问? ……”稍微等等又说，“太太，那猫儿在后山上老打喷嚏，再来我一定要砍掉它的尾巴。”

“张嫂你怎么忘记了‘害人之心不可有，防人之心不可无?’你咒它老是打喷嚏，就怪不好受！一条鱼不算什么的，下回小心一点就成了。”

只听到张嫂咯咯的笑，因为猫儿打喷嚏原只是她的想象，并非真有其事。

三十二年六月三日重写

---

本篇发表于 1943 年 10 月 1 日《文学创作》第 2 卷第 4 期。署名沈从文。据《文学创作》编入。

# 主　妇

我们住处在滇池边五里远近。虽名叫桃园，狭长小院中只三株不开花的小桃树点缀风景。院外余地种有一片波斯菊，密丛丛的藻形柔弱叶干，夏末开花时，顶上一朵朵红白杂花，错杂如锦如绮。桃树虽不开花，从五月起每到黄昏即有毒蛾来下卵，二三天后枝椏间即长满了美丽有毒毛毛虫。为烧毛毛虫，欢呼中，火燎齐举，增加了孩子们的服务热忱，并调和了乡居生活的单调与寂静。

村中百十所新式茅草房，各成行列分散于两个山脚边，雨季来临时，大多数房顶失修，每家都有一二间漏雨。我们用作厨房的一间，斜梁接榫处已开折，修理不起，每当大雨倾盆便有个小瀑布悬空而下。这件事白天发生尚容易应付，盆桶接换来得及。若半夜落雨，就得和主妇轮流起身接倒。小小疏忽厨房即变成一个水池，有青蛙爬上碗橱，爬上锅盖，人来时还不大高兴神气，咚的一声跳下水，原来这可爱生物已把它当作室内游泳池，不免喧宾夺主！不漏雨的两间，房屋檐口太浅，地面土又松浮，门前水沟即常常可以筑坝。半年雨季中室内因之也依然常是湿霉霉的。主妇和孩子们，照例在饭后必用铲子去清除，有时客人还得参加。雨季最严重的七八月，每夜都可能听到村中远近各处土墙倾圮闷钝声，恰如另外一时敌机来临的轰炸，一家大小四口，即估计着这种声音方向和次数，等待天晴，等待天明。因为万一不幸，这种圮坍也随时会在本院发生！

可是这一切都已经成为过去，仿佛和当前生活离得很远了。战事已结束，雨季也快结束了。我们还住在这个小小村子中，照样过着极端简单的日子，等待过年，等待复员。长晴数日，小院子里红白波斯菊在明净阳光中作成一片灿烂，滇池方面送来微风时，在微风中轻轻摇荡，俛仰之间似若向人表示生命的悦乐，虽暂时，实永久。为的是这片灿烂，将和南中国特有的明朗天宇及翠绿草木，保留在这一家人的印象中，还可望另一时表现在文字中。一家人在这片草花前小桌凳上吃晚饭时候，便由毛毛虫和青蛙，谈到屋前大路边延长半里的木香花丛，以及屋后两丈高绿色仙人掌，如何带回北平去展览，扩大加强了孩子们对“明日”的幻想，欢笑声中把八年来乡居生活的单调，日常分上的困苦疲劳，一例全卸除了。

九月八号的下午，主妇从学校上过两点钟课，带了一身粉笔灰回来，书还不放下即走入厨房。看看火已升好，菜已洗好，米已淘好，一切就绪。心中本极适意，却故意作成埋怨神气说：

“沈二哥，你又来搅事，借故停工，不做你的文章，你菜洗不好，米不把石子仔细捡去，帮忙反而忙我。以后这些事让我来省点事！”

我正在书桌边计划一件待开始的工作。我明白那些话所代表的意义，埋怨中有感谢，因此回答说：

“所以有人称我为‘象征主义者’从不分辩。他指的也许是人，不是文章。然而‘文如其人’，也马马虎虎。我怕你太累！一天到晚事作不完，上课，洗衣，做饭，缝衣，衲鞋，名词也数不清一大堆。凡吃重事全由你担当。我纵即能坐在桌边提起一钱二分重的毛笔，从从容容写文章，这文章写成有什么意义？事情分作一点点，我心里安些，生命也经济些。”

“你心安？今天已八号，礼拜五又到了，我心里可真不安！到时还得替你白着急，生命也真不经济！”

“你提及日子，倒引起了我另外一个题目。”

“可是你好像许多文章都只有个题目，再无下文。”

“有了题目就好办！今晚一定要完成它，很重要的。比别的任何事情都重要。我得战争！”

末后说的是八年中一句老话。每到困难来临需要想法克服时，就那么说说，增加自己一点抵抗力，适应力。所不同处有时说得悲愤凄苦，有时却说得轻松快乐而已。

对日战争结束后，八年中前后两个印象还明明朗朗嵌在我记忆中，一是北平南苑第一回的轰炸，敌人二十七架飞机，在微雨清晨飞过城市上空光景，一是胜利和平那晚上，住桃园的六十岁老洋人比得，得到消息后，狂敲搪瓷面盆，村子里各处报信光景。至于两个印象间的空隙，可得填上千万人民的死亡流离，无数名都大城的毁灭，以及万千人民理想与梦的蹂躏摧残，万千种哀乐得失交替。即以个人而言说起来也就一言难尽！……我虽竭力避开思索温习过去生活的全部，却想起一篇文章，题名“主妇”，写成恰好十年。

同样是这么一天，北方入秋特有的阳光明朗朗的在田野，在院中，在窗间由细纱滤过映到一叠白纸上。院中海棠果已红透。间或无风自落有一枚两枚跌到地面，发出小小钝声。有玉簪花的幽香从院中一角送来。小主妇带了周岁孩子，在院中大海棠树下和新来老用人谈家常，说起两年前做新妇时的故事。从唯有一个新娘子方能感觉到的种种说下去，听来简直如一个“叙事诗”。可是说到孩子生后，却忽然沉默了。试从窗角张望张望，原来是孩子面前掉落了一个红红的果子，主妇和用人都不声不响逗孩子。和我推想到的情形恰恰相反。孩子的每一举动，完全把身心健康的小主妇迷惑住了。过去当前人事景物印象的综合，十小时中我完成了个故事，题名“主妇”。第二天当作婚后三年礼物送给主妇时，接受过这分礼物，一面看一面微笑，看到后来头低下去，一双眼睛却湿了。过了一会儿才抬起那一双湿莹莹眼睛，眼光中充满真诚和善良。

“你写得真好，谢谢你，我有什么可送你的？我为人那么老实，那么无用，那么不会说话。让我用素朴忠诚来回答你的词藻吧。盼望你手中的笔，能用到更重要广大一方面去。至于给我呢，一点平静生活，已够了。我并不贪多！”

听过这话后，我明白，我失败了。比如作画，尽管是一个名家高手，若用许多眩目彩色和精细技巧画了个女人面形，由不相识的人看来，已够显得神情温雅，仪态端丽。但由他本人看后，只谦虚微笑轻轻的说，“你画得好，很像，可是恰恰把我素朴忘了。”这画家纵十分自负，也不免有一丝儿惭愧从心中升起，嗒然若丧，因为他明白，素朴善良原是生命中一种品德，不容易用色彩加以表现。一个年青女人代表青春眼目眉发的光色，画笔还把握得住，至于同一人内蕴的素朴的美，想用朱墨来传神写照，可就困难了。

我当时于是也笑笑，聊以解嘲。

“第一流诗歌，照例只能称赞次一等的美丽。我文字长处，写乡村小儿女的恩怨，吃臭牛肉酸菜人物的粗卤，还容易逼真见好，形容你这三年，可就笨拙不堪了。且让这点好印象保留在我的生命中，作为我一种教育，好不好？你得相信，它将比任何一本伟大的书，还影响我深刻。我需要教育，为的是乡下人灵魂，到都市来冒充文雅，其实还是野蛮之至！”

“一本书，你要阅读的也许是一本新天方夜谭吧。你自己说过，你是个生活教育已受得足够，还需要好好受情感教育的人。什么事能教育你。”

“情感，我不大清楚。或想象，或行为，我都并不束缚你，拘管你，倘若有什么年青的透明的心，动人的眉目笑颦，能启发你灵感，教育你情感，是很好的事。只是大家都称道的文章，可不用独瞒我，总得让我也欣赏欣赏，不然真枉作了一个作家的好太太，连这点享受都得不到！”

话说得多诚实，多谦虚，多委婉！我几乎完全败北了。嗫嗫嚅嚅想有所分疏，感觉一切词藻在面对主妇素朴时都失去了意义。我借故逃开了。

从此以后，凡事再也不能在主妇面前有所辩解，一切雄辩都敌不过那个克己的沉默，来得有意义，有分量。从沉默或微笑中，我领受了一种既严厉又温和的教育，为任何一本书都得不到，从其他经验上也得不到的。

可是生命中却当真就还有一本“新天方夜谭”，一个从东方的头脑产生的连续故事，展开在眼前，内容荒唐而谲幻，艳冶而不庄。恰如一种图画与音乐的综合物。我搁下又复翻开，浏览过了好些片段篇章，终于方远远的把书抛去。

和自己弱点而战，我战争了十年。生命最脆弱一部分，即乡下人不见市面处，极容易为一切造形中完美艺术品而感动倾心。举凡另外一时另外一处热情与幻想结合产生的艺术，都能占有我的生命。尤其是阳光下生长那个完美的生物。美既随阳光所在而存在，情感泛滥流注亦即如云如水，复如云如水毫无凝滞。可是一种遇事忘我的情形，用人教育我的生活多累人！且在任何忘我情境中，总还有个谦退沉默黑脸长眉的影子。一本素朴的书，不离手边。

我看出了我的弱点，且更看出那个沉默微笑中的理解宽容以及爱怨交缚。终于战胜了自己，手中一支笔也常常搁下了。因为我知道，单是一种艺术品，一种生物的灵魂明慧与肉体完整，以及长于点染丹黛调理眉靥，对我其实并非危险的吸引。可怕的还是附于这个生物的一切优点特点，偶然与我想象相结合时，扇起那点忧郁和狂热。我的笔若再无节制使用下去，即近于将忧郁和狂热扩大延长。我得从作公民意识上，凡事与主妇合作，来应付那个真正战争所加给一家人的危险，困难，以及长久持家生活折磨所引起的疲乏。这一来，家中一切都在相互微笑中和孩子们欢呼欢乐净化了。草屋里案头上，陆续从田野折来的野花，朱红的，宝石蓝的，一朵朵如紫火的，鹅毛黄还带绒的，延长了每个春天到半年以上，也保持了主妇情感的柔韧，和肉体灵魂的长远青春。一种爱和艺术的证实，装饰了这本素朴小书的每一页。

今天又到了九月八号，四天前我已悄悄的约了三个朋友赶明天早车下乡，并托带了些酒菜糖果，来庆祝胜利，并庆祝小主妇持家十三年。事先不让她知道。我自己还得预备一点礼物。要稍稍别致，可不一定是值钱的。深秋中浅紫和淡绿色雏菊已过了时，肉红色成球的兰科植物也完了，报春花在恹恹无生气，只有带绒的小蓝花和开小白花的捕虫草科一种，还散布在荒草泽地上，柔弱细干负着深黄色的细叶，叶形如一只只小手伸出尖指，掌心中无一滴甜胶，引诱泽地上小小蚊蚋虫蚁。顶上白花小如一米粒，却清香逼人。一切虽那么渺小脆弱，生命的完整性竟令人惊奇，俨如造物者特别精心在意，方能慢慢完成。把这个花聚敛作一大簇，插入浅口钵盂式的黑陶瓶中搁向窗前时，那个黄白对比重叠交织，从黑黝黝一片陶器上托起，入目引起人一种入梦感觉。且感染于四周空气中，环境也便如浸润在梦里。

一家人就在这个窗前用晚饭。一切那么熟习，又恰恰如梦。孩子们在歌哭交替中长大，只记得明天日本投降签字，可把母亲作新娘子日期忘了。七七事变刚生下地一个月的虎虎，已到了小学四年级，妈妈身边的第五纵队，闪着双顽童的大眼睛，向我提出问题。

"爸爸，你说打完了仗，我们得共同送妈妈一件礼物，什么礼物？你可准备好了没有？"

"我当然准备得有，可是明天才让你们知道。"

十一岁的小龙说："还有我们的！得为我买本《天方夜谭》，为虎虎买本《福尔摩斯》。"

主妇望着我笑着："看《天方夜谭》还早！将来有的是机会。"

我说："不如看我的自传动人，学会点顽童技俩。至于虎虎呢，他已经是个小福尔摩斯。"

小虎虎说："爸爸，我猜想你一定又是演说，……一切要谢谢妈妈，完了，说的话可永远一样，怎么能教书？"

"太会说话就更不能教书了。譬如你，讲演第一，唱歌第二，写字就第五，团体服务还不及格。……君子动手不动口，你得学凡事动手！"

"完全不对。我们打架时，老师说君子动口不动手。"

"老师说的自然是另外一回事。要你们莫打架，反内战，所以那么说。愚人照例常常要动手的！我呢，更不赞成打！打来打去，又得讲和，多麻烦。"

"那怎么又说动手不动口？"

"因为觉得相骂也不好。比打还不容易调停，还不容易明白是非。目前聪明人的相骂，和愚蠢人的相打，都不是好事。"

和要人训话一样，说去说来大家都闹不清楚说什么，主妇把煮好的大酸梨端出，孩子们一齐嚷叫，"君子们快动手动口！"到这时，我的抽象理论自然一下会给两个顽童所表现的事实推翻了。

用过八年的竹架菜油灯放光时，黄黄的灯光把小房中一切，变得更如一种梦境中。

“小妈妈，你们早些休息，大的工作累了，小的玩累了，到九点就休息。明天可能有客来。我还有事情要作，多坐一会儿。瓶子里的油一定够到……”

到十二点时，我当真还坐守在那个小条桌边。作些什么？温习温习属于一个小范围的世界相当抽象的历史，即一群生命各以不同方式，在各种偶然情形下浸入我生活中时，取予之际所形成的哀乐和得失。我本意照十年前的情形再写个故事，作为给主妇明天情绪上的装饰。记起十年前那番对话，起始第一行不知应该如何写下去，方能把一个素朴的心在纸上重现了。对着桌前那一簇如梦的野花，我继续呆坐下去。一切沉寂，只有我心在跳跃，如一道桥梁，任一切“过去”通过时而摇摇不定。

进入九月九号上午三点左右，小书房通卧室那扇门，轻轻的推开后，主妇从门旁露出一张小黑脸，长眉下一双眼睛黑亮亮的：“嗐，你又在写文章给我作礼物，我知道的！不用太累，还是休息了吧。我们的生活，不必用那种故事，也过得上好！”

我于是说了个小谎，意思双关。“生活的确不必要那些故事，也可过得上好的，我完全和你同意。我在温书，在看书，内容深刻动人。如同我自己写的，人物故事且比我写出来还动人。”

“看人家的和你自己写的，都不问好坏，一例神往。这就是作家的一种性格。还有就是看熟人永远陌生，陌生反如相熟，这也是做作家一个条件。”

“小妈妈，从今天起，全世界战争结束了，我们可不能破例！听我话好好的睡了不吧。我这时留在桌边，和你明天在厨房一样，互相无从帮助，也就不许干涉。这是一种分工，包含了真实的责任，虽劳不怨。从普通观点说，我做的事为追求抽象，你做的事为转入平庸，措词中的褒贬自不相同。可是你却明白我们这里有个共同点，由于共同对生命的理解和家庭的爱，追求的是二而一，为了一个家，各尽其分。别人不明白，不妨事，我们自己可完全得承认！”

“你身体刚好。怎么能熬夜？”

“一个人身体好即应当做点事。我已经许久不动笔了！我预备写个小故事。”

主妇笑了：“我在迷糊中闻到烧什么，就醒了。我预备告你的是可别因为我，像上回在城中那么，把什么杰作一股鲁又烧去，不留下一个字。知道的人明白这是你自己心中不安，不知道的还以为我妒嫉到你的想象，因此文章写成也还得烧去，多可惜！”

“不，并不烧什么。只是油中有一点水，在爆炸。”口上虽那么说，我心中却对自己说，“是一个人心在燃烧，在小小爆裂。在冒烟。虽认真而不必要。”可是我怯怯的望了她一眼，看看她是不是发现点什么。从她的微笑中，好像看出一种回答，“凡事那瞒得了我。”

我于是避开这个问题，反若理直气壮的问她说：“小妈妈，你再不能闹我了！把我脑子一搅乱，故事到天亮也不能完事！你累了一整天，累了整十三年，怎么还不好好休息。”

“为了明天，大家都休息休息，才合理！”

我明白话中的双重意义。可是各人的明天却相似而不同。主妇得好好休息，恢复精力来接待几个下乡的朋友，并接受那种表面烦琐事实上极愉快的家事。至于我呢，却得同灯油一样，燃干了方完事，方有个明天可言！我为自己想到的笑了，她为自己说到的也笑了。两种笑在暗黄黄灯光下融解了。两人对于具体和抽象的“明天”都感到真诚的快乐。

主妇让步安静睡下后，我在灯盏中重新加了点油，在胃中送下一小杯热咖啡。搅动那个小小银茶匙时，另外一时一种对话回复到了心上。

沈二哥不成的，二十一点钟了，为了我们，你得躺躺！这算什么？

这算是你说我有点懒惰不大努力的否认。你往常不是说过，只要肯好好尽力工作，什么都听我？即不意中被一些年青女孩子的天赋长处，放光的眼睛，好听的声音，以及那个有式样的手足眉发，攫走了我的心，也不妨事？这不问出于伟大的宽容或是透明理解，我都相信你说的本意极真诚。可是得用事实证明！

……得用多少事？你自己想想看。

……现在可只需用一件比较不严重的小事来试验，你即刻睡去，让我工作！我在工作！

你可想到对于身边的人，是不是近于一种残忍？

……你可想到把一个待完成的作品扼毙，更残忍到什么程度？

从这个对话温习中，我明白在生活和工作两事上，还有点儿相互矛盾，不易平衡，引起了一丝丝这也是生命的空隙，需要设法填平它。疏忽了时，凡空隙就能生长野草和藓苔。我得有计划在这个空处种一点花，种一个梦。比如近身那个虽脆弱却完整的捕虫科植物，在抽象中可有那么一种精美的东西，能栽培发育长大？可有一种奇迹，我能不必熬夜，能从容完成五本十本书，而这些书既能平衡我对于生命所抱的幻念，不至相反带我到疯狂中？对于主妇，又能从书中得到一种满足，以为系由她的鼓励督促下产生？

这个无边际的思索，把我淹没复浮起。时间消失了。灯熄了。天明了。

我若重新有所寻觅，轻轻的开了门，掩上门，和一只鹰一样，离开了宿食所寄的窠巢，向清新空阔的天宇下展翅飞去。在满是露水的田埂荒坟间，走了许久只觉得空气冰凉，一直浸透到头脑顶深皱摺里。一会会，全身即已浴于温暖朝阳光影中，地面一切也溶于这种光影中。草尖上全都串缀着带虹彩的露水。还有那个小小成台状的紫花，和有茸毛的高原兰花，都若新从睡梦中苏醒，慢慢的展开夜里关闭的叶托，吐出小小花蕊和带粉的黄绒穗。目前世界对于我作成一种崭新的启示，万物多美好，多完整！人类抽象观念和具体知识，数千年积累所成就的伟大业绩，若从更深处看去，比起来都算个什么？一排参加庆祝胜利的飞机，由附近机场起飞，成群从低空中吼过，在地面作成的阴影，一瞬即逝。田野间依然是朝阳和露水，以及那个在露水朝阳中充分见出自然巧慧与庄严的野花。一种纯粹的神性，一切哲学的基本观念，一切艺术文学的伟大和神奇，亦无不即由之孕育而出，我想看看滇池，向水边走去。但见浸在一片碧波中的西山列嶂，在烟岚湿雾中如一线黛绿长眉。那片水在阳光中闪亮，更如美目流波。自然的神性在我心中越加强，我的生命价值观即越转近一个疯子。不知不觉间已脚踏有螺蚌残骸的水畔，我知道，我的双脚和我的思索，在这个浸晨清新空气中散步，都未免走得太远了一点，再向前走也许会直入滇池水深处。我得回家了。

记起了答应过孩子送给主妇的礼物，就路旁摘了一大把带露水的蓝花，向家中跑去。

在门前即和主妇迎面相遇。正像是刚发现我失踪，带着焦急不安心情去寻找我。

"你到什么地方去了？怎不先说一声，留个字。孩子们都找你去了！"一眼瞥见那把蓝花，"就为了这个好看，忘了另外一个着急。"

"不。我能忘掉你吗？只因为想照十年前一样，写篇小文章，纪念这个九月九日。呆坐了一夜，无下笔处。我觉悟了这十年不进步的事实，我已明白什么是素朴。可是，赞美它，我这复杂脑子就不知从何措手了。我的文章还是一个题目，主妇。至于本文呢（我把花递给她），你瞧它蓝得多好看！"

"一个象征主义者，一点不错！"

说到后来两人都笑了起来。

两种笑在清晨阳光下融解了。

主妇把那束蓝花插到一个白瓷敞口瓶中时，一面处理手中的花，一面说："你猜我想什么？"

"你在想，这礼物比任何金珠宝贝都好！和那个'主妇'差不多！这是一种有个性有特性的生物，平凡中有高贵品德。你还想说，大老爷，故事完成了，你为我好好睡两点钟吧。到十点火车叫时，再起身，我们好一同去车站接客人。我希望客人中还有个会唱歌的美丽女孩子，大家好好玩一天！睡一睡吧，你太累了！……我将说不，我只是这一天有点累，你累了十三年！你就从不说要休息。我想起就惭愧难过！"

"这也值得想，值得惭愧吗？我还是第一次听到你说惭愧！"

从主妇不甚自然微笑中，依约看到一点眼泪，眼泪中看到天国。

桌案上那束小蓝花如火焰燃烧，小白花如梦迷濛。我似乎当真有点儿累了。似乎遥闻一种呼唤招邀声，担心我迷失于两种花所引起的情感中，不知所归，又若招邀本自花中间出，燃烧与作梦，正是故事的起始，并非结束。

一九四五·九月九日
于昆明桃园
一九四六·九月北平写成

本篇发表于1946年10月13日天津《大公报·文艺》。署名沈从文。这是作者以《主妇》为篇名的作品之一。据《大公报·文艺》编入。

# 虹桥集

新编集。集名为编者所拟。

本集编入作者1943年~1946年间发表的小说3篇:《看虹录》、《摘星录》、《虹桥》。

# 看虹录

一个人二十四点钟内生命的一种形式

## 第一节

晚上十一点钟。

半点钟前我从另外一个地方归来，在离家不多远处，经过一个老式牌楼，见月光清莹，十分感动，因此在牌楼下站了那么一忽儿。那里大白天是个热闹菜市，夜中显得空阔而静寂。空阔似乎扩张了我的感情，寂静却把压缩在一堆时间中那个无形无质的“感情”变成为一种有分量的东西。忽闻嗅到梅花清香，引我向“空虚”凝眸。慢慢的走向那个“空虚”，于是我便进到了一个小小的庭院，一间素朴的房子中，傍近一个火炉旁。在那个素朴小小房子中，正散溢梅花芳馥。像是一个年夜，远近有各种火炮声在寒气中爆响。在绝对单独中，我开始阅读一本奇书。我谨谨慎慎翻开那本书的第一页，有个题词，写得明明白白：

神在我们生命里

## 第二节

炉火始炽，房中温暖如春天，使人想脱去一件较厚衣服，换上另外一件较薄的。橘红色灯罩下的灯光，把小房中的墙壁、地毯和一些触目可见的事事物物，全镀上一种与世隔绝的颜色，酿满一种与世隔绝的空气。

近窗边朱红漆条桌上，一个秋叶形建瓷碟子里，放了个小小的黄色柠檬，因此空气中还有些柠檬辛香。

窗帘已下垂，浅棕色的窗帘上绘有粉彩花马，仿佛奔跃于房中人眼下。客人来到这个地方，已完全陷入于一种离奇的孤寂境界。不过只那么一会儿，这境界即从客人心上消失了。原来主人不知何时轻轻悄悄走入房中，火炉对面大镜中，现出一个人影子。白脸长眉，微笑中带来了些春天的嘘息。发鬓边蓬蓬松松，几朵小蓝花聚成一小簇，贴在有式样的白耳后，俨若向人招手，“瞧，这个地位多得体，多美妙!”

手指长而柔，插入发际时，那张微笑的脸便略微倾侧，起始破坏了客人印象另一个寂静。

“真对不起，害你等得多闷损!”

“不。我一点不。房中很暖和，很静，对于我，真正是一种享受!”

微笑的脸消失了。火炉边椅子经轻轻的移动，在银红缎子坐垫上睡着的一只白鼻白爪小黑猫儿，不能再享受炉边的温暖，跳下了地，伸个懒腰，表示被驱逐的不合理，难同意，慢慢的走开了。

案桌上小方钟达达响着，短针尖在八字上。晚上八点钟。

客人继续游目四瞩，重新看到窗帘上那个装饰用的一群小花马，用各种姿势驰骋。

“你这房里真暖和，简直是一个小温室。”

“你觉得热吗?衣穿得太厚。我打开一会儿窗子。”

客人本意只是赞美房中温暖舒适，并未嫌太热，这时节见推开窗子，不好意思作声。

窗外正飘降轻雪。窗开后，一片寒气和沙沙声从窗口通入。窗子重新关上了。

“我也觉得热起来了。换件衣服去。”

主人离开房中一会儿。

重新看那个窗帘上的花马。仿佛这些东西在奔跃，因为重新在单独中。梅花很香。

主人换了件绿罗夹衫，显得瘦了点。

“穿得太薄了，不怕冷吗？招凉可麻烦。药总是苦的，纵加上些糖，甜得不自然。”

“不冷的！这衣够厚了。还是七年前缝好，秋天从箱底里翻出，以为穿不得，想送给人。想想看，送谁？自己试穿穿看吧，末后还是送给了自己。”侧面向炉取暖，一双小小手伸出作向火姿势，风度异常优美。还来不及称赞，手已缩回翻翻衣角，“这个夹衣，还是我自已缝的！我欢喜这种软条子罗，重重的，有个分量。”

“是的，这个对于你特别相宜。材料分量重，和身体活泼轻盈对比，恰到好处。”要说的完全都溶解在一个微笑里了。主人明白，只报以微笑。

衣角向上翻转时，纤弱的双腿，被鼠灰色薄薄丝袜子裹着，如一棵美丽的小白杨树，如一对光光的球杖，——不，恰如一双理想的腿。这是一条路，由此导人想象走近天堂。天堂中景象素朴而离奇，一片青草，芊绵绿芜，寂静无声。

什么话也不说，于是用目光轻轻抚着那个微凸的踝骨，敛小的足胫，半圆的膝盖，……一切都生长得恰到好处，看来令人异常舒服，而又稍稍纷乱。

仿佛已感觉到这种目光和遐想行旅的轻微亵渎，因此一面便把衣角放下，紧紧的裹着膝部，轻的吁了一口气。“你瞧我袜子好不好？颜色不大好，材料好。”瘦的手在衣下摸着那袜子，似乎还接着说，“材料好，裹在脚上，脚也好看多了，是不是？”

“天气一热，你们就省事多了。”意思倒是“热天你不穿袜子，更好看。”

衣角复扬起一些：“天热真省事。”意思却在回答，“大家都说我脚好看，那里有什么好看。”

“天热小姐们鞋子也简单。”（脚踵脚趾通好看。）

“年年换样子，费钱！”（你欢喜吗？）

“任何国家一年把钱用到顶愚蠢各种事情上去，总是万万千千的花。年青女孩子一年换两种皮鞋样子，费得了多少事！”（只要好看，怕什么费钱？一个皮鞋工厂的技师，对于人类幸福的贡献，并不比一个□□厂的技师不如！）

“这个问题太深了，不是我能说话的。我倒像个野孩子，一到海边，就只想脚踢沙子玩。”（我不怕人看，不怕人吻，可是得看地方来。）

“今年新式浴衣肯定又和去年不同。”（你裸体比别的女人更好看。）

这种无声音的言语，彼此之间都似乎能够从所说及的话领会得出，意思毫无错误。到这时节，主人笑笑，沉默了。一个聪明的女人的羞怯，照例是贞节与情欲的混合。微笑与沉默，便包含了奖励和趋避的两种成分。

主人轻轻的将脚尖举举。（你有多少傻想头，我全知道！可是傻得并不十分讨人厌。）

脚又稍稍向里移，如已被吻过后有所逃避。（够了，为什么老是这么傻。）

“你想不出你走路时美到什么程度。不拘在什么地方，都代表快乐和健康。”可是客人开口说的却是“你喜欢爬山，还是在海滩边散步？”

“我当然欢喜海，它可以解放我，也可以满足你。”主人说的只是“海边好玩得多。潮水退后沙上湿湿的，冷冷的，光着脚走去，无拘无束，极有意思。”

“我喜欢在沙子里发现那些美丽的蚌壳，美丽真是一种古怪东西。”（因为美，令人崇拜，见之低头。发现美接近美不仅仅使人愉快，并且使人严肃，因为俨然与神对面！）

“对于你，这世界有多少古怪东西！”（你说笑话，你崇拜，低头，不过是想起罢了。你并不当真会为我低头的。你就是个古怪东西，想想许多不端重的事，却从不做过一件失礼貌的事，很会保护你自己。）

“是的，我看到的都是别人疏忽了的，知道的好像都不是‘真’的，居多且不同别人一样的。这可说是一种‘悲剧’”。（譬如说，你需要我那么有礼貌的接待你吗？就我知道的说来，你是奖励我做一点别的事情的。)

"近来写了多少诗?"(语气中稍微有点嘲讽,你成天写诗,热情消失在文字里去了,所以活下来就完全同一个正经绅士一样的过日子。)

"我在写小说。情感荒唐而夸饰,文字艳佚而不庄。写一个荒唐而又浪漫的故事,独自在大雪中猎鹿,简直是奇迹,居然就捉住了一只鹿。正好像一篇童话,因为只有小孩子相信这是可能的一件真实事情,且将超越真实和虚饰这类名词,去欣赏故事中所提及的一切,分享那个故事中人物的悲欢心境。"(你看它就会明白。你生命并不缺少童话一般荒唐美丽的爱好,以及去接受生活中这种变故的准备。你无妨看看,不过也得小心!)

主人好像完全理解客人那个意思,因此带着微笑说:"你故事写成了,是不是?让我看看好。让我从你故事上测验一下我的童心。我自己还不知道是否尚有童心!"

客人说:"是的,我也想用你对于这个作品的态度和感想,测验一下我对于人性的理解能力。平时我对于这种能力总觉得怀疑,可是许多人却称赞我这一点,我还缺少自信。"

主人因此低下头,(一朵百合花的低垂。)来阅读那个"荒唐"故事。在起始阅读前,似乎还担心客人的沉闷,所以间不久又抬起头瞥客人一眼。眼中有春天的风和夏天的云,也好受,也好看。客人于是说:"不要看我,看那个故事吧。不许无理由生气着恼。"

"我看你写的故事,要慢慢的看。"

"是的,这是一个故事,要慢慢的看,才看得懂。"

"你意思是说,因为故事写得太深——还是我为人太笨?"

"都不是。我意思是文字写得太晦,和一般习惯不大相合。你知道,大凡一种和习惯不大相合的思想行为,有时还被人看成十分危险,会出乱子的!"

"好,我试一试看,能不能从这个作品发现一点什么。"

于是主人静静的把那个故事看下去。客人也静静的看下去——看那个窗帘上的花马。马似乎奔跃于广漠无际一片青芜中消失了。

客人觉得需要那么一种对话，来填补时间上的空虚。

……太美丽了。一个长得美丽的人，照例不大想得到由于这点美观，引起人多少惆怅，也给人多少快乐！

……真的吗。你在说笑话罢了。你那么呆呆的看着我脚，是什么意思？你表面老实，心中放肆。我知道你另外一时，曾经用目光吻过我的一身，但是你说的却是“马画得很有趣味，好像要各处跑去。”跑去的是你的心！如今又正在作这种行旅的温习。说起这事时我为你有点羞惭，然而我并不怕什么。我早知道你不会做出什么真正吓人的行为。你能够做的就只是这种漫游，仿佛第一个旅行家进到了另外一个种族宗教大庙里，无目的的游览，因此而彼，带着一点惶恐敬惧之忱，因为你同时还有犯罪不净感在心上占绝大势力。

……是的，你猜想的毫无错误。我要吻你的脚趾和脚掌，膝和腿，以及你那个说来害羞的地方。我要停顿在你一身这里或那里。你应当懂得我的期望，如何诚实，如何不自私。

……我什么都懂，只不懂你为什么只那么想，不那么作。

房中只两人，院外寂静，惟闻微雪飘窗。间或有松树上积雪下堕，声音也很轻。客人仿佛听到彼此的话语，其实听到的只是自己的心跳。

炉火已渐炽。

主人一面阅读故事，一面把脚尖微触地板，好像在指示客人：“请从这里开始。我不怕你。你不管如何胡闹也不怕你。我知道你要做些什么事，有多少傻处，慌慌张张处。”

主人发柔而黑，颈自如削玉刻脂，眉眼妩媚迎人，颊边带有一小小圆涡，胸部微凸，衣也许稍微厚了一点。

目光吻着发间，发光如髹，柔如丝绸。吻着白额，秀眼微闭。吻着颊，一种不知名的芳香中人欲醉。吻着颈部，似乎吸取了一个小小红印。吻着胸脯，左边右边，衣的确稍厚了一点。因此说道：

“□□，你那么近着炉子，不热吗？”

“我不怕热，我怕冷！”说着头也不抬，咕咕的笑起来。“我是个猫儿，一只好看不喜动的暹罗猫，一到火炉边就不大想走动。平日一个人常整天坐在这里，什么也不想，也不做。”说时又咕咕的笑着。

“文章看到什么地方?”

“我看到那只鹿站在那个风雪所不及的孤独高岩上，眼睛光光的望着另一方，自以为十分安全，想不到那个打猎的人，已经慢慢地向它走去。那猎人满以为伸一手就可捉住它那只瘦瘦的后脚，他还闭了一只眼睛去欣赏那鹿脚上的茸毛，正像十分从容。你描写得简直可笑，想象不真。美丽，可不真实。”

“请你看下去！看完后再批评。”

看下去，笑容逐渐收敛了。他知道她已看到另一个篇章。描写那母鹿身体另外一部分时，那温柔兽物如何近于一个人。那母鹿因新的爱情从目光中流出的温柔，更写得如何生动而富有人性。

她把那几页文章搁到膝盖上，轻轻吁了一口气。好像脚上的一只袜子已被客人用文字解去，白足如霜。好像听到客人低声的说：“你不以为亵渎，我喜欢看它，你不生气，我还将用嘴唇去吻它。我还要沿那个白杨路行去，到我应当到的地方歇憩。我要到那个有荫蔽处，转弯抹角处，小小井泉边，茂草芊绵，适宜白羊放牧处。总之，我将一切照那个猎人行径作去，虽然有点傻，有点痴，我还是要作去。”

她感觉地位不大妥当，赶忙把脚并拢一点，衣角拉下一点。不敢再把那个故事看下去，因此装着怕冷，伸手向火。但在非意识情形中，却拉开了火炉门，投了三块煤，用那个白铜火钳搅了一下炉中炽燃的炭火。“火是应当充分燃烧的！我就喜欢热。”

“看完了?”

摇摇头。头随即低下了，相互之间都觉得有点生疏而新的情感，起始混入生命中，使得人有些微恐怖。

第二回摇摇头时，用意已与第一回完全不同。不在把“否认”和“承认”相混，却表示唯恐窗外有人。事实上窗外别无所有，惟轻雪降落而已。

客人走近窗边，把窗帘拉开一小角，拂去了窗上的蒙雾，向外张望，但见一片皓白，单纯素净。窗帘垂下时，“一片白，把一切都遮盖了，消失了。象征……上帝！”

房中炉火旁其时也就同样有一片白，单纯而素净，象征道德的极致。

“说你的故事好。且说说你真的怎么捉那只鹿吧。”

“好，我们好好烤火。来说那个故事……我当时傍近了它，天知道我的心是个什么情形。我手指抚摸到它那脚上光滑的皮毛，我想，我是用手捉住了一只活生生的鹿，还是用生命中最纤细的神经捉住了一个美的印象？亟想知道，可决不许我知道。我想起古人形容女人手美如荑荑，如春葱，如玉笋，形容寒俭或富贵，总之可笑。不见过鹿莹莹如湿的眼光中所表示的母性温柔的人，一定希奇我为什么吻那个生物眼睛那么久，更觉得荒唐，自然是我用嘴去轻轻的接触那个美丽生物的四肢，且顺着背脊一直吻到它那微瘦而圆的尾边。我在那个地方发现一些微妙之漩涡，仿佛诗人说的藏吻的窝巢。它的颊上，脸颊上，都被覆上纤细的毫毛。它的颈那么有式样，它的腰那么小，都是我从前梦想不到的。尤其梦想不到，是它哺小鹿的那一对奶子，那么柔软，那么美。那鹿在我身边竟丝毫无逃脱意思，它不惊，不惧。似乎完全知道我对于它的善意，一句话不必说就知道。倒是我反而有点惶恐不安，有点不知如何是好。我望着它的眼睛：我们怎么办？我要从它温柔目光中取得回答，好像听到它说：“这一切由你。”“不，不，一点不是。它一定想逃脱，远远的走去，因为自由，这是它应有的一点自由。”

“是的，它想逃走，可是并不走去。因为一离开那个洞穴，全是一片雪，天气真冷。而且……逃脱与危险感觉大有关系，目前有什么危险可言？……”

“你怎么知道它不想逃脱，如果这只鹿是聪明的，它一定要走去。”

“是的，它那么想过了。其所以那么想，就为的是它自以为这才像聪明，才像一只聪明的鹿应有的打算。可是我若像它那么作，那我就是傻子了，我觉得我说的话它不大懂，就用手和嘴唇去作补充解释，抚慰它，安静它。凡是我能做到的我都去做。到后，我摸摸它的心，就知道我们已熟习了，这自然是一种奇迹，因为我起始听到它轻轻的叹息——一只鹿，为了理解爱而叹息，你不相信吗？"

"不会有的事！"

"是的，要照你那么说话，决不会有。因为那是一只鹿！至于一个人呢，比如说——唉，上帝，不说好了。我话已经说得太多了！"

相互沉默了一会儿。

"不热吗？我知道你衣还穿得太多。"客人问时随即为作了些事。也想起了些事，什么都近于抽象。

不是诗人说的就是疯子说的。

"诗和火同样使生命会燃烧起来的。燃烧后，便将只剩下一个蓝焰的影子，一堆灰。"

二十分钟后客人低声的询问："觉得冷吗？披上你那个……"并从一堆丝质物中，把那个细鼠灰披肩放到肩上去，"窗帘上那个图案古怪，我总觉得它在动。"事实上，他已觉得窗帘上花马完全沉静了。

主人一面搅动炉火，一面轻轻的说："我想起那只鹿，先前一时怎么不逃走？真是命运。"说的话有点近于解嘲，因为事情已经成为过去了。

沉默继续占领这个有橘红色灯光和熊熊炉火的房间。

第二天，主人独自坐在那个火炉边读一个信。

□□：我好像还是在做梦，身心都虚飘飘的。还依然吻到你的眼睛和你的心。在那个梦境里，你是一切，而我却有了你，展露在我面前的，不是一个单纯的肉体，竟是一片光辉，一把花，一朵云。一切文字在此都失去了他的性能，因为诗歌本来只能作为次一等生命青春的装饰。白色本身即是一种最高的道德，你已经超乎这个道德名辞以上。

所罗门王雅歌说："我的妹子，我的鸽子，你脐圆如杯，永远不缺少调和的酒。"我第一次沾唇，并不担心醉倒。

葡萄园的果子成熟时，饱满而壮实，正象征生命待赠与，待扩张。不采摘它也会慢慢枯萎。

我欢喜精美的瓷器，温润而莹洁。我昨天所见到的，实强过我二十年来所见名瓷万千。

我喜欢看那幅元人素景，小阜平冈间有秀草丛生，作三角形，整齐而细柔，萦回迂徐，如云如丝，为我一生所仅见风景幽秀地方。我乐意终此一生，在这个处所隐居。

我仿佛还见过一个雕刻，材料非铜非玉，但觉珍贵华丽，希有少见。那雕刻品腿瘦而长，小腹微凸，随即下敛，一把极合理想之线，从两股接榫处展开，直到脚踝。式样完整处，如一古代希腊精美艺术的仿制品。艺术品应有雕刻家的生命与尊贵情感，在我面前那一个仿制物，倚据可看到神的意志与庄严的情感。

这艺术品的形色神奇处，也令人不敢相信。某一部分微带一片青渍，某一部分有两粒小小黑痣，某一部分并有若干美妙之漩涡，仿佛可从这些地方见出上帝手艺之巧。这些漩涡隐现于手足关节间，和脸颊颈肩与腰以下，真如诗人所谓“藏热吻的小杯”。在这些地方，不特使人只想用嘴唇轻轻的去接触，还幻想把自己整个生命都收藏到里边去。

百合花颈弱而秀，你的颈肩和它十分相似。长颈托着那个美丽头颅微向后仰。灯光照到那个白白的额部时，正如一朵百合花欲开未开。我手指发抖，不敢攀折，为的是我从这个花中见到了神。微笑时你是开放的百合花，有生命在活跃流动。你沉默，在沉默中更见出高贵。你长眉微蹙，无所自主时，在轻颦薄媚中所增加的鲜艳，恰恰如浅碧色百合花带上一个小小黄蕊，一片小墨斑。……这一切又只像是一个抽象。

## 第三节

这个记录看到后来，我眼睛眩瞀了。这本书成为一片蓝色火焰，在空虚中消失了。我不知什么时候离开了那个“房间”，重新站到这个老式牌楼下。保留在我生命中，似乎就只是那么一片蓝焰。保留到另外一个什么地方，应当是小小的一撮灰。一朵枯干的梅花，在想象的时间下失去了色和香的生命残余。我只记得那本书上第一句话：神在我们生命里。

我已经回到了住处。

晚上十一点半，菜油灯一片黄光铺在黑色台面上，散在小小的房间中。试游目四瞩，这里那里只是书，两千年前人写的，一万里外人写的，自己写的，不相识同时人写的；一个灰色小耗子在书堆旁灯光所不及处走来走去。那分从容处，正表示它也是个生物，可是和这些生命堆积，却全不相干。使我想起许多读书人，十年二十年在书旁走过，或坐在一个教堂边读书讲书情形。我不禁自言自语的说："唉，上帝，我活下来还应当读多少书，写多少书？"

我需要稍稍休息，不知怎么样一来就可得到休息。

我似乎很累，然而却依然活在一种有继续性的荒唐境界里。

灯头上结了一朵小花，在火焰中开放的花朵。我心想："到火熄时，这花才会谢落，正是一种生命的象征。"我的心也似乎如焚如烧，不知道的是什么事情。

梅花香味虽已失去，尚想从这种香味所现出的境界搜寻一下，希望发现一点什么，好像这一切既然存在，我也值得好好存在。于是在一个"过去"影子里，我发现了一片黄和一点干枯焦黑的东西，它代表的是他人"生命"另一种形式，或者不过只是自己另一种"梦"的形式，都无关系。我静静的从这些干枯焦黑的残余，向虚空深处看，便见到另一个人在悦乐中疯狂中的种种行为。也依稀看到自己的影子，如何反映在他人悦乐疯狂中，和爱憎取予之际的徘徊游移中。

仿佛有一线阳光印在墙壁上。仿佛有青春的心在跳跃。仿佛一切都重新得到了位置和意义。

我推测另外必然还有一本书，记载的是在微阳凉秋间，一个女人对于自己美丽精致的肉体，乌黑柔软的毛发，薄薄嘴唇上一点红，白白丰颊间一缕香，配上手足颈肩素净与明润，还有那一种从莹然如泪的目光中流出的温柔歌呼。肢体如融时爱与怨无无可奈何的对立，感到眩目的惊奇。唉，多美好神奇的生命，都消失在阳光中，遗忘在时间后！一切不见了，消失了，试去追寻时，剩余的同样是一点干枯焦黑东西，这是从自己鬓发间取下的一朵花，还是从路旁拾来的一点纸？说不清楚。

试来追究“生命”意义时，我重新看到一堆名词，情欲和爱，怨和恨，取和予，上帝和魔鬼，人和人，凑巧和相左。过半点钟后，一切名词又都失了它的位置和意义。

到天明前五点钟左右，我已把一切“过去”和“当前”的经验与抽象，都完全打散，再无从追究分析它的存在意义了，我从不用自己对于生命所理解的方式，凝结成为语言与形象，创造一个生命和灵魂新的范本，我脑子在旋转，为保留在印象中的造形，物质和精神两方面的完整造形，重新疯狂起来。到末了，“我”便消失在“故事”里了。在桌上稿本内，已写成了五千字。我知道这小东西寄到另外一处去，别人便把它当成“小说”，从故事中推究真伪。对于我呢，生命的残余，梦的残余而已。

我面对着这个记载，热爱那个“抽象”，向虚空凝眸来耗费这个时间。一种极端困惑的固执，以及这种固执的延长，算是我体会到“生存”唯一事情，此外一切“知识”与“事实”，都无助于当前，我完全活在一种观念中，并非活在实际世界中。我似乎在用抽象虐待自己肉体和灵魂，虽痛苦同时也是享受。时间便从生命中流过去了，什么都不留下而过去了。

试轻轻拉开房门时，天已大明，一片过去熟习的清晨阳光，随即进到了房里，斜斜的照射在旧墙上。书架前几个缅式金漆盒子，在微阳光影中，反映出一种神奇光彩。一切都似乎极新。但想起“日光之下无新事”，真是又愁又喜。我等待那个“夜”所能带来的一切。梅花的香，和在这种淡淡香气中给我的一份离奇教育。

居然又到了晚上十点钟。月光清莹，楼廊间满是月光。因此把门打开，放月光进到房中来。

似乎有个人随同月光轻轻的进到房中，站在我身后边：“为什么这样自苦？究竟算什么？”

我勉强笑，眼睛湿了，并不回过头去：“我在写青凤，《聊斋》上那个青凤，要她在我笔下复活。”

从一个轻轻的叹息声中，我才觉得已过二十四点钟，还不曾吃过一杯水。

三十年七月作

三十二年三月重写

本篇发表于1943年7月15日《新文学》第1卷第1期。署名上官碧。据《新文学》文本编入。

# 摘星录

## 第　一

五点三十分，她下了办公室，预备回家休息。要走十分钟路，进一个城门，经过两条弯弯曲曲的小街，方能回到住处。进城以前得上一个小小山坡，到坡顶时，凭高远眺，可望见五里外几个绿色山头，南方特有的楠木林，使山头显得胖圆圆的，如一座一座大坟。近身全是一片田圃，种了各样菜蔬，其时正有个老妇人躬腰在畦町间工作。她若有所思，在城墙前山坡上站了一忽儿。天上白云和乌云相间处有空隙在慢慢扩大，天底一碧长青，异常温静。傍公路那一列热带树林，树身高而长，在微风中摇曳生姿，树叶子被雨洗过后，绿浪翻银，俨然如敷上一层绿银粉。入眼风物清佳，一切如诗如画，她有点疲倦，有点渴。心境不大好，和这种素朴自然对面，便好像心中接触了什么，轻轻的叹了一口气。与她一同行走的是个双辫儿女孩，为人天真而憨，向她说：

"大姐，天气多好！时间还早，我们又不是被赶去充军，忙个什么？这时节不用回家，我们到公路近边坟堆子上坐坐去。到那里看着天上的云，等到要落雨了，再回家去不迟。风景好，应当学雅人做做诗！"

"做诗要诗人！我们是个俗人。是无章句韵节的散文。还是回家喝点水好些，口渴得很！"

双辫儿不让她走，故意说笑话："你这个人本身就像一首诗，不必选字押韵，也完完整整。还是同我去好！那里有几座坟，地势高高的，到坟头上坐坐，吹吹风，一定心里爽快，比喝水强多了。看风景也是一种教育！”

“像一首诗终不是诗！”她想起另外一件事，另外一种属于灵魂或情感的教育，就说：“什么人的坟？”

双辫儿说：“不知道什么人的坟。”又说，“这古怪世界，老在变，明天要变成一个什么样子，就只有天知道！这些百年前的人究竟好运气，死了有孝子贤孙，花了一大笔钱来请阴阳先生看风水，找到好地方就请工匠来堆凿石头保坟，还在坟前空地上种树，树长大了让我们在下面歇凉吹风。我们这辈子人，既不会孝顺老的，也不能望小的孝顺，将来死后，恐怕连一个小小土堆子都占不上！”

“你死后要土堆子有什么用？”

“当然有用处！有个土堆子做坟，地方不太偏僻，好让后来人同我们一样，坐到上面谈天说地，死了也不太寂寞！”因为话说得极可笑，双辫儿话说完后，觉得十分快乐，自己便哈哈笑将起来。她年纪还只二十一岁，环境身世都很好，从不知“寂寞”为何物。只不过欢喜读《红楼梦》，有些想象愿望，便不知不觉与书中人差不多罢了。“坟”与“生命”的意义，事实上她都不大明白，也不必需明白的。

“人人都有一座坟，都需要一座坟？”她可想得远一点，深一点，轻轻吁了一口气。她已经二十六岁。她说的意义双辫儿不会懂得，自己却明明白白。她明白自己那座坟将埋葬些什么；一种不可言说的“过去”，一点生存的疲倦，一个梦，一些些儿怨和恨，一星一米理想或幻想，——但这时节实在并不是思索这些抽象问题时节。天气异常爽朗，容易令人想起良辰美景奈何天。

她愿意即早回家，向那双辫儿同伴说：“我不要到别人坟堆上去，那没有什么意思。我得回去喝点水，口渴极了。我是只水鸭子！”

双辫儿知道她急于回去另外还有理由，住处说不定正有个大学生，呆着等待她已半点钟。那才真是成天喝水的丑小鸭！就笑着说：“你去休息休息吧。到处都有诗，我可要野一野，还得跑一跑路!”恰好远处有个人招呼，于是匆匆走去了。留下她一人站在城墙边，对天上云影发了一会儿痴。她心中有点扰乱，似乎和往常情形不大相同。好像有两种力量正在生命中发生争持，“过去”或“当前”，“古典”和“现代”，“自然”与“活人”，正在她情感上互相对峙。她处身其间，做人不知如何是好。

恰在此时有几个年青女子出城，样子都健康而快乐，头发松松的，脸庞红红的，从她身边走过时，其中之一看了她又看，走过身边后还一再回头来望她。她不大好意思，低下了头。只听那人向另外一个同伴说：“那不是ＸＸ，怎么会到这里来？前年看她在北平南海划船，两把桨前后推扳，神气多潇洒!”话听得十分清楚，心中实在很高兴，却皱了皱眉毛，只她轻轻的自言自语说：“什么美不美，不过是一篇无章无韵的散文罢了。”

路沟边有一丛小小蓝花，高原地坟头上特有的产物，在过去某一时，曾与她生命有过一种希奇的联合。她记起这种“过去”，摘了一小束花拿在手上。其时城边白杨树丛中，正有一只郭公鸟啼唤，声音低郁而闷人，雨季未来以前，城外荒地上遍地开的报春花，花朵那么蓝，那么小巧完美，孤芳自赏似的自开自落。却有个好事人，每天必带露采来，把它聚成一小簇，当成她生命的装饰。礼物分量轻意义却不轻！数数日子，不知不觉已过了三个月。如今说来，这些景物人事好像除了在当事者心上还保留下一种印象，便已消失净尽别无剩余了！她因此把那一束小蓝花捏得紧紧的，放在胸膛前贴着好一会。“过去的，都让它成为过去!”那么想着，且追想起先前一时说的散文和诗的意义，勉强的笑笑，慢慢的进了城。

郭公鸟还在啼唤，像逗引人思索些不必要无结果的问题。她觉得这是一种有意的挑逗，偏不去想什么。俨然一切已成定局，过去如此，当前如此，未来还将如此。人应放聪明与达观一点，凡事都不值得固执。城里同样有一个小小斜坡，沿大路种了些杂树木，经过半月的长雨，枝叶如沐如洗，分外绿得动人。路旁芦谷苦蒿都已高过人头，满目是生命的长成。老冬青树正在开花，花朵细碎而淡白，聚成一丛丛的，香气辛而浓。她走得很慢，什么都不想，只觉得奇异，郭公鸟叫的声音，为什么与三月前一天雨后情形完全一样。过去的似乎尚未完全成为过去，这自然很好，她或许正需要从过去搜寻一点东西，一点属于纯诗的东西，方能得到生存的意义。这种愿望很明显与当前疲倦大有关系。

## 第　二

有人说她长得很美，这是十五年前的旧事了。从十四五岁起始，她便对于这种称誉感到秘密的快乐。到十六岁转入一个高级中学读书，能够在大镜子前敷粉施朱时，她已觉得美丽使她幸福，也能给她小小麻烦。举凡学校有何种仪式，需要用美丽女孩作为仪式装饰时，她必在场有分。在那个情形中，她必一面有点害羞，有点不安，一面却实在乐意从公众中露面，接受多数人带点阿谀的赞颂。为人性格既温柔，眉发手足又长得很完美，结果自然便如一般有美丽自觉女孩子共通命运，于一种希奇方式中，得到很多人的关心。在学校时一个中年教员为了她，发生了问题，职务便被开除了。这是第一次使她明白人生关系的不可解。其次是在学校得到了一个带男性的女友，随后假期一来，便成为这个女友家中的客人，来自女友方面的各种殷勤，恰与从一个情人方面所能得到的爱情差不多，待到父母一死，且即长远成了女友家中的客人。二十岁时，生活中又加入另外一个男子，一个大学一年级，为人不甚聪明，性格却刚劲而自重，能爱人不甚会爱人。过不多久，又在另外机会接受了两分关心，出自友人亲戚兄弟两人。一年后，又来了一个美国留学生，在当地著名大学教书，为人诚实而忠厚，显然是个好丈夫，只是美国式生活训练害了他，热情富余而用不得体。过不久，又来了一个朋友，年纪较大，社会上有点地位，为人机智而热诚，可是已和别人订了婚。这一来，这些各有分际的友谊，在她生活上自然就有了些变化，发生了许多问题。爱和怨，欢乐与失望，一切情形如通常社会所见，也如小说故事中所叙述，一一逐渐发生。个人既成为这个社会小小一群的主角，于是她就在一种崭新的情感下，经验了一些新鲜事情。轻微的妒嫉，有分际的关心，使人不安的传说，以及在此复杂情形中不可免的情感纠纠纷纷，滑稽或误解种种印象。三年中使她接受了一分新的人生教育，生命也同时增加了一点儿深度。来到身边的青年人，既各有所企图，人太年青，控制个人情感的能力有限，独占情绪特别强，到末后，自然就各以因缘一一离开了她。最先是那个大学生，因热情不能控制，为妒嫉中伤而走开了。其次是两个兄弟各不相下，她想有所取舍，为人性格弱，势不可能，因此把关系一同割断。美国留学生见三五面即想结婚，结婚不成便以为整个失败，生命必然崩溃，却用一个简便办法，与别的女子结了婚，减去了她的困难，也算是救了他自己的失恋。

年青男孩子既陆续各自走开了，对于她，虽减少了些麻烦，当然就积压一些情感，觉得生命空虚无聊，带点神经质女孩子必然应有的现象。但因此也增加了她点知识。“爱”，同样一个字眼儿，男女各有诠释，且感觉男子对于这个名词，都不免包含了一些可怕的自私观念。好在那个年纪较长朋友的“友谊”，却因不自私在这时节正扩大了她生存的幻想，使她做人的自信心和自尊心有了抬头机会。且读了些书，书本与友谊同时使生命重新得到一种稳定。也明知这友谊不大平常，然而看清楚事不可能，想把问题简单化，因此她就小心又小心缩敛自己，把属于生命某种幻想几乎缩成为一个“零”。虽成为一个零，用客气限制欲望的范围，心中却意识到生命并不白费。她于是从这种谨慎而纯挚的友谊中，又经验了些事情。另外一种有分际的关心，人为的淡漠，以及由此而来的轻微得失忧愁。一切由具体转入象征，一分真正的教育，培养她的情感也挫折她的情感。生活虽感觉有点压抑，倒与当时环境还能配合。不过幻想同实际既有了相左处，她渐渐感到挣扎的必要，性情同习惯，却把她缚住在原有的生活上，不能挣扎。她有点无可奈何，有点不知如何是好。就便自慰自解，这是“命运”。用命运聊以自释，然而实不甘心长远在这种命运下低头。

战争改变一切，世界秩序在顽固的心与坚硬的钢铁摧毁变动中，个人当然也要受它的影响。多数人因此一来，把生活完全改了，也正因此，她却解决了一个好像无可奈何的问题，战争一来，唯一的老朋友亦离开了。

她想："这样子很好，什么都完了，生命正可以重新开始。"因此年纪长大一点，心深了点，明白对于某一事恐不能用自己性格自救，倒似乎需要一个如此自然简截的结局，可是中国地面尽管宽广，人与人在这个广大世界中碰头的机会还依然极多。许多事她事先都料想不到，要来的还是会来，这些事凑和到她生活上时，便成为她新的命运。

战争缩短了中国人对于空间的观念，万千人都冒险向内地流，转移到一个完全陌生地方。她同许多人一样，先是以为战事不久就会结束，认定留下不动为得计。到后来看看战事结束遥遥无期，留在原来地方毫无希望可言，便设法向内地走。老同学北方本来有个家，生活过得很平稳有秩序，当然不赞成走。后来看看争持不过了，反而随同上了路。内地各事正需要人，因此到地不久两人都在一个文化机关得到一份工作。初来时自然与许多人一样，生活过得单纯而沉闷。但不多久，情形便不同了。许多旧同学都到了这个新地方，且因为别的机会又多了些新朋友，生活便忽然显得热闹而活泼起来。生活有了新的变化，正与老同学好客本性相合，与她理想倒不甚相合，一切"事实"都与"理想"有冲突，她有点恐惧。年龄长大了，从年龄堆积与经验堆积上，她性情似乎端重一些，生活也就需要安静一些。然而新的生活却使她身心两方面都不安静。她愿意有点时间读读书，或思索消化一下从十八岁起始七年来的种种人事，日常生活方式恰正相反。她还有点"理想"，在"爱情"或"友谊"以外有所自见自立的理想，事实日常生活倒照例只有一些"麻烦"。这麻烦虽新而实旧，与本人性情多少有点关系。为人性格弱，无选择自主能力，凡事过于想作好人，就容易令人误会，招来麻烦。最大弱点还是作好人的愿望，又恰与那点美丽自觉需要人赞赏崇拜情绪相混合，因此在这方面特别增加了情感上的被动性。

老同学新同事中来了一些年青男女，"友谊"或"爱情"，在日常生活日常思想中都重新有了位置。一面是如此一堆事实，一面是那点微弱理想，一面是新，一面是旧，生活过得那么复杂而累人，她自然身心都感到相当疲倦。"战争"二字在她个人生命上有了新的意义，她似乎就从情分得失战争中，度过每一个日子，本来已经好像很懂得“友谊”和“爱情”，这一来，倒反而糊涂了。一面得承认习惯，即与老同学相处的习惯，一面要否认当前，即毫无前途的当前。持久下去自然应付不了，她不知道如何一来方可自救。一个女子在生理上既不能使思索向更深抽象走去，应付目前自然便是忍受，忍受，到忍受不了时便打量，“我为什么不自杀?”当然无理由实现这种蠢事。“我能忘了一切多好!”事实上这一切全都忘不了。

幸好老朋友还近在身边，但也令人痛苦。由于她年龄已需要重新将“友谊”作一度诠释，从各方面加以思索，观点有了小小错误。她需要的好像已经完全得到了，事实上感觉到所得的却是极不重要的一份。她明白，由于某种性情上的弱点，被朋友认识得太多，友谊中那点诗与火倒给毁去了。因此造成一种情绪状态，他不特不能帮助她，鼓励她向上作人，反而会从流行的不相干传说，与别方面的忌讳，使他在精神上好像与她越离越远，谈什么都不大接头。过去一时因抖气离开了她的那个刚直自重的朋友呢，虽重新从通信上取得了一些信托，一点希望，来信总还是盼望她能重新作人，不说别的事情，意思也就正对于她能否“重新作人”还感到怀疑。疑与妒并未因相隔六年相去七千里而有所改变。这个人若肯来看看她，即可使她得到很大的帮助。但那人却因负气或别的事务在身，不能照她愿望行事。那两兄弟呢，各自已从大学毕了业，各在千里外作事，哥哥还时常来信，在信上见出十分关心，希望时间会帮他点忙，改变一些人的态度。事实上她却把希望兴趣放在给弟弟的信上。那弟弟明白这个事情，且明白她的性情，因此来信照例保留了一点客气的距离。她需要缩短一点这种有意作成的距离，竟无法可想。另外一种机缘，却又来了一个陌生人，一个公务员，正想用求婚方式自荐。她虽需要一个家庭，但人既陌生，生活又相去那么远，这问题真不知将从何说起。另外又有一个朋友，习工科的，来到她身边，到把花同糕饼送了十来次后，人还不甚相熟，也就想用同样方式改变生活。两件事以及其他类似问题，便作成同居十年老同学一种特殊情绪，因妒生疑，总以为大家或分工或合作，都在有所计谋。以为她如不是已经与这个要好，就是准备与那个结婚，敌对对象因时而变，所以亦喜怒无常。独占情绪既受了损害，因爱成恨，举凡一个女人在相似情形中所能产生的幻想，所能作出的行为，无不依次陆续发生。就因这么一来，却不明白恰好反而促成身边那个造成一种离奇心理状态，使她以为一切人对她都十分苛刻。因疑成惧，也以为这人必然听朋友所说，相信事实如此，那人必将听朋友所说，以为事实又或如彼。一切过去自己的小小过失，与行为不端谨处，留下一些故事，都有被老同学在人前扩大可能。这种“可能”便搅扰得她极不安宁，竟似乎想逃避无可逃避。这种反常心理状态，使她十分需要一个人，而且需要在方便情形下有那么一个人，笨一点也无妨，只要可以信托，就可抵补自己的空虚。也就因此，生活上即来了一个平常大学生，为人极端平常，衣服干干净净，脑子简简单单，然而外表老实，完全可靠。正因为人无用也便无害，倒正好在她生活中产生一点新的友谊。这结果自然是更多麻烦！

先是为抵制老同学加于本身的疑妒，有一个仿佛可以保护自己情绪安定的忠厚可靠朋友在身边，自然凡事都觉得很好。随后是性情上的弱点，不知不觉间已给了这个大学生不应有的过多亲近机会。在一个比较长的时期中，且看出大学生毫无特长可以自见，生活观念与所学所好都庸俗得出奇，如此混下去，与老朋友过去一时给她引起那点向上作人理想必日益离远。而且更有可怕地方，是习惯移人，许多事取舍竟不由已。老同学虽在过去一时事事控制她，却也帮助了她幻想的生长。这大学生在目前，竟从一个随事听候使唤的忠仆神气，渐渐变而为独断独行主子样子。既如许多平常大学生一般生活无目的，无理想，读书也并无何种兴趣。无事可作时，只能看看电影，要她去就不好不去。一些未来可能预感，使她有点害怕。觉得这个人将来的麻烦处，也许可能比七年前旧情人的妒嫉，老朋友的灰心，以及老同学的歇斯迭里亚种种表现，综合起来还有势力。新的觉醒使她不免害怕担心，要摆脱这个人，由于习惯便摆不脱，尤其是老同学的疑妒，反而无形帮助了那大学生，使她不能不从大学生取得较多的信托，稳定自己的情感。

她于是在这种无可奈何情形中活下去，接受每天一切必然要来的节目，俨然毫无自主能力来改变这种环境。苦痛与厌倦中，需要一点新的力量鼓起她做人的精神，从朋友方面，得不到所需要时，末后反而还是照习惯跟了那个大学生走去，吃吃喝喝，也说说笑笑，接受一点无意义的恭维，与不甚得体的殷勤。

这自然是不成的！正因为生活中一时间虽已有些新的习惯不大好，情感中实依然还保留了许多别的美丽印象和幻想。这印象和幻想，与当前事实比时，不免使她对当前厌恶难受。看看“过去”和“未来”，都好像将离远了，当前却留下那么一个人。在老同学发作时，骂大学生为一个庸俗无用的典型，还可激起她反抗情绪，产生自负自尊心，对大学生反而宽容一点。但当老同学一沉默，什么都不提及，听她与大学生玩到半夜回转住处也不理会，理性在生命中有了势力，她不免觉得惭愧。

然而她既是一个女子，环境又限人，习惯不易变，自然还是只能那么想想，“我死了好”，当然不会死。又想“我要走开”，一个人往那里走？又想“我要单独，方能自救”，可是同住一个就离不开；同住既有人，每天作事且有人作伴同行，在办事处两丈见方斗室中，还有同事在一张桌子上办公，回到住处，说不定大学生已等得闷气许久了。这世界恰像是早已充满了人，只是互相妨碍，互相牵制，单独简直是不可能的梦想！单独既不可能，老同学误会又多，都委之于她的不是，只觉这也不成，那也不对，反抗埋怨老同学的情绪随之生长。先一刻的惭愧消失了。于是默默的上了床，默默的想，“人生不过如此”。就自然在不知觉间失去不少重新作人气概。因为当前生活固然无快乐可言，似乎也不很苦。日子过下去，她不向深处思索，虽不大见出什么长进，竟可说是很幸福的！

## 第　三

可是世界当真还在变动中，人事也必然还有变迁。精神上唯一可以帮忙的老朋友，看看近来情形不大对，许多话说来都无意义，似乎在她自己放弃向上理想以前，先对她已放弃了理想，而且由正面劝说她“应当自重”，反而恶作剧似的，要她去和大学生“好好做爱”好好使用那点剩余青春了。几个自作多情的求婚者？相熟一个出了国，陌生一个又因事无结果再无勇气来信，至于留在五千里外那个朋友，则因时间空间都相去太远，来信总不十分温柔，引不起她对未来的幸福幻想，保护她抵抗当前自弃倾向。……更重要的是那个十年相处的女同学，在一种也常见也不常有情绪中，个人受尽了折磨，也痛苦够了她，对于新的情况始终不能习惯。虽好像凡事极力让步，勉强适应，终于还是因为独占情绪受了太大打击，只想远远一走，方能挽救自己情感的崩溃，从新生活中得到平衡。到把一切近于歇思的里表现，一一都反应到日常生活后，于是怀了一脑子爱与恨，有一天当真就忽然走开了。

起始是她生活上起了点变化，仿佛因老同学一走，一切“过去”讨厌事全离开了，显得轻松而自由。老同学因爱而恨产生的各式各样诅咒，因诅咒在她脑子中引起的种种可怕联想，也一起离远了。老朋友为了别的原因，不常见面了。大学生初初像是生疏了许多。可是不久放了暑假，她有些空闲，大学生毕业后无事可作，自然更多空闲，由空闲与小小隔离，于是大学生更像是热烈了许多。这热烈不管用的是如何形式表现，既可增加一个女人对于美丽的自信，当然也就引起她一点反应。因此在生活上还是继续一种过去方式，恰如她自己所谓，活得像一篇“无章无韵的散文”。不过生命究竟是种古怪东西，正因为生活中的实际，平凡而闷人，倒培养了她灵魂上的幻想。生活既有了变化，空闲较多，自然多有了些单独思索“生活”的机会。当她能够单独拈起“爱”字来追究时，不免引起“古典”和“现代”的感想，就经验上即可辨别出它的轻重得失。什么是诗与火混成一片，好好保留了古典的美丽与温雅？什么是从现代通俗电影场面学来的方式，做作处只使人感到虚伪，粗俗处已渐渐把人生丑化？因此一面尽管习惯与大学生生活混得很近，一面也就想得很远很远。且由于这种思索，却发现了许多东西，即平时所疏忽，然而在生命中十分庄严的东西。所思所想虽抽象而不具体，生命竟似乎当真重新得到了一种稳定，恢复了已失去作人信心，感到生活有向上需要。只因为向上，方能使那种古典的素朴友谊与有分际有节制的爱，见出新的光和热。这比起大学生那点具体而庸俗的关系时，实在重要得多了。

然而她依旧有点乱，有点动摇。她明白时间是一去不返的，凡保存在印象中的诗，使它显现并不困难。只是当前所谓具体，却正在把生命中一切属于“诗”的部分，尽其可能加以摧残毁灭。要挣扎反抗，还得依赖一种别的力量，本身似乎不大济事。当前是性格同环境两样东西形成的生活式样，要打破它，只靠心中一点点理想或幻念，相形之下，实在显得过于薄弱无力了。

她愿意从老朋友或女同学方面得到一点助力，重新来回想女同学临行前给她那种诅咒。在当时，这些话语实在十分伤害她的自尊心，激起她对大学生的负短心。这时节已稍稍不同了一些。

老同学临行前说：“ＸＸ，我们今天居然当真离开了，你明白我为什么走。你口上尽管说舍不得我走，其实凭良心说，你倒希望我走得越远越好。你以为一离开我就可以重新做人，幸福而自由在等待你。好，我照你意思走开！从明天起你就幸福自由了！可是我到底是你一个好朋友，明白你，为你性格担心。你和我离开容易，我一走了，要你同那个平凡坯子大学生离开恐不容易。这个人正因为无什么学问，可有的是时间，你一定就会吃亏到这上头。你要爱人或要人爱，也找个稍像样子的人，不是没有这种人！你目前是在堕落，我说来你不承认，因为你只觉得我是被妒嫉中伤了，再不会想到别的事情。我一提及就损害了你的自尊心，到你明白真正什么叫作自尊心时，你完了。末了你还可以说，只要我们相爱，就很好！好，这么想你如果当真可以快乐一点，就这么想。我讨厌这种生活，所以要走了。”

女同学自然不会明白她并不爱大学生，其所以和大学生来往亲密，还只是激成的。老朋友呢，友谊中忌讳太多，见面也少起来，以为是对她好，其实近于对她不好。

什么是“爱”？事情想来不免重新又觉得令人迷糊。她以为能作点事，或可从工作的专注上静一静心。大学生当然不会给她这点安静的，事实上她应当休息休息，把一颗心从当前人事纠纷中解放出来，方可望恢复心境的平衡常态。但是这“解放”竟像是一种徒然希望，自己既无可为力，他人也不易帮忙。

过去一时她曾对老朋友说："人实在太可怕了，到我身边来的，都只想独占我的身心。都显得无比专制而自私，一到期望受了小小挫折，便充满妒和恨。实在可怕。"老朋友对于这个问题却回答得很妙："人并不可怕。倘若自己情绪同生活两方面都稳得住，友谊或爱情都并无什么可怕处。你最可担心的事，是关心肉体比关心灵魂兴趣浓厚得多。梳一个头费去一点钟，不以为意，多读半点钟书，便以为太累。且永远借故把日子混下去，毫无勇气重新好好做个人，这对你前途，才真是一件最可怕的事！"

可是，这是谁的过失？爱她，了解她，说到末了，不是因妒嫉就是因别的忌讳，带着不愉快痛苦失望神情，或装作谨慎自重样子，远远走开。死的死去，陌生的知情知趣的又从无勇气无机会来关心她，同情她，只让她孤单单无望无助的，活到这个虚伪与俗气的世界中。一个女人，年纪已二十六岁，在这种情形下她除了听机会许可，怀着宽容与怜悯，来把那个大学生收容在身边，差遣使唤，做点小小事情，同时也为这人敷粉施朱，调理眉发，得到生命的意义，此外还有什么方法，可以满足一个女人那点本性？

所以提到这点时，她不愿意老朋友误解，还同老朋友说："这不能怪我，我是个女人，你明白女人有的是天生弱点，要人爱她。那怕是做作的热情，无价值的倾心，总不能无动于衷，总不忍过而不问。姐姐不明白，总以为我会嫁给那一个平平常常的大学生，所以就怀着一腔悲恨走开了。就是你，你不是有时也还不明白，不相信吗？我其实永远是真实的，无负于人的！"

老朋友说："可是这忠实有什么用？既不能作你不自重的辩护，也不能引起你重新做人的勇气，你明白的，若忠实只在证明你做爱兴趣浓于做人兴趣，目前这生活，对你有些什么前途，你想象得出！待你真真实实感到几个朋友为你不大自重，对你已当真疏远时，你应当会有点痛苦的。你若体会得出将来是什么，你尤其不能不痛苦！"

她觉得有点伤心，就抖气说："大家都看不起我，也很好。什么我都不需要，我希望单独。"

老朋友明白那是一句反话。所以说："是的，这么办你当然觉得好。只是得到单独也不容易！一个人决不能完全放下‘过去’，也无法拒绝‘将来’，你比别人更理会这一点。一时不自重的结果，对于一个女人，可能有些什么结果，你自己去好好想三五天，再决定你应作的事。”

于是老朋友沉默了。日月流转不息，一切过去的，自然仿佛都要成为一种“过去”。不会再来了。来到身边的果然就只是那个大学生。这件事说来却又像并非思索的结果，只是习惯的必然。

## 第　四

转到住处后，一些回忆咬着她的心子。把那束高原蓝花插到窗前一个小小觚形瓶中去，换了点养花水，无事可作，便坐下来欣赏这丛小花。同住的还不归来，又还不到上灯吃饭时候。黄昏前天气闷热而多云。她不知道她实在太累，身心两方面若果都能得到一个较长时期的休息，对于她必大有帮助。

过了一阵，窗口边那束蓝花，看来竟似乎已经萎悴了，她心想：

“这东西摆到这里有什么用处？”可是并不去掉它。她想到的正像是对于个人生命的感喟，与瓶花又全不相干。因此联想及老朋友十余年来给她在情感上的教育，对生命的一点意见，玩味这种抽象观念，等待黄昏。“其实生命何尝无用处，一切纯诗即由此产生，反映生命光影神奇与美丽。任何肉体生来虽不可免受自然限制，有新陈代谢，到某一时必完全失去意义，诗中生命却将百年长青！”她好像在询问自己，生命虽能产生诗，如果肉体已到毫无意义，不能引起疯狂时，诗歌纵百年长青，对于生命又有何等意义？一个人总不能用诗来活下去。尤其是一个女人，不能如此。尤其是她，她自以为不宜如此。

不过这时节她倒不讨厌诗。老朋友俨然知道她会单独，在单独就会思索，在思索中就会寂寞，特意给了她一个小小礼物，一首小诗。是上三个月前留下的。与诗同时还留下一个令人难忘的印象。她把诗保留到一个文件套里，在印象中，却保留了一种温暖而微带悲伤的感觉。

小瓶口剪春罗还是去年红
这黄昏显得格外静　格外静
黄昏中细数人事变迁
见青草向池塘边沿延展
我问你　这应当惆怅？还应当欢欣
小窗间有夕阳薄媚微明

青草铺敷如一片绿云
绿云相接处是天涯
诗人说芳草碧如丝人远天涯近
这比拟你觉得近情？不真
世界全变了　世界全变了　是的　一切都得变
心上虹霓雨后还依然会出现

溶解了人格和灵魂　叫做爱
人格和灵魂需几回溶解
爱是一个古怪字眼儿　燃烧人的心
正因为爱　天上方悬挂千万颗星　和长庚星
你在静中眼里有微笑轻漾
你黑发同苍白的脸儿转成抽象

温暖文字温暖了她的心，她觉得快乐也觉得惆怅。还似乎有点怜悯与爱的情绪，在心上慢慢生长。可是弄不清楚是爱自己的过去，还是怜悯朋友的当前？又似乎有一种模糊的欲念生长，然而这友谊印象却已超过了官能的接近，成为另外一种抽象契合了。为了对于友谊印象与意象的捕捉，写成为诗歌，这诗歌本身，其实即近于一种抽象，与当前她日常实际生活所能得到的，相隔好像太远了。她欣赏到这种友谊的细微感觉时，不免有点怨望，有点烦乱，有点不知所主。

小瓶中的剪春罗业已萎悴多日。池塘边青草这时节虽未见，却知道它照例是在繁芜中向高处延展，迷目一望绿。小窗口长庚星还未到露面时。……这一切都像完全是别人事情，与她渺不相涉。自己房中仿佛什么都没有。心上也虚廓无边，填满了黄昏的寂静。

日头已将落尽，院子外阔大楠木树叶在微风中轻轻动摇，恰如有所招邀。她独自倚靠在窗口边，看天云流彩，细数诗中的人事，不觉自言自语起来，“多美丽的黄昏，多可怕的光景！”正因为人到这种光景中，便不免为一堆过去或梦景身心都感到十分软弱，好像什么人都可以把她带走。只要有一个人来说，“我要你，你跟我走。”就不知不觉会随这个人走去。她要的人既不会在这时走来，便预感到并不要的那个大学生会要来。只好坐下来写点什么，像是文字可即固定她的愿望。带她追想“过去”，方能转向“未来”，抵抗那个实际到不可忍受的“当前”。她取出纸笔，试来给老朋友写一个信，告他一点生活情形。

XX，我办公回来，一个人坐在窗边发痴。心里不受用。重新来读读你那首小诗，实在很感动。但是你知道，也不可免有一点痛苦。这一点你似乎是有意如此，用文字虐待一个朋友的感情，尤其是当她对生活有一点儿厌倦时！天气转好了，我知道你一定还留在XX。你留下的意思是不见我。好个聪明的老师，聪明到用隔离来教育人！我搬来已十五天，快有三个月不见你了，你应当明白这种试验对于我的意义。我当真是在受一种很可怕的教育。我实在忍受不了，但我沉默忍受下去。这是我应分得到的。可是你，公平一点说，这是我应分得到的？同住处一位是《红楼梦》的崇拜者，为人很天真可爱，警报在她想象中尽响，她只担心大观园被空袭，性格爱娇处可想而知。这就是你常说希有的性格，你一定能欣赏。从我们住处窗口望出去，穿过树林的罅隙，每天都可望到你说的那颗长庚星。我不明白你为什么心那么硬，知道我的寂寞，却不肯来看看我，也从不写个信给我。我总那么傻想，应当有个人，来到我这里，陪陪我，用同样心跳在窗边看看蓝空中这颗阅尽沧桑的黄昏星，也让这颗星子看看我们！那怕一分一秒钟也成，一生都可以温习这种黄昏光景，不会感到无聊的！我实在很寂寞，心需要真正贴近一颗温柔而真挚的心。你尽管为我最近的行为生我气，你明白，我是需要你原谅，也永远值得你原谅的！写到这里不知不觉又要向你说，我是一个女人！一个女人是照例无力抵抗别人给她关心的，糊涂处不是不明白。但并不会长远如此。情谊轻重她有个分量在心中。说这是女人的小气也成。总之她是懂好歹的，只要时间稍长一点，她情绪稳定一点。负心不是她的本性，负气也只是一时间的糊涂。你明白，我当前是在为事实与理想忍受两种磨折。理想与我日益离远，事实与我日益相近。我很讨厌当前的自己。我并不如你所想象的是一个能在一种轻浮生活中过日子下去的人。我盼望安静，孤独一点也无妨。我只要一个……我要的并未得到，来到我生活上，紧附在生活上的是一堆，我看得清清楚楚，实在庸俗而平凡。可是这是我的过失？别的人笑我，你不应当那么残忍待我。你明白事情，这命运是谁作主？……我要挣扎，你应当对于我像过去一样，相信我能向上。这种信托对我帮助太大了。而且也只有这种完全信托能唤回我的做人勇气和信心。

信写成后看看，情绪与事实似乎不大符合。正好像是一个十九世纪多情善怀女子，带点福楼拜笔下马丹波娃利风格，来写这么一封信。个人生活正在这种古典风格与现代实际矛盾中，灵魂需要与生活需要互相冲突。信寄给乡下老朋友只增多可怕的流言，和许多许多不必要的牵连。保留下来即多忌讳，多误会。因此写成后看看，便烧掉了。信烧过后又觉得有点惋惜，可惜自己这时节充满青春幻想的生命，竟无个安排处。

稍过一时，又觉得十九世纪的热情形式，对当前说来，已经不大时髦，然而若能留到二十世纪末叶的人看看，也未尝不可以变成一种动人的传奇！同时说不定到那时节还有少数“古典”欣赏者，对这种生命形式感到赞美与惊奇！因此重新从灰烬中去搜寻，发现一点残余。搜寻结果，只是一堆灰烬，试从记忆中去搜寻时，却得到些另外东西，同样保留了些十九世纪爱情的传奇风格。这是六年前另外一个大学生留下的。这朋友真如自己所预言，目下已经腐了，烂了，这世界上俨然只在她心中留下一些印象，一些断句，以及两人分张前两天最后一次拌嘴，别的一切全都消灭了。

她把这次最后拌嘴，用老朋友写诗的方式，当成一首小诗那么写下来：

我需要从你眼波中看到春天
看到素馨兰花朵上那点细碎白
我欢喜　我爱
我人离你远　心并不远

你说爱或不爱全是空话
该相信　也不用信不信
你瞧　天上一共有多少颗星
我们只合沉默　只合哑

谁挂上那天上的虹霓　又把它剪断
那不是我　不是我
你明白那应当是风的罪过
天空雨越落越大了　怎么办

天气冷　我心中实在热烘烘
有炉火闷在心里燃烧
把血管里的血烧个焦　好
我好像做了个梦　还在做梦

能烧掉一把火烧掉
爱和怨　妒嫉和疑心　微笑的影子　无意义的叹息
给它烧个无踪无迹
都烧完后　人就清静了　多好

你要清静我明天就走开

向顶远处走
让梦和回想也迷路
我走了　永远不再回来

这个人一走开后，当真就像是梦和回想也迷了路，久远不再回到她身边来了。可是她并不清静。试温习温习过去共同印象中的瓦沟绿苔，在雨中绿得如一片翡翠玉，天边一条长虹，隐了又重现。秋风在疑嫉的想象中吹起时，虹霓不见了，那一片绿苔在这种情形中已枯萎得如一片泥草，颜色黄黄的："让它燃烧，在记忆中燃烧个净尽"。她觉得有点痛苦，但也正是一种享受。她心想，"活的作孽，死的安静。"眼睛业已潮湿了。过去的一场可怕景象重复回到记忆中。

"为什么你要离开我？"

"为了妒嫉？"

"为什么要妒嫉？"

"这点情绪是男子的本性。你爱不真心，不专一，不忠实，我以我——"

"你不了解我。我永远是忠实的。我的问题也许正是为人太忠实，不大知道作伪，有些行为容易与你自私独占情绪不合。"

"是的，你真实，只要有人说你美丽可爱，你就很忠实的发生反应。一个荡妇也可以如此说，因为都是忠实的。"

"这也可说是我一种弱点，可是……"

"这就够了！既承认是弱点，便自然有悲剧。"

她想："是的，悲剧，你忍受不了，你要走，远远的走，走到一个生疏地方，倒下去，死了，腐了，一切都完事了。让我这么活下来，怎么不是悲剧？一个女子怕孤独的天性，应当不是罪过！你们男子在社会一切事实上，都照例以为女子与男子决不能凡事并提，只是一到爱情上，就忘却我们是一个女子，忘了男女情绪上有个更大的差别。而且还忘了社会对于女子在这方面多少不公平待遇！假如是悲剧，男子也应当负一半责任，至少负一半责任！"

每个朋友从她的身边走开时，都必然留下一份小小的礼物，连同一个由于失望而灰心的痛苦印象。她愿意忘了这一切人事，反而有更多可怕的过去追踪而来。来到脑子后，便如大群蜂子，嗡嗡营营，搅成一团，不可开交。“好，要来的都来，试试看，总结算一下看。”忽然觉得有了一种兴趣，即从他人行为上反照一下自己，人生究竟是怎么一回事的兴趣。

## 第　五

小手提箱中还留下另外几个朋友一些文件，想找寻一份特别的信看看。却在一本小说中，得到几张纸。她记得《茶花女》故事，人死时拍卖书籍，有一本《漫郎摄实戈》，她苦笑了一下，这时代，一切都近于实际，也近于散文，与浪漫小说或诗歌抒写的情境相去太远了。然而一些过去遇合中，却无一不保存了一点诗与生命的火焰，也有热，有光，且不缺少美丽而离奇的形式。虽有时不免见出做作处，性格相左处，不甚诚实处，与“真”相去稍远，然而与“美”却十分接近。虽令人痛苦，同时也令人悦乐，即受虐待与虐待他人的秘密悦乐。这固然需要资本，但她却早已在过去生命上支付了。

她把那些信一一看下去。第一个是那个和她拌嘴走开的大学生写的，编号三十一，日子一九三五年八月。

> 世界都有春天和秋天，人事也免不了。当我从你眼波中看出春天时，我感觉个人在这种春光中生息，生命充实洋溢，只想唱歌，想欢呼，俨然到处有芳茵，我就坐在这个上面，看红白繁花在微风中静静谢落。我应当感谢你，感谢那个造物的上帝，更感谢使我能傍近你的那个命运。当我从你眼睛中发现秋天时，你纵理我敷衍我，我心子还是重重的，生命显得萎悴而无力，同一片得秋独早的木叶差不多，好像只要小小的一阵风，就可以把我刮跑！刮跑了，离开了我的本根，也离开了你，到一个不可知的水沟边躺下。我死了，我心还不死。我似乎听到沟中细碎流水声音，想随它流去，可办不到。我于是慢

慢的腐了，烂了，完事。但是你在另外一种情形中，一定却正用春天的温暖，燃烧另外一些人的心，也折磨人的心！……

简直是一种可怕的预言，她不敢看下去了。取出了另外一个稍长的，编号第七十一，三年前那个朋友写给她的。日子为四月十九。

黄昏来时你走了，电灯不放亮，天地一片黑。我站在窗前，面对这种光景十分感动。正因为我手上仿佛也有一片黑，心上仿佛也有一片黑。这黑色同我那么相近，完全包围住我，浸透了我这时节的生命，□□，你想想看，多动人的光景！

我今天真到一个崭新境界里，是真实还是梦里？完全分不清楚，也不希望十分清楚。散在花园中景致实在希有少见。葡萄园果实成熟了，草地上有浅红色和淡蓝色小小花朵点缀，一切那么美好那么静。你眉发手足正与景色相称，同样十分平静，在你眼睛中我看出一种微妙之火，在你脚踵和膝部我看到荷花红与玉兰白的交溶颜色。在另外一部分我还发现了丝绸的光泽，热带果的芳香。一切都近于抽象，比音乐还抽象，我有点迷糊，只觉得生命中什么东西在静悄悄中溶解。溶解的也只是感觉……已近黄昏，一切寂静。唉，上帝。有一个轻到不可形容的叹息，掉落到我或你喉咙中去了。

这一切似乎完全是梦，比梦还飘渺，不留迹象。

黄昏来时先是一阵黑。等不久，天上星子出现了，正如一个人湿莹莹的眼睛。从微弱星光中我重新看到春天。这些星光那么微弱，便恰像是从你眼睛中反照发生的。（**然而这些星光也许要在太空中走一千年！**）

有什么花果很香，在微热夜气中发散。我眼前好像有一条路又那么生疏又那么熟习，我想散散步。我沿了一行不知名果树走去，连过两个小小山头，向坦坦平原走去。经过一道斜岭，几个干涸的水池，我慢慢的走去，道旁一草一木都加以留心——。一切我都认得清清楚楚。路旁有百合花白中带青，在微风中轻轻摇动，十分轻盈，十分静。山谷边一片高原蓝花，颜色那么蓝，竟俨然这小小草卉是有意摹仿天空颜色作成的。触目那么美，人类语言文字到此情形中显得贫弱而无力，失去了它应有的意义。我摘了一朵带露百合花，正不知用何种形式称颂这自然之神奇，方为得体，忽然感到一种恐惧，恰与故事中修道士对于肉体幻影诱惑感到恐惧相似，便觉醒了。我事实上生在完全孤独中。你已离开我很久了。事实上你也许就从不曾傍近过我。

当我感觉到这也算是一种生命经验时，我眼睛已湿，当我觉得这不过是一种抽象时，我如同听到自己的呜咽时，我低了头。这也就叫做“人生”！

我心里想，灵魂同肉体一样，都必然会在时间下失去光泽与弹性，唯一不老长青，实只有“记忆”。有些人生活中无春天也无记忆，便只好记下个人的梦。雅歌或楚辞，不过是一种痛苦的梦的形式而已。“一切美好诗歌当然都是梦的一种形式而已。”

一切美好诗歌当然都是梦的一种形式，但梦由人作，也就正是生命形式。这是个数年前一种抒情的记载，古典的抒情实不大切合于现代需要。她把信看完后，勉强笑笑，意思想用这种不关心的笑把心上的痛苦挪开。可是办不到。在笑中，眼泪便已挂到脸上了。一千个日子，大事变了多少！当前黄昏如何不同！

她还想用“过去”来虐待自己，取了一个纸张顶多的信翻看。编号四十九，五年前三月十六的日子。那个大学二年级学生，因为发现她和那两兄弟中一个小的情感时写的。

露水湿了青草，一片春。我看见一对班鸠从屋脊上飞过去，落到竹园里去了。听它的叫声，才明白我鞋子裤管已完全湿透，衣袖上的黄泥也快干了。我原来已到田中走了大半夜，现在天亮又回到住处了。我不用说它. 你应当明白我为什么这样挫磨自己。

我到这地方来，就正是希望单独寂寞把身心和现实社会一切隔绝起来。我将用反省教育我自己。这教育自然是无终结的。现在已五个月了，还不见出什么大进步，我意思是说，自从你所作的一件可怕事情，给我明白后，我在各方面找寻一种可以重新使生命得到稳定的碇石，竟得不到。可是我相信会有进步，因为时间可以治疗或改正一切。对人狂热，既然真，就无不善。使用谨慎而得体，本可以作为一个人生命的华鬘，正因为它必同时反映他人青春的美丽。这点狂热的印象，若好好保留下来，还可以在另外一时温暖人半冷的心，恢复青春的光影，唤回童年的痴梦。可是我近年来的狂热，用到些什么地方，产生了什么结果？我问你。正因为这事太痛苦我，所以想对自己沉静，从沉静中正可看守自己心上这一炉火，如何在血中燃烧。让他慢慢的燃烧，到死为止！人虽不当真死去，燃烧结果，心上种种到末了只剩余一堆灰烬，这是可以想象得出的！

我有许多天都整夜不曾合眼，思索人我之间情分的得失，或近于受人虐待，或近于虐待他人。总像是这世界上既有男女，不是这个心被人践踏蹂躏，当作果核，便是那个心被人抛来掷去当作棋子。我想从虚空中证出实在，似乎经验了一种十分可怕的经验，终于把生命稳住了。我把为你自杀当成一件愚蠢而又懦怯的行为，战胜了自己，嫉与恨全在脑子中消失，要好好活下来了。

我目下也可以说一切已很好了。谢谢你来信给我关心和同情。至于流露在字里行间的意思，我很懂得。你的歉仄与忏悔都近于多余，实在不必要。你更不用在这方面对我作客气的敷衍。你是诚实的，我很相信。由于你过分诚实便不可免发生悲剧。总之，一切我现在都完全相信，但同样也相信我对于两人事情的预感，还是要离开你！

来信说，你还希望听听我说的梦。我现在当真就还在作梦。在这暗暗灯光下，用你所熟习的这支笔捕捉梦境。我照你所说，将依然让这些字一个一个吻着你美丽的眼睛。你欢喜这件事，把这信留下，你厌烦了这件事，尤其是那个税专学生到每天有机会傍近你身边，来用各种你所爱听的谄媚话语赞美你过后，再将那张善于说谎的嘴唇吻你美丽的眼睛时，这个信你最好是烧了它好。我并不希望它在你生活上占一个位置。我不必需，我这种耗废生命的方式，这应当算是最后一次了。

世界为什么那么安静？好像都已死去了，不死的只有我这颗心。我这颗心很显然为你而跳已多日，你却并不如何珍重它，倒乐意（不管有心还是无意）践踏它后再抛弃它。是的，说到抛弃时你会否认，你从不曾抛弃过谁，不，我不必要再同你说，这些话，说来实无意义。

我好像在一个海边，正是梦寐求之的那个海边，住在一间绝对孤僻的小村落一间小房中，只要我愿意，我可以从小窗口望到海上，海上正如一片宝石蓝，一点白帆和天末一线紫烟。房中异常素朴，别无装饰，我似乎坐在窗口边，听海波轻轻的啮咬岸边岩壁和沙滩。这个小房间当是你熟习的地方。因为恰好是你和我数年梦想到的海边！可是目下情形实在大不相同，与你所想象的大不相同。

“什么人刚刚从小房中走出，留下一点不可形容的脂粉余香？究竟是什么人？”没有回答。“也许不止一个人。”我自己作答了。

这一定不会是一个皮肤晒得黑黑的女人。我摹想有那么一个女人，先前一刻即在这个小房中，留下了许久，与另外一个男子作了些很动人的事情。我想着嵌在衣柜门那一个狭长镜子，镜子中似乎还保留一个秀发如云长颈弱肩的柔美影子，手足精美而稚弱，在被爱中有微笑和轻颦。还看到一堆米黄色丝质物衣裳在她脚边，床前有一束小小红花，已将枯萎，象征先一刻一个人灵魂在狂热中溶解的情形，我明白那香味了，那正是这个具有精美而稚弱手足的女子，肉体散放出的香味。我心中混乱起来了，忽然间便引起一种可怕的骚扰。小房中耽不住了，只好向屋外走去。

走出那个小房子后，经过一堆大小不一的黛色石头，还看见岩石上有些小小蚌壳粘附在上面发白。又经过一片豆田，枝叶间缀满了白花紫花。到海滩边我坐了下来。慢慢的就夜了，夜潮正在静中上涨，海面渐渐消失于一片紫雾中。这紫雾占领了海面同地面，什么也看不见。我感到绝对的孤独，生命俨然在向深海下沉，可是并不如何恐怖。心想你若在我身边，这世界只剩下我和你，多好的事！过不久，星子在天中出现了，细细碎碎，借微弱星光，看得出那小房子轮廓。沙子中还保留一点白日的余热，我把手掌贴到上面许久。海水与我的心都在轻轻的跳跃，我需要爱情，来到这个海滩上就正为的是爱。我预感到沙滩上应当有那么一个人，就是在小房中留下一些肉体余香，在镜子中依稀还保留一个秀发如云小腰白齿微笑影子的人。她必然正躺在这个沙地上某一处休息，她应当有所等待！我于是信步走去，沙滩狭而长，我预备走一整夜。天空中星光晦弱下去了，我心中却有一颗大星子照耀。是的，当真有一颗星子的光曜，为的是五个月前在这海边我曾经有过你，可是你同星子一样，如今离我已很远很远了！

我问你，一个人能不能用这种梦活下去，却让另一个人在另外一个地方同你去证实那种梦境？忘掉我这个人，也忘掉我这最后一个荒唐梦，因为你需要的原不是这些。我几年来实在当真如同与上帝争斗，总想把你改造过来，以为纵生活在一种不可堪的庸俗社会里，精神必尚有力向上轻举，使“生命”成为一章诗歌。可是到末了我已完全失败。上帝关心你的肉体，制作时见出精心着意，却把创造你灵魂的工作，交给了社会习惯。你如同许多女子一样，极端近于一个生物。从小说诗歌上认识了“爱”字，且颂扬赞美这个字眼儿。可是对于这个字的解释便简单得可怕。都以为“你爱我，好，你就爱吧。我年纪小，一切不负责！（连教育好好认识一下这个字的责任也不负！）到后来再说。”感觉这个字的意义，都是依傍了肉体，用胃和肢体来证实，与神经几乎全无关系。神经既不需要一种熔金铄石的热情，生命便无深度可言，也不要美，不要音乐和诗歌——要的只是照社会习惯所安排的一个人，一种婚姻，以及一份无可无不可的生活！生存无理想，生活无幻想，为的是好精力集中生男育女！虽有一点幻想或理想，来到都市上，使用在头发形式和衣服长短的关心上，也就差不多了。这就是我所谓女子更生物的一面。人类生活土真正有了势力，能装点少数人生活，却将破坏大多数人习惯！你属于肉体的美丽，自然更证明你是个女人，适宜于凡事“照常”。我想同上帝争斗，在你生命中输入诗或音乐的激情，使你得到一种力量，战胜一个女子通常的弱点，因之生命有向上机会。我的结果只作成一件事，我已失败。你的需要十分正常，在爱情上永远是被动，企图用最少力量，得到一个家庭，再储蓄了最多力量，准备抚育孩子。柔弱的性情即见出宜于为母的标帜。一个女子在生物学观点上卖弄风情正是婚前的本性，必到为母后方能情感集中，所以卖弄风情也并非罪恶。从行为上说来，你是一株真正的“寄生草”，无论在情感上还是生活上，都永远不用希望向上自振。星空虽十分壮丽，不是女性生物所宜住。你虽然觉得一切超越世俗的抽象观念美丽与崇高，其实你适宜于生活在一种卑陋实际中。任何高尚理想都不能在你生命中如男子一般植根发芽，繁荣生长。我已承认这种失败，所以只有永远同你离开。你还年青，适宜于去同一些男子用一种最合社会习惯的方式耗费它。前途不会很难堪，尤其是我离开了你决不会很难堪，凡吝啬一文钱的人也许可以保留到明天作别的使用，凡吝啬生命给予的，这流动不居一去不返生命，你留不住，像待遇我那么方式更留不住。真想留住青春，只有好好使用这点青春。爱惜生命不是拒绝爱，是与一个人贴骨贴心的爱，到将来寂寞时再温习过去，忍受应有的寂寞！

不，这些事是不用我说的！你明白的已经够多了。你按照一个生物学上的女性说来，就不会“寂寞”。诗人都想象女子到三十岁后，肉体受自然限制，柔美与温雅动人处再不能吸引男子关心时，必然十分寂寞。这可说完全出于男子荒唐的想象！上帝到那时已为你安排一群孩子，足够你幸福满意活下去。文学作品中的闺怨诗，大都是男子手笔，少数女子作品意识范围也只表示“不能为母”的愿望。我虽为你轻浮而走，再也不会妒嫉你的轻浮了。正因为这几个月的单独，读过了几本

> 大书，使我明白轻浮原是每个女子的本性。不过稍稍为你担心，忧虑你这点性情必然使生活烦累而疲倦，尤其是在那么性情中加一点理想，性格既使你乐意授受多方面轻浮的爱情，理想又使你不肯马马虎虎与一个人结婚，因此一来必然在生活中有不少纠纠纷纷，好在你常常喜说“一切有命”，我也就用不着在此事上饶舌了。我应当祝你幸运。

信看完后，留下一些过去印象把她心变软了。她自言自语说：“是的，因为我的为人，一切朋友都差不多同一理由，如此很残忍的离开了我。我不会寂寞，因为我是一个女人，当然不懂得什么叫做寂寞！可是你们男子懂些什么？自以为那么深刻认识女人，知道女人都有一种属于生物的弱点。从类型看个体，发掘女人灵魂如此多，为什么却还要凡事责备女人，用信来虐待我！明知女人都有天生的弱点，又明白环境限人，社会待女人特别不公平，为自卫计女人都习惯于把说谎掩饰一部分过失，为什么总还诅咒女人虚伪？既明白女人都相当胆小怕事，可无一不需要个忠诚的爱人和安定的家庭，为什么有求于女人时，稍稍失望，就失去了做人自信心，远远的一走，以为省事？不能完全，便想一死，这是上帝的意思，还是人类不良的习惯？在女人，爱情固不能把灵魂淘深，在男子，究竟是什么，许许多多灵魂淘深以后，反而把心腔子变得如此狭小？一个人懂别人那么多，为什么懂自己反而那么少？对生命如此明白，对女子为什么反而还是不能相谅？是的，不管是懂不懂寂寞，轻浮是天生还是人为，要爱情还是要婚姻，我自己的事当然自己可以处理。不管将来是幸福还是不幸，我要活下去，我就照我方式活下去。社会不要我，我也就不用管社会!”

想来越走越与本题离远，她觉得这不成。她有点伤心起来，似乎还预备同这几个朋友拌嘴，但如果这时节任何一个朋友如来到她身边，她一定什么话都不说。她实在需要他们爱她，也需要更多一点认识她，信中不温柔处，她实在受不了。尤其是她需要那个为忌讳与误会沉默不声离开了她的老朋友，她以为最能理解她，原谅她，真正还会挽救她，唯有这个对她不太苛刻的老朋友。

## 第　六

本来意思正想用“过去”抵制“目前”，谁知一堆“过去”事情丛集到脑中后，反而更像是不易处理。她实在不知道应当怎么办。她把几封信重新一一折好，依然夹到那本《爱眉小札》书中去。随意看了几页书，又好像从书中居然看出一线做人希望。作者是一个善于从一堆抽象发疯的诗人，死去快近十年了。时间腐烂了这个人壮美的身体，且把他留在情人友好记忆中的美丽印象也给弄模糊了。这本书所表现的狂热，以及在略有装点做作中的爱娇、寂寞与欢乐的形式，目下二十岁左右的青年人已看不大懂。她看过后却似乎明白了些他人不明白的事情。

她想，我要振作，一定要振作。正准备把一本看过大半的小说翻开，院中有个胡卢声音。那个日常贴在身旁的大学生换了一套新洋服，头上光油油的，脸刚刮过，站在门边谄谄的笑着。她也笑着。两人情绪自然完全不同，这一来，面前的人把她带回到二十世纪世界中了。好像耳朵中有个声音“典型的俗物”，她觉得这是一种妒嫉的回声。因为说这话的不是一个是一群人，已离开她很远很久了。她镇静了一下，双眉微皱问大学生：

“衣服是刚做的？”

那二十世纪的典型，把两只只知玩扑克牌的手插在袴袋里，作成美国电影中有情郎神气，口中胡胡卢卢的说：

“我衣服好看吗？香港新样子。你前天那件衣才真好看！我请你去看电影，看七点那场，《魂归离恨天》。”

“你家里来了钱，是不是？”心里却想，“看电影是你唯一的教育。”

憨笑着不做声，似乎口上说的心中想的全明白。因为他刚好从一个同乡处借了五十块钱，并不说明，只作出“大爷有钱”样子。过一会用手拍拍袴腰边又说：“我有钱呐！我要买楼上票，换你那件顶好看的衣服去。我们俩都穿新衣。”话说得实在无多趣味。可是又随随便便的说，“他们都说你美！长得真美！”

她高兴听人家对她的称赞，却作成不在意相信不过且略带抵抗性神气，随随便便的问大学生："他们是谁？不是你那些朋友吧。"

大学生不曾注意这种询问，因为视线已转移到桌上一小朵白兰花上去了。把花拈到手中一会儿，闻嗅了一下，就预备放进洋服小口袋中去。

她看到大学生这种行动，记起前不久看《日出》戏剧中的胡四抹粉洒香水情形，心中大不愉快，把花夺到手中："你不要拿这个，我要戴它。"

"那不成。我欢喜的。把我好了。"

"不欢喜。一个男人怎么用这种花？又不是唱戏的。"

"什么，什么，我不演戏！我偏要它！"大学生作成撒娇的样子，说话时含糊中还带点腻。她觉得很不高兴，可是大学生却不明白。到后来，还是把花抢去了，偏着个梨子头，谄而娇的笑着，好像一秒钟以前和日本人打了一次胜仗，争夺了一个堡垒，又光荣又勇敢。声音在喉与鼻间抑出，"宝贝，和我看电影去，我要你去，换了那件顶好看的衣服去！"

他不快乐摇摇头："我今天不想去。你就会要我作这些事情，别的什么都不成，我们坐下来谈谈不好吗？为什么只想出去玩？"

"我爱你……"他不说下去了，因为已感到今天空气情形稍微和往常不同。想缓和缓和自己，于是口中学电影上爱情主角，哼了一支失望的短歌，声音同说话一样，含含糊糊，反使她觉得好笑。在笑里她语气温和了好些。

"ＸＸ，你要看你自己去看，我今天不高兴同你出去。我还不曾要魂归离恨天。"

大学生作成小家子女人被妒嫉中伤时咬一咬嘴唇："约了别人？"

她随口答应说："是的，别人约了我。我要一个人留在这里等他。"

大学生受了伤似的，颈脖本来长长的，于是缩得短了一半，腮帮子胀得通红，很生气的说："那我就走了。"又稍转口气说，"为什么不高兴？”又转激昂的说，“你变了心。好，好，好。”

她只是不作声。

大学生带着讽刺口吻又悻悻的说：“你不去，好。”

她于是认真生气说：“ＸＸ，你走好，离开这个房子，越快越好，我以后不要你到我这里来。我实在够厌烦你了！”

可是大学生明白她的弱点，暴雨不终日，飘风不终朝，都只是一会儿。他依然谄媚的微笑着，叫着他特意为她取的一个洋文名字，问她说：“□□□，我到那里等你，我买两张票子，在楼上第X排，今天是世界上有名的悲剧！”

“我不来的。”

“你一定会来。”

“我绝对不来。”

“那我也不敢怨你！”

大学生走去后，她好像身心都轻松了许多，且对自己今天的行为态度有点诧异，为什么居然能把这个人遣开。

二十世纪现实，离开了这个小房间后，过了一会，窗上的夕阳黄光重新把她带回到另外一种生活抽象里去。事情显然，“十九世纪今天胜利了”。她想了想不觉笑将起来。记起老朋友说的“眼睛中有久远春天，笑中有永远春天”，便自言自语：“唉，上帝，你让我在一天中看到天堂，也贴近地面，难道这就叫做人生？”停了一会儿，静寂中却仿佛有个含含糊糊的声音回答：“我买了票子等你，你来了，我很快乐，你不来，我就要生气失望，喝酒，失眠，神经失常，到后我还会自杀，你怕不怕？”

“你可有神经？你也会害神经病？”

“我走了，让你那个女同学回到身边来，你怕不怕？”

这自然毫无什么可怕，可怕的是那一会儿时间，时间过去了，她总得想，她想到大学生，那点装模作样神气，和委曲小心处二而一，全为的是爱她，她的情绪不同了。忘了那点做事可笑处，也忘了诗与火，忘了“现代”与“古典”在生命中的两不相容，觉得刚才不应当使大学生扫兴。赶忙把镜子移到桌子边，开了灯，开了粉盒，对镜台匀抹脂粉。两点钟后两人已并排坐在电影院里柔软椅子上，享受那种现代生活，觉得是一对现代人了。不然，魂归离恨天不过是一个故事，和自己渺不相涉了。到散场时，两人都好像从电影上得到一点教育。两人在附近咖啡馆内吃了一点东西，又一同在大街上年青男女队伍中慢慢散步，大学生只就他脑子所能想到的默默的想，“我要走运，发了十万块钱财多好。”她呢，心中实在受了点刺激，不大愉快。两人本来并排走去，不知不觉就和他离开了些。忽然开口问大学生：

“你毕了业怎么办？”

“我正找事做。这世间有工作方有饭吃。”

“是的，有工作方有饭吃。可是你做什么事？是不是托你干爹找事？”

大学生有点发急，话说得越加含糊：

“ＸＸ，这简直是——口气，取笑我。谁是我的干爹？我不做人干儿子干舅子！我托同乡周先生帮我忙，找个事做。得不到工作，我就再读两年书。我要研究学问。”

她心想：“你能读什么书？研究什么学问？”记起老同学的诅咒，因此口中却说：“你要抖点气，努努力才好。一个男子总得有点男子气，不能混混混！在学校混毕业，到社会又混职业，不长进被人笑话。”

“我一定要——有人帮我说话！”

“为什么要人帮忙，不自己努力？你这是在做人，做一个男子！做男子是不要人帮忙，凭能力找饭吃的。”

“运气不好，所以——”

“什么叫做运气？我觉得你做人观念实在不大高明。”

因为语气中对大学生有一点轻视意思，一点不愉快意思，大学生感到不平，把嘴兜着不再做声，话不曾说出口。意思以为世界上不公平事情很多，大家都不规矩，顶坏的人顶有办法，我姓蒋的纵努力，读死书到读书死，有什么用？我也要做人，也要做爱！我现在是做爱，爱情一有了着落，我就可以起始做人了。但怎么样做人，做什么样的人，在他脑子里却并无什么概念。恰如应付许多事情一样，想了一下，无结果，也就罢了。

大学生对于生活作“最近代”的想象计算时，她也想着，一种古典的情绪在脑子里生长中。她想：“我为什么居然会同这么个人混下去？读书毫无成就，头脑糊糊涂涂，就只是老实，这老实另一面也就正是无用。这算是什么生活？”于是她向大学生说：“我头有点痛，我要坐车回去。”

上车后，回头还看见这个穿新衣便觉快乐的大学生，把手放在嘴边抹抹，仿照电影上爱人抛了一个吻给她。她习惯的笑了一笑回到住处时，头当真有了一点儿痛。诗与火离开生活都很远很远了，从回想中也找不回来。重新看看那几封信，想给五千里外十年老友各写一个信，到下笔时竟不知写什么好。心里实在乱糟糟的，末了却写在日记本上：

> 一个人有一个人的命运，这所谓命运，正是过去一时的习惯，加上自己性格上的弱点而形成的。

当她搜寻什么是自己的弱点时，似乎第一次方真正发现自己原来是一个“女人”。这就很够了。老朋友曾经说过，一个女人受自然安排，在生理组织上，是不宜于向生命深处思索，不然，会沉陷到思索泥淖里的。

她觉得身心都很疲累了，得休息休息，明天还是今天的继续，一切都将继续存在下去，并且必然还负带那个长长的“过去”，一串回忆，也正是一串累赘，虽能装饰青春，却丝毫无助于生活的调处。她心想，“我为什么不自杀？是强项还是懦怯？”她不明白为什么会有这种想象。虽想起这件事却并不可怕，因为同时还想起大学生爱她的种种神气。便自言自语，“一切人不原谅我也好”，那意思就是我有了解，不必要更多人了解。单独了解有什么用？一切关心都成麻烦，增加纷乱。真的了解应该是一点信托，忠诚无二，与无求报偿的作奴当差，完全没有自己……不过她这时实在已经累了，需要的还是安静。可是安静同寂寞恰正是邻居，她明白的。她什么都似乎很明白，只不知道自己有什么方法可以将生活重造。

她实在想要哭一哭，但是把个美丽的头俯伏在雪白枕上去，过不多久，却已睡着了。

廿九年七月十八写
卅一年十月末改写
三十二年五月重写

---

本篇曾以《新摘星录》为篇名发表于1942年11月22日，29日，12月6日，13日，20日《当代评论》第3卷第2～6期。署名沈从文。后经作者重写，以《摘星录》为篇名发表于1944年1月1日《新文学》第1卷第2期。署名沈从文。

据《新文学》文本编入。

# 虹　桥

一九四一年十月十七，云南省西部，由旧大理府向ＸＸ县入藏的驿路上，运砖茶、盐巴、砂糖的驮马帮中，有四个大学生模样的年青人，各自骑着一匹牲口，带了点简单行李，一些书籍、画具、和满脑子深入边地创造事业的热情梦想，以及那点成功的自信，依附队伍同行，预备到接近藏边区域去工作。就中有三个从国立美术学校出身，已毕业了三年。刚入学校作一年级新生时，战事忽然爆发，学校所在地的北平首先陷落，于是如同其他向后方流注转徙的万千青年一样，带着战争的种种痛苦经验，以及由于国家组织上弱点所得来的一切败北混乱印象，随同学校退了又退，从国境北端一直退到南部最后一省，才算稳定下来。学校刚好稳定，接着又是太平洋各殖民地的争夺，战争扩大到印缅越南。敌人既一时无从再进，因之从空间来扰乱，轰炸接续轰炸，几个年青人即在一面跑警报一面作野外写生情形中毕了业。战争还在继续进行中，事事需人工作，本来早已定下主意，一出学校就加入军队，为国家做点事。谁知军队已过宣传时期，战争不必再要图画文字装点，一切都只像是在接受事实，适应事实，事实说来也就是社会受物价影响，无事不见出腐化堕落的加深和扩大。因此几个人进入了一个部队不到三个月，不能不失望退出，别寻生计。但是后方几个都市，全都在疲劳轰炸中受试验，做不出什么事业可想而知。既已来到国境南端不远，不如索性冒险向更僻区域走走。一面预备从自然多学习一些，一面也带着点儿奢望，以为在那个地方，除作画以外终能为国家做点事。几个年青人于是在一个地图上画下几道记号，用大理作第一站，用ＸＸ作第二站，决定一齐向藏边跑去。三年前就随同一个马帮上了路，可是原来的理想虽同，各人兴趣却不一致，正因为这个差别，三个人三年来的发展，也就不大相同，各自在这片新地上，适应环境克服困难，走了一条不同的路，有了点不同的成就。就中那个紫膛脸、扁阔下颔、肩膊宽厚、身体结实得如一头黑熊，说话时带点江北口音，骑匹大白骡子的，名叫夏蒙，算是一行四人的领队。本来在美术学校习图案画，深入边疆工作二年，翻越过三次大雪山，经过数回职业的变化，广泛的接触边地社会人事后，却成了个西南通。现在是本地武装部队的政治顾问，并且是新近成立的边区师范学校负责人之一。另外一个黑而瘦小、精力异常充沛、说话时有中州重音，骑在一匹蹦来跳去的小黑叫骡背上的，名叫李粲。二年前来到大雪山下，本预备好好的作几年风景画。到后不久即明白普通绘画用的油蜡水彩颜料，带到这里实毫无用处。自然景物太壮伟，色彩变化太复杂，想继续用一支画笔捕捉眼目所见种种恐近于心力白用，绝不会有什么惊人成就。因此改变了计划，用文字代替色彩，来描写见闻，希望把西南边地徐霞客不曾走过的地方全走到，不曾记述过的山水风土人情重新好好叙述一番。那么工作了一年，到写成的《西南游记》，附上所绘的速写，在国内自由区几个大报纸上刊载，得到相当成功后，自己方发现，所经历见闻的一切，不仅用绘画不易表现，即文字所能够表现的，也还有个限度。到承认这两者都还不是理想工具时，才又掉换工作方式，由描绘叙述自然的一角，转而来研究在这个自然现象下生存人民的爱恶哀乐，以及这些民族素朴热情表现到宗教信仰上和一般文学艺术上的不同形式。在西南边区最大一个喇嘛庙中，就曾住过相当时日，又随同古宗族游牧草地约半年。这次回到省中，便是和国立博物馆负责人有所接洽，拟回到边区去准备那个象形文字词典材料搜集工作的。还有一个年青人，用牧童放牛姿式，稳稳的伏在一匹甘草黄大骅马后胯上，脸庞比较瘦弱，神气间有点隐逸味，说话中有点洛下书生味，与人应对时有点书呆子味，这人名叫李兰。在校时入国画系，即以临仿宋元人作品擅长。到大雪山勾勒画稿一年后，两个同伴对面前景物感到束手，都已改弦更张，别有所事，唯有他倒似乎对于环境印象刚好能把握得住，不仅未失去绘画的狂热，还正看定了方向，要作一段长途枯寂的探险。上月带了几十幅画和几卷画稿，到省中展览，得到八分成功后，就把所有收入全部购买了纸张绢素笔墨颜色，打量再去金沙江上游雪山下去好好的画个十年，给中国山水画开个崭新的学习道路。第四个年纪最轻，一眼看去不过二十二三岁，身材硕长挺拔，眉眼间却带点江南人的秀气。这人离开学生生活不过两个月，同伴都叫他“小周”。原本学了二年社会学，又转从农学院毕业。年事既极轻，入世经验也十分浅，这次向西部跑且系初次，因之志向就特别荒唐和伟大。虽是被姓夏的朋友邀来教书，在他脑子里，打量到的却完全近于一种抒情诗的生活梦。一些涉及深入边地冒险开荒的名人传记，和一些美国电影故事，在他记忆中综合而成的气氛，扩大加深了他此行奇遇的期待。他的理想竟可说不仅只是到边区去作知识开荒工作，还准备要完成许多更大更困难的企图。一行中三个人既都能作画，对风景具高度鉴赏力，几个人一路谈谈笑笑，且随时随处都可以停留下来画点画，领头的夏蒙，又因一种特殊身分，极得马帮中的信仰，大家生活习惯，又能适应这个半游牧方式，更重要的是雨季已到尾声，气候十分晴朗，所以上路虽有了四天，大家可都不怎么觉得寂寞辛苦。照路程算来，还要三天半，他们才能达到第二个目的地。

时间约摸在下午三点半钟，一行人众到了ＸＸ县属一个山冈边，地名“十里长松”。那道向西斜上的峻坂，全是黑色磐石的堆积。从石罅间生长的松树，延缘数里，形成一带茂林。峻坂逐渐上升，直到岭尽头，树木方渐渐稀少，旧驿路即延缘这个长坂，迎着一道干涸的沟涧而上，到达分水岭时方折向北行，新公路却在冈前即转折而东绕山脚走去。当二百个马驮随着那匹负旄带铃领队大黑骡，迤逦进入松林中，沿涧道在一堆如屋如坟奇怪突兀磐石间盘旋，慢慢的上山时，紫膛脸阔下巴的夏蒙，记忆中忽重现出一年前在此追猎黄麂的快乐旧事，鞭着胯下的白骡，离开了队伍，从斜刺里穿越松林，一直向那个山冈最高处奔去。到上面停了一会儿，举目四瞩，若有所见，随即用着马帮头目“马锅头”制止马驮进行的招呼声……

站，站，站，咦……呷！制止那个队伍前进。那个领队畜牲，一听这种熟习呼声，就即刻停住不再走动，张着两个大毛耳朵等待其他吩咐。照习惯，指挥马驮责任本来完全由“马锅头”作主，普通客人无从越俎代庖。但这位却有个特别原因。既是当地知名某司命官的贵客，又是中央机关的委员，更重要处是他对当地凡事都熟习，不仅上路规矩十分在行，即过国境有些事得从法律以外办点特别交涉的，他也能代为接头处理。几个同伴既得随地留连，因此几天来路上的行止，就完全由他管理。马锅头正以能和委员对杯喝酒为得意，路上一切不过问，落得个自在清闲，在马背上吹烟管打盹，自己放假。其时队伍一停止，这头目才从半睡盹中回醒。看看大白骡已离群上了山，赶忙追到上面去，语气中带着一分抗议三分要好攀交亲神情：

“委员，你可又要和几个老师画风景？这难道是西湖十景，上得画了吗？我们可就得在这个松树林子大石堆堆边过夜？地方好倒好，只是天气还老早啊！你看，火炉子高高的挂在那边天上，再走十里还不害事！”

话虽那么说，这个头目真正意思倒像是：“委员，你说歇下来就歇下来，你是司令官，一切由你。你们拣有山有水地方画画，我们就拣地方喝酒，松松几根穷骨头。树林子地方背风，夜里不必支帐篷，露天玩牌烧烟，不用担心灯会吹熄！”

夏蒙却像全不曾注意到这个，正把一双宜于登高望远的黄眼睛，凝得小小的，从一株大赤松树老干间向西南方远处望去。带着一种狂热和迷惑情绪，又似乎是被陈列在面前的东西引起一点混和妒嫉与崇拜的懊恼，微微的笑着，像预备要那么说：

“嗐，好呀！你个超凡入圣的大艺术家，大魔术家，不必一个观众在场，也表演得神乎其神，无时无处不玩得兴会淋漓！”

又若有会于心的点点头，全不理会身边的那一位。随即用手兜住嘴边，向那几个停顿在半山松石间的同伴大声呼喊：

“大李，小李，密司忒周，赶快上山来看看，赶快！这里有一条上天去的大桥，快来看！”

三匹坐骑十二个蹄子，从松林大石间一阵子翻腾跑上了山冈。

到得顶上时，几个人一齐向朋友指点处望去，为眼目所见奇景，不由得不同声欢呼起来：

“嗐，上帝，当真是好一道桥！”

呼声中既缺少宗教徒的虔信，却只像是一种艺术家的热情和好事者的惊讶混和物。那个马帮头目，到这时节，于是也照样向天边看看，究竟是什么桥。

“嗐，我以为什么桥，原来是一条扁担形的短虹，算那样！”

可是知道这又是京城里人的玩意儿，这一来，不消说必得在此地宿营了。对几个年青人只是笑着，把那个蒲扇手伸出四个指头，向天摇着：“少见多怪！四季发财。你们好好画下来，赶明天打完了仗，带到北京城里去，逗人看西洋景！”接着也轻轻的叫了一声“耶稣”，意思倒是“福音堂的老米，耶稣大爹我认得！”借作对于那声不约而同的“上帝”表示理会与答复。不再等待吩咐，吐一撮口沫在手上搓一搓，飞奔跑下了山冈，快快乐乐的去指挥同伙卸除马驮上的盐茶货物，放马吃草，准备宿营去了。

四个年青人骑在马背上，对着那近于自然游戏，唯有诗人或精灵可用来作桥梁的垂虹，以及这条虹所镶嵌的背景发怔时，几个人真不免有点儿呆相。还是顶年青活泼快乐的小周，提醒了另外三个。

“你们要画下来，得赶快！你看它还在变化！”

几个人才一面笑着一面忙跳下马，从囊中取出速写册子和画具，各自拣选一个从土石间蟠屈而起的大树根边去，动手勾勒画稿。年青的农学士无事可作，看见大石间那些紫茸茸的苔类植物，正开放白花和蓝花，因此走过去希望弄点标本。可是不一会，即放弃了这个计划，傍近同伴身边来了。他看看这一个构图，看看那一个傅彩，又从朋友所在处角度去看看一下在变化中的山景，作为对照。且从几个朋友神色间，依稀看出了同样的意见：

“这个那能画得好？简直是毫无办法。这不是为画家准备的，太华丽，太幻异，太不可思议了。这是为使人沉默而皈依的奇迹。只能产生宗教，不会产生艺术的！”于是离开了同伴，独自走到一个大松树下去，抱手枕头，仰天躺下，面对深蓝的晴空，无边际的泛思当前的种种，以及从当前种种引起的感触。

“这不能画，可是你们还在那么认真而着急，想捕捉这个景象中最微妙的一刹那间的光彩。你即或把它保留到纸上，带进城里去，谁相信？城市中的普通人，要它有什么用？他们吃维他命丸子，看美国爱情电影，等待同盟国装备中国军队，从号外听取反攻胜利消息，就已占据了生命的大部分。凡读了些政治宣传小册子的，就以为人生只有‘政治’重要，文学艺术无不附属于政治。文学中有朗诵诗，艺术中有讽刺画，就能够填补生命的空虚而有余，再不期待别的什么。具有这种窄狭人生观的多数灵魂，那需要这个荒野、豪华、而又极端枯寂的自然来滋润？现代政治唯一特点是嘈杂，政治家的梦想即如何促成多数的嘈杂与混乱，因之而证实领导者的伟大。第一等艺术，对于人所发生的影响，却完全相反，只是启迪少数的伟大心灵，向人性崇高处攀援而跻的勇气和希望。它虽能使一个深沉的科学家进一步理解自然的奥秘与程序，可无从使习惯于嘈杂的政治家以及多数人，觉得有何意义。因之近三十年来，从现代政治观和社会观培育出来的知识分子，研究农村，认识农村，所知道的就只是农村生活贫苦的一面。一个社会学者对于农村言改造，言重造，也就只知道从财富增加为理想。一个政治家也只知道用城市中人感到的生活幸或不幸的心情尺度，去测量农民心情，以为刺激农民的情感，预许农民以土地，即能引起社会的普遍革命。全想不到手足贴近土地的生命本来的自足性，以及适应性。过去宗教迷信对之虽已无多意义，目前政治预言对之也无从产生更多意义。农民的生活平定感，心与物实两相平衡。增加财富固所盼望，心安理得也十分重要。城市中人既无望从文学艺术对于人生作更深的认识，也因之对农民的生命自足性，以及属于心物平衡的需要，永远缺少认识。知识分子需要一种较新的觉悟，即欲好好处理这个国家的多数，得重新好好的认识这个多数。明白他们生活上所缺乏的不够，并需明白他们生活上还丰富的是些什么。这也就是明日真正的思想家，应当是个艺术家，不一定是政治家的原因。政治家的能否伟大，也许全得看他能否从艺术家方面学习认识‘人’为准……”

无端绪的想象，使他自己不免有点吓怕起来了。其时那个紫膛脸的夏蒙，也正为处理面前景物感到手中工具的拙劣，带着望洋兴叹的神气，把画具抛开，心想：

“这有什么办法？这那是为我们准备的？这应当让世界第一流音乐作曲家，用音符和旋律来捉住它，才有希望！真正的欣赏应当是承认它的伟大而发呆，完全拜倒，别无一事可以做，也别无任何事情值得做。我若向人说，两百里外雪峰插入云中，在太阳下如一片绿玉，绿玉一旁还镶了片珊瑚红，靺鞨紫，谁肯相信？用这个远景相衬，离我身边不到两里路远的松树林子那一头，还有一截被天风割断了的虹，没有头，不见尾，只直杪杪的如一个彩色药杵，一匹悬空的锦绮，它的存在和变化，都无可形容描绘，用什么工具来保留它，才能够把这个印象传递给别一个人？还有那左侧边一列黛色石坎，上面石竹科的花朵，粉红的、深蓝的、鸽桃灰的、贝壳紫的、完全如天衣上一条花边，在午后阳光下闪耀，阳光所及处这条花边就若在慢慢的燃烧起来，放出银绿和银红相混的火焰。我向人去说，岂不完全是一种疯话或梦话？”

小周见到夏蒙站起身时，因招呼他说：

“夏大哥，可画好了！成不成功？”

夏蒙一面向小周处走来，一面笑笑的回答说：

“没有办法，不成功！你看这一切，那是为我们绘画准备的？我正想，要好好表现它，只是找巴哈或悲多汶来，或者有点办法。可是几个人到了这里来住上半年，什么事不曾做，倒只打量到中甸喇嘛庙去作和尚，也说不定——巴哈的诚实和谦虚，很可能只有走这条路，因为承认输给自然的伟大，选这条路表示十分合理。至于那个大额角竖眉毛的悲多汶，由于骄傲不肯低头，或许会自杀。因为也只有自杀，方能否定个人不会被自然的庄丽和华美征服。至于你我呢？我画不好，简直生了自己的气，所以两年前即放弃了作大画家的梦，可是间或还手痒痒的，结果又照例付之一叹而完事！你倒比我高明，只是不声不响的用沉默表示赞叹！”

“你说我？我想得简直有点疯！我想到这里来，表示对于自然的拜倒，不否认，不抵抗，倒不一定去大庙中做喇嘛出家，最好还是近人情一点，落一个家，有了家，我还可以为这片土地做许多事！‘认识’若有个普遍的意义，居住在这地方的人，受自然影响最深的情感，还值得我们多留点心！我奇怪，你到了这里那么久，熟人又多，且预备长远工作下去，怎不选个本地女人结婚？”

“哈哈，那你倒当真是更进一步，要用行动来表示了。机会倒多的是，不过也不怎么容易！因为这不止需要克服自己的勇气，还要一点别的。”

“你意思是不是说对于他人的了解？我刚才一个人就正在胡思乱想，想到中国当前许多问题。中国地方实在太大，人口虽不少，可是分布到各地方，就显得十分隔离。这个地域的隔离还不怎么严重，重要的还是情绪的隔离。学政治经济的，简直不懂得占据这大片土地上四万万手足贴近泥土的农民，需要些什么，并如何来实现它，得到它。由于只知道他们缺少的是什么，全不知道他们充足的是什么，一切从表面认识，表面判断，因此国家永远是乱糟糟的。三十年革命的结果，实在只作成一件事，即把他们从田中赶出，训练他们学习使用武器，延长内战下去，流尽了他们的血，而使他们一般生活更困难，更愚蠢。我以为思想家对于这个国家有重新认识的必要。这点认识是需要从一个生命相对原则上起始，由爱出发，来慢慢完成的。政治家不能做到这一点，一个文学家或一个艺术家必需去好好努力。”

“老弟，你年龄比我们小，你理想可比我们高得多！理想的实证，不是容易事。可是我相信是能用行为来实证理想的。到有一天你需要我帮忙时，我一定用行为来拥护你！”

“好，我们拍个巴掌。说话算数。”

另外两个还在作画的，其中一个李粲，本来用水彩淡淡的点染到纸上山景，到头来不能不承认失败，只好放下这个拙劣的努力，回转身对松林磐石黑绿错杂间卸除马驮的眼前景象，随意勾几幅小品，预备作游记插图。但是这个工作平日虽称擅长，今天却因为还有那个马串铃在松林中流宕的情韵，感到难于措手。听到两人拍手笑语，于是放下画具向两人身边走来。

“不画了，不画了，真是一切努力都近于精力白费！我们昨天赶街子，看到那个乡下妇人，肩上一扇三十斤大磨，找不到主顾，又老老实实的背回家去，以为十分可笑。可是说得玄远一点，那个行为和风景环境都多调和！至于我们的工作？简直比那乡下婆子更可笑。我们真是勉强得很！”

小周说：“可是你和小李这次在省里开的写生展览会，实在十分成功，各方面都有极好批评！”

李粲说：“这个好批评就更增加我们的惭愧。我们的玩意儿，不过是骗骗城里人，为他们开开眼界罢了。就像当你见到的，我是老早就放弃了作画家的。去年四五月间，我和一群本地人去中甸大庙烧香，爬到山顶上一望，有十个昆明田坝大的一片草原，郁郁青青完全如一张大绿毯子，到处点缀上一团团五色花簇，和牛群羊群。天上一道曲虹如一道桥梁，斜斜的挂到天尽头，好像在等待一种虔诚的攀援。那些进香的本地人，连两个小学校长在内，一路作揖磕头，我先还只觉得可笑，到后才忽然明白一件事情，即这些人比我们活得谦卑而沉默，实在有它的道理。他们的信仰简单，哀乐平凡，都是事实。但那个人接受自然的状态，把生命谐合于自然中，形成自然一部分的方式，比起我们来赏玩风景搜罗画本的态度，实在高明得多！我们到这里来只有四个字可说，即少见多怪。这次到省里，X 教授问我为什么不专心画画，倒来写游记文章。文章不好好的写下去，又换了个方向，弄民俗学，不经济！我告他说，X 先生，你若到那儿去一年半载，你的美术史也会搁下了。我们引为自夸的艺术，人手所能完成的业绩，比起自然的成就来，算个什么呢？你若到大雪山下看到那些碗口大的杜鹃花，完全如彩帛剪成的一样，粘在合抱粗三尺高光秃的矮桩上，开放得如何神奇，神奇中还到处可见出一点诙谐，你才体会得出‘奇迹’二字的意义。在奇迹面前，最聪敏的行为，就只有沉默，崇拜。因为仿拟只能从最简陋处着手，一和自然大手笔对面，就会承认自己能做到的，实在如何渺小不足道了。故宫所藏宋人花鸟极有个性的数林桩，那个卷子可算得是美术史的瑰宝，但比起来未免可笑！”

紫膛脸的夏蒙，见洛下书生还不曾放下他的工作，因此向小周说：“我们都觉得到这里来最好是放弃了作画家的梦，学学本地人把本身化成自然一部分。生活在一幅大画图中，不必妄想白用心力。可是李大哥呢，他先是说颜色不够用，我来写吧，来把徐霞客当年不曾到过的，不曾记下的，补写一本西南游记吧。虽承认普遍颜色不够用，可并不知道文字也不大济事！到后来游记也不写了，学考古了。上次到剑山去访古，来回八天，回丽江时，背上扛了个沉甸甸的包袱，告人说是得了宝物。我先也还以为他是到土司处得了个大金碗银藏轮。解开一看，原来是一块顽石！只因为上面刻了一个象形文字的咒语，就扛了这石头跋涉近十天。他的麽些文字辞典的工作，就正是从这个经验起始的！这比我们昨天看到那个扛磨石妇人，自然大不相同……至于那位呢，总还不死心。你看他那个神气，就可知一定还在……”

说得三个人都不免笑将起来。在远处的李兰，知道几个人说的话与他必有关，因此舞着手中那个画册子应答说：

“你们又认输了，是不是？我可还得试一试！你们要的是成功，所以不免感觉到失败。我倒只想尽可能来从各方面作个试验。”

话虽那么说，但过不多久，走过几个朋友身边时，大家争来看他的画稿，才知道他勾勒的十几幅画稿，还只是一些大树，树林中一些散马，原来那个不着迹象的远景捕捉，他也早放弃了。

大家把先前一时所作的几十幅山景速写整理出来，相互交换欣赏时，认为李兰一幅全用水墨涂抹，只在那条虹上点染了一缕淡红那张小景为最成功。其余凡用色彩表现色彩的，都近于失败。却以为这是他的一种发现，一种创见。

李兰却表示他的意见说：

“这就是我说的经验！不是发明，是摹仿！我记得在学校讲南北宗时，XX 先生总欢喜称引旧话，以为画鬼容易，画人难。画奇禽异兽容易，画哈巴狗和毛毛虫难。写天宫梦境容易，写日常事物困难。人人都说 XX 先生是当代论画权威，都极相信他的意见。若带他来这地方逛一年，他的讲义可就得完全重写：因为他会觉得所见到的事事物物，都完全不能和画论相合。若写实，反而都成了梦境，更可知道任何色彩的表现都有个限度。而限度还异常狭小，山水中的水墨画，且比颜色反而更容易表现某种超真实的真实印象。当年顾陆王吴号称大手笔，对于墨色的使用，一定即比彩色更多理解，从他们的遗迹上即可见出。都明白色彩的重要，像是不敢和自然争胜，却将色彩节约到吝啬程度，到重要处才使用那么一点儿。顾吴人物的脸颊衣彩那点儿淡赭浅绛，即足证明对于彩色虽不能争胜，还可出奇。以少许颜色点染，即可取得应有效果。我知道摹仿自然已无可望，因此试学吴生画衣缘方法涂抹一线浅红，居然捉住了它……”

洛下书生正把画论谈得津津有味时，小周一面听下去一面游目四瞩，忽然间，看到山冈下面松树林中，扬起一缕青烟，这烟气渐上渐白，直透松林而上，和那个平摊在脚下松林作成的绿海，以及透出海面大小错落的乌黑乱石，两相对比，完全如一种带魔术性的画面，因此突然说：

“你们看这个是什么！一片绿，一团团黑，一线白，一点红，大手笔来怎么办？在画上，可看过那么一线白烟成为画的主题？有颜色的虹，还可有方法表现，没有颜色的虹，可容易画？”

那个出自马帮炊食向上飏起的素色虹霓，先是还只一条，随即是三条五条，大小无数条，负势竞上一直向上升腾，到了一个高点时，于是如同溶解似的，慢慢的在松树顶梢摊成一张有形无质的乳白色罽毹，缘着淡青的边，下坠流注到松石间去。于是白的、绿的、黑的，一起逐渐溶成一片，成为一个狭而长的装饰物，似乎在几个年青人脚下轻轻的摇荡。远近各处都镀上夕阳下落的一种金粉。且逐渐变成蓝色和紫色。日头落下去了，两百里外的一列雪岫上十来个雪峰，却转而益发明亮，如一个一个白金锥，向银青色泛紫的净洁天空上指。

四个人都为这个入暮以前新的变化沉默了下来，尤其是三个论画的青年，觉得一切意见一切成就都失去了意义。

---

本篇发表于1946年6月1日《文艺复兴》第1卷第5期。署名沈从文。

# 雪晴

新编集。集名为编者所拟。

本集编入作者1945～1947年发表的互有联系的小说4篇：《赤魇》、《雪晴》、《巧秀和冬生》、《传奇不奇》。

# 赤　魇

——我有机会作画家，到时却只好放弃了。

我们一行五个人，脚上用棕衣缠裹，在雪地里长途步行已到第六天。算算路程，今天傍晚应当到达目的地了。大约下午一点左右，翻过了小山头，到得坳上一个青石板砌就的灵官庙前面，照例要歇一会儿脚。时值雪后新晴，石条子上的积雪正在融化，并无可坐处，大家就在路当中站站。地当两山转折点，一道干涸的小溪涧被浮雪填了大半，上面有些野雉狐兔的纵横脚迹。溪涧侧是一丛丛细叶竹篁，顶戴着一朵朵浮松白雪，时时无风自落。当积雪卸下时，枝条抖一抖，即忽然弹起一阵雪粉，动中越见得安静。远望照耀在阳光下的罗列群山，有些像是顶戴着白雪帽子，静静的在那里向阳取暖。有些却又只稀疏疏的横斜挂几条白痕，其余崖石便显得格外深靓。近望坳下山谷，可看见一个小小田坝，田地大小不一，如雪片糕一般散乱重叠在那里。四个村落分散在田坪四周山凹间，一簇簇落叶科乔木，白杨，银杏，枫木树，和不落叶成行列的松杉，成团聚的竹林，孤立挺起的棕榈，以及橘柚果木，错杂其间。山东面树木丛中是一列长垣，围绕着个大院落，山西面房屋却就地势分割成三组，每一聚约莫有三十户人家。一条溪涧由东山蛆绕过，流经长垣外，再曲折盘旋沿西边几个村子，消失到村后。虽相去那么远，仿佛还可听到雪水从每个田沟缺口注入溪中时的潺潺声。村中应有的碾坊、油坊、庙宇、祠堂，从房屋形制和应占位置上，都可一一估计得出。在雪晴阳光下，远近所见一种清寂景象，实在异常动人。四个同伴见我对于眼前事物又有点发痴，不想走路神气，于是照例向我开开小玩笑，叫我做“八大”。就中一个年纪最轻的，只十五岁，初中二年级学生，姓满的伙伴就说：

“八哥，这又可以上画了，是不是？你想作画家，到我们这里来有多少东西可画！只怕一辈子也画不完，还不如趁早赶到地，和我们去雪里打斑鸠炒辣子吃，有意思！”其余三位正若完全同意这种嘲谑，都咕咕的笑着。

“我们是现代军人，可不是充军，忙什么？”我话中也语意双关，他们明白的。

“我们还有三十里蛮路[①]，得赶路！太晚了，恐怕赶不上，就得摸黑。你看这种鬼天气，一到傍晚，路上被夜风一吹，冻得滑溜溜的，闪不知掉到河沟里去，怎么办？”从话语中，从几个人都急于要走路神气，我明白他们是有点故意开玩笑的，可不明白用意所在。

我于是也装作埋怨口气：“嗨，你们这个地方，真像书上说的，人也蛮，路也蛮，我实在走不动了！你们想家你们尽管先走，我要在这里呆个半天，捶一捶草鞋耳子。我问你，究竟还有多远路？”

“八哥，行船莫算，打架莫看。”一个年长同伴接着又把话支开，“嗨，你们听，村子里什么人家讨新媳妇，放炮吹唢呐，打发花轿出门！”

试听听，果然笳声悲咽断续中，还零零落落响了一阵小鞭炮。我摇摇头，因为对于面前景物的清寂，和生命的律动，相揉相混所形成的一种境界，已表示完全的皈依。庙后路坎上有四株老山楂树，树根蟠拱，露出许多窟窿。我一声不响，傍着潮湿的老树根坐下来了。用意是“这里就是有大虫的景阳冈，我好歹也得坐坐。”

几个人见我坐下时，还是一致笑着，站在路当中等待。

我这次的旅行，可以说完全出于意外。原来三年前我还只是一个“二尺半”，一个上名册的丘八，经常职务不是为司令官出去护卫，就是押老实乡下人到城外去法办；两件事轮流进行，当时对于我倒似乎分别不出什么意义，因为一出动就同样有酒肉可吃。护卫到乡绅家，照例可吃蒸鹅，辣子炒黄麂，还可抽空到溪边看看白脸长眉毛乡绅大姑娘，光着两只白脚挑水，说两句不太难为情的笑话。杀人时〔刽子手〕[②]就用那把血淋淋的大刀，和同伴去随意割切屠户卖的猪羊肉，拿回住处棚里红焖。谁知有一天，我的焖狗肉本领偶然被一个军法官发现，我就变成司书了。现在，我忽然又从军法处被上司调回家乡别墅去整理书画。至于这个差事如何派到我头上，事情凑巧，说来还是和我这一生前后所遇到的别的许多事情相似，很像一种神话可不是神话。总之，我将从这个新派的职务回乡了。

其时正值学校放寒假，有四个相熟同乡学生要回家过年，就邀我先到他们乡下去，约好过了年，看过乡下放大烟火后，再返城办事。四个人住处离县城四十五里，地名“高枧”，我既从未到过，加之走的又是一条生路，不经县城，所以远近全不熟习。四个青年同伴在学校折磨了一个学期，一路就只谈论家中过年的情形，为家中准备的大块肥腊肉大缸甜米酒而十分兴奋。我早已没有家，也没有什么期望，一路却只好独自默默的用眼目所接触的景物，印证半年来保留在记忆中都是些大小画幅。一列迎面生树的崖石，一株负石孤立的大树，以及一亭一桥的布置，一丘一壑的配衬，凡遇到自然手笔合作处，有会于心时，就必然得停顿下来，好好赏玩一番。有时或者还不免近于发呆，为的是自然的大胆常常超过画人的巧思。不是被同伴提起的两件事引起注意，我每天在路上照例有几次落后。一件是下坍路坎边，烂泥新雪中，钵头大的虎掌印。另一件是山坳上荷了两丈长南竹梭镖，装作猎户实行向过路人收买路钱的“坐拗老总”。一个单身上路的客人，偶然中碰到一件，都是不大好玩的！我被同伴叫作“八大”或“八哥”，也由此而来。

这时节虽在坳上，下山一二里就是村落，村落中景物和办喜事人家吹的唢呐声音，正代表这小地方的和平与富庶。因此我满不在意，从从容容接受几个同伴的揶揄，从中却漩起一种情感，以为“为自己一生作计，当真应当设法离开军队改业学画。学习用一支笔来捕捉这种神奇的自然。我将善用所长，从楮素上有以自见。一个王子能够作的事，一个兵也未见得不能作！”但是想想看，从舞着血淋淋的大刀去割人家猪肉的生活，到一个画家的职业，是一段多长的距离！一种新的启示与发现，更不免使我茫然失措。原来正在这个当儿，在这个雪晴清绝山谷中，忽然腾起一片清新的号角声，一阵犬吠声。我明白，静寂的景物虽可从彩绘中见出生命，至于生命本身的动，那分象征生命律动与欢欣在寒气中发抖的角声，那派表示生命兴奋而狂热的犬吠声，以及在这个声音交错重叠综合中，带着碎心的惶恐，绝望的低嗥，紧迫的喘息，从微融残雪潮湿丛莽间奔窜的狐狸和獾兔，对于忧患来临挣扎求生所抱的生命意识，可决不是任何画家所能从事的工作！我的梦如何能不破灭，已不大像是个人可以作主。

试就当前官觉所能接触的音响加以推测，这一切很显然是向我们这条路上越来越逼近。看看站在路当中几个同伴，正互相用脚踢着雪玩，竟若毫不在意，一面踢雪一面还是用先前神气对我微笑。俨然这只是他们一种预定的恶作剧，用意即在打破我作画家的妄想，且从比较上见出城里人少见多怪，因之方慌慌张张，至于他们，可用不着。

为表示同样从容，我于是笑着招呼年纪最小的一个伙伴："老弟，小心准备好你的齐眉棍，快有野猪来了。不要当路站，让野猪冲倒你！我们最好爬到坎上来，待它过身时，你从旁闷头来一棒，不管中不中，见财有分，今天我们就有野猪肉吃！……"

话未说完，就听到身后一株山楂树旁嗞的一响，一团黄毛物像一支箭射进树根窟窿里去了。大家猛不防吓了一惊，掉过头来齐声嚷叫："狐狸，狐狸！堵住，堵住！"

不到一会儿，几只细腰尖耳狗都赶来了，有三只鼻贴地面向树根直扑，摇着尾对窟窿狂吠，另一只卷毛种大型狗却向我那小同伴猛然一扑，我真着了急，"这可糟，怎不下手？"话说不出口，再看看，同伴已把手仗抛去，抱住了那只狗。原来他们是旧相识，骤然相见不免亲昵得很。随后是三个年青猎户，气喘吁吁的从岔路翻过坳来。这种人平时对山相去三里还能辨别草丛中黄獐和山羊的毛色，远远一见我们，都"哈"的大声叫喊着，直奔向我几个同伴，同伴也"哈"的向他们奔去。于是那支箭就在这刹那间，忽然又从树根射出，穿过我的脚前，直向积雪山涧窜去。几只狗随后追逐，共同将溪涧中积雪蹴起成一阵白雾。去不多远，一只狗逮住了那个黄毛团时，其余几只狗跟踪扑上前去，狐狸和狗和雪便滚成一团。在激情中充满欢欣的愿望，正如同吕马童等当年在垓下争夺项羽死尸一样情形。三个猎人和我那四个同伴，看见这种情形，也欢呼着一齐跳下山涧，向狐狗一方连跌带滚跑去。我一个人站在那个灵官庙前发呆，为了这一段短短时间所形成的空气，简直是一幕戏剧中最生动的一场，简直是……

还有更使我惊异的，即我们实际上已到了目的地，一里外山下那个村子，原来就是高枧！四个同伴预先商量好，要捉弄我，因之故作狡狯，村子已在眼前时，还说尚有三十里路，准备大家进到村子转入家中坐定后，才给我大大一惊。偏巧村子中人趁雪晴嗾狗追狐狸玩，迎接了我们。从猎人口中，我们才知道先前听到的唢呐鞭炮声，就是小同伴满家哥哥办喜事的热闹。过不多久，我们就可以和穿羽绫马褂的乡绅，披红风帽的小孩子，共同坐到那个大院落一栋新房子里方桌前面，在单纯鼓吹中，吃八大碗的喜酒了。这一来，镶嵌到这个自然背景和情绪背景中的我，作画家的美梦，只合永远放弃了。

---

本篇发表于1945年3月20日昆明《观察报·生活风》第20期。署名沈从文。同年6月14日又发表于重庆《益世报·益世副刊》。据《观察报·生活风》编入。

①蛮路，属当地土著人估算而未经认真丈量的路程。实际路程常比这数大许多。

②〔刽子手〕，系编者所加。

# 雪　晴

“巧秀，巧秀，……”

“可是叫我？哥哥！”

……

竹林中一片斑鸠声，浸入我迷蒙意识里。一切都若十分陌生又极端荒唐。雪晴。清晨。

我躺在一铺楠木雕花大板床上，包裹在带有干草香和干果香味的新被絮里，细白麻布帐子如一座有顶盖的方城，在这座方城中已甜甜的睡足了十个钟头。房正中那个白铜火盆，晚夜用热灰掩上的炭火，不知什么时候已被人拨开，加上些新栗炭，从炭盆中小火星的快乐爆炸继续中，我渐次由迷蒙渡到清醒。那个对话原来是斑鸠作成的。我明白，我又起始活在一种现代传奇中了。

昨天来到这地方以前，几个人几只狗在积雪被覆的溪涧中追逐狐狸，共同奔赴而前，蹴起一阵如云如雾雪粉，人的欢呼，兽的低嗥，所形成一种生命的律动，和午后雪晴景物相配衬，那个动人情景再现到我印象中时，已如离奇的梦魇，加上另外一堆印象，即初初进入村子里，从融雪带泥的小径，绕过了碾坊，榨油坊，以及夹有融雪寒意半涧溪水如奔如赴的小溪河迈过，转入这个有喜庆事的庄宅，在灯火煌煌，笳鼓竞奏中，和几个小乡绅同席照杯，参加主人家喜筵的热闹种种印象，增加了我对于现实处境的迷惑，因此各个印象不免重叠起来。虽重叠却并不混淆，正如同一支在演奏中的乐曲，兼有细腻和壮丽，每件乐器所发出的每个音响，即再低微也异常清晰，且若各有位置，独立存在，一一可以摄取。

新发酷的甜米酒，照规矩连缸抬到客席前，当众揭开那个厚棉盖覆时，一阵子向上泛涌泡沫的嗞嗞细声，即不曾被院坪中尖锐呜咽唢呐声音所淹没。屋主人的老太太，银白头发上簪的那朵大红山茶花，在新娘子十二幅红缣罗大裙照映中，也依然异样鲜明。还有那些成熟待年的女客人，共同浸透了青春热情黑而有光的眼睛，亦无不各有一种不同分量压在我的记忆上。我眼中被屋外积雪返光形成一朵朵紫茸茸的金黄镶边的葵花，在荡动不居情况中老是变化，想把握无从把握，希望它稍稍停顿也不能停顿。过去一切印象也因之随同这个幻美花朵而动荡，华丽，鲜明，难把握，不停顿！

眼中的葵花已由紫和金黄转成一片金绿相错的幻画，还正旋转不已。

“巧秀，巧秀！”“可是叫我？哥哥！”

这对话是可能的？我得回向过去，和时间逆行，追寻这个语音的踪迹，如同在雪谷中一串狐狸脚迹中，找寻那个聪明机灵小兽的窟穴。

……筵席上凡是能喝的，都醉倒了。住处还远应当走路的，点上火燎唱着笑着各自回家了，奏乐帮忙的，下到厨房，用烧酒和大肉丸子肥腊肉肿个膊子，补偿疲劳，各自方便，或抱个大捆稻草，钻进个空谷仓房里去睡觉，或晃着火把，上油坊玩天九牌过夜去了。一家中既有了酒阑人散情形，我自然也得有个落脚处！

白头上戴大红山茶花一家之主的老太太，站在厅堂前面，张罗周至的打发了许多事情后，就手颤抖抖的，举起一个大火炬，准备引导我到一个特意为安排好的住处去。面前的火炬照着我，不用担心会滑滚到雪中，老太太白发上那朵大红山茶花，恰如另外一个火炬，照着我回想起三十年前老一派贤惠能勤一家之主的种种，但是我最关心的，还是跟随我身后，抱了两床新装钉的棉被，一个年青乡下大姑娘，也好像一个火炬，俨然照着我的未来。我还不知她是什么人，只知道名叫巧秀。

原在厅子灯光所不及处，和一个收拾乐器的乡下人说话，老太太在厅子中间。

“巧秀，巧秀，可是你？”

“是我！”

“是你你就帮帮忙，把铺盖摋到后屋里去。”

于是三个人从先一时还灯烛煌煌箫鼓竞奏的正厅，转入这所大庄宅最僻静的侧院。两种环境的对照，以及行列的离奇，更增加了我对于处境的迷惑。到住处小房中后，四堵未油漆的白松木板壁，把一盏灯罩擦得清亮的美孚油灯灯光聚拢，我才能够从灯光下看清楚为我抱衾抱裯的一位面目。

十七岁年纪，一双清亮无邪的眼睛，一张两角微向上翘的小嘴，一个在发育中肿得高高的胸脯，一条乌梢蛇似的大发辫。说话时未开口即带点羞怯的微笑，关不住青春秘密悦乐的微笑。且似乎用这个微笑即是代表一切，生命存在的意义和价值，以及愿望的证实。

可是，事实上这时节她却一声不响，不笑，只静静的，低着头，站在那铺楠木刻花大床边，帮同老太太为我整理被盖。我无事可作，即站在房正中大火盆边，一面烘手，一面游目四瞩，欣赏房中的动静：那个似动实静的白发髻上的大红山茶花，似静实动的十七岁姑娘的眉目和四肢，作成一种奇异的对比，嵌入我生命中。

我心想，那双清明无邪的眼睛，在这个万山环绕不上二百五十户人家的小村落中，看过了些什么事情？那张含娇带俏的小小荷包嘴，到想唱歌时，应当唱些什么歌？还有那颗心，平时为屋后豺狼的长嗥声，盘在水缸边大黄喉蛇的歇凉神气，训练得稳定结实，会不会还为什么新的事情、新的想象、新的经验、而剧烈跳跃？我倘若还不愿意放弃作一个画家的痴梦，真的画起来时，第一笔应捕捉那双眼睛上的青春光辉，还是应保留这个嘴角边温清笑意？

我还觉得有点不可解，即整理床铺，怎么不派个普通长工来，岂不是大家省事？既要来，怎么不是一个人，还得老太太同来？等等事一做完即得走去，难道也必需和老太太一道走？倘若不，我又应当怎么样？这一切，对于我真是一分离奇的教育。我也许稍微有了点儿醉。我不由得不笑了。

我说：“对不起，一万分对不起！我这不速之客真麻烦了老太太，麻烦了这位大姐，老太太累了，应当休息了。”

从那个忍着笑代表十七岁年纪微向上翘的嘴角，我看出一种回答，意思清楚分明。

“那样对不起？城里人请也请不来！来了又不吃酒，不吃肉，只会客气。”

“……”

的确是，城里人就会客气，礼貌周到，然而总不甚诚实。好像这个批评当真即是从对面来的，我无言可回，沉默了。即想换个题目，也无话可说了。

到两人为我把床铺好时，老太太就拍一拍那个垫上绣有“长命富贵”“丹凤朝阳”的扣花枕帕的旧式硬枕，口中轻轻的近于祝愿的语气说：“好好睡，睡到天大亮再醒，不叫你你就莫醒！”一面说一面且把个小小红纸包儿悄悄塞到枕下去。我虽看得异常清楚，却装作不曾注意。于是，那两个人相对笑笑，像是办完一件大事。老太太又摇摇灯座，油还不少，扭一扭灯头，看机关灵活不灵活。又验看一下茶壶，炖在炭盆边很稳当。一种母性的体贴，把凡是想得到的都注意一下后，再说了几句不相干闲话，就走了。那个十七岁的笑和沉默也走了。

我因之陷入一种完全孤寂中。听到两人在院子转角处踏雪声和笑语声，这是什么意思？充满好奇的心情，伸手到枕下掏摸，果然就抓住了一样小东西，一个被封好的谜。小心谨慎裁开一看，原来是包寸金糖。方知道是老太太举行一种乡村古旧的仪式。乡下习惯，凡新婚人家，对于未婚的陌生男客，照例是不留宿的。若留下在家中住宿时，必祝福他安睡，恐客人半夜里醒来有所见闻，大清早不知忌讳，信口胡说，就预先用一包糖甜甜口，封住了嘴。一切离不了象征，惟其是象征，简单仪式中即充满了牧歌素朴的抒情。我因为记得一句旧话，入境问俗，早经人提及过，可绝想不到自己即参加了这一角。我明早上将说些什么？是不是这时脑中想起的，眼中看到的，也近于一种忌讳？

六十里的雪中长途跋涉，即已把我身体弄得十分疲倦，在灯火煌煌笳鼓竞奏的喜筵上，甜酒和笑谑所酿成的空气中，乡村式的欢乐的流注，再加上那个十七岁乡下姑娘所能引起我的幻想或联想，似乎把我灵魂也弄得相当疲倦！因此，躺入那个暖和，轻软，有干草干果香味的棉被中，不多久，就被睡眠完全收拾了。

现在我又呼吸于这个现代传奇中了。炭盆中火星还在爆炸，假若我早醒五分钟，是不是会发现房门被一只手轻轻推开时，就有一双好看眼睛一张有式样的嘴随同发现？是不是忍着笑踮起脚进到房中后，一面整理火盆，一面还向帐口悄悄张望，一种朴质与狡狯的混合，只差开口，"你城里人就会客气"，到这种情景下，我应当忽然跃起，稍微不大客气的惊吓她一下，还是尽含着糖，不声不响？……

我不能够这样尽躺着，油紫色带锦绶的斑鸠，已在雪中咕咕咕呼朋集伴。我得看看雪晴浸晨的庄宅，办过喜事后的庄宅，那份零乱，那份静。屋外的溪涧，寒林和远山，为积雪掩覆初阳照耀那份调和，那份美，还有雪原中路坎边那些狐兔鸦雀径行的脚迹，象征生命多方的图案画。但尤其使我发生兴趣感到关切的，也许还是另外一件事情。新娘子按规矩大清早和丈夫到井边去挑水时，是个什么情景？那一双眉毛，是不是当真于一夜中，就有了极大变化，一眼望去即能辨别？有了变化后，和另外那一位年纪十七岁的成熟待时大姑娘，比较起来究竟有什么不同？

盥洗完毕，走出前院去，想找寻一个人，带我到后山去望望，并证实所想象的种种时，真应了俗话所说，"莫道行人早，还有早行人"，不意从前院大胡桃树下，便看见那作新郎的朋友，正蹲在雪地上一大团毛物边，有所检视，才知道新郎还是按照向例，天微明即已起身，带了猎狗和两个长工，上后山绕了一转，把装套设阱处一一看过，把所得到的一一收拾回来。从这个小小堆积中，我们发现两只麻兔，一只长尾山猫，一只灰獾，两匹黄鼠狼，装置捕机的地面，不出庄宅后山半里路范围，夜中即有这么多触网入彀的生物。而且从那不同的形体，不同的毛色，想想每个不同的生命，在如何不同情形中，被大石块压住腰部，头尾翘张，动弹不得；或被牛皮圈套扣住了前脚，高悬半空；或是被机关木梁竹签，扎中肢体某一部分，在痛苦惶遽中，先是如何努力挣扎，带着绝望的低嗥，挣扎无从，精疲力尽后，方充满悲苦的激情，眼中充血沉默下来，等待天明，到末了终不免同归于尽：遗体陈列到这片雪地上，真如一幅动人的彩画，但任何一种图画，却不曾将这个近于不可思议的生命复杂与多方，好好表现出来。

后园竹林中的斑鸠呼声，引起了朋友的注意。我们于是一齐向后园跑去，朋友撒了一把绿豆到雪地上，又将一把绿豆灌入那支旧式猎枪中，（上火药时还用羚羊角！）藏身在一垛稻草后，有所等待。不到一会儿，枪声响处，那对飞下雪地啄食绿豆的斑鸠，即中了从枪管中喷出的绿豆，躺在雪中了。吃早饭时，新娘子第一回下厨做的菜，送上桌子时，就是一盘辣子炒斑鸠。

一面吃饭一面听新郎述说上一月下大围猎虎故事，使我仿佛加入了那个在自然壮丽背景中，人与另外一种生物，充满激烈活动，如何由游戏而进入争斗，又由流血转增宗教的庄严。

新娘子的眉毛还是弯弯的，脸上有一种腼腆之光，引起我老想要问一句话，又像是因为昨夜老太太塞在枕下那包糖，当真封住了口，不便启齿。可是从外面跑来一个长工，却代替了我，在桌前向主人急促陈诉：

“老太太，大少爷，你家巧秀？她走了，跟男人走了。有人在坳上亲眼看见过，和昨天吹唢呐那个棉寨人，一齐逃走的。一定向雅拉营跑，要追还追得上，不会很远！巧秀背了个小小包袱，笑嘻嘻的，跟汉子，不知羞！”

“咦，咦！”一桌旁七个吃饭的人，都为这个离奇消息给愣住了。这个情绪集中的一刹那，使我意识到两件事，即眉毛比较已无可希望，而我再也不能作画家。

我一个人重新枯寂的坐在这个小房间火盆边。听着炖在火盆上铜壶的白水沸腾，好像失去了点什么，不经意被那个十七岁私奔的乡下姑娘，收拾在她那个小小包袱中，带到一个不可知不易想的小小地方去了。我得找回来才是事，可是向那儿去找？

不过事实上我倒应分说得到了一点什么。得到的究竟是什么？我问你读者，算算时间，我来到这个乡下还只是第二天，除掉睡眠，耳目官觉和这里一切接触还不足七小时，生命的丰满，洋溢，把我感情或理性，已给完全混乱了。

阳光上了窗棂，屋外檐前正滴着融雪水。我年纪刚满十八岁。

十月十二重写

本篇发表于1946年10月20日《经世日报·文艺》。署名沈从文。同年11月4日又于《中国日报·文艺周刊》发表。据《经世日报·文艺》编入。

# 巧秀和冬生

雪在融化。田沟里到处有注入小溪河中的融雪水，正如对于远海的向往，共同作成一种欢乐的奔赴。来自留有残雪溪涧边竹篁丛中的山鸟声，比地面花草还占先透露出春天消息，对我更俨然是种会心的招邀。就中尤以那个窗后竹园的寄居者，全身油灰颈膊间围了一条锦带的斑鸠，作成的调子越来越复杂，也越来越离奇。

"巧秀，巧秀，你当真要走？你莫走！"

"哥哥，哥哥，喔。你可是叫我？你从不理我，怎么好责备我？"

原本还不过是在晓梦迷蒙里，听到这个古怪而荒谬的对答，醒来不免十分惆怅。目前却似乎清清楚楚的，且稍微有点嘲谑意味，近在我耳边诉说，我再也不能在这个大庄院住下了。因此用"欢喜单独"作为理由，迁移个新地方，村外药王宫偏院中小楼上。这也可说正是我自己最如意的选择。因为庙宇和村子有个大田坝隔离，地位完全孤立。生活得到单独也就好像得到一切，为我十八岁年纪时所需要的一切。

我一生中到过许多希奇古怪的去处，过了许多式样不同的桥，坐过许多式样不同的船，还睡过许多式样不同的床。可再也没有比半月前在满家大庄院中那一晚，躺在那铺楠木雕花大床上，让远近山鸟声和房中壶水沸腾，把生命浮起的情形心境离奇。以及迁到这个小楼上来，躺在一铺硬板床上，让远近更多山鸟声填满心中空虚，所形成一种情绪更幽渺难解！

院子本来不小，大半都已为细叶竹科植物的蕃植所遮蔽，只余一条青石板砌成的走道，可以给我独自散步。在丛竹中我发现有宜于作手杖的罗汉竹和棕竹，有宜于作箫管的紫竹和白竹，还有宜于作钓鱼竿的蛇尾竹。这一切性质不同的竹子，却于微风疏刷中带来一片碎玉倾洒，带来了和雪不相同的冷。更见得幽绝处，还是小楼屋脊因为占地特别高，宜于遥瞻远瞩，几乎随时都有不知名鸟雀在上面歌呼；有些见得分外从容，完全无为的享受它自己的音乐，唱出生命的欢欣；有些又显然十分焦躁，如急于招朋唤侣，而表示对于爱情的渴望。那个油灰色斑鸠更是我屋顶的熟客，本若为逃避而来，来到此地却和它有了更多亲近机会。从那个低沉微带忧郁反复嘀咕中，始终像在提醒我一件应搁下终无从搁下的事情，即巧秀的出走。即初来这个为大雪所覆盖的村子里，参加朋友家喜筵过后，房主人点上火炬预备送我到偏院去休息时，随同老太太身后，负衾抱裯来到我那个房中，咬着下唇一声不响为我铺床理被的十七岁乡下姑娘巧秀。我正想用她那双眉毛和新娘子眉毛作个比较，证实一下传说可不可靠。并在她那条大辫子和发育得壮实完整的四肢上，做了点十八岁年青人的荒唐梦。不意到第二天吃早饭桌边，却听人说她已带了个小小包袱，跟随个吹唢呐的乡下男子逃走了。在那个小小包袱中，竟像是把我所有的一点什么东西，也于无意中带走了。

巧秀逃走已经半个月，还不曾有回头消息。试用想象追寻一下这个发辫黑，眼睛光，胸脯饱满乡下姑娘的去处，两人过日子的种种以及明日必然的结局，自不免更加使人茫然若失。因为不仅偶然被带走的东西已找不回来，即这个女人本身，那双清明无邪眼睛所蕴蓄的热情，沉默里所具有的活跃生命力，都远了，被一种新的接续而来的生活所腐蚀，遗忘在时间后，从此消失了，不见了。常德府的大西关，辰州府的尤家巷，以及沅水流域大小水码头边许多小船上，经常有成千上万接纳客商的小婊子，脸宽宽的眉毛细弯弯的，坐在舱前和船尾晒太阳，一面唱《十想郎》小曲遣送白日，一面衲鞋底绣花荷包，企图用这些小物事连结水上来去弄船人的恩情。平凡相貌中无不有一颗青春的心永远在燃烧中。一面是如此燃烧，一面又终不免为生活缚住，挣扎不脱，终于转成一个悲剧的结束，恩怨交缚气量窄，投河吊颈之事日有所闻。追源这些女人的出处背景时，有大半和巧秀就差不多，缘于成年前后那份痴处，那份无顾忌的热情，冲破了乡村习惯，不顾一切的跑去。从水取譬，“不到黄河心不死”。但大都却不曾流到洞庭湖，便滞住于什么小城小市边，过日子下来。向前既不可能，退后也办不到，于是如彼如此的完了。

我住处的药王宫，原是一村中最高议会所在地，村保国民小学的校址，和保卫一地治安的团防局办公处。正值年假，学校师生都已回了家。议会平时只有两种用途：积极的是春秋二季邀木傀儡戏班子酬神还愿，推首事人出份子。消极的便只是县城里有公事来时，集合士绅人民商量对策。地方治安既不大成问题，团防局事务也不多，除了我那朋友满大队长由保长自兼，局里固定职员，只有个戴大眼镜读《随园食谱》用小绿颖水笔办公事的师爷，一个年纪十四岁头脑单纯的局丁。地方所属自卫武力虽有三十多枝杂枪，却分散在村子里大户人家中，以防万一，平时并不需要。换言之，即这个地方目前是冷清清的。因为地方治安无虞，农村原有那分静，表面看也还保持得上好。

搬过药王宫半个月来，除了和大队长赶过几回场，买了些虎豹皮，选了些斗鸡种，上后山猎了回毛兔，一群人一群狗同在春雪始融湿滑滑的涧谷石崖间转来转去，搅成一团，累得个一身大汗，其余时间居多倒是看看局里老师爷和小局丁对棋。两人年纪一个已过四十，一个还不及十五，两面行棋都不怎么高明，却同一十分认真。局里还有半部《聊斋志异》，这地方环境和空气，才真宜于读《聊斋志异》！不过更新的发现，却是从局里新孵的一窝小鸡上，及床头一束束草药的效用上，和师爷于短时期即成了个忘年交，又从另外一种方式上，和小局丁也成了真正知己。先是翻了几天《聊斋志异》，以为青凤黄英会有一天忽然掀帘而入，来到以前且可听到楼梯间细碎步声。事实上雀鼠作成的细碎声音虽多，青凤黄英始终不露面。这种悬想的等待，既混和了恐怖与欢悦，对于十八岁的生命言也极受用。可是一和两人相熟，我就觉得抛下那几本残破小书大有道理，因为随意浏览另外一本大书某一章节，都无不生命活跃引人入胜！

原来巧秀的妈是溪口人，二十三岁时即守寡，守住那两岁大的巧秀和七亩山田。年纪青，不安分甘心如此下去，就和一个黄罗寨打虎匠相好。族里人知道了这件事，想图谋那片薄田，捉奸捉双把两人生生捉住。一窝蜂把两人涌到祠堂里去公开审判。本意也大雷小雨的把两人吓一阵，痛打一阵，大家即从他人受难受折磨情形中，得到一种离奇的满足，再把她远远的嫁去，讨回一笔财礼，作为脸面钱，用少数买点纸钱为死者焚化，其余的即按好事出力的程度均分花用。不意当时作族长的，巧秀妈未嫁时，曾拟为蹶儿子讲作儿媳妇，巧秀妈却嫌他一只脚不成功，族长心中即蹩住一腔恨恼。后来又借故一再调戏，反被那有性子的小寡妇大骂一顿，以为老没规矩老无耻。把柄拿到手上，还随时可以宣布。如今既然出了这种笑话，因此回复旧事，极力主张把黄罗寨那风流打虎匠两只脚捶断，且当小寡妇面前捶断。私刑执行时，打虎匠咬定牙齿一声不哼，只把一双眼睛盯看着小寡妇。处罚完事，即预备派两个长年把他抬回三十里外黄罗寨去。事情既有凭有据，黄罗寨人自无话说。可是小寡妇呢，却当着族里人表示她也要跟去。田产女儿通不要，也得跟去。这一来族中人真是面子失尽。尤其是那个一族之长，心怀狠毒，情绪复杂，怕将来还有事情，倒不如一不做二不休连根割断。竟提议把这个不知羞耻的贱妇照老规矩沉潭，免得黄罗寨人说话。族祖既是个读书人，读过几本"子曰"，加之辈分大，势力强，且平时性情又特别顽固专横，即由此种种，同族子弟不信服也得三分畏惧。如今既用维持本族名誉面子为理由，提出这种兴奋人的意见，并附带说事情解决再商量过继香火问题。人多易起哄，大家不甚思索自然即随声附和。阖族一经同意，那些无知好事者，即刻就把绳索磨石找来，督促进行。在纷乱下族中人道德感和虐待狂已混淆不可分。其他女的都站得远远的，只轻轻的喊着"天"，却无从作其他抗议。一些年青族中人，即在祠堂外把那小寡妇上下衣服剥个净光，两手缚定，背上负了面小磨石，并用藤葛紧紧把磨石扣在颈脖上。大家围住小寡妇，一面无耻放肆的欣赏那个光鲜鲜的年青肉体，一面还狠狠的骂女人无耻。小寡妇却一声不响，任其所为，眼睛湿莹莹的从人丛中搜索那个冤家族祖。族祖却在剥衣时装作十分生气，狠狠的看了几眼，口中不住说“下贱下贱”，装作有事也不屑再看，躲进祠堂里去了。到祠堂里就和其他几个年长族人商量打公禀禀告县里，准备大家画押，把责任推卸到群众方面去，免得出其他故事。也一面安慰安慰那些年老怕事的，引些圣经贤传除恶务尽的话语，免得中途变化。到了快要黄昏时候，族中一群好事者，和那个族祖，把小寡妇拥上了一只小船，架起了桨，沉默向溪口上游长潭划去。女的还是低头无语，只看着河中荡荡流水，以及被双桨搅碎水中的云影星光。也许正想起二辈子投生问题，或过去一时被族祖调戏不允许的故事，或是一些生前“欠人”“人欠”的小小恩怨。也许只想起打虎匠的过去当前，以及将来如何生活，一岁大的巧秀，明天会不会为人扼喉咙谋死？临出发到河边时，一个老表嫂抱了茫然无知的孩子，想近身来让小寡妇喂点奶，竟被人骂为老狐狸，一脚踢开，心狠到临死以前不让近近孩子。但很奇怪就是从这妇人脸色上竟看不出恨和惧，看不出特别紧张。……至于一族之长的那一位呢，正坐在船尾梢上，似乎正眼也不想看那小寡妇。其实心中却漩起一种极复杂纷乱情感，为去掉良心上那些刺，只反复喃喃以为这事是应当的，全族脸面攸关，不能不如此的。自己既为一族之长，又读过书，实有维持风化道德的责任。当然也并不讨厌那个青春康健光鲜鲜的肉体，讨厌的倒是“肥水不落外人田”，这肉体被外人享受。妒忌在心中燃烧，道德感益强迫虐狂益旺盛。至于其他族人中呢，想起的或者只是那几亩田将来究竟归谁管业。都不大自然，因为原来那点性冲动已成过去，都有点见输于小寡妇的沉静情势。小船摇到潭中最深处时，荡桨的把桨抽出水，搁在舷边。船停后轻轻向左旋着，又向右旋。大家都知道行将发生什么事。一个年纪稍大的某人说：“巧秀的娘，巧秀的娘，冤有头，债有主，你好好的去了吧。你有什么话嘱咐？”小寡妇望望那个说话安慰她的人，过一会儿方低声说：“三表哥，做点好事，不要让他们捏死我巧秀喔，那是人家的香火！长大了，不要记仇！”大家静默了。美丽黄昏空气中，一切沉静，谁也不肯下手。老族祖貌作雄强，心中实混和了恐怖与庄严。走过女人身边，冷不防一下子把那小寡妇就掀下了水，轻重一失衡，自己忙向另外一边倾坐，把小船弄得摇摇晃晃。人一下水，先是不免有一番小小挣扎，因为颈背上悬系那面石磨相当重，随即打着漩向下直沉。一阵子水泡向上翻，接着是水天平静。船随水势溜着，渐渐离开了原来位置，船上的年青人眼都还直直的望着水面。因为死亡带走了她个人的耻辱和恩怨，却似乎留念给了每人一份看不见的礼物。虽说是要女儿长大后莫记仇，可是参加的人那能忘记自己作的蠢事，几个人于是俨然完成了一件庄严重大的工作，把船掉了头。死的已因罪孽而死了，然而“死”的意义却转入生者担负上，还得赶快回到祠堂里去叩头，放鞭炮挂红，驱逐邪气，且表示这种勇敢和决断行为，业已把族中受损失的荣誉收复。事实上却是用一切来拔除那点在平静中能生长，能传染，影响到人灵魂或良心的无形谴责。即因这种恐怖，过四年后那族祖便在祠堂里发狂自杀了。只因为最后那句嘱咐，巧秀被送到八十里远的满家庄院，活下来了。

巧秀长大了，亲眼看过这一幕把她带大的表叔，团防局的师爷，有意让她给满家大队长做小婆娘，有个归依，有个保护。因为大太太多年无孕息，又多病，将来生男育女还可望扶正。大队长夫妇都同意这个提议。只是老太太年老见事多，加之有个痛苦记忆在心上，以为得凡事从长作计。巧秀对过去事又实在毫无所知，只是不乐意。因此暂时搁置。

巧秀常到团防局来帮师爷缝补衣袜，和冬生也相熟。冬生的妈杨大娘，一个穷得厚道贤慧的老妇人，在师爷面前总称许巧秀。冬生照例常常插嘴提醒他的妈，“我还不到十四岁，娘。”“你今年十四明年就十五，会长大的！”两母子于是在师爷面前作小小争吵，说的话外人照例都不甚容易懂。师爷心中却明白，母子两人意见虽对立，却都欢喜巧秀，对巧秀十分关心。

巧秀的逃亡正如同我的来到这个村子里，影响这个地方并不多，凡是历史上固定存在的，无不依旧存在，习惯上进行的大小事情，无不依旧进行。

冬生的母亲—村子里通称为杨大娘。丈夫十年前死去时，只留下一所小小房产和巴掌大一片土地。生活虽穷然而为人笃实厚道，不乱取予，如一般所谓“老班人”。也信神，也信人，觉得这世界上有许多事得交把“神”，又简捷，又省事。不过有些问题神处理不了，可就得人来努力了。人肯好好的做下去，天大难事也想得出结果；办不了呢，再归还给神。如其他手足贴近土地的人民一样，处处尽人事而处处信天命，生命处处显出愚而无知，同时也处处见出接近了一个“道”字。冬生在这么一个母亲身边，从看牛，割草，捡菌子，和其他农村子弟生活方式中慢慢长大了，却长得壮实健康，机灵聪敏，只读过一年小学校，便会写一笔小楷字，且懂得一点公文程式。作公丁收入本不多，惟穿吃住已不必操心，此外每月还有一箩净谷子，一点点钱，这份口粮捎回作家用，杨大娘生活因之也就从容得多。且本村二百五十户人家，有公职身分公份收入阶级总共不过四五人，除保长队长和那个师爷外，就只那两个小学教员。所以冬生的地位，也就值得同村小伙子羡慕而乐意得到它。职务在收入外还有个抽象价值，即抽丁免役，且少受来自城中军政各方的经常和额外摊派。凡是生长于同式乡村中的人，都知道上头的摊派法令，一年四季如何轮流来去，任何人都挡不住，任何人都不可免，惟有吃公事饭的人，却不大相同。正如村中一脚踢凡事承当的大队长，派人筛锣传口信集合父老于药王宫开会时，虽明说公事公办，从大户摊起，自己的磨坊，油坊，以及在场上的糟坊，统算在内，一笔数目比别人照例出的多，且愁眉不展的感到周转不灵，事实上还得出子利举债。可是村子里人却只见到队长上城回来时，总带了些文明玩意儿，或换了顶呢毡帽，或捎了个洋水笔，遇有公证画押事情，多数公民照例按指纹画十字，少数盖章，大队长却从中山装胸间口袋拔出那亮晃晃圆溜溜宝贝，写上自己的名字，已够使人惊奇，一问价钱数目才更吓人，原来比一只耕牛还贵！像那么做穷人，谁不乐意！冬生随同大队长的大白骡子来去县城里，一年不免有五七次，知识见闻自比其他乡下人丰富。加上母子平时的为人，因此也赢得一种不同地位。而这地位为人承认表示得十分明显，即几个小地主家有十二三岁的小闺女的，都乐意招那么一个小伙子作上门女婿。

村子去县城已五十里，离官路也在三里外。地方不当冲要，不曾驻过兵。因为有两口好井泉，长年不绝的流，营卫了一坝好田。田坝四周又全是一列小山围住，山坡上种满桐茶竹漆，村中规约好，不乱砍伐破山，不偷水争水，地方由于长期安定，形成的一种空气，也自然和普通破落农村不同。凡事有个规矩，虽由于这个长远习惯的规矩，在经济上有人占了些优势，于本村成为长期统治者，首事人。也即因此另外有些人就不免世代守住佃户资格，或半流动性的长工资格，生活在被支配状况中。但两者生存方式，还是相差不太多，同样得手足贴近土地，参加劳动生产，没有人袖手过日子。惟由此相互对照生活下，依然产生了一种游离分子，亦即乡村革命分子。这种人的长成都若有个公式：小时候作顽童野孩子，事事想突破一乡公约，砍砍人家竹子作钓竿，摘摘人家园圃橘柚解渴，偷放人田中水捉鱼，或从他人装置的网弶中取去捉住的野兽。自幼即有个不劳而获的发明，且凡事作来相当顺手。长大后，自然便忘不了随事占便宜。浪漫情绪一扩张，即必然从农民身分一变而成为游玩。社会还稳定，英雄无用武之地，不能成大气候，就在本村子里街头开个小门面，经常摆桌小牌抽点头，放点子母利。相熟方面多，一村子人事心中一本册，知道谁有势力谁无财富，就向那些有钱无后的寡妇施点小讹诈。平时既无固定生计，又不下田，四乡逢场时就飘场放赌。附近三十里每个村子里都有二三把兄弟，平时可以吃吃喝喝，困难时也容易相帮相助。或在猪牛买卖上插了句嘴，成交时便可从经纪方面分点酒钱，落笔小油水。什么村子里有大戏，必参加热闹，和掌班若有交情，开锣封箱必被邀请坐席吃八大碗，打加官叫出名姓，还得做面子出个包封。新来年青旦角想成名，还得和他们周旋周旋，靠靠灯，方不会凭空为人抛石头打彩。出了事，或得罪了当地要人，或受了别的气扫了面子，不得不出外避风浪换码头，就挟了个小小包袱，向外一跑，更多的是学薛仁贵投军，自然从此就失踪了。若是个女的呢？情形就稍稍不同。生命发展与突变，影响于黄毛丫头时代的较少，大多数却和成年前后的性青春期有关。或为传统压住，挣扎无从，即发疯自杀。或突过一切有形无形限制，独行其是，即必然是随人逃走。惟结果总不免依然在一悲剧性方式中收场。

但近二十年社会既长在变动中，二十年内战自残自黩的割据局面，分解了农村社会本来的一切。影响到这小地方，也自然明白易见。乡村游侠情绪和某种社会现实知识一接触，使得这个不足三百户人家村子里，多有了三五十支杂色枪，和十来个退伍在役的连排长，以及二三更高级更复杂些的人物。这些人多近于崭新的一阶级，即求生存已脱离手足勤劳方式，而近于一个寄食者。有家有产的可能成为“土豪”，无根无柢的又可能转为“土匪”，而两者又必有个共同的趋势，即越来越与人民土地隔绝，却学会了世故和残忍。尤其是一些人学得了玩武器的技艺，干大事业又无雄心和机会，回转家乡当然就只能作点不费本钱的买卖，且于一种新的生活方式中，产生一套现实哲学。这体系虽不曾有人加以文字叙述，事实上却为极多数会玩那个愚而无知的人物所采用。永远有个“不得已”作借口，于是绑票种烟都成为不得已。会合了各种不得已而作成的堕落，便形成了后来不祥局面的扩大继续。但是在当时那类乡村中，却激发了另外一方面的自卫本能，即大户人家的对于保全财富进一步的技能。一面送子侄入军校，一面即集款购枪，保家保乡土，事实上也即是保护个人的特别权益。两者之间当然也就有了斗争，有流血事继续发生，而结怨影响到累世。这二十年一种农村分解形式，亦正如大社会在分解中情形一样，许多问题本若完全对立，却到处又若有个矛盾的调合，在某种情形中，还可望取得一时的平衡。一守固定的土地，和大庄院，油坊或榨坊糟坊，一上山落草；共同却用个“家边人”名词，减少了对立与磨擦，各行其是，而各得所需。这事看来离奇又十分平常，为的是整个社会的矛盾的发展与存在，即与这部分的情形完全一致。国家重造的设计，照例多疏忽了对于这个现实爬梳分析的过程，结果是一例转入悲剧，促成战争。这小村子所在地，既为比较偏远边僻的某省西部，地方对“特货”一面虽严厉禁止，一面也抽收税捐，在这么一个情形下，地方特权者的对立，乃常常因“利益平分”而消失。地方不当官路却宜于走私，烟土和巴盐的对流，支持了这个平衡的对立。对立既然是一种事实，各方面武器转而好像都收藏下来不见了。至少出门上路跑差事的人，求安全，徒手反而比带武器来得更安全，过关入寨，一个有衔名片反而比带一支枪更省事。

冬生在局里作事，间或得出出差，不外引导烟土下行或盐巴旁行。路不需出界外，所以对于这个工作也就简单十分。时当下午三点左右，照习惯送了两个带特货客人从界内小路过 X X 县境。出发前，还正和我谈起巧秀问题。一面用棕衣包脚，一面托我整理草鞋后跟和耳绊。

我逗弄他说："冬生，巧秀跑了，那清早大队长怎不派你去追她回来？"

"人又不是溪水，用闸那关得住。人可是人！追上了也白追。"

"人正是人，那能忘了大队长老太太恩情？还有师爷，磨坊，和那个溪水上游的钓鱼堤坝，怎么舍得？"

"磨坊又不是她的财产。你从城里来，你欢喜。我们可不。巧秀心窍子通了，就跟人跑了，有仇报仇，有恩报恩，这笔账要明天再算去了。"

"她自己会回不回来？"

"回来吗？好马不吃回头草，那有长江水倒流。"

"我猜想她总在几个水码头边落脚，不会飞到海外天边去，要找她一定找得回来。"

"打破了的坛子，不要了！"

"不要了吗？你舍得我倒舍不得，她很好！"

我的结论既似真非真，倒引起了冬生的注意。他于是也似真非真的向我说："你欢喜她，我见她一定会告她，她会给你做个绣花抱肚，里面还装满亲口嗑的南瓜子仁。可惜你又早不说，师爷也能帮你忙！"

"早不说吗？我一来就只见过她一面。来到这村子里只一个晚上，第二早天刚亮，她就跟人跑了！"

"那你又怎么不追下去？下河码头熟，你追去好！"

"我原本只是到这里来和你大队长打猎，追麂子狐狸兔子，想不到还有这么一种山里长大的东西！"

这一切自然都是笑话，已过四十岁师爷听到我说的话，比不到十五岁冬生听来的意义一定深刻得多。因此也搭话说："凡事要慢慢的学，我们这地方，草草木木都要慢慢的才认识，性质通通不同的！”

冬生走后约一点钟，杨大娘却两脚黄泥到了团防局。师爷和我正在一窠新孵出的小鸡边，点数那二十个小小活动黑白毛毛团。一见杨大娘那两脚黄泥，和提篮中的东西，就知道是从场上回来的。“大娘，可是到新场办年货？你冬生出差去了，今天歇尖岩村，明天才能回来。可有什么事情？”

杨大娘摸一摸提篮中那封点心：“没有什么事。”

“你那笋壳鸡上了孵没有？”

“我那笋壳鸡上城做客去了。”杨大娘点一点搁在膝头上的提篮中物，计大雪枣一斤，刀头肉半斤，元青鞋面布一双，香烛纸张……

问一问，才知道原来当天是冬生满十四岁的生庚日。杨大娘早就弯指头把日子记在心上，恰值鸦拉营逢场，犹自嘀咕了好几个日子，方下决心，把那预备上孵的二十四个大白鸡蛋从箩筐中一一取出，谨慎小心放入垫有糠壳的提篮里，捉好鸡，套上草鞋，到场上去和城里人打交道。虽下决心那么作，走到相去五里的场上，倒像原不过只是去玩玩，看看热闹，并不需要发生别的事情。因为鸡在任何农村都近于那人家属之一员，顽皮处和驯善处，对于生活孤立的老妇人，更不免寄托了一点热爱，作为使生活稍有变化的可怜简单的梦。所以到得人马杂沓黄泥四溅的场坪中转来转去等待主顾时，杨大娘自己即老以为这不会是件真事情。有人问价时，就故意讨个高过市价一半的数目，且作成“你有钱我有货，你不买我不卖”对立神气，不即脱手。因为要价高，城里来的老鸡贩，稍微揣揣那母鸡背脊，不还价，这一来，杨大娘必作成对于购买者有眼不甚识货轻蔑神气，蹩蹩嘴，掉过头去不作理会。凡是鸡贩子都懂得乡下妇人心理，从卖鸡人的穿着上即可明白，以为时间早，不忙收货，见要价特别高的，想故意气一气她，就还个起码数目。且激激她说，“什么八宝精，值那样多！”杨大娘于是也提着气，学作厉害十分样子，“你还的价钱只能买豆腐吃。”且像那个还价数目不仅侮辱本人，还侮辱了身边那只体面肥母鸡，怪不过意，因此掉转身，抚抚鸡毛，拍拍鸡头，好像向鸡声明，“再过一刻钟我们就回家去，我本来就只是玩玩的！”那只母鸡也像完全明白自己身分，和杨大娘的情绪，闭了闭小红眼睛，只轻轻的在喉间“骨骨”哼两声，且若完全同意杨大娘的打算。两者之间又似乎都觉得“那不算什么，等等我们就回去，我真乐意回去，一切照旧。”

到还价已够普通标准时，有认得她的熟人，乐于圆成其事，必在旁插嘴，“添一点，就卖了。这鸡是吃包谷长大的，油水多！”待主顾掉头时，又轻轻的告杨大娘，“大娘要卖也放得手了。这回城里贩子来得多，也出得起价。若到城里去，还卖不到这个数目！”因为那句要卖得放手，和杨大娘心情冲突，所以回答那个好意却是：

“你卖我不卖，我又不等钱用。”

或者什么人说：“不等钱用你来作什么？没得事作来看水鸭子打架，作个公证人？肩膊松，怎不扛扇石磨来？”

杨大娘看看，搜寻不出谁那么油嘴油舌，不便发作，只轻轻的骂着：“悖时不走运的，你妈你婆才扛石磨上场玩！”

事情相去十五六年，石磨的用处，本乡人知道的已不多了。

……那有不等钱用这么十冬腊月抱鸡来场上喝风的人？事倒凑巧，因为办年货城里需要多，临到末了，杨大娘竟意外胜利，卖的钱比自己所悬想的还多些。钱货两清后，杨大娘转入各杂货棚边去，从各种叫嚷，赌咒，争持，交易方式中，换回了提篮所有。末了且像自嘲自诅，还买了四块豆腐，心中混合了一点儿平时没有的怅惘，疲劳，喜悦，和朦胧期待，从场上赶回村子里去。在回家路上，必看到有村子里人用葛藤缚住小猪的颈膊，赶着小畜生上路的，也看到有人用竹箩背负这些小猪上路的，使他想起冬生的问题。冬生二十岁结婚一定得用四只猪，这是六年后事情。她要到团防局去找冬生，给她个大雪枣吃，量一量脚看鞋面布够不够，并告冬生一同回家去吃饭，吃饭前点香烛向祖宗磕磕头。冬生的爹死去整十年了。

杨大娘随时都只想向人说：“杨家的香火，十四岁，你们以为孵一窝鸡，好容易事！他爹去时留下一把镰刀，一副连枷，……你不明白我好命苦！”到此眼睛一定红红的，心酸酸的。可能有人会劝慰说："好了，现在好了，杨大娘，八十一难磨过，你苦出头了！冬生有出息，队长答应送他上学堂。回来也会做队长！一子双挑讨两房媳妇，王保长闺女八铺八盖陪嫁，装烟倒茶都有人，你还愁什么？……"

事实上杨大娘其时却笑笑的站在师爷的鸡窝边，看了一会儿小鸡。可能还关心到卖去的那只鸡和二十四个鸡蛋的命运，因此用微笑覆盖着，不让那个情绪给城里人发现。天气已晚下来了。正值融雪，赶场人太多，田坎小路已踏得稀糊子烂，怪不好走。药王宫和村子相对，隔了个半里宽田坝，还有两道灌满融雪水活活流注的小溪，溪上是个独木桥。大娘心想"冬生今天已回不了局里，回不了家。"似乎对于提篮中那包大雪枣，"是不是应当放在局里交给师爷？"问题迟疑了一会儿，末后还是下了决心，提起篮子，就走了。我们站在庙门前石栏干边，看这个肩背已偻的老妇人，一道一道田坎走去。

时间大约五点半，村子中各个人家炊烟已高举，先是一条一条孤独直上，各不相乱。随后却于一种极离奇情况下，一齐崩坍下来，展宽成一片一片的乳白色湿雾。再过不多久，这个湿雾便把村子包围了，占领了。杨大娘如何作她那一顿晚饭，是不易形容的。灶房中冷清了好些，因为再不会有一只鸡跳上砧板争啄菠菜了。到时还会抓一把米头去喂鸡，始明白鸡已卖去。一定更不会料想到，就在这一天，这个时候，离开村子十五里的红岩口，冬生和那两个烟贩，已被人一起掳去。

我那天晚上，却正和团防局师爷在一盏菜油灯下大谈《聊斋志异》，以为那一切都是古代传奇，不会在人间发生。师爷喝了一杯酒话多了点，明白我对青凤黄英的向往，也明白我另外一种弱点，便把巧秀母亲故事告给我。且为我出主张，不要再读书。并以为住在任何高楼上，都不如坐在一只简单小船上，更容易有机会和那些使二十岁小伙子心跳的奇迹碰头！他的本意只是要我各处走走，不必把生活固定到一个小地方，或一件小小问题得失上。不意竟招邀我上了另外一只他曾坐过的小船。

我仿佛看到那只向长潭中桨去的小船，仿佛即稳坐在那只小船上，仿佛有人下了水，船已掉了头。……水天平静，什么都完事了。一切东西都不怎么坚牢，只有一样东西能真实的永远存在，即从那个小寡妇一双明亮，温柔，饶恕了一切带走了爱的眼睛中看出去，所看到的那一片温柔沉静的黄昏暮色，以及两个船桨搅碎水中的云影星光。巧秀已经逃走半个月，巧秀的妈沉在溪口长潭中已十六年。

一切事情还没有完结，只是一个起始。

一九四七年三月末北平

---

本篇发表于1947年6月1日《文学杂志》第2卷第1期。署名沈从文。

# 传奇不奇

(本文系接赤魇、雪晴、巧秀和冬生，为故事第四)

满老太太从油坊到碾坊。溪水入冬即枯落，碾槽停了工，水车上挂了些绿丝藻已泛白。上面还有些白鸟粪，一看即可知气候入冬，一切活动都近于反常，得有个较长休息。不过一落了雪，似乎即带来了一点春信息，连日因融雪，汇集在坝上长潭的溶雪水，上涨到闸口，工人报说水量已经可转动碾盘。老太太因此来看看，帮同守碾坊的工人，用长柄扫帚打扫清理一下墙角和碾盘上蛛网蟢钱，在横轴上钢圈上倒了点油，挂好了搁在墙角隅的长摇筛，一面便吩咐家中长工，挑一箩糯谷来试试槽，看看得不得用。因为照习惯，过年作糍粑很要几挑糯米，新媳妇拜年走亲戚，少不了糍粑和甜酒，都需要糯谷米。

工人回去后，满老太太把搁在旁边一个细篾烘笼提到手中，一面烘手一面走出碾坊，到坝上去看看。拟等待试过槽后，再顺便过村头去看看杨家冬生的妈。孩子送客人送了三天，还不曾转身，二三十里路并不算远，平时又无豺狼虎豹，路上一坦平。难道真是眼睛上有毛毛虫，掉到路旁“陷眼”“地窟窿”里去了？还是追麂子兔子，闪不知走到雪里滚入湃泥田，拔脚不出惨遭灭顶？(这在雪地上总还有个踪迹消息!)此外只有一个原因，即早先已定下了主意，要学薛仁贵，投军奔前程，深怕寡母眼泪浸软了心，临时脱身不得，因为趁便走去。可是在局里当差，已经是在乡兵员，正好考学校，那还有更方便事情？并且这种少年子弟背井离乡的事情虽常有，照例是要因点外事刺激才会发生；受了什么人的气丢失面子，赌输了钱无法交代，和什么女子有过情分，难善终始，不易长此厮守下去，到后方不免有此一着，不是同走就是独行，努力把自己拔出家乡拔出苦恼，取得个转机。就冬生说这些问题都不成问题。局里师爷到庄子上去提供报告时，就证明薛仁贵投军事不大可信。只有一点点可疑处，即是不是因为巧秀走失，半个月还无消息，冬生孩子心实，因为心里有些包瞒着的事，说不出口，所以要告奋勇去把巧秀找寻回来。说不定事前还许愿发过誓找不到决不回乡。所以就失了踪。这自然只是局里师爷的猜想，无凭无据。不过由此出发，村子里于是有了以讹传讹的谣言：冬生到红岩口看见了巧秀，知道巧秀是和那吹唢呐的中砦人想要逃下常德府，凑巧和冬生碰头。两口子怕冬生小孩子口松出事，就把他一索子捆上，抛到江口大河里去了。事情虽没见证，话语却传到了老太太耳边。老太太心中慈悯，想去看看冬生的娘，安慰安慰这个妇人。

高岘地方二百户人家，满姓算是大族，满老太太家里，又是这一族中首户。近村子田产山坡产业，有大半属于这个人家。此外还有油坊、碾坊等等产业。五里外场集上又开了个官盐杂货铺，经常派有庄伙守店。猴子坪的朱砂矿，还出得有些股份，所以家中厅堂中的陈设，就是座大过一尺的朱砂山，在服药求仙时代，这东西是必需进贡到朝廷去，私人保有近于犯罪的。当家的主人就是年过六十还精神矍铄的满老太太。丈夫已死去十多年。生有二男二女：女的都已出嫁，身边只两个男孩，大的就是刚婚娶不久的地方保安队长，小的进城上学，在县里还只读初中三。两弟兄身体都很健康，按照一个乡下有管教地主子弟的兴趣，和保家需要不免都欢喜玩枪弄棒。家中有长工，有狗，有枪支，一个冬天，都用于鬻子所谓“捕虎逐麋”游猎工作上消磨了。

老太太为人正直而忠厚，素朴而勤俭，恰恰如一般南中国旧式地主富农神情。家产系累代勤俭而来，所以门庭充分保留传统的好规矩。一身的穿着，照例是到处补丁上眼，却永远异常清洁。内外衣通用米汤浆洗得硬挺挺的，穿上身整整齐齐，且略有点米浆酸味和干草香味。头脚都拾理得周周整整，不仅可见出老辈身分，还可见出一点典型人格。一切行为都若与书本无关，然而却处处合乎古人所悬想，尤其是属于性情温良一面，俨若与道同在。更重要是深明财富聚散之理，平时赡亲恤邻，从不吝啬。散去了财产一部分，也就保持了更多部分。一村子非亲即友，遇什么人家出了丧事喜事，月毛毛丢了生了，儿子害了长病，和这家女主人谈及时，照例要陪陪悲喜，事后还悄悄的派人送几升米或两斤片糖去，尽一尽心。一切作来都十分自然，因此新屋落成时，村子里上了块金漆朱红匾额“乐善好施”。

一家人都并无一定宗教信仰，屋当中神位，供了个天地君亲师牌位，另外还供有太岁和土地神。灶屋有灶神，猪圈、牛栏，仓房也各有鬼神所主，每早晚必由老太太洗手亲自作揖上香，逢月初一十五，还得各处奠奠酒，颂祝人畜平安。一年四季必按节令虔诚举行各种敬神仪式，或吃斋净心，或杀猪还愿，不问如何，凡事从俗。过年时有门户处，都贴上金箔喜钱和吉祥对联，庆贺佳节。并一面预备了些钱米，分送亲邻。有羞羞怯怯来告贷的，照例必能如愿以偿。

一家财产既相当富有，照料经管需人，家中除担任团防局保卫一村治安的丁壮外，长年即雇有十来个长工，和两个近亲管事。油坊碾坊都有副产物，用之不竭，因此经常养了四只膘壮大牯牛，两栏肥猪，几头羊，三五十只鸡鸭，十多窝鸽子，几只看家狗。大院中还喂有两只锦鸡，一对大耳兔子，两缸金鱼。后园尚有几箱蜜蜂。对外含有商务经济，虽由管事经手，内外收支，和往来亲戚礼数往还以及债务数目，却有一本无字经记在老太太心中，一提起，能道出源源本本。

老太太对日常家事是个现实主义者，对精神生活是个象征主义者，对儿女却又是个理想主义者；一面承认当前，一面却寄托了些希望于明天。大儿子若有实力可以保家，有精力能生二男二女，她还来得及为几个孙子商定亲事，城里看一房亲，乡里看一房亲。两孙女儿也一城一乡许给人家。至于第二儿子的事呢，既读了书，就照省城里规矩，自由自由，找一个城里女学生，让她来家里玩风琴唱歌也好。只要二儿子欢喜都可照办，二儿子却说还待十年再结婚不迟。……冬生呢，她想也要帮帮忙，到成年讨媳妇时，送十亩地给他做。

老太太的梦相当健康也相当渺茫，因为中了俗话说的人有千算天有一算，一切合理建筑起来的楼阁，到天那一算出现时，就会一齐塌圮成为一堆碎雪破冰，随同这个小溪流的溶雪水，泛过石坝，钻过桥梁，带入大河终于完事。

老太太见长工挑着两半箩谷子从庄子里走出，直向碾坊走来，后面跟了两个人，一个面生一个就是正想看看的冬生的妈杨大娘。还不及招呼，却发现了那个杨大娘狼狈焦急神气，赶忙迎接上去："大姨，大姨，你冬生可回来了吗？我正想去看您！"

杨大娘两脚全是雪泥，萎悴悴的，虚怯怯的，身子似乎缩小了许多，轻轻咒了自己一句："菩萨，我真是悖时！"

老太太从神气估出了一点点谱，问那陌生乡下人："大哥，你可是新场人？"

挑谷子长工忙说："鸡冒老表，这是队长老太太，你说你那个。"

老太太把一众让进碾房去，明白事情严重。

那人又冷又急，口中打结似的，说了两三遍。才理畅了喉，禀告来意。从来人口中方知道失踪三天的冬生，和伴送那两挑烟土，原来在十里外红岩口，被砦子上田家兄弟和一小帮人马拦路抢劫了。因为首先押到鸡冒老表在山脚开的小饭铺烤火，随后即一同上了山，不知向什么地方走了。鸡冒认得冬生，看冬生还笑眯眯的，以为不是什么大事。昨天赶场才听人说冬生久不回村子，队长还放口信找冬生，打听下落。才知道冬生是和烟帮一起被劫回不来。那群人除了田家兄弟面熟，还有个大家都叫他作五哥，很像是会吹唢呐的中寨人，才二十来岁一个好后生，身上还背个盒子炮，威风凛凛。冬生还对他笑也对鸡冒老表笑，意思可不明白。来人一再请求老太太，不要张扬说这事是他打的报告，因为他怕田家兄弟烧房子报仇。他又怕不来报告，将来保上会有人扳他连坐，以为这一行人曾到他店铺里烤过火。两个土客的逃回，更证实了前后经过如何实在。

下半天，这件事即传遍了高岘。队长在团防局召集村保紧急会议，商量这事是进行私和还是打公禀报告县里。当场有个满家人说：红岩口地方本在大队长治安范围内，田家人这种行为近于不认满家的账才如此。若私和，照规矩必这方面派人去接洽，商量个数目，满家出笔钱方能把人货赎出。这事情已有点丢面子。事情破例不得，一让步示弱，就保不定有第二回故事。并且一伙中还有个拐巧秀逃走的中砦人，拐了人家黄花女，还敢露面欺人，更近于把唾沫向人脸上吐。大队长和师爷一衡量轻重，都主张一面召集丁壮，一面禀告县里剿匪。大队长并亲自上县城，呈报这件事，请县长带队伍下乡督促，惩一警百。县长是个少壮军官，和大队长谈得来，年青喜事，正想下乡打猎，到队长家中去住住。于是第二早即带了一排县警备队，骑马和队长下乡。到了高岘，县长住在大队长家中，三十个县警队都住在药王宫团防局里。

县长出巡清乡到了高岘，消息一传出后，大队长派过红岩口八里田家砦的土侦探，回来禀报，一早上田家兄弟带了四支枪和几挑货物，五六挑糍粑，三石米，一桶油，三十来个人，一齐上了老虎洞。冬生和巧秀和吹唢呐那个人也在队伍里。冬生萎萎悴悴，光赤着一只脚板。田家兄弟还说笑话壮村子里乡下人胆，县长就亲自来，也不用怕。守住上下洞，天兵天将都只好仰着个脖子看，看累了，把附近村子里的鸡吃光了，还是只有坐轿子回县里去，莫奈我田老大何。

县长早明白接近边境矿区人民蛮悍有问题，不易用兵威统治。本意只是利用人民怕父母官心理，名义上出巡剿匪，事实上倒是来到这个区域几个当地大乡绅家住住，开开会，商量出个办法。于时那出事的一区负责人，即可将案中人货，作好作歹交出，或随便提个吧倒霉乡下人（或三五年前犯过案或只是穷而从不作坏事的），糊涂割下头来，挂在场集上一示众。另一面又即开会各村各保摊筹一笔清乡子弹费，慰劳费，公宴费，草鞋费，并把乡绅家的腊肉香肠挑两担，老母鸡大阉鸡捉个三五十只，又作为治太太心气痛，敛个白花阴干浆子货百八十两，鲜红如血的箭头砂又收罗个三五十两，于是排队打道回衙。派秘书一面写新闻稿送省里拿津贴的报馆，宣称县座某日出巡，某日归来，亲自率队深入匪区击毙悍匪赛宋江和彭咬脐。一面又将这事情禀报给省府，用卑职称呼同样宣传一番。花样再多一些，还可用某乡民众代表名义登报，一注三下，又省事又热闹，落得个名利双收。

田家兄弟看准了县座平时心理，可忽略了县长和大队长这时要面子争面子的情绪状态。

得到报告五点钟后，高岘属百余壮丁，奉命令都带了自卫武器和粮食，围剿老虎洞巨匪。县长并亲自督战。因为县长的驾临，已把一村子人和队长忙而兴奋到无可比拟情形。就中只有两个妇人反而又害怕又十分忧愁，不知如何是好，沉默无语，一同躲在碾坊里，心抖抖的从矮围墙缺口看队伍出发。一个是冬生的老母，只担心被迫躲入老虎洞里的冬生，会玉石俱焚，和那一伙强人同归于尽，自己命根子和一切希望从而割断，还有一个是一生为人忠厚的满老太太，以为这件事和田家人结怨结仇，实在可怕。两人身边还有那个新媳妇，脸上尚带着腼腆光辉，不知说什么好想什么好。大队长虽已骑上了那匹白骡子，斜佩了支子弹上膛的盒子炮，追随县长马后出发，像忽然体会到了寡母的柔弱爱情和有见识远虑，忙回头跑到碾坊里来。

“妈唉，妈唉，你不要为我担心，我们人多，不会吃亏的！”

可是一看到满老太太和杨大娘两双皱纹四锁湿莹莹的小小眼睛，和新媳妇一双带笑黑眼睛，就明白家中老一辈担心的还有更深一层意义，不免显得稍稍慌张失措，结结凝凝的说：“娘，你放心！我们不会随便杀死人的。都是家边人，无冤无仇，县长也说过，这回事只要肯交出冬生和…………罚一点款，就可了结。我不会做蠢事杀一个人，让后代结仇结恨，缠个不休！”

老太太说：“你万千小心，不要出事！你不比县官，天大的祸事都惹得起。你是本地人，背贴着土，你爷爷老子坟都埋在这里，不能做错事！我心都疼破了，求你老子保佑你。菩萨保佑你，我为你许了两只猪！”

新媳妇年纪轻不甚懂事，只觉得大队长格外威武英俊。

一行人众向老虎洞出发时，村中妇孺长老都一同站在门前田塍上和药王宫前面敞坪中看热闹，这个乱杂杂的队伍和雪后乡村的安静，恰恰形成一个对比，给人印象异常鲜明。都不像在进行一件不必要的残杀，只是一种及时田猎的行乐。

老虎洞位置在高岘偏东二十里，差二里许路即和县属第九保区接壤。田姓在九保原为大族，先数代曾出过一个贡生，一个参将，入民国又出过一个营长。有一房还管过两年猴子坪的水银矿，这点功名权势，在乡下结果是有相当意义的，影响到这一族是一部分子弟从庄稼汉转入县里中学读书，另外一部分子弟，又由田里转上山砦，保留个对泥田砚田均无兴趣，不耕而获的幻想，先还是用镰刀获人的庄稼，随同民国民族历史堕落的发展，到后即学会用火器收获他人的财物。有一些不肖子弟在本村留不住脚后，方转入高岘属刨荒山。高岘属土地最富腴原在满家住的村子，那一坝冬水田和四山茶桐梓榛，再加上去本村五里官路上的那个大市集，每逢三六把附近五十里货物集中交易，即以山货杂物盐布茶漆的集散，影响到许多人经济生活，得天独厚处，已够其他村保人民羡慕，自恨不如。加上满姓大户财富势力集中，自然更遭物忌。老虎洞在高岘属算极荒瘠，地在ＸＸ河上游，平时水源小，满河滩全是青石和杂草。夹岸是青苍苍两列悬岩，有些生长黄杨树杂木，有些却壁立如削，草木不生。老虎洞分上下二洞，都在距河滩百丈悬岩上，位置天生奇险，上不及天下不及泉，却恰好有一道山缝罅可以上攀。一洞干涸，里面铺满白沙，一洞有天生井泉，冬夏不竭，向外直流成一道细小悬瀑。两洞面积大约可容上千人左右，平时只有十月后乡下人来熬洞硝，作土炮火药或烟火爆竹用，到兵荒马乱年头，乡下人被迫非逃难不可时，两属村子里妇孺，才带了粮食和炊具，一齐逃到洞中避难，待危险期过后再回村中。后来有逃难人在洞中生育过孩子，孩子长大成了事业，因此在干洞中修了个娘娘庙，乡下求子的就爬上洞中来求子，把庙中泥塑木雕女菩萨穿上绣花袍子。地方既常有香火供奉，也就不少人踪。只是究竟太险，地方虽美好实荒凉，站在洞口向下望，向远望，有时但见一片烟岚笼罩树木岩石，泉水淙淙，怪鸟一鸣，令人绝俗离世。

两个洞既为人预先占据，把路一堵住，便成绝地。除附近小小山缝还生长些细藤杂树，鼯鼠猿猱可以攀援，任何人想上下都不可能。

做案的田家人本意不过是把土货夺过手，放冬生回去传话，估量满家有钱怕事，可以换两支枪。凑巧冬生和拐巧秀逃到田家砦子吹唢呐的一位迎面碰头，于是把冬生暂时扣下，且俟派人接头换得了枪，大家向贵州逃奔时再释放冬生。不意吴用孔明算左了计，把握不住现实，大队长为面子计，竟邀县长出巡剿匪。这一来，因激生变，不能瓮中捉鳖，让人暗算，大伙儿只好一齐入老虎洞，以逸待劳，把个大队长拖软整溶再办交涉。

当地人民武力集中在河下悬崖两头，预备用封锁方式围困洞中一伙时，洞中一伙当真即以逸待劳，毫不在意的，在上面打鼓打锣的叫嚷笑闹。一切都若有恃无恐，要持久战下去，且算定持久下去，官方和高岘一村子人，都必然在疲劳饥饿下失败。地势既有利于洞中一伙，下面新火器不仅无从使用，且得从草丛石砾间找寻掩蔽，防备上面用火器或石卵瞄准。好些情形都和荷马史诗上所叙战事方法相差不多，今古不同处即在这种情形下，纵再有个聪明人想得出用大木马装载武士，也无法接近洞口，趁隙入洞。

县长先是远远的停在一个石堆后，指挥这个攻势。打了百十枪后，不意上面锣鼓声更加热闹。天已入暮，山谷中夜风转紧，只好停止进攻，派兵士砍松树就僻处搭棚，升火造饭，大家过夜。

第二天想出了主意，调三十名县警队从三里外红岩口爬上对山，伏在崖上向洞中取准。把锣鼓打息了一会儿，随后却忽然见到洞中三尊穿红缎袍子的塑像，直通洞口，锣鼓又重新自洞中传出，枪弹虽打中洞口目标，实无从伤着那些混和野性与顽劣作成的嘲侮表现，这一天的攻势只证明一件事，即洞中人当真有新式武器，洞口也还击了十来响枪，大队长从枪声中分辨得出有当时著名的春田，小口紧，和盒子炮，而且一共有五枝枪，比侦探报告还多一枝。

大队长虽杀羊宰猪作犒劳，还为县长预备腊肉野味和茅台酒，又派人从家中带了虎皮狸子皮褥垫，行军床，过野外生活。到了第四天，县长的打猎趣味已索然兴尽，剿匪兴奋则真如田家兄弟说的，完全用疲倦代替，借故说县里还要开清乡会议，得赶回去主持。又说洞中匪徒，已成瓮中之鳖，迟早终必授首。只要派少数人把住山脚路口，再好好计划把守住岩壁两端和红岩口村子大路，匪党纵再顽狠，不久也依然会授首成擒！县长于是召集高岘人民，训话一个半钟头，指挥了一大套战略，还零零碎碎称引了许多似可解不可解《孙子兵法》上的话语，证实武德武学两臻善美外，县长于是骑上马，押着三十个缩缩瑟瑟的土制队伍，和几担土产，一大坛米酒，一大坛菌子油，以及一笔来自人民的犒劳，骑在马背上摇摇荡荡回返县城去了。

大队长作了督战官，采用了“军师吴用”的意见，用《孙子兵法》上成语，稳住了自己失败意识，继续包围下去。

到了第七天，高岘属其他村子里自卫队，带来的粮食大半已吃光了，又已快到过年时节，各有事做，不能不请求回家。照大队长意见，天气那么冷，全部回家也极自然。可是县长却于此时来个极严厉命令，限旬日攻克，不得牵延支吾，致干未便。末尾一句话，好像是把大队长踢了一脚，不免闷昏昏的，又急又气。真真是小不忍则乱大谋，深悔事先不和母亲商量，结果真是骑虎难下。

局中师爷和我各背了个被卷去红岩口老虎洞观战，先是到河下看了许久，又爬上对山去，欣赏一番。一切情景都像只宜于一个风景画家取材而预备的，不是为流血而预备的。可是事实两个山洞中却正有三十来个生气活跃的人在被围困中。倘若一直围下去总有一天洞中人会全体饿毙的。然而这时节山洞中却日夜可闻锣鼓，欢呼声。师爷即景生情，想出了个新主意，以为对面山岩也必然可以爬上去。若爬得上去，估计顶上距洞口不会到一百五十步。村子中有的是石匠，为什么不调遣两个到老虎洞山谷顶上去，慢慢的从缝岩打条小路下达洞口，从上面作个攻势？不及到洞口，我们就可以派个人去办交涉，和里面掌舵的谈谈条件，看看是不是可以谈得开！

两个石匠当真就着手工作，到得峰壁顶上时，方知道山夹缝石头错落，还可攀藤附葛勉强上下。因此同时在山顶上也派了人防守，免得从这条路逃脱。仅仅四天，那悬崖路已开到离上洞不及三丈远近，已可听得洞中人谈话。大队长告奋勇从顶上攀着绳子溜到那个地方去，招呼洞里人开谈判。只要允许把人货枪三者一齐交出，即可保障一伙人生命安全。洞中人却答应还人还货，可不缴枪。为的是缴过了枪，虽目前可以由族上高年作保，一切无事，此后几个人安全可就无多大把握。尤其是首谋的田家兄弟，和那个拐巧秀逃走吹唢呐的中砦人，在洞口称五哥管事，怕大队长饶放不过。若果不缴枪呢，大队长一方面又不免担心。因为乡下人习性他摸得熟，事本来即从“不服气”而挑衅，这次不成功，从口中抠出了肉团团，气不降下，还会闪不知作出更严重的举动，再向三十里边上一跑了事。到后又由局里师爷和那中砦人商讨办法，问题依然僵持，不能解决。不过却因此知道巧秀的确藏在洞中做押砦夫人，师爷叫她时她不则声。

最后一着是冬生的妈杨大娘，腰上系着一条粗麻绳，带了两件新衣，一双鞋，两斤糍粑，攀藤援葛慢慢下到洞口上边绝壁路尽处。

“冬生，冬生，你还在吗？”

只听到洞里有个人传话：“冬生，冬生，有人叫你！你妈来了！”

被扣留的冬生，一会会也爬到了洞口边，仰着头又怯又快乐的叫他的娘：“妈唉，妈唉，我还活着！”脆弱声音充满了感情。

杨大娘泪眼婆娑的半哭半嘶：“冬生，你还活着，你可把人活活急死！你老子前三世作了什么孽，报应到你头上来！你求求他们放你出来啊！”一面悲不自胜一面招呼巧秀和田家兄弟，“巧秀，巧秀，你个害人精！你也做个好事，说句好话！田老大老二，我杨家和你又无冤无仇，杨家香火只有这一苗苗，为什么不积点德放他出来？”

洞口田老二说：“杨大娘，要你大队长网开一面就好！大家都是家乡人，何必下毒手一网打尽？大队长说要饿死我们，再拖半年我们也不怕。我们说话算话，冤有头债有主，不会错认人。满家人仗势逞强要县长来红岩口清乡，把一村子里鸡鸭清掉倒回去了。我们田家有一个人死了，要他满家赔一双。我们能逃也不逃，看他拖得到多久！”

“这是你们自己的账，管我姓杨的娃娃什么事？”

“杨大娘你放心，你冬生在这里，我们不会动他一根毛。你问问他是不是挨饿受寒。解铃还是系铃人，事情要看队长怎么办！”

杨大娘无可奈何，把带来的一点东西抛下去，只好离开了那个地方。这地方不久就换上了几个乡下憨子，带了大毛竹作夹辣子的烟火，绑缚在长竹杆一端，点燃后悬垂下到洞口边，一会会，就只见有毒烟火吼着向洞口喷火，使得两山夹谷连续着奇怪怕人回声，洞里人却把一个临时缚的木叉抵住竹杆向旁边挪移。烟火爆裂时更响得怕人，可是很显然这一切发明实无济于事，完全近于儿戏。

攻守两方都用尽了乡下人头脑，充满了古典浪漫气氛，把农村庄稼人由于渔猎耕耘聚集得来的智慧知识用尽后，两方面都还不服输，终不让步。熬到第十七天后，洞中因人数不足，轮流防守过于饥疲，一个大雾早上，终于被几个高岘乡下壮汉，充满猎兽勇敢兴奋，攻占了干洞口，守洞的十四个人，来不及向上面水洞逃走，不能不向里面退去，虽走绝路还是不肯缴械投降。因为攻打这个洞口高岘人有一个受伤死去，高岘的石匠，于是在洞里较窄处砌上一堵石墙，封住了出路，几个轮班守住。一面从山下附近人家抬了个车谷子的木风驴上山来，在石墙间开了个孔道，预备了二三十斤辣子，十来斤硫磺，用炭火慢慢燃起有毒浓烟来，就摇转木风驴，把毒烟逼扇入洞口。一切设计还依然从渔猎时取得经验，且充满了渔猎基本兴奋。这个洞里既无水可得，那十四个乡下人半天后就被闷死了。过了三天毒烟散尽后，团队上有人入洞里去检查，才知道十四个人都已伏地断气多时，还同时发现了二十多只大白耗子，每头都有十多斤重，和小猪一样。队上人把十四个人的手都齐腕砍下，连同那些大耗子，挑了一担手，四担耗子，运到高岘团防局，把那些白手一串一串挂到局门前胡桃树下示众。一村子妇女小孩们都又吓怕又好奇站在田梗上瞧看这个陈列。第二天大清早，副队长就把这个东西押上县城报功去了。

干洞攻下第五天，水洞口也被几个乡下猛人攻入，逼得剩余的一群，不能不向洞中深处逃去。但这一回情势可大不相同，攻守双方都十分明白。这个洞的形势十分特别，一进去不到五丈，即有一道高及丈许的岩门，必向上爬方能深入。里面井泉四时不竭，洞里还温暖干燥，非常宜于居住。且里面高大宏敞，漆黑异常，看洞口却居高临下，十分清楚。若放毒药便溺入水流出，占据洞口的人饮料就成问题，得从山下取水。冬生和巧秀都在洞中，前一回办法显然也不宜用也不中用，还得用坐困方法等待变化。因此在洞里近崖壁处，依然砌了一道墙把内外封锁，大队长和十多个人就守住洞口，也用个以逸待劳方法等待下去。

杨大娘又来回跑四十里路，爬上悬岩洞口为冬生办了一次交涉，不能成功，虚虚怯怯带住碎心的忧苦回转村子里去了。局里师爷愿意告奋勇进洞，用生命担当彼此平安，也商量不出结果。洞外为表示从容，大队长派人从家中搬了留声机来唱戏，慰劳团队族人。里面也为对抗这种刺激，却在锣鼓声中还加上一个呜呜咽咽的唢呐，吹了一遍《山坡羊》，又吹一遍《风雪满江山》，原来中砦人带了巧秀上路时，还并不忘记他的祖传乐器！

但彼此强弱之势已渐分，加上县长又派了个小队长来视察了一回，并带了个命令来，认为除恶务尽，悍匪不容漏网，并奖励了几句空话。使得满大队长更不能不做个斩草除根之计。洞里一面知道事已绝望，情绪越来越凝固激切。田家兄弟一再要把冬生处分出气，想用手叉住孩子喉管时，总亏得巧秀解围，请求不要把他人出气，好汉作事好汉当，才像个男子。冬生终得个幸而免。

先是上下两洞未陷落，山顶未封锁时，大家要逃走还来得及，本可抛下重器悄悄沿山缝逃走。不过既有言在先，说要拖个一年半载，把高岘人满家累倒，这一走未免损失田家体面，将来见不得人。加上个自以为占据天险，有恃无恐，十年一小乱三十年一大乱，经过多少朝代，都不闻老虎洞被人攻下过。所以这次胆大轻敌，不免小觑了对方。到半月后经过一回会议检讨，结果有十六个少壮，揣带一腰带烟土，半夜里爬山逃走，预备向下河去避避风浪，并掉换几枝短枪，再计划返回来找机会打救援。其余人都刺手指吃血酒，有福同享，有祸同当，不离本位。下洞既已失陷，生力军牺牲大半，上洞中连同巧秀和冬生，已经只余八个人。虽说洞口已砌了墙。隔绝内外，还是不能不防备万一，六个人分成两班，分班轮流坐在洞里崖壁高处放哨。巧秀和冬生却不分派职务，像个自由人，可以各处走动。

冬生和巧秀原本极熟，一个月来患难中同在一处，因此谈起了许多事情。冬生和她谈起逃走后一村子里的种种，从满家事情谈起，直到他自己离开药王宫那天下午为止，加上这一个月来洞中生活，从巧秀看来，真好像是一整本《梁山伯》《天雨花》，却更比那些传奇唱本故事离奇动人。把这一月经过的日子和以前十七年岁月对比，一切都简直像在梦里！更分不清目前究竟是真是梦。

巧秀听过后吁了吁气说："冬生，我们都落了难，是命里注定，不会有人来搭救了！"

冬生福至心灵，忽然触着了机关，从石罅间看出一线光明："巧秀，人不来打救我们要自寻生路，我们悄悄的去和五哥说，大家不要在这里同归于尽，死了无益！只有这一着棋是生路！"

"他们都吃了血酒，赌过咒，同生共死，你一说出口，刀子会窝心扎进去！"

"你和他有床头恩爱情分，去说说好！他们做他们的英雄，我们做我们的爬爬虫，悄悄的爬了出去吧。"

当巧秀趁空向吹唢呐解闷的中砦人诉说心意时，中砦人愣愣的不则一声。巧秀说："你要杀我你就杀了我，我哼也不哼一声。我愿意和你在这洞里同生共死，血流在一块。不想我死，你也不愿死，做做好事，放冬生一条生路，杨大娘家只有这一个命根根，人做好事有好报应，天有眼睛的！"

中砦人心想："冬生十四岁，你十七岁，我二十一岁，都不应当死！可是命里注定，谁也脱不了！"

巧秀说："你拿定主意再说吧；要死我俩一块死，想活我陪你活。"

中砦人低低叹了口气："我要活，人不让我们活，天不让我们活！"

谈话于此就结束了。思索却继续在这个二十一岁青春生命中作各种挣扎燃烧。

到了晚上，派定五哥和另外两个人守哨。大家都已经一个月不见阳光，生活在你死我亡紧张中苦撑，吃的又越来越坏，所以都疲乏万分。两个人不免都睡着了。只中砦人五哥反复嚼着和巧秀白天说的话，兴奋未眠。在洞中生活过了很久，原来还有一盏马灯，大半桶煤油，到后来为节制耗费，在灯下也无事可作，就不再用灯，只凭轻微呼吸即可感觉分别各人的距离和某一人。守哨的去洞口较近，休息的在里边，两者相去已有二三十丈。中砦人从呼吸上辨别得出巧秀和冬生都在近旁，轻轻的爬到他们身边去，摇醒了两个人。

"冬生，冬生，你赶快和你嫂子溜下崖去，带她出去，凭良心和队长说句好话，不要磨折她！这回事情是田家弟兄和我起的意，别人全不相干！我们吃过了血酒，我不能卖朋友，要死一齐死在这个洞里了。巧秀还年青，肚子里有了毛毛，让她活下来，帮我留个种！你要为她说句话，不要昧良心！"

大队长在洞口拥着一条獾子皮的毯子，正迷蒙入睡，忽然警觉，听见墙里悉率率响，好像有人在急促的爬动。随即听到一个充满了惶急恐怖脆弱低低呼喊："大队长，大队长，赶快移开石头，救我的命！赶快些，要救命！"

大队长一面知会其他队兵，一面低声招唤："冬生，是你吗？你是鬼是人？你还活着吗？"

"你赶快！是我！我鼻子眼睛都好，全胡全尾的！"末一句原是乡下顽童玩蟋蟀的术语，说得几人都急里迸笑。

石墙撤去一道小口，把人拖出后，看看原来先出的是巧秀，前后离开了高岘不到五十天的巧秀。冬生出来后还来不及说话，就只听到里面狂呼，且像是随即发生了疯狂传染。很明显，冬生巧秀逃脱事已被人发觉，中砦人作了卖客，洞中同伙发生了火并。中砦人似乎随即带着长嗥，被什么重东西扭着毁了。二十一岁的生命，完了。夜既深静，洞中还反复传送回音，十分凄冽怕人。几人紧张十分的忙把墙缺封上，静听着那个火并的继续，许久许久才闻及一片毒咒混在呻吟中从洞穴深处喊出，虽微弱却十分清楚："姓满的，姓满的，你要记着，有一天要你认得我家田老九！"

第二天，发觉洞中流出的泉水已全是红色。两个乡丁冒险进洞去侦察，才发现剩下几个人果然都在昨晚上一种疯狂痉挛中火并，相互用短兵刺得奄奄垂毙了。田家老大似乎在受了重伤后方发觉和他搏斗的是他亲兄弟，自己一匕首扎进心窝子死了。那弟弟受伤后还爬到近旁井泉边去喝水，也伏在泉边死了。到处找寻巧秀的情人，那个吹唢呐的中砦人，许久才知道他是掼入洞壁左侧石缝中死去的。大队长押了从洞中清扫得来的几担杂物，剩余烟土和十只人手，两个从洞中夺回死里逃生的生口，不成人形的巧秀和冬生，冬生手上还提住那个唢呐。封了洞穴，率队回转高岘，预备第二天再带领这十只惨白拘挛的手掌和两个与案情有关的生口，上县城报功，过堂。

当那一串人手依旧悬挂在团防局门前胡桃树下，全村子里妇女老幼都围住附近看热闹时，冬生和巧秀，都在满家大庄子里侧屋中烤火，各已换了干净衣裳，坐在大火盆边，受老太太，杨大娘，师爷，大队长，二少爷和作客人的我作种种盘问。冬生虽身体憔悴，一切挫折似乎还不曾把青春的火焰弄熄，还一面微笑，一面叙述前前后后事情。一瞥忽发现杨大娘对他痴痴的看定，热泪直视，赶忙站起来走了两步："娘，你看我不是全胡全尾的回来了吗？"

"你全胡全尾，可知道田家人死了多少，作了些什么孽要这样子！"

巧秀想起吹唢呐的中砦人，想起自己将来，低了头去哭了。

满老太太说："巧秀，不要哭，一切有我！你明天和大队长上县里去，过一过堂，大队长就会作保，领你回来，帮我看碾坊，这两天溪里溶雪，水已上了一半堤坝，要碾米过年！冤仇宜解不宜结，我明年要做七天水陆道场，超度这些冤枉死了的人，也超度那个中砦人。——"

当我和师爷和大队长过团防局去时，听到大队长轻轻的和师爷说："他家老九子走了，上下洞都找不到。"又只听到师爷安慰大队长说："冤家宜解不宜结，老太太还说要做七天七夜道场超度，得饶人处且饶人！"

…………

快过年了，我从药王宫迁回满家去时，又住在原来那个房间里。依然是巧秀抱了有干草干果香味的新被絮，一声不响跟随老太太身后，进到房中。房中大铜火盆依然炭火熊熊爆着快乐火星，旁边有个小茶罐咝咝作响。我依然有意如上一次那么站到火盆边烘手，游目四瞩，看她一声不响的为我整理床铺，想起一个月以前第一回来到这房中作客情景，因此故意照前一回那么说："老太太，谢谢你！我一来就忙坏了你们，忙坏了这位大姐！……"不知为什么，喉头就为一种沉甸甸的悲哀所扼住，想说也说不下去了。我起始发现了这房中的变迁，上一回正当老太太接儿媳妇婚事进行中，巧秀逃亡准备中，两人心中都浸透了对于当时的兴奋和明日的希望，四十天来的倏忽变化，却俨然把面前两人浸入一种无可形容的悲恻里，且无可挽回亦无可补救的直将带入坟墓。虽然从外表看来，这房中前后的变迁，只不过是老太太头上那朵大红绒花已失去，巧秀大发辫上却多了一小绺白绒绳。

巧秀的妈被人逼迫在颈脖上悬个磨石，沉潭只十六年，巧秀的腹中又有了小毛毛，而拐了她同逃的那个吹唢呐的中砦人，才二十一岁活跳跳的生命即已不再活在世界上，却用另外一种意义更深刻的活在十七岁巧秀的生命里，以及活在这一家此后的荣枯兴败关系中。

我还不曾看过什么"传奇"比我这一阵子亲身参加的更荒谬更离奇。也想不出还有什么"人生"比我遇到的更自然更近乎人的本性！

满家庄子在新年里，村子中有人牵羊担酒送匾，把大门原有的那块"乐善好施"移入二门，新换上的是"安良除暴"。这一天，满老太太却借故吃斋，和巧秀守在碾坊里碾米。

本篇发表于1947年11月《文学杂志》第2卷第6期。署名沈从文。